ABOIO

VOLUME 2 – FESTA

novembro 2023

FESTA

macabéa

ABOIO

VOLUME 2 – FESTA
novembro 2023

ORGANIZAÇÃO
André Balbo
Bianca Monteiro Garcia
Leopoldo Cavalcante
Lucas Ferreira
Luísa Machado
Marcela Roldão

CAPA
Luísa Machado

PROJETO GRÁFICO
Leopoldo Cavalcante

PROPRIEDADE
Editora Aboio

EDITORA ABOIO
R. Antônio Carlos, 582 — 1º Andar — sala B
Consolação — São Paulo, SP — 01309-906
editora@aboio.com.br
www.aboio.com.br
Tel.: (11) 91580-3133

[1] traduzido do espanhol por **Matheus Peleteiro**

[2] traduzido do catalão por **Lucas Lazzaretti**

[3] traduzido do inglês por **Thayná Facó**

[4] traduzido do islandês por **Luciano Dutra**

[5] traduzido do inglês por **Rafael Sobral de Arruda**

[6] traduzido do espanhol por **Saulo Marino**

[7] traduzido do italiano por **André Balbo**

[8] traduzido do sueco por **Fernanda Sarmatz Åkesson**

[9] traduzido do noruguês por **Leonardo Pinto Silva**

[10] traduzido do espanhol por **Arthur Lungov**

[11] traduzido do noruguês por **Guilherme da Silva Braga**

[12] traduzido do sueco por **Guilherme da Silva Braga**

[13] traduzido do inglês por **Leopoldo Cavalcante**

[14] traduzido do inglês por **Caio Girão**

Apresentação

ANTROPÓLOGOS ESTIMAM que a humanidade começou a festejar há cerca de 12 mil anos, quando deixamos de ser caçadores e nos tornamos agricultores. Via de regra, as celebrações de nossos antepassados estavam ligadas à atividade agrícola – rituais para garantir uma boa safra na época do plantio e comemorações pelas boas colheitas na primavera.

Milênios mais tarde, continuamos uma espécie festeira.

Nas próximas páginas, você mergulha na **FESTA** da *Aboio*, uma celebração de nosso primeiro ano de existência e os bons frutos da literatura contemporânea. Um pomar de contos, uma horta de poesias e até especiarias estrangeiras que vingaram aqui em nossos pastos sob os cuidados de tradutores habilidosos.

Nesse carnaval literário, organizado em conjunto com a *Editora Fictícia*, a *Lavoura Editorial* e a *Macabéa Edições*, os foliões são as escritoras e escritores que lavraram a terra conosco nos últimos meses. O resultado da nossa colheita desfila por aí em alas que misturam terror, surrealismo, histórias de amor, relatos de violência e muitos outros sabores.

Nosso bloco está na rua, e convidamos você a se juntar a nós na gandaia.

Boa **FESTA**!

Luis Felipe Abreu

São Sebastião

Sem alfabeto o sangue relata as formas
de relatar: a carne desdobra a carne
Cacaso, *História Natural*

Enquanto me cravam estas flechas no peito, lembro daquela noite em que meu pai disse que iríamos sair, que não era nada, que pegasse a mochila já preparada e entrasse no Monza.

Ainda sonolento, sem ideia das horas, obedeci e fui me deitar no banco de trás do carro, enquanto meu pai trazia malas e caixas para a garagem, muitas mais do que eu já havia visto em qualquer viagem nossa. Costumávamos descer para Bertioga todos os verões, por uma ou duas semanas, e às vezes algum feriado prolongado nos permitia ir a Santos. Daquela vez, porém, ainda era junho e ainda era terça-feira. Sob a coberta que levei até o banco do Monza, não pensei a respeito, nem quando vi meu pai fechar o portão da garagem por trás do carro e deixar as chaves da casa sob o capacho de nosso vizinho na vila (que, não sabia eu, abandonávamos).

Não imaginava porque partíamos, não sabia para onde íamos. Meu pai não havia dado qualquer sinal, qualquer pista daquele movimento. O silêncio acentuava o ar de irrealidade daquela fuga, (que só muito depois fui entender como fuga) por ser raro, por ser uma suspensão no curso da nossa realidade: meu pai não era dos homens de poucas palavras. Pelo contrário, falava sempre, falava muito, e sobre tudo. Relatos de seu dia a dia, histórias da História ou causos ouvidos, piadas, lembrança de filme assistidos, as mais infantis teorias que reproduzia com igual grau de graça e de seriedade (sabia que a carne do hambúrguer do McDonald's é feita de minhoca?)... A vida com meu pai era um fluxo contínuo de ruído e informação, mesmo que a segunda servisse tão somente para alimentar o primeiro. Aprendi a reconhecer, anos depois, que aquele falar sobre tudo era um modo de não falar sobre nada. Ou melhor: era uma técnica aperfeiçoada do falar sem dizer. Cercar o centro das coisas, mas sem nunca o tocar; era para isso que serviam aquele re-narrar da trama de um faroeste de John Wayne ou aquela piada sobre o pintinho caipira.

Nem bem acordado, nem bem dormindo, não registrava o que ele dizia naquelas primeiras horas de viagem, mas o som de sua voz me aterrava, me guiava por aquele percurso febril. Como se a voz fosse o chão concreto, um fio sobre o qual eu me suspendia e caminhava em meio à incerteza. Talvez contasse uma história, um boato do bairro ou uma pegadinha de um amigo, qualquer coisa para se manter rodando. Só acordei mesmo algum tempo depois, com o nascer do sol invadindo as janelas do carro; não devia ter passado muito tempo, pois a primeira coisa que reconheci ao me pôr sentado, ainda ajustando os olhos à claridade, foi a vista das chaminés de Cubatão, lá ao final da serra. Embora ainda desligadas naquele momento, as chaminés não me causavam menor impressão; desde sempre soube temer aqueles monumentos à ação do homem, desde pequeno a cruzar pela fumaça e seu cheiro de enxofre ao descer para o litoral, e mais ainda na escola, quando histórias da cidade mais poluída do mundo eram contos de terror trocados como segredos entre os moleques do colégio paulistano. Piorou no quinto ano, quando recebemos Paulo, nosso novo professor de Geografia. À vista de seu braço esquerdo retraído, muito mais curto e fino que o direito (por si só, já menor do que esperávamos), com dedos dispostos de modo inusitado ao longo do antebraço, logo a turma tramou histórias. Paulo era de Cubatão, Paulo nasceu em uma família de mutantes, pois vivia ao lado de uma fábrica, Paulo comia maçãs adubadas com lixo tóxico. Nunca o confrontamos, nunca debochamos cara a cara, mas as risadas ecoam, os causos circulam; ao final do primeiro trimestre, nossa turma recebeu uma visita da Direção e sua longa reprimenda, além de uma aula complementar sobre a talidomida. Paulo não era filho da poluição, mas sim de outros subprodutos da ciência. Nunca havíamos ouvido falar de talidomida, e à primeira menção daquele nome estranho pensamos ser uma doença, alguma condição genética terrível – o que já bastaria para nos arrependermos das brincadeiras). Saber ser um remédio, e pior, tomado de boa-fé por uma mãe exausta... As piadas amargaram em nossa boca, e azedaram de vez por nunca mais termos visto Paulo, transferido a outro lugar. Não podia deixar de pensar nele sempre que passava pelas chaminés de Cubatão, mesmo sabendo não haver qualquer relação entre um e outro; é que a fumaça daquela região permaneceu como memória da vergonha.

Ao me ver acordado, meu pai retomou a conversa, prometeu que pararíamos logo ali, tomar um café da manhã antes de seguir. Para onde, não disse. Pela imagem do retrovisor, pensei ver seus olhos vermelhos.

***

Nem bem acordado, nem bem dormindo, é o som das máquinas que me aterra, que me puxa para fora do torpor vago onde imaginava me perder. Os bipes e cliques ritmados dão conta de dar contornos, de me afixar de novo. Percebo que meus esforços são acompanhados pelos barulhos, e essa trilha afogueada chama atenção da enfermeira, que se vira para mim e começa a tomar notas. Não fosse a máscara, diria que sorri – ou será ainda a força dos remédios? Sinto seu fluxo, sinto a ardência de sua entrada no meu corpo através dessas flechas em meu peito; mas a dor da medicação não ajuda a despertar – deve ser o contrário, pois do quarto logo me vejo de volta ao Monza.

Estacionávamos na beira da estrada, no paradouro de uma pequena lanchonete, enquanto meu pai contava sobre os planos, enfim. Não que explicasse muito: dizia ser bom tirarmos uns dias, que descer à praia iria desanuviar nossa cabeça (do quê precisava de descarrego não confessou ainda), que seríamos nós dois, como sempre, e seria divertido, e me prometia aquele sorvete de chiclete em Santos assim que chegássemos na próxima hora. Naquele momento percebi ser quarta-feira, mas não pude perguntar sobre minha escola ou sobre seu trabalho antes de entrarmos no restaurante e sermos absorvidos pelos rumores de viagem da manhã. Advogado, de uma longa linha familiar de advogados, mas já no lado da decadência dessa cadeia sucessória, meu pai sempre fora um tanto indolente com o trabalho, então seu sumiço do escritório não causava maiores surpresas. Me deixar faltar às aulas, porém, era uma novidade. Pensava sobre isso quando sentamos à mesa, cercados pela conversa daqueles outros viajantes matutinos, motoristas de carretas e outros trabalhadores solitários – uma companhia estranha a mim, ainda, acostumado ao ajuntamento de famílias dos verões. Enquanto comíamos um pão de queijo amanhecido, acordando também a mandíbula, meu pai repassava as promessas vagas à guisa de planejamento: chegaríamos a Santos, iriamos ao apartamento que alugamos sempre, uma quitinete nos fundos da casa de Dona Sandra, e passaríamos a semana sem preocupações, só nós dois. Pela primeira vez desde a fuga, estava em frente a meu pai, não sendo puxado por ele, e pude dar uma boa olhada em sua figura: sempre tão alinhado e atento aos detalhes, parecia alguém já refugiado há semanas, a barba por fazer invadindo o espaço que sempre fora ocupado apenas pelo seu bigode, os cabelos negros reluzindo de oleosidade, remexidos a todo momento pelas mãos, a camisa amarrotada e o cheio acre que se desprendia ao seu redor, colônia mista dos cigarros fumados em cadeia no carro e do suor de noites não dormidas. Pois era nítido que já não dormia, desde antes dessa nossa viagem. Engoliu dois cafés de copos descartáveis em sequência e me encaminhou de volta ao Monza. Tentei perguntar se estava tudo bem, sem saber fazê-lo assim de modo tão direto, mas meu pai logo se apressou em ligar o rádio e falar sobre as notícias. Adormeci uma vez mais, e quando dei por mim entrávamos em Santos.

Os olhos ardem, não por estarem há muito abertos, mas por estarem fechados além da conta. Acordo uma vez mais, no mesmo quarto, em meio aos mesmos rumores eletrônicos, mas dessa vez a enfermeira não está lá. Há um relógio na parede em frente à cama, mas não tenho força ou consciência para distinguir os números. Há gritos em algum lugar desse setor, mas não sei bem de onde vem. O quadrado envidraçado desse quarto é muito maior do que parece, e quem o olhasse de fora não desconfiaria do tanto que habita aqui dentro comigo, como se fosse um daqueles monóculos infantis, o cubinho plástico com uma lente que ao ser posta no olho revela e realça uma foto, uma imagem maior que seu corpo, algo a ocupar toda a vista.

***

"Foi o Daniel, porra!"

Foi só o que deu para ouvir de dentro do Monza, enquanto meu pai falava com alguém no orelhão, alguns metros adiante de onde havíamos estacionado quando ele disse precisar fazer uma ligação. Levava aquela conversa em voz baixa, inaudível para mim na carona do carro, até explodir naquela constatação, um grito que, antes de me alertar, me deu certa vergonha das pessoas que caminhavam naquela rua de Santos, às 7h da manhã de um dia qualquer. Ou era "Se foi o Daniel, porra"?

Meu pai demorou um tempo a voltar para o carro, mesmo depois da conversa parecer ter se encerrado. Com a cabeça enfiada dentro da abóboda amarela do orelhão, não conseguia ver seu rosto. Daniel era o amigo de meu pai. Já o tinha visto algumas vezes, mas nunca tive contatos mais próximos. Exceto uma vez. No verão anterior, Daniel chegou a estar conosco em Bertioga; não descemos junto de São Paulo, mas ao chegarmos na pousada usual, lá estava ele, alguns quartos adiante. Meu pai deu a entender que o encontro fora combinado, mas não se deteve sobre o arranjo e eu tampouco dei muita atenção. Daniel era uma boa companhia, afinal. Era divertido e me ensinou truques de mágica; até hoje sei repetir o jogo de mãos para trocar uma carta por outra, fazer de conta saber adivinhar a carta escolhida pelo outro – e ficava, fico cada vez melhor ao repetir o truque em uma cena das minhas apresentações teatrais. "O segredo é chamar atenção para outro lugar, sempre", me confessou Daniel certo dia, o baralho barato sendo aberto sob o guarda-sol, em meio a uma praia lotada, e meu pai cioso, olhando de longe enquanto voltava da água. Daniel ficou só o final de semana, nós ainda estaríamos ali por dez dias, e se despediu como se fosse uma formalidade, como se logo fossemos vê-lo de novo. Nunca mais o reencontrei. Perguntei a meu pai por ele, no começo, mas a menção de seu nome tornava a conversa ainda mais errática, disparava nele todo o sistema de segurança da sua política de ocultamentos. Nem mais Daniel, nem qualquer amigo – a casa se esvaziava até mesmo do meu pai, que passou a ter ausências mais largas, uma noite esticada no escritório, a necessidade de visitar algum cliente, o pedido de ajuda de uma tia de Santo André jamais nomeada. Desde quando eu podia me lembrar, éramos eu e meu pai. Minha mãe caiu no mundo quando eu tinha três anos, me contavam os parentes restantes, os avôs de Araraquara e um punhado de primos, e eu aceitava a história sem pensar muito no assunto ou pedir por mais detalhes. Com sinceridade e com raiva, não me interessava – a seu modo, meu pai sabia bastar. Nunca fugiu a qualquer compromisso: sempre senti orgulho, nas festas e apresentações escolares, de perceber a surpresa e a felicidade dos professores diante da resistência de meu pai, do seu entusiasmo saliente na plateia, vibrando entre mães, enquanto acompanhava mais uma interpretação da *Aquarela*. Qualquer ausência ocasional – e eram raras, embora cada vez menos espaçadas – se recompensava com mimos de afeto e culpa, brincadeiras e aventuras como as descidas ao litoral. Não tinha, nunca teve namoradas, ou nunca as me apresentou. Mas não falávamos sobre essas coisas.

Do orelhão, meu pai me fez um sinal para que esperasse no carro. Não via ainda seu rosto, e não pude vê-lo enquanto se virava e subia aquela rua de Santos. Demorou não sei quanto tempo – sonolento, enrolado na coberta, eu me acostumava ao ritmo da viagem –, e, quando voltou, disse ter dado um pulo na padaria.Abriu a carteira de Free que havia comprado (os reconheci pois adorava as propagandas, coloridas e explosivas, e por serem um hábito novo de meu pai, substitutos de seu Dunhill), e logo acendeu um dos cigarros, abrindo as janelas do carro. Percebi como suas mãos tremiam. Antes que pudesse perguntar algo, e mesmo sabendo que eu não perguntaria, me estendeu um salgado comprado por ali, junto a um ioiô. Nunca soube brincar com eles, e não sei se ele sabia, mas entendi o que queria dizer com o gesto.

Meu pai ligou o rádio, e o som das notícias preencheu o silêncio do Monza. Na Bósnia, os croatas começaram a convocação militar obrigatória para a guerra. No Brasil, ou melhor, fora dele, o tesoureiro do Presidente ainda estava sumido, havia fugido e a polícia tinha apenas pistas vagas de sua passagem pela Argentina. Em São Paulo, o âncora alertava com pesar, os índices de qualidade do ar despencaram devido à falta de chuvas e ao aumento da poluição. Aqui, a voz metálica alerta ao médico que compareça ao leito 2B. Meu pai sacode a cabeça, não sei em protesto a qual informação.

***

Nu ou quase, vestindo apenas este pano azul, me ponho de pé para começar o espetáculo. É preciso força, é preciso estar bem ereto e de cabeça erguida, apesar de tudo. De cima eu vejo melhor, e a plateia hoje está lotada, embora seja um público diferente do usual; dos jovens artistas e os amigos intelectuais para estes enfermeiros e trabalhadores circunspectos. Por trás das máscaras e dos óculos de proteção, não posso perceber suas reações. Tanto melhor: a ansiedade em prever a recepção é a maior armadilha a qualquer ator.

Vocês com certeza já me conhecem, mesmo que não o saibam, eu começo, ostentando este peito cravado de flechas, o sangue de guache e glicerina escorrendo e secando por sobre as feridas verdadeiras deixadas pelos cateteres. Há uma rima aí, não? As flechas que me supliciaram estavam envenenadas pela peste, esfregadas que foram nas roupas de moribundos – e estes machucados pelo meu corpo estão também cheios de droga. Veneno, remédio; este é meu meio, esta é a minha história. Nasci há dois mil anos, no Império Romano, e minha sobrevida até aqui é exemplo da minha força. Quero contar a vocês o que passei até aqui, e contar também como acabei sendo o padroeiro desta cidade e de todos vocês. Tudo começou com um segredo, com a necessidade do segredo, eu conto enquanto arranco uma das flechas da minha carne de silicone e cola, um truque que sempre provoca os maiores suspiros da plateia e me ajuda a afinar, de saída, o tom da apresentação. Agora, este público asséptico não reage; é por estar acostumado à visão intestina do corpo e seus cortes e rasgos, imagino. Vocês sabem o que é viver por um segredo?, pergunto, sacudindo a flecha diante da cara de todos.

Eu vivi por um segredo, vivi a vida de um espião. Entrei para o Exército Romano para proteger outros como eu do Exército Romano. Um agente duplo, um infiltrado, vive a vida de um louco. É preciso dizer e fazer coisas nas quais não acreditamos, as quais abominamos, não como uma traição às nossas ideias e crenças, mas bem como um modo de ser o mais radicalmente fiel a elas. Somos mais aquilo que negamos e assim evitamos ser aquilo que afirmamos. Entrei para o Exército Romano como um cristão que caçaria cristãos, para poder dar fim à violência contra os cristãos. De dia, com meus companheiros-falsos espancava meus companheiros-verdadeiros, para à noite afagá-los e garantir que seriam soltos antes da execução. Vocês parecem não acreditar, mas sim, isso é possível. É preciso cuidado, é claro, e sobretudo disciplina. Nos primeiros anos, foi mais difícil: primeiro, é torturante entrar nas vestes do algoz, dizer abominações e dormir com a boca cheia de bile; depois, o desafio é não se deixar capturar demais dentro dessa pele. Porque é fácil compensar a insegurança da vida dupla exagerando na dose, se perdendo na vida falsa para ocultar de forma definitiva a verdadeira – e não há tragédia maior que infligir a violência por meio de um ato de amor. Sei bem. Como agente duplo, naquelas iniciações do Exército, era o mais irascível e agressivo dos soldados, o mais inclemente a ponto de ser chamado de O Cão de Narbona, sempre mais disposto a agir do que a ouvir, com um olho aguçado para identificar e revelar os degenerados escondidos na multidão (talvez, eu sabia e eles não, por me identificar com eles). Os artifícios de dissimulação funcionaram bem, a despeito dos meus esforços em desfazê-los na madrugada, libertando os coitados que havia aprisionado mais cedo, e logo subi a hierarquia dos capangas até me tornar o Capitão da Guarda Pretoriana, braço direito do Imperador e grande responsável pela segurança contra aqueles que, no fim das contas, eram iguais a mim. O paradoxo do segredo, vejam. Quanto mais distante de mim, melhor podia cumprir minha missão. Quem melhor para destruir uma Guarda do que o seu comandante?

Mas o segredo tem uma estranha estrutura. Até que ponto ele pode ser ocultado, sem que desapareça, sem que se esfume como sentido ou impressão vaga? Vocês devem ter seus segredos, todos os temos. Alguém aqui quer compartilhar o seu? Não? É claro, é isso que o torna um segredo, vocês devem estar pensando. Mas é o contrário. O segredo precisa de alguma via de confissão, de algum exercício público de desocultamento, sob a pena de não ser segredo: não ser mais nada. Pensem o que vocês secretam. Um beijo roubado, uma noite de afetos errados, dinheiro roubado ou perdido, um filho tido ou perdido, um mal feito a alguém querido; todo segredo envolve mais de uma pessoa, seja no seu gesto inaugural, seja em procurar confessores, alguém que desafogue a pressão daquele que esconde algo e sabe que escondê-lo só para si é uma forma de veneno. Para si e para o segredo: o segredo nos parasita. É como um vírus. Se nos mata, morre junto. Por isso compartilhamos os segredos, para que continuem secretos. Para que continuem vivos; ou para que sobrevivamos nós mesmos, contaminados e contaminando com aquilo que mais resguardamos. Eu me ocultava ao libertar meus colegas de fé. Depois de feito capitão, não o conseguiria continuar, a visibilidade sobre mim era grande demais. Meu segredo era imenso, inflava até tornar insuportável a tensão de seu corpo. Do meu corpo. Até que explodiu.

***

Da varanda da casa de Dona Sandra, ouvia ela e meu pai conversarem. Pela exasperação na voz dele, entendi que a viagem não combinada comigo também não o fora com nossa anfitriã. Entendia os pedidos de compreensão de um lado, as negativas envergonhadas de outro, não havia espaço, a quitinete não estava limpa, guardava umas coisas naqueles cômodos, não havíamos avisado. Além do mais, ela também viajaria dali uns dias. Meu pai insistiu, eu ouvi, mas já em tom derrotado. Nunca foi alguém incisivo, também, não passava dos limites expostos a ele, se conformava de um jeito ou de outro com as situações dadas. Da rede na varanda de Dona Sandra, onde já havia brincado inúmeras vezes, eu olhava a rua pacata, ainda mais em uma manhã fria e com ameaças de chuva, e ia entendendo as dificuldades daquela fuga.

Meu pai saiu da casa, a porta batendo atrás de si. Seu rosto estava vermelho e ele todo coberto em suor. Me pediu desculpas, anunciou mudança de planos. O jeito era encontrar um hotel mesmo. Rodamos até o centro da cidade, onde meu pai encontrou uma pequena pousada em uma das ruas paralelas ao porto, um prédio caiado em quatro andares, simples e algo envelhecido, mas que tinha vagas e nos instalou em um quarto bege, com duas camas de solteiro e uma televisão que meu pai fez questão de ligar de pronto. Enquanto tomava banho, um banho longuíssimo, eu assistia os fantoches da TV Colosso encenarem um telejornal. Da tela, imagino ver Walter Gate, um labrador de pelúcia vestindo terno e óculos, anunciar com gravidade como a taxa de contágio da doença está no patamar mais alto desde que tudo começou. Mais detalhes na edição da noite. Priscila e seus pelos brancos e longos estão no topo de um prédio em Roma, e nos conta da noite em que todos os cachorros italianos, presos em casa, saíram às varandas para cantar em conjunto, em solidariedade uns aos outros. A TV nunca desliga aqui, e os sons se misturam, as notícias, os bipes das máquinas, os gritos, os latidos. Sentando diante dela, em Santos, a visão daqueles bonecos falantes e seus movimentos rígidos, mal disfarçando a mecânica das mãos que os animavam, me pareceu ridícula pela primeira vez, causadora de uma vergonha. Já não era tempo de assistir essas coisas, pensei.

Inspirado por essa epifania de maturidade, resolvi fazer perguntas mais sólidas a meu pai quando ele saiu do banho, o rosto barbeado (à parte seu bigode, claro) e os cabelos penteados de maneira cuidadosa para trás. Essa visão, de um homem que, pela primeira vez nas últimas horas parecia mesmo ser a pessoa que eu conhecia nos últimos doze anos, deu confiança para minhas questões. Quanto tempo ficaríamos ali, qual era a ideia, quando voltaríamos a São Paulo e por que mesmo dessa viagem? Meu pai vacilou, deu voltas nas mesmas desculpas, como era importante termos um tempo para nós e como já estava com saudades da praia, afinal esse era um ano de poucos feriados, e que ficaríamos ali uns dias. Não sabia quantos. Não havia pensado nisso; havia, em verdade, pensado em mudanças. Saíra do escritório de advocacia, me confessava, já há tempos pensava em fazer outras coisas e tinha conseguido um bom dinheiro com o último caso trabalhista que liderara. A casa em São Paulo, a única que eu conhecera, recebia sempre propostas de compra e talvez fosse mesmo muito grande para apenas nós dois. Meu pai falava com calma e cuidado, cada palavra saindo de sua boca como se envelopada em papel plástico, como os sanduíches que eu levava ao colégio, protegidas, assépticas. Eu não devia me preocupar. Não gostava da ideia? A pergunta parecia sincera, preocupada, mas também não dava muito espaço para que eu a respondesse com negativas. Não sei se quero sair daqui, já nem sei se consigo.

Meu pai me convidou para descermos e comermos alguma coisa na rua, me prometeu os amados pastéis de siri que encontramos em uma lanchonete algumas quadras adiante. Talvez tenha sido ali que me contou ou recontou a história de John Wayne, talvez à vista de um homem de chapéu de caubói sentado ao fundo. Meu pai falava do último filme de John Wayne, aquele homem de rosto engraçado cujas fitas éramos os únicos a alugar na locadora alguns sábados à noite. Era uma história imbecil e trágica, tanto mais trágica quanto mais imbecil: Wayne aceitara fazer o papel de Átila, o Huno, e como se já não fosse ridículo o bastante, o filme usava o deserto de Nevada como dublê das planícies asiáticas. Acontece que o local de filmagem havia sido usado como campo de testes nucleares alguns anos antes; areia, rochas, penhascos, tudo ali estava encharcado de radiação – e vazava. Todos envolvidos na produção tiveram câncer. John Wayne morreu da doença poucos anos depois, tudo por um filme porcaria, meu pai dizia, rindo sem saber do que, enquanto limpava o óleo dos dedos.

Ao voltarmos para a pousada, nos detivemos uma quadra antes da entrada; diante da porta principal, uma dupla de jovens era enxotada pelo dono do local, o homem largo de meia-idade que havia nos atendido com simpatia horas antes. Ele se colocava entre os jovens e a porta, como um bloqueio, e com as mãos fazia gestos para que circulassem. Nenhum dos dois garotos devia ter mais de vinte anos e, muito magros, não pareciam merecer ou demandar a assertividade dos gestos do velho, que já se punha a arregaçar as mangas da camisa. Como, confusos ou assustados, não se moviam, o dono da pousada se pôs a gritar. Viadinhos. Fora daqui, seus doentes. Xô.

Estancados na calçada, esperávamos o desfecho da briga. Drenado de toda cor, o rosto de meu pai era uma máscara.

***

O segredo é chamar atenção para outro lugar, sempre. Este valete de copas aqui, vocês não têm ideia de como eu adivinhei ser a carta escolhida, não é mesmo? Mas o adivinhei de fato? As coisas são sempre mais difíceis do que isso. Nesse truque estão em jogo dois segredos. Vocês escolhem uma carta e guardam essa escolha para si. Eu faço de conta que a escolha foi de vocês e, com um gesto de ilusão, descubro aquilo que eu mesmo escondi. A graça da mágica não está no meu truque, como é normal de se imaginar, mas sim na tensão entre os dois segredos. Vocês acham graça, fazem força até, como se a vontade de esconder bastasse para manter a carta intocável, inalcançável.

Comigo também era assim. Não, por favor, não me interrompam agora mexendo na dosagem, vou perder o fio da história. Preciso chegar à cena em que explico como acabei assim, cravejado de flechas. Tem a ver com o fim do segredo. Pois no meu caso, sem que eu soubesse, também havia um jogo de conspirações para além da minha vista. Capitão da Guarda Pretoriana, eu ocultava ser membro ativo da comunidade cristã, um soldado da fé muito antes de ser um soldado de Roma. Mas, no intestino da Guarda, já escondiam o fato de terem me descoberto, e escondiam ainda os mecanismos para a minha punição. Como fui desmascarado?, vocês devem estar se perguntando. Meu segredo explodiu. Foi preciso ser cada vez mais explícito nas minhas contradições, e quanto mais poder eu adquiria, menos oportunidades tinha de desfazer as maldades que cometia em público. O risco de me perder na própria máscara era palpável, nauseante, preenchia todas as canecas de cerveja tomadas em companhia dos torturadores que eu chefiava. Então começamos a vacilar. No desespero de voltar a ser aquele que só eu sabia ser, interrompi uma punição aplicada pelo Imperador a um menino de sua corte. O garoto deixou escorrer o vinho, esqueceu ou roubou alguma fruta do cesto do banquete, uma bobagem do tipo, suficiente o bastante para ser deitado ao chão por pauladas. Diante da cena, não resisti; afastei o braço do Imperador e abracei aquele garoto choroso e imundo, limpando as lágrimas de seu rosto e o afastando dali. Sob o choque da corte, justifiquei o impulso como pude, disse que vossa Majestade não poderia ser visto se envolvendo assim em um ato tão mesquinho, que os boatos correm e a violência desencadeada poderia logo se voltar contra nós. Não convencia, é claro, mas minha posição me poupou de qualquer represália imediata. Nos olhos do Imperador, porém, percebi uma luz estranha, luz de um reconhecimento contrariado, como se aquele momento de compaixão tivesse feito minha segunda pele afrouxar, como se a caridade vazasse e com ela a verdade sobre mim, espalhada junto ao vinho, aos pés do inimigo.

Durou ainda por algumas semanas aquele duelo de segredos, eu fazia de conta ser um deles e eles faziam de conta não saber que eu era um outro, quando meu mistério cedeu diante da revelação do mistério imperial. Foi o próprio Imperador, empoderado na sua fúria de traído, que conduziu a sentença sem julgamento, uma pena capital para um crime tão mais cruel por ser cometido por um irmão; ou, pior, por alguém que disse ser um irmão sem sê-lo. Aguentei em silêncio os gritos e os empurrões, o amarrar das minhas mãos, a via-crúcis até aquela clareira logo fora de Roma onde me prenderam a uma árvore tão nua quanto meu corpo. Me exigiram negar Cristo, isto é, negar quem eu era antes de ser um deles, quem eu era enquanto era um deles, quem eu era para poder ser um deles e ainda ser eu mesmo. Neguei a negativa, permaneci calado o tempo todo. Não neguei, mas também não assumi. Agarrado ao hábito ou ao pudor, quis esconder o que já havia sido descoberto. Por vergonha, talvez, mas logo senti vergonha dessa vergonha – e esse asco de mim mesmo foi a primeira das flechas. As outras logo se seguiram, várias, flechas envenenadas a marcar todo meu corpo e fazer escorrer pelas feridas o resto daquela verdade. Fiquei ali, alvejado, exposto, como estou aqui agora ainda, diante de vocês. Não, eu ainda não estou pronto para acordar.

***

Como começava a chover, como a tarde e sua luz se esvaiam, como o caminho passaria pela serra e seus desafios, como não dormisse há sei lá quanto tempo, meu pai decidiu passar aquela noite na pousada, mas não sem passar em revista periódica a tranca do quarto. Eu não entendia sua ansiedade, depois daquelas horas de trégua na fuga (que já entendi reiniciarmos), mas também estava cansado ou confuso demais para insistir em perguntar.

Mal caiu o sol, meu pai desabou em sua cama e dormiu pesado, sem nem tirar suas calças engomadas. Fiquei deitado a seu lado, lendo as revistas compradas na banca em nosso passeio pela cidade. Devorava a Super Interessante, como de costume, curioso pelas revelações sobre os dinossauros ou sobre o funcionamento de um caça supersônico; adorava as matérias ilustradas e como elas abriam os mecanismos internos das coisas, cortes transversais pondo a nu o funcionamento de um cruzeiro ou as operações de uma célula. Aquela nova edição, tão nova que o jornaleiro tirou de uma pilha interna da banca, ainda plastificada, ao ver meu interesse pelo número passado exposto, trocava os robôs e neandertais das capas usuais por um sujeito qualquer. Ou quase qualquer, ou alguém que não era qualquer de modo algum; mas um homem, isso que me chamava atenção, um homem real. Um homem de rosto retorcido, o maxilar muito ossudo e uma expressão compenetrada em seus olhos fundos; o corpo também se dispunha torto, com os braços raquíticos cruzados em uma posição estranha, pouco natural. Um dos braços, pousado sobre o colo como se esquecido, segurava um controle remoto e este estava ligado a um monitor. Nunca havia visto aquele sujeito, e curioso pelas suas deformações, foi a primeira matéria que decidi ler. Era uma entrevista com Stephen Hawking, o físico genial, desbravador do universo e vítima de uma síndrome que ia devorando a força de seu corpo – sem afetar em nada o seu brilhante intelecto. Não conhecia o cientista e tampouco sabia nada de Física, sempre fui um aluno medíocre nas aulas de Matemática ou de Ciências. A história daquele sujeito, porém, me absorveu. Ele contava a história de todo universo e a sua própria e como uma, de algum modo, refletia sobre a outra; não se atribuindo qualquer grandeza cósmica, mas o contrário. Ele era só mais alguém na longa história do tempo, e sua doença era um modo quase irônico de reafirmar essa fragilidade diante do universo. A entrevista tinha algo de religioso, falava muito de Deus, embora eu não pudesse reconhecer ali nada daquele Deus que me fora apresentado na catequese. O que me marcou, o trecho cuja impressão consigo ter viva até hoje, uma mistura de calafrio com curiosidade macabra, foi o relato de Hawking sobre sua traqueostomia, esse outro nome que soava como síndrome. O cientista ia perdendo forças, seus músculos cediam à doença, e quando já mal tinha condições de falar, um problema respiratório cortou qualquer chance de comunicação; Hawking mencionava a necessidade do procedimento, que eu desconhecia e me fascinou. Foi preciso rasgar sua garganta e inserir ali um tubo, eu lia, segurando meu próprio pescoço em um reflexo ansioso. A entrevista não dava detalhes, mas eu os imaginava. Como seria ter a garganta assim aberta, e então conectada a uma máquina? Porque a traqueostomia foi uma salvação para Hawking, depois de ser uma dor; permitiu que ele fizesse parte de uma tecnologia pioneira, que o ligou a um computadore este a um sintetizador, que vocalizava os comandos. Hawking falava de novo, como um programa mecanizado, mas falava. Já não era tão diferente dos outros robôs da Super Interessante. Passei horas relendo a entrevista, mergulhando nos detalhes, tentando imaginar a vida daquele cientista que se confundia com a própria ciência de tantos modos, que transcendia o próprio corpo quebrado. Aquela edição falava muito de corpo, percebi folheando o resto da revista, exausto de fabular com Hawking e sua voz eletrônica, que eu imaginava soar como os anúncios de crianças perdidas nos autofalantes do shopping. Havia uma matéria sobre a medicina no Antigo Egito e seus truques com pastas milagrosas à base de sêmen e fezes, sangrias e sanguessugas enfermeiras. Havia uma nota sobre o pioneiro transplante de pulmão feito naquele ano por um médico francês; tendo apenas um pulmão esquerdo à disposição para tratar de um doente terminal, conseguiu dividir o órgão em dois e implantar um sistema respiratório completo no homem. Na seção de dúvidas dos leitores, uma criativa questão: "O coração dói?". A resposta: sim, como qualquer músculo, o coração é coberto de terminações nervosas e estas transmitem suas impressões – de dor ou prazer – ao toque. Em teoria, o coração dói, a revista dizia, mas na prática teríamos de imaginar (e eu logo obedeci) um sujeito com o peito aberto, exposto ao toque, para que ele sentisse algo ali. De resto, o coração passaria ileso à dor, resguardado pelo resto do corpo, como se fosse um segredo bem guardado.

Havia outra matéria noticiosa, relatos da 9ª Conferência Internacional de Aids, realizado há pouco na Alemanha. Eu conhecia a doença, claro, dos corpos magros de celebridades nas capas das revistas às propagandas do Ministério da Saúde na televisão, mas não registrava bem o que era. Nem os médicos sabiam bem, entendia a partir daquela nota. Havia avanços, remédios milagrosos que já salvavam da sentença de morte, mas ninguém sabia como operavam sua cura. Ou mesmo se podiam chamar de cura. Pois apesar de toda a evolução ali relatada, o tom da matéria era algo soturno: o vírus é mutante, não temos como prever o que pode acontecer, e cada resposta conquistada pela medicina abre dez perguntas mais. Como parar uma doença cuja forma de agir não é direta; uma doença que não fere por conta própria, mas que toma o controle do corpo e o faz devorar a si mesmo? ✪

Anthony Almeida

Hoje, eu vou cozinhar pra gente!

LISTA DA FEIRA

1. Cenoura
2. Cebola
3. Batatinha
4. Tomate
5. Limão
6. Alho

— Não precisa de alho, já temos em casa. Pode riscar. Precisa de tempero.
— Tem gengibre pro arroz?
— Tem sim, os dois.

LISTA DO MERCADO

1. Tilápia em posta
2. Três latas de malzbier
3. Pacotinho de chimichurri

— Isso presta?
— Presta, sim. Pode botar, vai ficar bom.

*

— Vamos brindar?
— A quê?
— Hmmm...
— Que o peixe fique bom!?
— Siiim!

*

— Outro brinde?
— A quê, agora?
— Que o peixe tenha ficado bom!
— Ééé!

*

— Mais um?
— Sí!
— Dessa vez eu já sei.
— É?
— Sim!
— A quê?
— Ao peixe, que ficou bom!
— Ficou?
— Sim, muito bom!

Presidente Venceslau/SP. Agosto, 2017

Marcos Vinícius Almeida

Tempo fantasma

Voluntária e involuntariamente, o Carnaval de 2020 sempre me volta à memória. Depois de tudo que aconteceu nesses dois anos, essas memórias ganham quase uma atmosfera onírica. Como é possível ser tão feliz, com tamanha leveza? Nalgumas vezes, me pergunto se aquele Carnaval realmente existiu. Se realmente estive naquela esquina da Fradique Coutinho quando o céu desabou e nos escondemos num *visite o decorado* em ruínas com um monte de gente estranha e uma caixa de som tocando funk e um cara vendendo cerveja quente e cigarro pirata. Eu tirei uma foto sua virando um gole de cerveja e você estava tão linda, eu nunca me esqueci daquela cena, tinha muito entulho no chão e canaletas amarelas serpenteando feito um cenário de fim do mundo, como se o prédio que ainda não tinha sido construído já tivesse desabado. Eu nunca me esqueço disso, minha memória pode estar inventando, mas já era noite e eu não me esqueço e é como se eu estivesse lá outra vez agora e a gente andando sem rumo e eu segurei o seu braço e disse: presta atenção nisso que eu vou te falar, por favor, me escuta, por favor é tudo verdade e aí eu olhei bem dentro dos seus olhos e você me olhou de volta e eu disse uma coisa tão forte que nunca consigo lembrar. É como num sonho que a gente acorda de repente assustado e com medo e com um pavor absurdo querendo voltar pra dentro do sonho de todo jeito como se tivesse esquecido a chave de casa. Esse é o bilhete que nunca te mandei. Mas durante esse tempo todo eu ouvia você ler poemas no seu podcast enquanto lavava louças infinitas aqui trancado neste deserto que é a vida dentro de casa. Sempre que eu vejo a foto que tirei de você naquela paisagem em ruínas naquele Carnaval absurdo eu lembro do nosso beijo na chuva e lembro da vez que fotografei uma cigana no Largo 13 em Santo Amaro. Ela segurou minha mão bem forte. E me olhou fundo nos olhos. Nunca me esqueci disso. Nunca me esqueci. O que ela me disse?

Estávamos de costas para o futuro. Bem próximos do fim do mundo e não sabíamos de nada. Se a gente pudesse virar a cabeça por cima do ombro um pouquinho e espiar, o que será que a gente teria feito? Se a gente tivesse conhecimento do futuro, as coisas seriam diferentes? Esses dias eu joguei um jogo que se chama *Twelve Minutes.* O personagem está preso num loop temporal num apartamento e tem doze minutos para resolver um enigma intricado. É interessante porque cada vez que seu personagem fracassa, você volta no começo com conhecimento acumulado sobre o futuro e isso o ajuda a resolver tudo. Mas eu joguei a noite inteira, voltei ao passado trocentas vezes. E não consegui resolver. Absolutamente. Nada.

Depois de escrever esse texto derramado e meloso como uma letra de pagode, entrei no Instagram, e numa destas coincidências meio místicas de tão absurdas, você tinha acabado de postar uma foto sua, linda como sempre, se casando com seu próprio marido. Dei um zoom no seu sorriso, ainda um tanto incrédulo. As palavras no rodapé pareciam traços cuneiforme sumérios, rasurados, indecifráveis. Aquilo acabou comigo. Ainda bem que nunca te mandei esse bilhete que agora me soa completamente ridículo, disparatado, vergonhoso. Como se eu vestisse uma roupa *fora do seu tempo*.

Tempos verbais

Ben Lerner disse que os livros de Sebald sugerem que somos impotentes para lembrar *adequadamente* do passado, mas também impotentes para esquecê-lo. Tem um resto, uma miudeza, um caco, que nunca desaparece. Um fantasma que volta e é preciso escrever pra enterrar.

A memória envolve sempre um pouco de *falsificação*: um pouco de construção ficcional. Ninguém refutaria essa tese. O que determina a perspectiva sobre o passado não é o passado em si, que não existe, mas a perspectiva do presente. O presente de hoje e o presente de dez anos no futuro avaliam de modo muito diferente uma fotografia. E é assim que um passado ufanista ou uma memória grandiloquente se deslocam e se transformam em algo sem importância.

A memória é a coisa mais poderosa que nós temos diante da morte. Mas é uma força precária. Ela não apenas erra, ou se move involuntariamente. Numa perspectiva de longa duração, a memória tende a ser arrastada para o esquecimento e desaparecimento total, como se nunca tivesse existido.

Esquecer é uma questão de sobrevivência. Lembrar de *absolutamente tudo* seria insuportável.

Proust, se me lembro bem, numa entrevista que está no final do primeiro volume do *Em busca do tempo perdido*, diz - com aquele sotaque de ideias do século XIX - que os artistas só *deveriam* se ocupar das lembranças involuntárias, exatamente porque elas são involuntárias. Formam-se sozinhas. Atraídas pela semelhança de um minuto que *se repete*. Um minuto idêntico.

Tentei muitas vezes lembrar daquela frase que eu te disse no Carnaval. Muitas vezes eu tentei lembrar, mas com a mesma força eu tentava esquecer. Eu inventei essas coisas todas? Esqueci a frase, mas lembro do nosso primeiro encontro, ao lado da Martins Fontes. Você surgiu de repente na entrada da livraria. A primeira vez que eu te vi foi através daquele vidro. Vi seu rosto só de relance, meio de lado, um relâmpago — meio turca, indígena, espanhola, uns olhos impossíveis. Você se lembra disso? Um cabelo muito preto e longo e um casaco marrom. Não tenho certeza. Tinha um sorriso tão honesto e uma vontade de viver tão feroz e vibrante que eu senti um arrepio no braço.

Faz muito tempo que você tá me esperando?

O quê?

Eu reconhecia cada uma das palavras que você disse. E se você me pedisse talvez eu até *soletrasse* cada uma das letras, classificando as sílabas. Mas a pergunta me pareceu completamente incompreensível naquele momento, com um sentido *muito maior* que o barulho das frases. Eu estava meio cego. Iludindo e projetando meu próprio abismo pra fora. Um vulcão vermelho tinha explodido e lançado uma nuvem de fuligem e cinzas nos meus olhos.

Perguntei se faz muito tempo que você tá me esperando.

Eu olhei nos seus olhos e então desviei meu olhar pra sua testa, depois os brincos, pescoço, sapatos. Nenhum lugar era seguro. Um inverno vulcânico há 250 milhões de anos extinguiu 95% da vida na Terra.

Não faz muito tempo não, eu disse. A voz saiu despressurizada. Um astronauta que gira a cabeça muito rápido enquanto tenta escapar da gravidade de um buraco negro ou mergulhar de repente na atmosfera e falta oxigênio no capacete. Tava resolvendo umas coisas rápidas antes de você chegar. Mas nada importante.

Caminhamos um pouco pela livraria um tanto envergonhados. Tentando disfarçar o desconcerto inicial e ao mesmo tempo tenso e engraçado de sermos dois estranhos num primeiro encontro. Eu não tinha estetoscópio então não tinha como saber como estava o seu coração naquela hora, e também não dá pra saber direito agora enquanto escrevo uma história. Meu coração já batia meio mudado desde então.

Tanto livro, né?, você disse de repente. Mas é tudo tão caro.

Tá caro mesmo, eu disse, ou pensei em dizer. E depois fiquei calado. Então reconheci *Arquivo das crianças perdidas* da Valeria Luiselli e comecei a folhear. Tô muito curioso com esse livro aqui. Vi uma entrevista com ela na *Época* e me pareceu tão fascinante.

Minha amiga falou muito bem de *A história dos meus dentes*.

Veja essas polaroids. Eu gosto bastante desse diálogo com a fotografia.

São bem bonitas.

Nos sentamos à mesa e você mexia as mãos no ar, às vezes fazendo círculos, ou batendo nas palavras e empurrando num golpe seco. A boca mais linda que eu já vi na vida. Debaixo daqueles olhos mais vivos que tudo. Lembro de você me explicando a sua dissertação, falando da sua tese sobre Carson, dizendo tantas coisas incríveis uma atrás da outra e as mãos dançando rápidas no ar. E como você batia na mesa de madeira involuntariamente quando falava de materialismo histórico. Era o tipo de mão com a coragem para escrever poemas-bomba. Tentei lembrar se havia algum oráculo nas suas palavras naquela noite. Avancei no futuro e tentei lembrar dos versos livres daqueles poemas que a gente trocou nos longos áudios meses depois. Eu já tinha mudado de casa e escutava com o coração leve quando descia na estação Borba Gato e ia caminhando pro trabalho. E depois te mandava um poema na hora do almoço. Um poema por dia. Isso não é um sinal?

Quem quer vê sinal em tudo. Você me disse essa frase não uma, mas pelo menos três vezes.

Lembro da última vez que nos encontramos. Eu tinha chegado um pouco atrasado para o evento. Quando abri aquela porta de vidro, você já estava com o microfone na mão falando para uma plateia que lotava até o chão da livraria. Seus cabelos pretos caindo dos dois lados do rosto e o batom forte na boca. Você olhou direto pra mim quando eu entrei e sorriu com os olhos enquanto falava *viver ensaisticamente* e eu sorri de volta. Fiquei pensando se você sorria tão afetuosa assim pra todo mundo que chegava atrasado. E concluí, obviamente, que não. Vi que estavam servindo cerveja de graça no balcão aos fundos e fui atrás da minha. E também do livro que você tinha traduzido. Nada poderia ser mais inverossímil do que aquele livro ser um grande ensaio sobre o amor.

Eu e meu amigo Gael ficamos esperando na fila, enquanto você conversa com outros poetas, todos muito felizes por você. Sua filha engatinhava entre os livros.

Que bom que vocês vieram, você disse, assim mesmo no plural. E esse plural, ao invés de juntar, separou tudo. Tirou todos os véus.

Espírito das escadas

No dia 8 de setembro de 2019, eu fui levar o menino pequeno na casa da minha ex-mulher e minha ex-mulher me chamou pra entrar. Eu nunca faço isso, mas daquela vez entrei e aceitei um vinho e escutei ela falar sobre a vida dela como se fosse o memorando de uma prima distante ou um café com um funcionário de outro departamento de criação de filhos. Mas de repente o vento empurrou o trinco do vidro grande da sala e esticou a corrente e fez um barulho seco de três anos atrás. Minha cabeça rodopiou e afundou de uma vez na poltrona e então toda a nossa história juntos, do Gênesis ao Apocalipse, atravessou meu corpo. Como um relâmpago.

Quer mais um gole?

Ela encheu minha taça duas ou três vezes e eu comi pedaços de queijos de três tipos diferentes. Lemos juntos para nosso filho que adormeceu sorrindo. Ela me emprestou um pijama e o cabelo dela tinha o mesmo cheiro de três anos e suas pernas tremiam do mesmo jeito.

Os franceses têm uma expressão pra isso.

Pra isso o quê?

Quando a gente finalmente entende uma coisa mas é tarde demais pra mudar qualquer coisa.

Ela gira a cabeça. Mas qual é a expressão? Me encara nos olhos. E se ajeita no travesseiro. Está em paz com seus cabelos pretos afundados na fronha branca.

Eles chamam de *espírito das escadas*. Porque é como se um espírito sussurrasse a resposta perfeita para uma conversa muito importante, mas só depois que a conversa acabou e você já foi embora, descendo as escadas a caminho da rua.

Mas o que o espírito das escadas te disse?

Não é bem uma frase. É mais como uma sensação.

Qual a sensação?

Você se lembra que em *Os outros* a Nicole Kidman achava que estava numa casa assombrada cheia de espíritos muito ruins e depois descobre que na verdade era ela que estava assombrando as pessoas?

Lembro.

É essa a sensação.

O vento empurrou o vidro e a janela bateu outra vez.

Quando eu já ia me levantando, ela me perguntou se eu queria levar um chuveiro usado que tinha acabado de trocar. Era uma dessas duchas que soltam um jato amplo e muito quente.

Ainda esquenta?

Esquenta, sim.

Certo.

No máximo, talvez precise trocar a resistência.

Trocar a resistência.

Peguei um Uber do lado de fora do condomínio levando o chuveiro enfiado numa dessas sacolas de feira grandes e coloridas. Peguei o metrô na estação Alto da Boa Vista e quando baldeei na linha azul, pensei que talvez fosse uma boa ideia descer na Santa Cruz e pegar uma sessão de *Bacurau*, que todo mundo vinha comentando. Peguei uma sala mais ou menos vazia. Eu e o chuveiro.

Quando subiram os créditos, me senti revigorado pelo ódio e a violência das personagens. A vitória fascista nas eleições de 2018 ainda estava atravessada na minha garganta. O então juiz

Sérgio Moro prendeu Lula no meio do processo, para depois assumir um cargo no governo do adversário. Na véspera da votação, houve um disparo em massa de fake news absurdas. Era uma eleição suja, uma tentativa de atentado à democracia. Naquele contexto de recepção, o filme de Kleber Mendonça Filho tinha trocado minha resistência. Saí da sala de cinema com muita vontade de escrever alguma coisa. Articular aqueles sentimentos.

Quando desci na estação Santana, esperando o ônibus, me veio um primeiro insight sobre o texto. Tinha sentido algo parecido quando vi aquele desfile da Mangueira, no Carnaval daquele mesmo ano. Podia começar por aí. Já dentro do ônibus a caminho da casa da minha irmã na Vila Guilherme, onde então eu morava de maneira improvisada, dormindo num sofá e guardando quase todos os meus livros em caixas de papelão, tive outro insight. Me lembrei do trabalho do artista plástico Jaime Lauriano, que fazia uma leitura a contrapelo da história do Brasil. Dei sinal para descer. Eu e o chuveiro.

Cheguei em casa e minha irmã e meu cunhado estavam assistindo televisão no quarto.

Que sacola é essa?

Um chuveiro.

Minha irmã levantou e pegou o chuveiro dentro da sacola e começou a girar e olhar. E depois disse: Tá funcionando direitinho?

Ela disse que tá. Quer colocar aí?

Minha irmã investigou o chuveiro por um tempo e depois foi até o banheiro. E voltou e colocou o chuveiro de volta na sacola.

Acho que o nosso tá melhor que esse, ela disse. Acabei de passar café.

Deixei o computador ligado e fui até a lavanderia a enrolei um cigarro de palha e comecei a fumar enquanto o texto ganhava forma sozinho na minha cabeça. Dei dois tragos e me sentei no sofá, abri um arquivo no Docs. Escrevia como se escavasse um texto já escrito. Uma hora depois, eu tinha terminado. Enviei o artigo para os editores da *Ilustríssima*, da Folha de S. Paulo. Foi imediatamente aprovado, com alguns cortes pontuais. E publicado no caderno uma semana depois.

Em fevereiro de 2020, quando me mudei para a Aclimação, levei o chuveiro comigo. Mas acabei desistindo de instalá-lo, porque o chuveiro do antigo morador estava em perfeito estado. Guardei o chuveiro na parte de cima do guarda-roupa e lá ele ficou durante toda a pandemia. E passou as noites sozinho em casa quando as vacinas chegaram e a pandemia recuou, enquanto eu frequentava rodas de samba no Bixiga e na Barra Funda, de quinta a domingo. Religiosamente. Tinha até me esquecido daquele chuveiro. E também daquele meu texto entusiasmado sobre Bacurau.

Um dia, em abril de 2023, do nada, recebi uma mensagem no Instagram. Era nitidamente uma mensagem de flerte. A moça era uma historiadora e na primeira mensagem ela dizia que tinha me visto num aplicativo e que gostava de mim. Então disse que tinha lido aquele meu texto de quatro anos atrás.

Minha orientadora me mostrou. E eu gostei bastante, ela escreveu. Tinha muita gente falando mal do filme naquela época, mas eu estava defendo. Achava importante.

Não sei qual a minha opinião sobre o filme hoje, nunca mais revi. Mas também achei importante naquele momento. Talvez ainda seja. Não sei bem.

A conversa ficou interrompida por uns breves segundos. Então eu mandei meu número de telefone pra ela.

Me chama por lá. É mais fácil.

Claro.

Depois de conversar com ela pela primeira vez, eu nunca mais consegui parar. Parecia a única coisa possível a ser feita. O universo entrava no eixo quando eu escutava a voz dela. Talvez como os apóstolos se sentiam diante do sermão da montanha. Começamos uma troca de mensagens e áudios que atravessou toda a manhã daquele dia e eu cozinhei e comi grudado no telefone e a conversa se estendeu por toda aquela tarde e foi avançando pela noite e simplesmente eu não conseguia soltar o telefone de jeito nenhum. Um campo gravitacional, eletromagnetismo, as mais antigas forças telúricas arrastando dois corpos para um impacto inevitável. Tudo que ela dizia me pareceu assombrosamente brilhante e fascinante. Então por fim ela me ligou e falamos por horas numa chamada telefônica como dois antigos astecas prestes a se apaixonar.

Por que você não pra cá, agora.

Pra cá onde?

São Paulo. A gente pode ir jantar num restaurante viatinnamita ótimo ali na República.

Hummm, ela disse, parece ótimo. Mas acho perigoso dirigir agora à noite.

O ruído silencioso da respiração através do telefone.

Faz assim, ela disse. Vem pra cá amanhã. Te levo num lugar legal.

Pode ser bom.

Eu sei que vai. Então seja romântico, Marcos, ela disse. Vem me ver.

Acordei com preguiça no dia seguinte. Mas tomei um longo banho e coloquei minha camisa mais nova e borrifei as últimas gotas de perfume do frasco. Então sentei na poltrona e fiquei olhando as opções de ônibus para Campinas. Confesso que estava um tanto cansado e com preguiça para me deslocar até o Terminal Tietê. Então ela mandou uma mensagem.

Oi. Dormiu bem?

Dormi, sim.

E você vem hoje?

Confesso que eu estou com um pouco de preguiça, eu disse.

Ah, tudo bem. Podemos marcar na outra semana se você achar melhor.

Encarei a minha própria imagem no espelho e então eu disse: Vou olhar com calma qual é o melhor horário de passagem e te falo.

Tá bom.

Viação: Santa Cruz   Classe: CONVENCIONAL
Origem: SAO PAULO, SP - TIETE
Destino: CAMPINAS, SP
Data: 23/04/2023   Horário: 12:30   Poltrona: 29   Plataforma: 09
Linha: SAO PAULO (SP) X MOCOCA (SP)

Só quando já estava na rodovia, e eu tinha esquecido os meus fones de ouvido, comecei a me dar conta que nunca tinha ido a Campinas. Minhas únicas relações e referências concretas com a cidade se resumiam a uma vaga imagem dos times da Ponte Preta e do Guarani dos anos 90 e as aulas que tive durante um ano, com a filósofa Jeanne Marie Gagnebin, sobre *O Narrador* e *Sobre o conceito de história*, de Walter Benjamin. Jeanne Marie era professora aposentada da Unicamp, e vinha todas as semanas de ônibus, dar aula na pós-graduação da PUC. Foi a melhor professora e a intelectual mais fascinante que tive a oportunidade de conviver numa sala de aula. Transformou completamente minha relação com as noções de passado, história e memória. E principalmente com a escrita, a palavra e o rigor do pensamento.

Nos dias que tinha aulas com ela, eu chegava na universidade por volta das 8h30 da manhã.

Tinha aula no programa de Literatura das 9h ao meio-dia e depois das 13h até 16h. Subia correndo para o quarto andar, com fome, sono. Então entrava na aula dela, que começava às 16h e ia até as 20h. Eu entrava na sala completamente exausto, imaginando que não conseguiria prestar atenção em nada. Mas quando ela começava a falar, o cansaço desaparecia. Foi durante as aulas dela que tive os melhores insights da minha dissertação. Foi ali que entendi que meu objeto seriam os fantasmas. Lembrar das aulas e dos textos me deixa num estado de felicidade. Jeanne Marie talvez usasse essa mesma linha de ônibus.

Depois dessa digressão, a outra coisa que foi ganhando realidade na minha cabeça é que eu estava indo encontrar uma pessoa - exceto pelo timbre da voz, e pelo nome - completamente desconhecida. Escrevi para alguns amigos contando. E caso eu desaparecesse nas próximas horas, saberiam onde eu estava. Ao desembarcar sozinho naquela rodoviária estranha, essa sensação aumentou. Mandei uma mensagem com uma foto pra ela.

Não demorou muito e ela apareceu com uns óculos escuros num carro vinho e eu fiquei um tanto sem graça quando entrei.

Oi, Marcos. Fez boa viagem?

As coisas aconteceram mais rápido do que eu esperava.

Também achei tudo rápido demais.

Embora Campinas fosse uma cidade com mais de um milhão de habitantes, tinha um clima muito interiorano. Vi umas vacas pastando perto do shopping e uma ausência de barulho que deixava a cidade muito mais perto de Luminárias do que de São Paulo. Afinal, a distância de Campinas para São Paulo é de dez milhões de habitantes. E de Luminárias para Campinas, apenas um milhão e pouco.

Veja o que você acha daqui, ela disse assim que estacionou o carro.

Era um bistrô aconchegante e não muito cheio.

Me fale de você, ela disse quando nos sentamos.

Não saberia por onde começar, eu disse. Mas sou mineiro e tenho lua em escorpião.

Parece um ótimo começo, ela passou a página do cardápio. Você fez mestrado em Literatura, não é? Sobre o que foi?

Fantasmas. Mortos mal enterrados. Coisas da nossa história que a gente não resolveu direito e não consegue esquecer.

Eu li um artigo seu.

Você comentou ontem. Mundo pequeno, não é?

Muito pequeno.

Eu tomei três gins e ela bebeu alguns goles comigo. Como acontece nesse tipo encontro, ela me contou parte da vida dela e eu contei parte da minha. Mas tudo um tanto protocolar e defensivo. Quando o garçom nos serviu uma burrata com berinjela, de um modo muito natural, ela começou a mexer no prato e dividir o mesmo prato e talher comigo. Sua voz era ainda mais poderosa ao vivo do que nos áudios e som metálico daquela longa chamada telefônica. Cada letra era cuidadosamente pronunciada, com as consoantes afiadas como navalhas cortando e limitando o som selvagem das vogais. O mundo tinha entrado nos eixos. E ao mesmo tempo havia um resíduo muito familiar em algumas expressões que ela articulava, como se eu já tivesse escutado aquele timbre. Talvez um eco sutil de sotaque mineiro em algumas frases e palavras. Talvez ela mesma não tivesse consciência disso. Essa familiaridade, esse rastro, produzia a impressão de que talvez eu já a conhecesse há muito tempo, como se eu estivesse reencontrando uma paixão da juventude, de outra vida. O movimento de exploração era também um movimento de reconhecimento. Aquele interesse inicial febril não era confuso, era tranquilo. Eu poderia escutá-la naquela cadeira daquele bistrô pelo resto da vida. Aquilo me deixava completamente inebriado. Depois fomos a uma casa de shows, mas estava tudo vazio e o ar-condicionado, frio demais.

Quer ir lá pra casa?, ela disse.

Pode ser.

A gente passa no mercado e pega umas coisinhas.

Tudo bem.

Então passamos no mercado e ali no mercado, entre as fileiras de frutas e legumes, eu reparei pela primeira vez nos olhos dela sem os óculos escuros. Era um verde-coral, verde-entreguerras, magníficos, lituanos.

Não consigo pronunciar direito seu sobrenome ainda, eu disse enquanto escolhia uma garrafa de gin.

Tvar-dovs-kas

Tvar-do-viskas

Mais ou menos.

Eu queria beijá-la ali mesmo no corredor de pães. Derrubando todas as bisnagas ultraprocessadas e pisoteando quaisquer coisas que tivesse no caminho, com ou sem glúten. Os olhos dela eram a coisa mais linda e afetuosa que eu já tinha visto na vida. Irradiavam luz espiritual. Com aquela beleza dos objetos raros e preciosos que tinham sobrevivido aos bombardeios das grandes guerras. Era difícil não ser arrastado para uma dimensão quase mística diante desse tipo de beleza. Então ela se virou e eu fiquei reparando nos movimentos dela enquanto ela se afastava caminhando em direção aos frios. Parou de repente de costas pra mim estudando as embalagens por um tempo. O que será que ela estava procurando?

Tá procurando o quê?, ela tinha me dito na nossa primeira conversa pelo Instagram.

Não sei bem, tô meio aberto pras possibilidades.

Entendo, ela escreveu.

Parece que ela finalmente tinha encontrado o que precisava. Puxou o vidro do freezer e se inclinou um pouco e apanhou um homus e um tahine e também uma salada de frutas.

Acho que isso vai ser perfeito, ela disse.

Tenho certeza. Vai ser maravilhoso. ✪

Luís Roberto Amabile

Diálogo

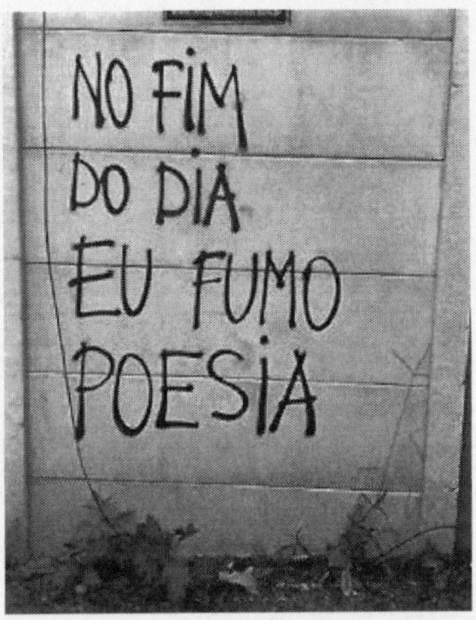

no fim
do fumo
eu poeto
o dia
no dia do fim
no fumo final
eu canto conto
eu escarro
a cidade.

DÉRBI

Barcelona versus Real Madrid?
Boca e River?
Grenal?
Que nada.
Dérbi do oeste (far so far oeste)
paulista:
sol gordo e sal grosso (pro churrasco)
e bola pro mato
terreno baldio jogo baldio
mas que vale vaga
no campeonato.
Não importa a divisão (a última)
a torcida canta cacareja relincha berra e vibra
no Tonicão
estádio esqueleto encravado
no corpo da terra.
Lá em Assis. ✪

Matheus dos Anjos

sombra sem luz

SOMBRA SEM LUZ

estou perdido no tempo dos homens
como se perde um homem no tempo
de deus
o avesso da pele de um cego
que nunca perde o vento de vista
é preciso encontrar outras formas de dizer
[adeus

é que
despir
também começa como uma
despedida
dresscode próprio da linguagem
ou o que resta da palavra entre os dentes
depois da mordida

verbo quando vira substantivo
engole sapo

a sombra da falta é
um véu sobre minha cabeça
assustado e perdido
estou no tempo
como se deus fosse homem
vestindo de vento cego
a pele do adeus

se deus gritasse
também pediria socorro

REMINISCÊNCIAS DE ALGO QUE QUASE QUEIMA

a casa verde no alto
centro de descoberta
dos meus adjetivos

ao fim de linha dos atos
aresta de minha sina
algo lança chamas sem direção

aprendizado a olho nu
não amola faca cega
imprecisa, mas não deixa de cortar

primeira família e o resultado
de cinzas que toda fogueira promete
mesmo assim, lá estava de novo

retornar é vontade
de onde nunca se saiu ✪

Paula Arbona

As cicatrizes não são linhas

traduzido do espanhol por Matheus Peleteiro

***

As cicatrizes não são linhas.
São piscinas sem água,
lagartixas que não se regeneram
e buracos negros na cama.
Uma carta na lixeira,
não a de reciclagem.
Uma barata que não matas
por medo e nojo.
A garota solitária
na pista de dança,
um ano em uma manhã
e o cigarro pisoteado
que não se apaga.
Acima de tudo,
uma cicatriz é um fantasma.
É a casa encantada
sustentada por um balão.
A agulha preparada.

***

Queria ser carpinteiro,
mas decidiu se casar.
Meu pai não era violento,
mas beijava minha mãe
como um martelo.
Ele criou nela uma nova pele
de madeira.
Ele não gostava da carne
e não precisava de árvores.
Ele lhe entregava dinheiro
e abria a mão.
Minha mãe, em troca,
se desenrolava,
tirava os lençóis
da cama.
Uma vez contrariado,
ele brandia seu martelo
com a lascívia de Thor.
Há sons
que não podemos deixar de ouvir.
Mesmo hoje,
tentando dormir,
fecho os olhos
diante do som gutural
dos seus trovões.

***

Degolei meu pai
e deixei seu cadáver
repousar na lua,
assemelhando-se
a uma lagartixa translúcida.
A noite descobrindo
sua selva negra, a inércia
erguendo a sua barriga
de Deus branco
e seus olhos de sal.
Lá estava meu pai,
um buda nebuloso
em uma depressão lunar.
Suas mãos penduradas pelas beiradas,
os dentes caindo por conta da gravidade.
A lua se levantando,
como uma prostituta mal paga
que come muito pouco.
Coberto por lençóis de cal
em sua cratera repleta de ossos,
os abutres não o alcançam
e nós descansamos melhor.

***

Alguns meses antes da morte de meu pai,
assisto a filmes que não gosto.
Sou eu quem o convida para sair
e não uso fones de ouvido
durante a viagem de carro.
Falo muito
pois cada silêncio
me lembra da morte,
mas meu pai está morrendo
e, por mais que conversemos
com nossos corpos,
não importa o quão bem
os enterremos,
eles não ficarão na terra.
É o silêncio do ar,
o silêncio do meu pai
como daquela vez, quando criança,
que me perdi no supermercado
e todos os homens eram ele,
mas nenhum me cumprimentou,
nenhum deles
me estendeu a mão.

***

Algo me diz
que lerá isso
em seu leito de morte.
Se assim for, abra a sua mão,
ela agora é a minha mão,
ela agora é uma pomba
que abre suas asas.
Seus dedos são,
cada um, uma rosa branca.
Olhe pela janela,
agora você é o campo,
a grama que entrelaça seu corpo
através dos caminhos.
Agora você é a gota de orvalho
que se incha sob a terra
para fazer doces cebolas,
é Eva cuspindo sementes,
semeando maçãs
para colher o pecado.
Agora você me diz
que devemos nos unir,
agora somos rouxinóis
que tecem seu canto
entre os deuses azuis
para sempre. ✪

Lorraine Ramos de Assis

Intercalados

O percurso de Paula tinha começado em uma época em que conseguiu juntar um dinheiro. Vivia de freelances, mas nunca tinha trabalhado de carteira assinada. Fruto de uma classe média alta, mas agora falida.

A jovem vivia com o marido. Danilo. Danilo Pinheiro. Contudo, ela decidiu resguardar seu sobrenome de solteira. Talvez por medo de apego, ou independência. Mas agora tudo mudaria:

Teria seu primeiro emprego e iria embora. O percurso.

Viu o homem na cozinha. Um desconforto. A bem da verdade, fazia anos que isso ocorria.

O café não se consumia como antes. Danilo apanhava a xícara como se tivesse sido atingido por uma rede de energia elétrica. Batia a colher de chá uma, duas, três e às vezes cinco vezes. O som era como um túnel sendo ecoado para quem passasse pelos corredores do prédio.

Se o basculante era como um olho, Danilo era o palco da desordem metódica. Ninguém suportava ficar na casa com o sujeito.

Cabelos castanho-escuros lhe atingiam o ombro com um certo tom de pressa. Madeixas cresciam com facilidade. A camiseta, pelo contrário, estava parada, estagnada: uma mesma cor se costurando dias a fio, abatida, suada.

O que acontecia com Danilo?

O cesto de roupas permanecia igual à camisa e ao seu rosto, sempre com o mesmo semblante, mesmos movimentos, tornando o campo de visão dilatado de quem se deparasse com a cena. Os shorts se estendendo nas grades, pendidos. Carregavam sua identidade e um pouco de grana, moedas. Apenas moedas.

Havia algum norte em sua vida?

Lembrava do marido às cinco da tarde de um sábado com pedidos de empréstimo, mas não passava do ato de "manguear". Pedia a Paula trocados, mas a lembrança do comportamento estranho aparentava não um mero descuido, mas resultado de algo pior. A primeira coisa que ela perguntou a ele foi: "Você não tem vergonha de ser um vagabundo?", ao que Danilo respondeu: "Acha que eu gosto disso?". Bastaram segundos para que tentasse contornar a situação, mas não tinha esperança. Nada era uma ciência exata, pensou a esposa.

Eu vou te dar o dinheiro para o galão de água, e não para esse negócio sujo, disse Paula, em alto tom.

Ele concordou.

Estavam lá em uma posição de cócoras, como se estivessem na tentativa de atenuar a compulsão e serventia do ambiente. Similar a alguém que rezasse. Contavam os centavos. Cinco, vinte e cinco, dez e cinquenta. Não era o bastante para pedir o galão.

Alguns minutos se anunciaram, e Danilo se retirou da sala e bateu com força a porta da moradia.

A noite chegou, e com ela, a desolação. Não estava mais em cócoras, mas reta, perfilar. Igual a um soldado. Lembrou de Ana C., que escrevia com mãos ávidas por um socorro. Estremeceu ao se lembrar da poeta. Uma palavra seguia-se no pensamento da jovem: mas eu estou viva. Por quê?

Respirou fundo. O ar falhava, hiperventilava. E recordou (a nostalgia é uma maldição, pensou Paula) de uma fala de Danilo.

Estou no fim da vida.

Venha comigo, Paula.

Vamos viver uma aventura? O calçadão de Ipanema nos espera

E aquelas mesmas madeixas se tornavam piores na primeira imagem que passava: enegrecidos, cobertos por fios cujo volume se demonstrava mais úmido quando a iluminação da rua invadia a salinha.

De repente, uma força se instalou no quarto. Queria deitar, gritar, mas não conseguia. Mas tinha uma coisa que a fazia se sentir melhor: a figura da mãe. A matriarca que a afogava em seu colo enquanto dirigia um Volvo Cinza.

Cinza, pensou consigo, é uma cor de fronteira.

Havia um rádio no quarto do casal e ela ligou, tocando na estação JB FM.

Marina Lima entoava

Eu não sei dançar

Paula tomou uma decisão: dançar. Não em pé, mas sim sentada. Sentou-se em uma cadeira de plástico que havia no quarto, movimentando os ombros, braços. Eles formavam dedos de um compositor em uma orquestra.

No teto havia uma infiltração, e olhava a chuva a cair. A lua, e com ela um temporal.

Deixou cair as gotas de água em seu rosto e se lembrou da mãe. Ela exclamava em adjetivos. Gostava deles, em especial os de ofensa. A mãe batia em seu pai, e ele nela, a criadora. A sua mãe.

Mamãe, por que você me deixou?

Neste instante tudo fazia sentido. Repetia os ciclos viciosos de relacionamentos.

Mas era hora de acordar do transe.

Avistou uma coruja na janela do quarto. Com certo esforço, curvava a cabeça e parecia lhe oferecer através do bico uma das comidas do dia.

O olhar do animal. Fisgada. E com um só tempo se deixou desaparecer na escuridão enquanto a rádio de sua infância tocava as músicas do carro de que sua mãe já foi possuidora.

E também uma prisioneira. ✪

Carina Bacelar

Dois

Eles eram dois. Mas o correto seria dizer: ele era dois + ele era dois. Porque a concordância ora junta corpos não unidos, ora separa corpos juntos. Pois o que havia: eles. Na realidade, pelo menos um e um.

O que se sabe é que o metrô deixou aquela estação. E as portas se uniram. Se precisarmos, as portas colidiram. E arremessaram, no mesmo vidro fumê que some e permite ver nomes e placas e estações e as pessoas e as olheiras cheias de expediente e as coisas como devem parecer ser para que não sejam reparadas, os corpos de ele e de ele. Em uma imensa escuridão. E graças à escuridão, graças ao lado de dentro mais iluminado que o lado de fora, a imagem ali, no vidro da porta. Um e um. Agora, os dois.

Pouco antes, haviam se beijado. Se beijado ali mesmo, no vagão. A luz forte esbofeteando de clareza o rosto deles. Os resquícios de areia de praia no chão – era sábado. O fim do dia que fedia nas pessoas em volta. Menos neles. Neles, um aroma de saliva, de pau subindo e de chicletinho de menta. Esse cheiro de Não que dá um cavalo de pau e vira Sim.

Sim.

Devem ter dito isso um ao outro. Dito isso pela boca, não com a boca. Com a ponta das línguas: sim. Antes disso, nada tinham dito. Nada. Embora. Sim, embora, embora e embora. Foram vários, anos de emboras, até que não pudessem mais. Porque estavam presos ali. Seus corpos condenados a um vagão de metrô.

É possível que pelo menos um deles sentisse a areia espetar o pé. Que, de repente, o cansaço alheio fedesse além da conta. Que a atmosfera ardesse os poros todinhos como um ácido. Mas isso não há como saber.

O que sim, podemos saber, é que depois que se beijaram, a porta do vagão fechou. Diante deles. Bateu. Lado direito e lado esquerdo. Do lado direito da colisão, um. Do lado esquerdo, outro um. Mas no escuro do vão, o escuro que rouba imagens do lado de dentro, os lados eram cada vez menos lados. Diminuíam. Uma vontade de centro, dos dois. Um vácuo invisível que puxava seus corpos, de um e de outro, ao mesmo tempo.

E foi assim que ficaram. Estatelados, nítidos Chapados na escuridão do lado de fora, no vidro. Um e um. Cabeça e ombro, cabeça e pontinha da cabeça. Partezinha do dorso, partezinha do tronco. Eles. Encostados com a sutileza das peles queimadas de medo, mas além disso. Tão além que nada disseram, permaneceram ali, no pretume do vidro. Fora, o som da velocidade apitava. Dentro, um som ainda mais alto.

Foi por isso talvez, pelo som, que eles continuaram em silêncio. Por aquele som que faz suar frio. Ao mesmo tempo, suas cabeças anguladas, um encostado no outro. Encostaram um no outro como um homem e uma mulher encostam corpos para tirar fotos no espelho do hall de um restaurante caro. Um menino e uma menina que encostam mãos na festa junina da escola. Uma distância que encolhe quando pode ser encolhida. Quando a morte da distância é aplaudida, em vez da morte dos corpos. No caso deles, não. Não são um homem e uma mulher. Não são um menino e uma menina. Eles são ele e ele. São o que puderam ser e também o que não puderam.

Mas antes de o vão terminar, separando seus corpos para sempre na luz contínua, aconteceu. Pelo menos um deles olhou. E viu. Não seu próprio corpo em reflexo, mas aquilo que não deveria ver: os dois sendo dois. A escolha pelos olhos do outro no vidro, em vez dos próprios olhos. Uma escolha que nunca no passado, mas ao mesmo tempo, que sempre no futuro. Do presente.

Isso, essa escolha, pode mudar tudo. Mudar as mãos, as fotos, os espelhos, os restaurantes. Sorrir meninos em homens, enfim. Os meninos que sempre, mas. Mas não se sabe. Não se sabe, por exemplo, o percurso dos olhos do outro um – se para seu próprio corpo, seus próprios olhos, apenas, ou se mais. Mas faria toda a diferença. Mas o que tenho é: pelo menos um deles. Mas talvez isso baste. Mas certas coisas não bastam para sempre, ainda que bastem em minuto. Mas é isso, mas houve: pelo menos um minuto. E pelo menos um deles, um minuto, dois. E por causa disso, digo com absoluta certeza: houve eles, mesmo que nunca haja. E só sei disso porque eu lá, o vidro da porta. E aqui, eles foram dois. ✪

Isadora Barcelos

que saibam

QUE SAIBAM

algum dia
antes ou depois da morte
me imagino sendo parte de algum arquivo
recorte de revista amarelada na caixa velha de sapato
jornal que enrola caco de vidro, xixi de cachorro
onde sou lembrada por certas virtudes
que me dão algum orgulho:

ter pés de poeta
e mãos de futebolista.

OLHOS AFIADOS

imagina só procurar a poesia num livro,
que ideia ruim!

é ela que me encontra
numa palavra cruzada
na loteria
na porta fechada de uma igreja
numa caminhada em vão
para conseguir uma muda de planta
resultado da poda dos roseirais da cidade.

PERDIDOS E ACHADOS

me pergunto sobre a fisionomia do poeta
sabendo que não há resposta certa,
mas que talvez exista uma pergunta pertinente:

qual músculo ressaltado
qual dor de coração
qual pulmão preto de fumaça
qual tique constrangedor
qual mirada sem jeito, defeito de refração da
retina
qual apego inexplicável
deve carregar alguém que escreve
dentro de si? ✪

Lolita Campani Beretta

MARGEM

Olha hoje esse mar
De que sempre tiveste medo

Hoje acordou sereno
E tudo ao redor anuncia –

No calor, talvez o verão
Talvez o sono
Adormecidos, bem deitados à sombra
Deixar que as notícias demorem mais

O mar hoje
Por ser janeiro
Acordou
        Sereno
Olha hoje esse mar
De que sempre tiveste medo

TRECHO

Adentras o mar e no mar
Tudo espera

Poder encontrar
Palavras   montanhas cegas
Descanso   em teu peito feroz

Confia neste tecido

AREIA

montanha   deitada
ao sol   pedindo
o tempo de que precisas

às vezes pensar o futuro
inteiro como um passado

FOZ

disposto à margem
o tempo

de levar-te
o barco ✪

IV.

Animal anônimo
e sem alarde

Avanças
caminho e busca

Na tarde sem corpo
Queres proteção
Queres silêncio e a sabedoria

Chove
Bem mais que é preciso
Tens
Agora repouso
Fica
Aceita mais uma morada

Mabel

carona

CARONA

o pai quer saber as notas
e as novas virtudes vicissitudes fatos acontecimentos
mas a filha só consegue contar quantas
rugas aparecem no rosto do pai
quando sorri só consegue contar
de uma amiga a saudade
que sentiu de falar o nome do pai em
toda a vida ou nas últimas semanas

A FORMIGA E O CARRO

apostam uma corrida:
quem chegar por último
é a mulher

as patinhas de louça
carimbam o caminho
e mesmo em fábula
desse corpo, só vemos cacos

longe na frente as rodas
espumam fuligem
e mesmo em fábula
esse corpo não vemos

a pequena tenta alcançar
quer vencer não quer ser
esquecida pra trás

já está ficando escuro a
quilômetros de distância
nem um nem outro
chega a lugar nenhum

a filha e o pai
invertebrados
de barriga vazia

PAI FILHA

e quando eu bati a
porta do carro você
disse eu te amo e eu
disse tchau e você
me bateu na sua
imaginação e eu
disse eu te amo na
minha

MAIS UMA CARONA

ele clica no rádio do carro
olha pra ela no retrovisor
a música faz cosquinha nos ouvidos
são só eles no carro eles e o ruído

o rádio começa a sair da linha
vacila nas faixas come partes da letra
o carro é velho e a estrada de terra

por onde passam poeira fumaça
pra cobrir o espaço ele diz
motocrosses um dia foram cavalinhos
aquele tobogã um dia pareceu minha casa
só o que parece igual sou eu e esse violão
até você anda mudada ✪

Giselle Fiorini Bohn

NARCISOS

Seus dedos brincam com o guardanapo. É sexta à noite, o bar está lotado, barulhento, mesas agrupadas para que grupos possam conversar e, com intervalos de minutos, explodir em gargalhadas que ela não consegue imaginar saindo de sua boca. Talvez nunca tenha gargalhado daquele jeito, ou falado tão alto. Mas não quer cair na armadilha da autoanálise, seu habitual algoz. Está nervosa, ponto final. Sim, encare, a besteira está feita, agora vá adiante e acabe logo com isso.

Alguém a chama pelo nome. Ela levanta os olhos fixos no guardanapo e vê o homem que a observa com a cabeça ligeiramente curvada para o lado. Ah, meu Deus, ele é muito feio. Nossa, ela é muito feia. Se pudessem ouvir os pensamentos um do outro, e atentassem não para o sentido mas para a sincronicidade, teriam rido. Ela amaldiçoa a amiga que a colocou nesta situação. Por que ela achou que eu ia gostar desse cara? Mas a pergunta nem bem se forma e a obviedade da resposta a atinge: é tão feia quanto ele.

Não que em algum momento se esqueça. Tudo é um lembrete. O olhar que cruza com o seu, o olhar que desvia, o olhar constrangido, o olhar que se demora: sou feia. Feia. A palavra é como seu sobrenome. Ela quer acreditar que nem é tão feia assim, embora não goste de ver no espelho os imensos olhos castanhos atrás dos fundos de garrafa dos quais precisa desde a infância, o cabelo cor de ratazana, o nariz adunco, o corpo sem formas. Não, não, tenho meu charme. Mas quando vê esse homem, percebe que isso é uma ilusão. Vocês têm tudo a ver, a amiga disse, confiante. Tudo a ver. Entendido.

Ele já nem alimenta qualquer ilusão. Sou homem, não sou? Homens são forjados na rejeição. Até os bonitos são preteridos pelo sapato errado, pelo andar inseguro, pelo humor bobalhão. Outros atributos podem compensar a beleza física; sim, os homens não sofrem por sua aparência como as mulheres, é verdade. Mas há um limite para tudo. E sabia que o perdera de vista, com seu corpo de boneco de batata, seu queixo inexistente, sua calvície prematura, sua pele furada e marcada pelas espinhas que o atormentaram da adolescência até seus vinte e tantos. Mas os feios, até mais do que os belos, sabem apreciar a beleza e também a procuram: ele não a encontrará na mulher à sua frente.

Ela se levanta, oferece o rosto para um beijo bem quando ele arrisca um abraço cordial. Os dois, constrangidos, decidem por um aperto de mão. Sentam-se. Ele evita olhar para ela, ela para ele. Nenhum dos dois percebe a evasão do outro. Ela pica o guardanapo em dezenas de pedacinhos, ele desenha com um palito de dentes no montinho de sal jogado sobre a mesa. Conversam, é bom, riem até. Ao final da noite se encaram pela primeira vez e sorriem, não um sorriso tirei-a-sorte-grande, mas um é-não-foi-tão-ruim-assim-afinal.

Vem a segunda chance, e muitas outras depois. Ela se sente viva pela primeira vez; ele, finalmente em casa. Não há desentendimentos ou frustrações ou cansaço. Ela fica sabendo que ele foi noivo durante quatro anos; amiga da irmã, ótima pessoa, ah, mas teria sido um erro. Já ela teve um namorado; durou seis anos, não, não era tão boa pessoa quanto sua noiva, mas descobri a tempo, antes tarde do que nunca, não é? Conversam muito, têm tantas histórias a dividir, tantas coisas nunca compartilhadas. Ele agora a observa o tempo todo, desejando que ela sempre sorria, porque tem um sorriso tão lindo, como ele nunca viu. Ela se encanta com seus olhos azuis, e sorri, porque são tão lindos, como ela nunca viu. Quando não estão juntos, ele preserva a imagem daquele sorriso e é nas lembranças daqueles olhos azuis que ela se perde.

Todos dizem que ela parece outra pessoa – é porque está apaixonada, dizem, rindo, em tom de inofensiva e carinhosa zombaria. Os amigos dele quase não o veem; está sempre com ela. Mas quando o encontram, surpreendem-se: você está ótimo, o que não faz o amor?

Até que ela é invadida por um sorrateiro desconforto, que a princípio não consegue identificar, até ser tarde demais. Medo. Medo que se transforma em terror quando, finalmente, o compreende. Ele está tão bonito, todos comentam, tem olhos azuis. E ela? Nada, não tenho nada que se compare àqueles olhos azuis. Por que fica comigo? Quanto tempo vai levar até que caia em si? Até que alguém lhe abra os olhos? Ou será piedade? Vale a pena viver na ilusão de se crer amada quando esse amor é só compaixão?

E quando ela começa a perder o sono, nem imagina que também ele não tem dormido. As noites são agora permeadas por um pavor, que veio de mansinho, implacável: o temor de perder a melhor coisa que já lhe aconteceu na vida. Ela está tão bonita, todos têm notado, aquele sorriso tão lindo, e ele não tem nada que se compare à beleza de seu sorriso. Tão boa, tão generosa, com certeza percebeu que sou carente, frágil, preciso tanto dela. Por isso ainda está comigo? Será então só pena? Não é melhor viver só do que amado por compaixão?

Ela parece distante, as retinas tristes, sorri raramente. A ausência do sorriso faz com que ele se afaste um pouco mais a cada dia. Os olhos azuis vêm agora sombreados por uma tristeza que a convence de que não há motivos para sorrir.

E quando eles se enlaçam à hora de dormir, ela o abraça um pouco mais forte, mas ele não nota porque pensa que é quem a abraça um pouco mais forte. Deitada sobre seu peito, ela não sorri: olhos abertos no escuro, o coração sufocado pelo silêncio de suas respirações. Ignora que ele tem no escuro os olhos azuis também abertos e o coração sufocado pelo ruído de suas respirações.

Na dor da solidão a dois, condenados pela beleza dos amantes, ignoram que são apenas Narcisos às avessas. ✪

Priscila Branco

A GALOPE

QUANDO menina
escutava o som de pássaros
galopando no quintal.

depois de grande
descobri que asas não galopam.

e o pior:
não há palavra
pois asa não faz som.

se um dia voltar à infância
planejo uma revolução:
escrever o voo dos pássaros
rasgando imponente
o silêncio

do chão. ✪

POEMAS TIRADOS DO LIXO

A CASCA

o passado tem cheiro
de fruta fresca
a boca saliva
a memória enlaça
no fundo da feira,
porém, o moço sabe

é fruta bichada.

O JORNAL

outro dia, desatenta,
tropecei num corpo
tirando soneca

corri os pés
torci o coração
segui caminho

será que o corpo
sonhava?

O VARAL

que vida besta, meu deus,
esta, de lavar
a alma de secar
os olhos
balanço o cansaço
penduro o fim
eu sei, josé
ficou de consertar a corda
bamba. ✪

Cintia Brasileiro

Inso~~no~~lência

Tia Nica caiu na minha frente. Eu estava saindo da venda, com um picolé de morango na mão, corri pra atravessar a rua e pedir a benção à mulher mais velha da família. Ela me olhou apavorada e *CATA-PLUFT*! Cheguei em casa esbaforida e sem picolé, ou ele derreteu, ou tombou pelo caminho, igual à tia Nica ao despencar na porta da farmácia do Zé Romualdo.

Passei voando pela porta da cozinha, tia Cotinha viu minha cara e nem me deu tempo de recuperar o fôlego. *Desembucha logo, menina!* Aos berros, ela esparramou a notícia do tombo da tia Nica até o quintal. Minha mãe saiu foguete, coitada, foi até sem calçar os chinelos. Baratinada, de um cômodo para outro, zanzei sem picolé e sem saber o que fazer.

Vó Mariana foi a única que me perguntou se eu estava bem e me ofereceu um copo de água e um cafuné. Trançou meus cabelos, recolocou minha flor, por bem pouco a rosa do meu cabelo não ficou pelo caminho.

Recuperei a coragem, a cor da minha fuça, voltei na mesma carreira para conferir se tia Nica estava melhor. Meia hora antes, tadinha, ela desabou feito pipa sem vento e beijou o chão na esquina da avenida Saudades. Quando cheguei lá, a roda de curiosos estava com lotação máxima, minha mãe sentada na calçada, ajeitando a tia Nica no colo.

A falação só não era mais alta do que a da reza do terço em dia de novena de Natal com café e bolo. Não sei quem levou água e travesseiro, a mãe e a tia até pareciam pessoas importantes, todo mundo queria ver, ninguém podia tocar. Fui me espremendo entre um, uma e outros enquanto minha mão gritava na frente em busca da minha mãe.

Tia Nica estava quase recobrindo as forças, quando seu rabo de olho me alcançou aqui, e ela apagou novamente. Pelo menos, desta vez, a tia já estava no chão. Meu falecido vô Quim costumava dizer que *do chão a gente não passa, mas passa por cada sufoco nessa vida que até Deus duvida.*

Dei um beijo estralado na bochecha da minha mãe e pedi, ao pé do ouvido, mais moedas para comprar picolé. Ela ficou zangada comigo e mandou que eu tomasse de volta o rumo de casa. Fui, claro! Não ia querer levar mais um surra de vara de marmelo na mesma semana.

Contei tudinho pra vó Mariana, ela ajeitou meu enfeite de cabelo, uma flor vermelha de papel seda, contou três moedas comigo e me entregou, com um beijo na testa. Aí, a vó me olhou com aquele jeito de quem sabe mais do que todo mundo e mandou que eu fosse logo comprar um picolé de morango pra mim e um de coco queimado pra ela.

Vô Quim também me ensinou que *achado não é roubado*. E não é mesmo! Encontrei a flor caída no chão, bem no cantinho, atrás da cômoda da vó Mariana. Com todo cuidado, tirei a poeira, ajeitei as pétalas, fui até o espelho e vesti a flor no meu cabelo. Era a mais linda do mundo! Não sabia que flor bonita provocava chiliques.

Ajeitei a rosa outra vez entre meus cachos e finalmente comprei os picolés.

Tia Nica não estava doente nem de jejum e nem era quaresma. Ela não gostava de sair de casa sem tomar banho, muito menos antes das refeições. À noite, depois que todo mundo foi dormir, ouvi a vó Mariana cochichando com mamãe. *A Nica desmaiou por causa da flor no cabelo da Aninha*. Ou melhor, por causa da mulher que havia feito a rosa que foi parar no topo da minha cabeça.

Nunca imaginei que meu enfeite causaria um desmaio e toda essa confusão. Colei a orelha na porta, permaneci cinco minutos grudadinha ali, doida para saber o restante do causo. Fiquei querendo. O ronco da vó Mariana espantou meu sono e minha curiosidade naquela e nas três noites seguintes.

O alarme do celular tocou pela terceira vez, precisava comer algo.

Reli a história, do início ao fim, salvei o arquivo, enviei o esboço por e-mail, peguei um picolé de coco queimado no congelador e mandei mensagem para um cúmplice. Na manhã seguinte, o telefone vibrou e a resposta apareceu: *será um conto ou tem um romance nascendo?*

Quando o santo não bate

Ninguém passava pela minha calçada. Dia desses, uma moça se atreveu a tocar meu muro cabisbaixo e fez um afago nas minhas rachaduras. Seus dedos com bolor e cal abriram o meu portão. Não posso reclamar dos modos dela, foi educada. A desgraçada sou eu.

Há quase meio século perdi a sutil atmosfera portuguesa que sempre me conferiu altivez no começo da rua dos Fundadores. Meu jardim, uma vez o mais admirado da cidade, hoje não passa de um pedaço de chão sem flores, com fungos, minhocas, formigas, cupins, animais e humanos peçonhentos.

Ligeira, a moça destrancou o cadeado, bateu de leve na madeira, tocou-me com cuidado e limpou os pés antes de entrar. Algo em seu rosto me fez sentir saudades das jovens que colhiam rosas brancas e amarelas para enfeitarem seus bolos de casamento. Dos malcriados, que roubavam as jabuticabas e as mangas maduras do meu quintal, eu não sentia falta nenhuma.

A moça segurava um aparelho estranho, achei que fosse um espelho de mão, então percebi que, além de se olhar nele, também o apontava para todos os lados. Adentrando um pouco mais, removeu alguns lençóis da sala de jantar, sacudiu a passagem dos anos e algo naquele troço pequeno parecia captar frações do meu glorioso passado. Nem o troço nem a moça podiam capturar meus pecados, mas, ao tocá-lo, ela podia falar com outra pessoa.

— Cida, pode vir agora? Tem que lavar bem a cozinha, faxinar os dois banheiros do térreo, a sala de jantar e o quarto principal... Não, não precisa passar lustra-móveis... Sim, vai ter que encerar o piso da sala... Pode, pode trazer uma ajudante, Cida.

A moça guardou o aparelho no bolso, viu-se no espelho da penteadeira vitoriana e desviou o olhar. Abriu bem as janelas. Era tão jovem, por que estava tão estafada? Pensei em convidá-la para repousar, não deu, a sinfonia de pingos que tocava a terra a convocou até o velho balanço da mangueira.

Enquanto ela descia as escadas, lembrei-me dos versos do poeta Miroslav Holub:

Vai e abre a porta.
Pelo menos
Haverá
Uma corrente de ar.

Contemplei a garoa e a moça, que agora se arriscava em um leve *pra lá e pra cá*. A corda ainda era forte e nesse ir-e-vir, junto às gotas do céu, escorria, pelas frestas, o desgaste das paredes, dos azulejos mofados e do telhado banguela.

A chuva encharcou nossas feridas.

Vai e abre a porta.
Talvez lá fora haja
Uma árvore, ou um bosque,
Um jardim,
Ou uma cidade mágica.

Duas senhoras bateram palmas em frente ao meu portão.

— Ô de casa!

— Cida, pode entrar.

— Licença, tamo entrando.

— Virgem Santíssima, tem que limpar tudo isso hoje?

— Para de reclamar, Cida.

— E essa é a...?

— Dita, a minha amiga que vai me ajudar.

Cida trouxe dois rodos, duas vassouras, uma pazinha, três baldes, um pacote de sacos de lixo, um espanador e mais uma sacola grande com pano de chão, flanelas e produtos de limpeza, encostou tudo ao lado da pia da minha cozinha. Também gostaria de recostar seu medo ali. Arrepiada, ela disfarçou bem.

A moça avisou às faxineiras que ia ao mercadinho da esquina, comprar copos descartáveis, pó de café e biscoitos de água e sal. Não queria dizer que precisava mesmo era tomar um ar.

— Cuidado! Não vai quebrar nada, viu?

— Foi só aquela vez, mocinha.

Naquele início de tarde, parecia que as companhias seriam agradáveis.

— Dita, tô indo limpar o quarto.

— Cê num tem medo de ficar lá sozinha?

— Deixa de bobeira, mulher!

— Duvi-de-o-dó!

— Chega de frescura, vai trabalhar!

— Podexá, a cozinha vai ficar um brinco!

Cida subiu as escadas com o terço na mão sem perder sua coragem teatral. Para ser sincera, só não fechou os olhos para não tropeçar nos meus velhos degraus. Baforava, ela sabia, sabia sobre o meu passado. Na minha pequena cidade sempre houve uma fartura de gente linguaruda, daquelas que não tomam conta do próprio nariz e adoram esparramar notícias da vida alheia.

Eu me distraí degustando o zelo da Cida com a limpeza dos móveis do meu quarto. O último instante de simpatia que tive pelas duas senhoras.

Senti um calafrio na espinha. Dita estava jogando água com sabão e cloro nos azulejos da cozinha enquanto ficava falando num aparelho, um parecido com o da mocinha.

Ela deixou a água escapulir para a sala de jantar. Eu estava prestes a deixar escapulir uma mostra do meu aborrecimento. Os tacos próximos ao beiral da porta já estavam encharcados, com certeza iriam estufar.

Enquanto minha impaciência inflava, experimentei pela última vez o sentimento da minha desimportância para ela. Como não sentia torcicolo ou cãibra na língua? Por que não largava o aparelho? Eu precisava agir ou a minha sala inteira ficaria ensopada.

Minhas janelas se fecharam com tanta força que os vidros se estilhaçaram e um dilúvio de cacos se misturou às bolhas que estavam no chão. Dita percebeu o estrago que havia causado.

— Minha Nossa Senhora!

— Cida, corre aqui, mulher!

— Dita do céu, que inferno!

— Foi o vento, Cida.

As duas bateram boca por um bom tempo antes de retomarem o trabalho, como se isso pudesse ajudá-las a ajeitar aquela lambança. Quando a moça voltou, ligou para o vidraceiro, não sem antes rezar um sermão para as duas mulheres. Faxina com ladainha era bem pior do que presenciar o vigário proferindo a extrema-unção em latim.

Naquele arremate de tarde nuviosa, dei graças a Deus que consegui salvar meus tacos de jatobá a tempo. Dei graças a Deus que, após o trancar da porta, fez-se silêncio.

No dia seguinte, o sol trouxe a moça mais uma vez, agora, estava mais afoita do que quando avistou os cacos de vidro espalhados pelo meu piso. Ouvi quando alguém lá do portão gritou:

— Cadê a assistente?

Pelos passos afobados, de ambos, ficou bem claro que aquele engomadinho e nariz empinado estava mesmo à procura da moça. Onde já se viu entrar sem bater?

Duas buzinadas em frente ao meu portão. Não sabia o que significava, mas na porta metálica de correr estava escrito “VanTur”. Sete homens, seis mulheres, várias bolsas e caixas passando pelo meu portal. Bárbaros! Arrancaram a minha porta para que toda a tralha pudesse adentrar.

— Ordem do diretor!

A sala ficou tomada por coisas que eu nem sabia o que era.

Pessoas e objetos foram chegando de carro, de moto, de bicicleta, parei de contar depois de vinte pessoas, quando o autocrático berrou da cozinha:

— O elenco ainda não tá completo?

A moça abaixou a cabeça, conferiu seus papéis, pegou o mesmo aparelho de ontem.

— Tão chegando? ...Sim, ele tá uma fera!

No porão, dois homens cuidavam de uma gambiarra. Pareciam não querer muita conversa, cuspiam marimbondos.

— Que velharia!

— Quem foi o gênio que teve a brilhante ideia de gravar aqui?

A moça usava outro aparelhamento, desta vez, apertou um botão e disparou:

— Foi o diretor de arte, reclamem com ele.

A claquete estralou, uma paz imperou por três segundos, e uma família entrou na sala de jantar.

— E ação!

Muita luz, câmeras, tripés, maquiadoras, gritos, tapas, repetições. O silêncio obrigatório após cada final de *tomada* para o ilustre diretor aprovar o que estava gravado.

— Pausa de quinze minutos!

Os protagonistas aguardavam no quarto, mimados como as crianças que abriguei no início do século passado.

— Vamos retocar a maquiagem, ok?

Os coadjuvantes esperavam na cozinha para que pudessem mastigar sem atrapalhar o restante da equipe. Ninguém se atrevia a sentar na minha poltrona Luís XV, todos abancavam os traseiros em cadeiras vagabundas de plástico.

Palavras estranhas brotavam a todo momento: take, streaming, enquadramento, primeira temporada, baseada em fatos reais, autorização de uso de imagem, maratonar, fandom, plot twist... Eu havia despertado no purgatório. Nada disso fazia sentido para mim.

— Vamos repetir.

— Silêncio no set!

— Gravando.

Um dia exaustivo para mim e para a assistente.

— Obrigada, pessoal!

— A van já está lá fora.

— Amanhã às nove, ok?

— Preciso de um banho de sal grosso.

— O que disse?

— Até amanhã, diretor.

Ouvi que essa algazarra toda ia se repetir por três dias. Fui chamada de a *locação*, se bem entendi. Aqueles imbecis não perceberam que eu tinha uma vida (e própria).

Na manhã seguinte, no meu jardim, encontraram o diretor morto, com uma rosa branca na mão. Três meses depois, dois forasteiros vieram buscar toda aquela parafernália.

Embora tenha me simpatizado com a moça, não voltei a vê-la. Acredito que tenha dado a ordem para que devolvessem a minha porta ao seu lugar.

Antes de sair com a tralha, um dos homens bateu na madeira e fez o sinal da cruz. ✪

Gabriel Bustilho

maio

É MAIO - fim de tarde nublado,
céu de nimbostratus.

feito o afogado ressurjo
da água sobre a pedra lodosa e o ar

o ar pesado nunca foi tão fino,
são agulhas disparando

pela vida. feito o afogado
afloro todo ferido

de corais.

*

feito o afogado levo comigo o ar,
coisas da terra. ei-las todas dispostas

à ventania. mas não se movem. fixam-se duras
num terreno instável como se resistissem
[e resistem

ao tempo. feito o afogado emerjo todo cortado
a pele, o dentro, o mundo, tudo

à espera de um cristal de sal.

*

a noite quente tem teu rosto inerte
arfando a ausência de certos minerais.

e como explicar ao mundo que a noite
tem teu rosto, como explicar ao mundo

que certas palavras fazem ranger o silêncio,
que certas palavras são dentosas, se apertam

e se mordem, como se fossem (são)
um bruxismo na memória?

já quase não é noite dentro da noite
e no entanto segue escura a vontade de luz.

como explicar ao mundo que a noite
tem teu rosto de borboleta incandescente,

que o céu escuro tem a constelação do calor,
é queimação, são estrelas desenhando teu rosto

quase sem ritmo? a noite, esta noite,
tem teu rosto de lobo

abismo, supernova.

HINENI, HINENI

c/ Leonard Cohen

eis-me aqui.
é a hora agora.

eis-me aqui.
é a hora e hora

não há. mas aqui
estou. eis-me

ainda. é a hora
é a hora é a hora.

ADEUS

de certas palavras
salva-se a água

fria da fotografia:
salva-se aquilo

que, um dia,
juramos: jamais

se perderia. ✪

Pere Calders

Coisas aparentemente intranscendentes & O deserto

traduzido do catalão por Lucas Lazzaretti

Coisas aparentemente intranscedentes

Durante muito tempo, vivi em uma pensão perto do porto. A família que administrava chegou a ter muita estima por mim, e quando lhes disse que tinha de ir para Bratislava por razões policiais, a senhora da casa me disse:

— Deixe-nos um retrato seu. Colocaremos ele em cima do piano e assim poderemos sentir saudades mais tranquilamente.

Disse-lhe que não tinha nenhum, que nunca havia sido partidário que me fotografassem, mas a dama insistiu:

— Deixe que façam uma. Ainda que não tenha nenhuma importância. Uma coisa simplesinha, sabe? Só para conservar a fisionomia.

Era realmente tão fácil agradá-la, e eu devia a ela incontáveis coisas, que aquela tarde me encontrava aguardando na casa de um fotógrafo da vizinhança.

Quando era minha vez, expliquei que queria uma fotografia pequena, baratinha, e que quanto antes terminássemos melhor. Procurei dar a entender que o olhar das máquinas me desconcertava e que se fosse possível tirar fotografias sob anestesia, eu seria um adepto.

— Vamos fazer com que seja tranquilo — disse o fotógrafo. — Usaremos magnésio e não vai sentir nada.

Ajeitou-me, moveu a mão e disse para olhar para a lente, que sairia um passarinho. Isso, naturalmente, sempre desperta interesse, e, enquanto olhava com os olhos bem abertos para não perder nenhum detalhe, o homem apertou um botão em uma pera de borracha que havia no lado da máquina.

Então, as coisas tomaram um ar de grandiosidade que assustava. À minha direita, a labareda do magnésio pareceu trazer um pedaço do céu de verão para o cômodo; eu dei o salto de uma pessoa bem nutrida, para proteger-me atrás da máquina, e dali vi como a chama havia incendiado uma cortina de veludo negro. O fogo se alastrava aos móveis e ao fim de cinco minutos queimava toda a casa, da qual escapamos eu e o artista por milagre.

Naquela mesma noite era noticiado que um bloco de casas havia queimado e que morreram mais de trezentas pessoas, todas de boas famílias.

1942

O deserto

No fim de um mês de junho agradável, Espol apareceu com a mão direita enfaixada, marcando o punho fechado sob as gazes. A sua presença, cheia de aspectos antes não conhecidos, fazia nascer pressentimentos, mas ninguém podia imaginar o alcance do golpe que o submetia.

A expressão de seu rosto, que nunca havia suscitado nenhum interesse, trazia agora o ar de uma vitória cheia de tristeza tão próprio às guerras modernas.

O dia no qual sua vida sofreu a mudança não havia sido anunciado de forma alguma. Levantou-se com o mau humor de sempre e andou pelos cômodos, do banheiro à sala de jantar e da sala de jantar para a cozinha, vendo se caminhar o ajudava a acordar. Tinha uma dor no lado direito e arfava levemente, duas doenças que sentia ao mesmo tempo pela primeira vez e que cresciam tão depressa que o susto o despertou totalmente. Arrastando os pés e recostando-se nos móveis que encontrava, retornou ao quarto e se sentou à beira da cama para começar uma agonia.

O medo cobriu todo o seu corpo. Lentamente, a saúde subia pela árvore dos nervos com a intenção de escapar dele pela boca, quando então se produziu a tempo a rebelião de Espol: no momento da morte, agarrou alguma coisa com a mão e fechou o punho com força, aprisionando a vida. A dor do lado cessou e a respiração retornou ao normal; com um gesto de alívio, Espol passou a mão esquerda pela testa, porque já tinha a direita destinada a uma nova missão.

A prudência aconselhava a não especular com possibilidades demasiado diversas. Estava seguro, desde o primeiro instante, que só uma coisa valia a pena: não abrir o punho por nada. Na palma se agitava lentamente, como um peixinho ou uma bola de mercúrio, a vida de Espol.

A fim de evitar que uma abertura momentânea pudesse prejudicá-lo, adotou o artifício de embrulhar a mão, e, um pouco mais tranquilo, traçou um plano provisório de primeiras providências. Iria ver o gerente do escritório onde trabalhava, pediria conselho ao médico da família e aos amigos, e procuraria ir apresentando o fato às pessoas com as quais tinha mais laços.

Assim foi a nova aparição de Espol. Com o rosto transformado (um estupor muito natural nunca mais o deixou) caminhava pela rua com o olhar vazio. Os cidadãos, a despeito de estarem acostumados a ver tantas coisas, intuíam que aquela gaze era diferente e com frequência se viravam para mirá-la de uma maneira furtiva.

Hoje, no meio da manhã, o gerente escuta o relato com um interesse progressivo. Quando Espol diz a ele que se vê obrigado a deixar o trabalho porque nunca mais poderá escrever com a mão direita, responde:

— Não vejo a necessidade de ir com tanta pressa. Isso, às vezes, passa da mesma maneira que veio...

— É definitivo— responde Espol. — No dia em que afrouxasse o punho para pegar a caneta, a vida escaparia de mim.

— Poderíamos transferir você para o departamento de preparação e conexão de subcontratos de compra.

— Não.

O gerente, que fazia cerca de cinco anos que esperava uma oportunidade para demitir Espol, agora resiste a prescindir dele. Inicialmente, se mostra conciliador, depois insinua um aumento de salário (sem se comprometer demais) e acaba cedendo. Podiam concordar com um aumento e uma antecipação das férias.

— Não.

— E como vai ganhar a vida?

— Tenho ela aqui, agora. — disse, mostrando o punho direito.— É a primeira vez que posso localizar ela e tenho que encontrar a maneira de me servir dela.

Enquanto sai do escritório, a voz do patrão o segue, o qual, curioso, pede a ele que o mantenha informado.

Uma hora depois, o médico da família escuta o relato com uma atenção fria. Está cansado, cansado de tantas histórias de doenças e vai concordando com a cabeça, formulando perguntas intervaladas: "Tosse de noite?", "Teve diarreia?", e outras igualmente impregnadas de mistério. No fim, opina que se trata de uma perturbação alérgica, prescreve uma dieta e, além disso, aplica 500mg de penicilina. Quando está prestes a acabar a consulta, fala de uma escola suíça para os parcialmente incapacitados, onde ensinam a escrever com a mão esquerda em um período aproximado de seis meses.

Outra vez na rua, Espol sente o encantamento de uma nova importância que o reveste. Encaminha-se para a casa de sua noiva e lhe explica tudo. Ela tem, inicialmente, um arroubo de cuidado maternal; insiste em aplicar panos quentes sobre a mão fechada, e, diante do não consentimento de Espol, diz que aquela gaze é horrível e que irá costurar para ele uma luva para um punho fechado, sem dedos. A moça se entusiasma com a ideia e negligencia a presença dele; chama sua mãe e diz:

— Olha: a vida estava escapando de Enric e ele conseguiu segurá-la a tempo com a mão. Agora tem que mantê-la sempre fechada para que não lhe escape definitivamente.

— Ah!

— E eu dizia que poderíamos fazer uma bolsinha de tricô, de uma cor suave, para que não tenha de usar essa gaze.

A mãe demonstra um interesse discreto.

— Sim — opina —, como aquela que fizemos para Viola quando quebrou a pata.

Mãe e filha iniciam uma conversa. Espol, abandonado, sai, e o acompanha até a porta o rumor de umas palavras: "Ponto arroz? Não. Olhos de perdiz... Uns tantos pontos e diminuir, uns tantos pontos e diminuir...".

Maquinalmente, pisando a areia invisível, Espol vai para a casa de seu melhor amigo. Encontra-o e explica a ele a ocorrência peculiar. E o amigo (ninguém nunca soube por quê) sente inveja e começa a falar de outras coisas: "Não é nada; vá se distrair. Comigo sim que – faz dois anos em maio – aconteceu um caso realmente extraordinário. Numa segunda-feira...". Enquanto vai falando, pensa no que ele tiraria de uma situação como aquela, e a melancolia vai lhe embargando a voz.

Faz-se aqui um silêncio, quebrado pela leve brisa que ondula as dunas. O amigo dá a impressão que está abatido pelo tédio e não escuta o visitante, que, indo embora, diz:

— É a vida, sabe? Aqui, olha — e estende o punho e o ergue à altura dos olhos. — Agora mesmo a sinto, como um grilo. Se fecho os dedos com força, volto a começar a ofegar.

Vai embora, porque precisa respirar ao ar livre. A cidade é grande, e ele caminha para o leste; de passagem, vê a livraria de um conhecido. O livreiro não é muito esperto e pensa, pensa... Depois, aproxima-se de Espol e com o indicador esticado toca-lhe o punho.

— Dói?

— Não.

O homem entra subitamente em um estado de exaltação. Com o rosto iluminado, pega Espol pelo braço e explica:

— De uma ponta a outra do século, todo mundo faz o que quer. Mas eu, se fosse você, subiria no terraço de casa, tiraria a gaze e assim que passasse a primeira revoada de pombas abriria a mão.

Quando volta à rua, a solidão povoada envolve seu coração. A placa de indicação de um ônibus o faz recordar de um endereço familiar, e corre para pegar o veículo. Uma irmã de sua mãe mora em uma casa perto do parque do Leste. É uma mulher velha, que se alegra de viver rodeada de trabalhos de marchetaria, de móveis incrustrados de nácar e de paredes atapetadas com veludo vermelho. A dama distrai o tempo livre fazendo frutas e santos de cera, que encerra em redomas de vidro com peanhas de mogno.

Espol cumprimenta sua tia beijando-lhe a mão e começa o relato sem mais preâmbulos. De início, a senhora expressa uma mentalidade fechada; aconselha a deixar de baboseiras, tirar a gaze e abrir a mão imediatamente.

— Só de pensar nisso tenho um pavor...

— Inútil! Um homem deve ser um homem e pronto. E então? Quer continuar assim? É preciso arejar a vida, se vai levando-a enfurnada, vai se apagar como um pavio curto, assim sem mais.

E ri com uma expressão séria, esticando as luvas sem dedos.

"Tire a gaze, tire a gaze..." Um raio de luz reproduz um brilho raro nos olhos da senhora, e Espol conhece o primeiro milagre. Aos poucos, vai desenrolando a gaze, mas quando já está com a mão livre, o barulho de um avião o desperta e empreende a fuga.

Sem a proteção da gaze, aumenta o medo latente. Aperta os dedos e, para estar mais seguro, coloca o punho no bolso.

O vento, leve para todos exceto para ele, levanta a areia, e Espol se protege entrecerrando os olhos. Deixa uma fila de palmeiras a sua direita, atravessa o parque e a sede começa a torturá-lo. Caminha, caminha afundando os pés, e sente como se repuxa a pele ressecada do rosto. Na secura erma de seu pensamento, luzinhas se acendem aqui e ali e se extinguem em seguida; surge-lhe a nostalgia de quando levava a vida sem senti-la, e o calor o oprime.

Uma música distante faz com que erga a cabeça, e vê a silhueta de uma caravana de gente e de camelos que se aproxima. Sente a pressão e, ao se virar, encontra o olhar espantado de uma pequena mendiga. Espol, completamente desesperado, agacha-se e explica tudo para a menina, pedindo um conselho a ela.

— Eu — diz ela — colocaria o punho dentro de uma jarra de água e esperaria um sonho sem tempo.

Uma refração inexplicável os rodeia de sombras, e Espol retoma o caminho; na paisagem desolada que lhe pertence, o vento simum faz girar as coisas e as ideias. Os camelos se aproximam lentamente, e ele se senta para vê-los passar. O som de um timbale rompe a névoa de areia baixa, e umas letras vermelhas arranham as pupilas de Espol: "Circo Donamatti. Três picadeiros, três. Próxima apresentação".

Está a ponto de se deixar vencer pelo devaneio, enquanto segue o desfile com um leve movimento de cabeça. Uma trapezista loira, montada a cavalo, faz-lhe um gesto de cumprimento com a mão, cheia de graça, e Espol, distraído, corresponde esticando o braço direito e abrindo o punho.

Um floco de cor âmbar escapa, e ele, sobressaltado, tenta agarrá-lo, mas não consegue. Agacha-se, aos poucos, com a angústia inexprimível de ter esquecido aberta uma grande válvula de gás. ✪

1952

Thaís Campolina

tempestade em copo d'água

TEMPESTADE EM COPO D'ÁGUA

o cinza das nuvens dominava a paisagem
o vestidinho de festa estava ensopado
debaixo das duas axilas
meu pai dizia para eu tomar cuidado
para não perder os sapatos ao me descalçar
minha mãe insistia que eu não podia nadar
:olhe bem para esse céu escuro, menina:
o céu se refletia na água da piscina

pulei sem nem tirar as meias

VEIO A CHUVA FORTE E A DERRUBOU

sentada no chão do quintal
mastigava couve crua sem desinfetar
quando decidi oferecer um cafuné
para a tarântula que se escondia
atrás da máquina de lavar roupa

sempre fui jeitosa com os bichos
soube desde cedo que nada e nem ninguém
gosta de ser incomodado no seu canto
se sentir acuado por um dedo em riste
ter as bochechas apertadas sem autorização

optei por me aproximar
da dona aranha lentamente
com um galhinho de melissa
como um braço que dizia
pelos seus movimentos
bem calculados
:sou mansa

ainda consigo ver seus oito olhos
piscando lentamente para mim
após o grito escandaloso de minha avó
que conta essa história dizendo
"ela achava que era um bichinho de pelúcia
e eu tive que fazer alguma coisa" ✪

Cassiana Lima Cardoso

POEMAS PARA DANÇAR COM O MEDO

PARTO EM TRÂNSITO

uma matrioska
dentro de um fusca
a caminho do hospital
pariu sete babuskas

foi numa freada brusca
uma coisa de novela
seis bonequinhas ocas
e uma com coisa dentro dela.

***

mas oca não é vazio
disse a boneca caçula
a oca também é uma casa
– precisam ver que doçura.

***

dancei com o medo uma valsa
um cha cha cha e um merengue
o medo ficou louco tonto, insone
e saiu requebrando zorongo

***

dancei com Kali uma noite
meus braços em chafariz
deixaram cair os tormentos
pinguando mágoa ping ping ping

parecia um rímel borrado escorrendo era
um miasma, uma coisa horrorosa mas
depois respirei aliviada
e fiquei admirando a gosma.

***

kali
uma mãe com muitos braços
difícil acompanhar seus movimentos ela
dançava lindamente
eu, tive meus momentos.

***

quanto vi estava exausta
– era a minha primeira discoteca cósmica
pluma, espuma, aurora
início de alvorecer
de uma antiga supernova.

***

o medo é um croissant da Croácia que
vira um monstrão de repente é só
colocar fermento na massa e muita
bobagem na mente. ✪

***

como deixar o medo
morrer de inanição?
talvez não alimentar pensamentos
como o fermento alimenta o pão.

***

PEÇA DE SATURNO

Na brincadeira do anel
Pastel de vento nas mãos.

MOTIVO

escrevo porque preciso
na imprecisão das palavras
içar do ínfimo concreto
a brisa arisca no rosto

a solidão da árvore no pátio
o brilho do lírio branco
o sorriso do cão que esquece a língua, a beleza cinzelada
das rugas da vizinha à janela.
pífias
tíbias
tímidas

brasa dormida
na flor do silêncio –
as palavras.

me sirvo delas –
escrevo.
elas se servem de mim –
faíscas do que sou
se inscrevem no mundo. ✪

Lenio Carneiro Jr.

Nunca mais perder um dente

Tudo acaba virando promessa. Enquanto esfrega a pasta sabor tutti frutti, desviando das gengivas expostas pelos molares em falta, Vitinho promete nunca mais dormir sem escovar os dentes. Detesta o gosto de corrimão impregnado na boca ao acordar. Promete também passar fio dental mais vezes, mesmo que sinta dor. Os músculos das pequenas panturrilhas erguem o corpo magrelo na ponta dos pés. Ainda não tem a sonhada altura dos espelhos e não vê a hora de ser do tamanho das coisas do banheiro — precisa se segurar para não desaparecer no buraco da privada e se a ducha está muito fria, é preciso gritar mãanhê para que ela mude de verão para inverno. É um menino organizado. Respeita o combinado de deixar a mochila pronta no dia anterior e assim não acorda apressado, mas sempre esquece uma canetinha às vezes azul às vezes laranja na cama ou uma cartinha de yu-gi-oh fora do baralho. O que a borracha tá fazendo do lado do vaso? Cospe a pasta dental na cerâmica da pia e promete ser ainda mais cuidadoso com seu material escolar.

Chega à cozinha o mais pronto que consegue ficar, observando a mãe de costas abrir a sanduicheira que deixa toda a casa com cheiro de manteiga queimada. Ela se vira e lá está ele: o uniforme branco e amarelo interrompido pelas meias com estampa de Júpiter, a mochila de rodinha ao seu lado, os cadarços da chuteira desamarrados e o cabelo petrificado em uma tentativa de moicano que resulta na cara de susto da mãe. Não recebe o almejado parabéns por ter se arrumado em tempo recorde, mas sim um toque comedido no cabelo oleoso e brilhantinado. É a primeira vez que passa gel. Vitinho já entende quando os adultos seguram emoção em forma de careta, só que ainda não desvenda se a mãe prende riso ou choro. Ela amarra seu tênis e arruma seu prato com essa mesma careta, mas Vitinho não vê graça nem tristeza em seus cabelos lambuzados, apenas *estilo*, então promete passar uma quantidade menor de gel amanhã. Come seu misto quente sozinho enquanto a mãe se arruma para levá-lo ao colégio.

Saem de casa, a cidade toda existe na extensão do litoral. A umidade no nariz parece dizer que deve ser muito triste morar longe da praia. O caminho até a escola é de areia e a coordenação não implica quando vai de chinelo, mas hoje tem futebol no recreio valendo coca-cola e Vitinho ouve muito elogio quando joga bola. Se no restante do tempo na escola seu corpo gera palavrões, no futebol não. Palavrões inclusive no sentido de serem palavras grandes, difíceis. No meio de maçã, cadeira, campinho, caneta, soma, mamífero, o estado do espírito santo e o certo e errado da aula de ética e cidadania, entram no vocabulário as palavras raquítico, pigmeu e, ouviu pela primeira vez ontem, insignificante. Mas quando crescer, tudo vai ficar mais fácil.

Os problemas todos, dos matemáticos aos de banheiro, existem por ele ser pequeno. Pessoas grandes não caem tão fácil, não precisam pular para pegar coisas na estante e não sentem tanta saudade do pai. Quantos dentes ainda vão precisar cair até que ele o visite novamente? A boca esconde quatro dentes de leite, mas um deles já está mole. Promete nunca mais perder um dente, talvez assim dê tempo.

Vitinho dá tchau, beijo, até depois da aula. Não olha para trás quando adentra o portão e começa a percorrer os corredores labirínticos até sua sala, cumprindo a promessa da semana passada de só sentir falta da mãe depois do recreio, quando a saída já está mais próxima. A carteira dele fica perto da mesa da professora e mesmo de costas, sabe que os colegas encaram seu cabelo. Os outros garotos conseguiram acertar os topetes, iguaizinhos aos meninos da vila. O Santos ganhou a Copa do Brasil e no futebol de hoje todos vão querer ser Neymar, Ganso, Alex Sandro ou Robinho. Ninguém comenta nada até que comentam, nem sabe se foi Fábio ou João, mas em questão de segundos toda a sala ri do novo apelido. Fósforo. O corpo palito e o cabelo ressequido. Provavelmente foi Fábio, com seu moicano-neymar perfeito.

Não acha engraçado. Além de ser o alvo da vez, Vitinho já percebeu rir menos do que as outras crianças. Leva a vida a sério, desde o cuidado com suas cartinhas de yu-gi-oh até as ordens dos mais velhos. Brinca, claro, mas brinca sério. Joga futebol sério. Se diverte com seriedade. Sem diversão que justifique, o apelido de fósforo dói mais do que os anteriores, pois embora não saiba nada sobre raquitismo, pigmeus da floresta ou significados e significantes, entende como um fósforo funciona. Risca, acende, apaga e não tem como acender de novo. O que era vermelho vira preto e depois de acender a vela ou o fogão, não serve para nada. E se a única função do fósforo é incendiar, então é bom que seja uma chama bem pequenina como ele para que o fogo não se alastre, nada se queime, ninguém morra carbonizado. Morar na praia engana: nem tudo se resume a água salgada.

O intervalo demora para chegar. Vitinho vai resolver tudo na quadra. Corre para fora da sala, atravessa o pátio e chega junto dos outros treze meninos que vão compor os dois times formados no par ou ímpar americano. Integra o time sem colete, se posiciona para jogar mais avançado e cada lance, cada segundo conta no recreio de 45 minutos. É o mais rápido em campo. Tem dificuldades com drible, mas não tem medo das disputas corpo a corpo. Por ter a constituição física desavantajada, não precisa se preocupar em controlar a força, pois ninguém vai dizer para um insignificante ir com calma. Promete vencer. O suor escorre pela nuca e pela testa, a umidade transforma o cabelo em um penteado ainda mais desgrenhado, o gel barato fedendo a graxa enquanto corre atrás da bola. Ainda está zero a zero, o jogo está difícil, nada é mais importante do que ganhar a partida e o refri. Fábio reforça a zaga adversária, mas é Vitinho quem conduz a bola até chegar perto da área, os olhos cravados no chão, finge que vai chutar, arrasta a bola para o lado, Fábio perde o lance, e então Vitinho dá mais um toque para a direita e acerta na trave, o rebote é de outro menino do seu time, ele afunda a bola no gol, gol.

Vitinho comemora, grita, completamente eufórico e ainda assim sem nenhum sorriso cortando os lábios. Um a zero, os times voltam para seus respectivos lados, é Fábio quem dá o primeiro toque e os próximos lances são cada vez mais disputados, a violência mirim escalonando até que Vitinho não mais destoe do restante pela cara fechada ou pelo suor excessivo. Estão todos feios, fedidos, competitivos, acelerados. Ainda é o mais veloz, estão começando a apelar. Desvia de um carrinho, perde a bola. Corre para a defesa, tenta impedir a assistência, mas o gol adversário acontece e agora estão empatados. A promessa está selada: precisa ganhar, desigualar o placar. Mais alguns lances e avança pela lateral direita enquanto a jogada acontece pelo lado esquerdo. Alguém do seu time consegue fazer o desarme, Vitinho levanta a mão e berra, pedindo um toque longo e ofensivo na direção da área. O passe acontece, a bola desliza na direção perfeita e Vitinho sabe que consegue chegar antes do goleiro, os cambitos correm o impossível, Fábio vem na direção oposta para isolar a bola e mesmo que Vitinho tenha chegado primeiro e chutado a bola, recebe a bicuda de Fábio e desacelera em queda, se espatifa, rasga a pele do joelho e do cotovelo porque não consegue colocar a mão a tempo, o queixo bate na quadra enquanto o gol acontece. O sabor de sangue preenche toda a boca, é tão metálico quanto acordar com mau hálito mas dessa vez tem algo a mais, a baba vermelha e o dente caído que pega do chão, ignora as perguntas de tudo bem e a promessa está quebrada, o dente caiu, o tempo vai passar, vai envelhecer sem nunca crescer, o pai não vai visitá-lo nunca, a mãe um dia vai esquecê-lo na escola, vai precisar fazer o caminho de volta para casa sozinho, a maré vai estar alta, tsunami, todas as casas vão ser levadas pelo mar, pela água salgada, e as mais distantes da orla, na colina, vão pegar fogo por conta de alguma fiação exposta, incêndio florestal, toda a cidadezinha morrendo junto com ele, tudo água e fogo, sem nem beber a prometida coca-cola, o recreio vai acabar, sai correndo, mancando para fora da quadra, foge dos olhares enquanto chora, a queda disfarça bem o motivo, tenta fazer a careta da mãe, quem sabe assim guardaria tudo para si. Passa na sala antes de ir para o banheiro masculino, leva o estojo para a frente do espelho que não alcança e ignora os ralados do queixo, do cotovelo e do joelho, enxágua a boca, o sangue se dilui na água que escorre pelo ralo da torneira ligada, pega a super bonder do estojo apenas para emergências, passa a cola no dente caído e o gruda de volta na gengiva, retendo toda a dor sem se preocupar, afinal não perdeu o dente, o tempo não passará mais depressa, as promessa estão mantidas. ✪

Andreas Chamorro

Samambaia

"Saia, caboclo, não se atrapalha
Saia do meio da samambaia"
"Lajedo, tão grande
Tão grande de Aruanda, ê"
Cantiga de caboclo

Em tempos remotos, como início de frase, o que mais se ouvia sair da boca de pai Guaraci de Xangô.

Em baixas começava: *Em tempos remotos, não se fazia isso.*

Quando ia explicar ou ensinar um fundamento para algum filho, mesmo que simples: *Em tempos remotos, se aprendeu que isso.*

Perante as modernidades: *Em tempos remotos, não havia isso.*

E falam que candomblé não tem manual. Bobagem, a pai Guaraci, esse passado vivo todo é a bíblia da macumba: todos *os tempos remotos* o servem de guia. E por isso não se muda manual. Mudando uma frase solta no manual que seja, já funcionará o moinho? Para que, rogava muitas vezes Guaraci, revoltar a água do rio e tombar a canoa?

É que aconteceu. O fato que deixou pai Guaraci tonto ao sentar em seu banquinho. Foi lá para o barracão, onde a modernosa da filha e as amigas e irmãs de santo conversavam. É, o desrespeito foi tamanho que aconteceu o que aconteceu, porque se aconteceu o que aconteceu é porque Xangô e orixá permitiu. Só pode. Deixou entrar, deixou passar. *E nem seis da noite era*, mas que desgraça, repetiu Guaraci a si em chiadinhos enquanto acendia um cigarro de palha. Ainda podia ouvir o sussurro alto do egún que tomou Dandara. Que é isso que é, um egún. Morto, que seja de onde vier, não sendo orixá, é egún, é coisa solta que pode grudar algumas vezes, mas em filha de Guaraci de Xangô? Em gente feita de santo? É contaminação. E em seu barracão? Fez, fez o que fez e faria de novo, ele traga e fecha o rosto a quase lembrar um ranzinza cacique velho.

Era só um diabo de um sábado. Manhã, pai Guaraci leu jornal e comeu seus pães na chapa acompanhados de café e leite, proseou com ogã Carlos e ogã Adolfo, fofocou com a irmã Ruth mais equede Mirian, tomou banho de folha de eucalipto, vestiu branco e se estirou em uma esteira sob o sol enquanto o almoço era preparado. Tarde, dormiu, leu e gastou bom tempo indo de quarto em quarto, Oxum, Oyá, a família Jí e Odé. Quase noite, a filha inventa de ser possuída por caboclo.

Quando a equede Mirian entrou no quarto de pai Guaraci com a notícia ele quis bater na filha mesmo incorporada, quem impediu foi sua irmã. *Ruth, minha irmã, tu ouve o que diz?, E tu, Guara? Oxente, escute* tu *o que diz, querendo bater numa entidade, Isso é egún, Ruth, vou é ver se não tem acaçá na cozinha para esse aí ir a unló ligeiro*. Não bateu em Dandara e nem em seu caboclo, o expulsou do barracão, mandou que ficasse fora enquanto acontecesse o diabo de possessão (*Ruth, minha irmã, isso é contaminação espiritual!*) e foi-se ao banquinho, mas antes de sentar completo quase cai de tonto.

Em tempos remotos, lá em Enseada velha, quando os velhos candomblés mal tinham raízes, isso não era coisa que acontecia. Isso era coisa de preto de Angola, nada tinha a ver com a nossa gente, com nossos nagôs. Era uma mancha, então, perante o nome de Guaraci, seu terreiro agora havia de ficar falado entre os terreiros dos irmãos, entre os vivos pelo menos. Baixou entidade no terreiro do velho Guaraci, ficou colorí de vez, falariam até não quererem mais. Ele estava vendo e ver o que via o tonteava mais. O cigarro durava, mas que diabo de cigarro que dura e nada de alguma calma se assentar. Pai Guaraci de Xangô olhou na direção do gramado. No longe que estava enxergava o vulto do que poderia ser a filha mas curvada, ou mais alta, não, mas aqui parece quase o dobro do tamanho. Pestanejou até ver mil caboclos diferentes. A noite caía, um arrepio subia. Tinha de dar jeito naquilo.

Mandou equede Mirian despachar o espírito do corpo de Dandara. Dois dias depois, quando o pai de santo quereria ouvir a respeito do que falara o caboclo, a ekedi conseguiu contar que o espírito tinha, sim, dito algumas coisas, como o nome que era Seô Lajedo, que iria embora sim, sem briga ou dito, que compreendia a vontade de pai Guaraci e por ele ser a grande cabeça ali, obedeceria.

Guaraci dormiu mal. A cama ficou dura, deu impressão, no meio da noite. O pai de santo preso a um sonho vívido, sentia frio. A janela aberta, sem vento. O suor brilhoso pelo corpo; as mãos mexendo com medo. Em febre, Guaraci viu uma mata escura. Sentava sozinho no chão úmido, tinha frio. As folhas rugiam. Uma pomba adoentada de um pé só pousou perto dele. Uma pomba malhada, de olhos laranjas, com um pé certo, feito sua natureza, e outro feio, um cotoco que termina numa bolota infecta. A pomba vasculha as asas e Guaraci tem nojo. Sente que o tal Lajedo está ali, escondido na mata. Sente-se preso à imagem da pomba. Sente-se preso à cama. Ao despertar, não dorme mais.

O sonho escuro, a pomba, o cheiro de doença e o caboclo não voltaram. Dois ou mais anos, pôde o empoeirado manter seu calendário. Festivais a Orixá. A divindades, a deidades, coisas maiores e mais sérias, não como esses terreiros que mais parecem centros espíritas. Macumba branca, macumba limpa. Pôde continuar como *em tempos remotos*.

Sua filha não mais deixou tomarem a cabeça. Como a boa ialaxé que sempre foi, o ajudou nos fundamentos. Sobre o mais depois daquele carrinho de feira cortar sua perna. Comprava temperos e farinhas às equedes e o senhor de pele avermelhada enchera seu carrinho de frutas: tanto peso foi a força que o lasco de alumínio esticado para fora fatiou um lasco da carne na panturrilha do velho Guaraci, que só passava pela feira. Desde essa manhã que a ferida passou a atrapalhar seu candomblé. E a filha se fez mais séria ialaxé.

Dia a dia, Guaraci olhava a infiltração no canto do quarto e enxergava a ferida: só aumentava. Em mais de oito dias, começou a ficar rosada e viscosa. No décimo-terceiro, pus, e o cheiro veio a primeira vez.

O vaidoso homem de Xangô apodrecia vivo. Quando antes idoso altivo, de regata e corrente com pingente de São Jorge sobre o peito, apoiado em um grosso galho, a mão levava à boca o cigarro de palha, vezes até charuto. Ruth agora via esse enfermo de perna esticada, aquele bife decomposto que tomou sua panturrilha.

– Meu irmão...

E dentro das reticências da irmã o pai de santo entendeu.

Mais de meia-noite. Guaraci, insone de dor, está sentado ao centro do barracão com Ruth e a filha Dandara. Invocam o caboclo Seô Lajedo. Balançam adjá, cantam o que sabem. Guaraci implora. E o caboclo não vem, não incorpora.

Foi em uma quarta-feira. Pai Guaraci desceu ao Quarto de Xangô. Pediu permissão: permita, pai. Estou em desespero. O senhor não gosta de morto, mas permita, meu pai. Deixe que eu possa me salvar a perna.

Dandara chegava do seu trabalho no restaurante quando Lajedo a pegou. Sob a jaqueira em que ficou na primeira e única vez que viera, o caboclo esperou o idoso doente.

A receita um simples de tudo. Guaraci, por um tanto, desconfiou.

O caboclo pediu folhas de samambaia e açúcar mascavo. Durante catorze dias e catorze noites o pai de santo manteria amarrada a ferida.

– Vou arranjar cana, disse Ruth.

– Como cana? Vá ao mercado.

– Mas, essas coisas, irmão, se faz de jeito antigo.

– Que jeito antigo, Ruth? Minha perna vai cair.

Seô Lajedo não apareceu mais uns anos. A ferida, claro, foi chupada pelas compressas de folha. Virou um botão de cicatriz na perna fina. O coração de Guaraci, já, se ficou em flor pelo espírito originário. Aquele todo, a baixa que o pai de santo tomou do caboclo, não esqueceu mais. Vai durar mais que a cicatriz.

Que como ele, um cacique negro, cacique de africano, não deixaria o vento pisar em sua roça de santo, quando batizado com nome de índio?

Pai Guaraci de Xangô fez um assento simbólico a Lajedo no pé da jaqueira. Decretou o janeiro, o quando de sua cura, um tempo de se fazer jurema e pisar samba de caboclo perto da árvore. Aprendeu cantigas, passou a criar galos para viver pelo mato da roça. Não andou mais com o galho grosso feito bengala. ✪

Mary Jean Chan

A Janela

traduzido do inglês por Thayna Facó

A JANELA

para Marie Howe

Uma vez na vida, você vai acenar
para uma janela aberta, falar a quem
abomina sua singularidade que filhas
mortas não decepcionam, libertar seus
joelhos feridos por avançar em direção
a uma espécie de trégua, declarar-se sem gênero
como falcão ou pardal: um corpo sobrecarregado
liberto de sua gaiola. Você vai recusar a fúria
da sua mãe, o cuspe dela, a língua dela
pesada como a mais pesada das pedras. A raiva
da sua mãe é como o sol, que é como o amor,
que é a coisa mais fácil - mesmo no mais
difícil dos dias. Você vai se demorar, sabendo
que ficar diante de uma janela aberta
é o que os vivos fazem, o que eles às vezes
reconsideram ao menor toque de delicadeza.

ESCRITO EM UM ESPAÇO HISTORICAMENTE BRANCO (I)

O leitor encara a minha 皮膚 e pergunta: por que você não escreve em 中文? Eu respondo: a 殖民主義 significou que eu fui criada à sua imagem e semelhança. Sejamos honestos. Se eu não tivesse aprendido 英文 e vindo para as suas terras, você não estaria lendo este poema de jeito nenhum. Você achou que foi um acidente eu ter aprendido o seu 語言 por décadas, até que eu soubesse ele melhor do que a 母語 na qual eu sonhava? Alguma coisa é acidente hoje em dia? Caro leitor, você tem sorte de ter sido o centro do meu 宇宙 pelos últimos vinte anos. Em um verão, uma taxista em Shanghai me perguntou se eu era guia de turismo da minha amada, declarando que ela era do 大英帝國. Como isso faz eu me sentir? Pode me dizer o que eu deveria fazer em seguida?

O QUE MINHA MÃE (UMA POETA) PODERIA DIZER

~~que ela teve escorbuto quando criança~~
~~que eu não entendo a fome até que eu possa descrever que gosto tem uma gota de óleo~~

que Mao escrevia uma bela caligrafia Chinesa

~~que ela acha que a democracia é o ópio das massas~~
~~que eu sou uma descendente do Imperador Amarelo~~

que Mao escrevia uma bela caligrafia Chinesa

~~que ela sonha com o coração de seu pai na mão do médico~~
~~que eu deveria escrever sobre flores apenas~~

que Mao escrevia uma bela caligrafia Chinesa

~~que ela mostrou para a sogra o lençol manchado de sangue na manhã seguinte~~
~~que eu deveria amar um homem apesar de sua força~~

que Mao escrevia uma bela caligrafia Chinesa

~~que ela quer me devorar de volta para dentro dela~~
~~que eu seria uma pecadora por amar outra mulher~~

que Mao escrevia uma bela caligrafia Chinesa

~~que seus neurônios são uma Grande Muralha em ruínas~~
~~que eu sou uma nova Terra surgindo de hierarquias de ossos~~

que Mao escrevia uma bela caligrafia Chinesa

SEMPRE

Você já escreveu sobre mim?
Mãe, o que você pensa?
Você está sempre onde Eu começo.
Sempre a criança que queria ser
um menino, para que você pudesse
ser poupada pela sua sogra.
Sempre o ouvido que te escuta
traduzindo meus poemas
com um dicionário bilíngue.
Sempre a caneta que sonha
que pudesse redimir os anos
dos quais você fugiu,
aqueles dias vermelhos
e pesadelos. Sempre
a memória que traça
seus passos frenéticos
em direção ao avô
que eu nunca conheceria.
Sempre os lábios que anseiam
que pudesse beijar aquelas bocas
que você aprovaria. ✪

Julia Codo

ZEBRAFISH

Dia 1

Aqui começo este diário que já nasce maldito. Não o estaria escrevendo se pudesse dormir.

Deve ser a ansiedade. Amanhã vou apresentar uma palestra sobre a utilização do zebrafish como modelo para avaliar a influência da exposição crônica ao etanol no sistema nervoso.

Vou precisar ter muito controle: as meninas do departamento de neurociências não gostam de mim. É melhor que as mãos não tremam, que as pernas não fiquem balançando insistentemente como se estivessem tendo uma convulsão ou dançando sapateado, que a voz saia da garganta e seja capaz de explicar como esses meses de pesquisa revelaram que o peixe, quando exposto ao etanol, além de apresentar pioras na coordenação motora e percepção sensorial, também mostrou alterações bioquímicas e fisiológicas nas células nervosas.

Ou talvez a insônia se deva às meias que estou usando, que são listradas e lembram o corpo do zebrafish. Apesar delas, sinto frio nos pés.

Agora há pouco, o homem ao meu lado roncava enrolado ao edredom. Peguei um copo de conhaque na cozinha e um cobertor no armário. Dei dois goles no conhaque e esperei o sono chegar, mas ele não chegou.

Assim que amanhecer, vou passar um café.

Dia 2

A conferência sobre o zebrafish correu bem, apesar das olheiras e dos risos das meninas do departamento quando eu disse que, por vezes, quando exposto ao conhaque, o zebrafish se comporta de maneira estranha, como se perdesse controle, como se sua alma se descolasse do corpo.

Mas ainda sigo sem conseguir dormir. O homem ao meu lado ronca de novo. Ao menos hoje a lua está cheia e vistosa. Fui até a sacada para vê-la. Não sei se foi a tristeza ou a cefaleia, mas a lua me pareceu borrada, como se estivesse saindo de si mesma.

Quando eu e o homem que dorme ao meu lado nos conhecemos, ele me disse: a lua não existe. Não fazia sentido, mas ele era astrofísico, então continuei a escutar. Já reparou que você anda, anda, anda e a lua continua ali parada, sem se mover? Isso que você vê é um adesivo. E quando ela não está cheia, fica só aquele risquinho para um dos lados, é porque alguém tentou arrancar o adesivo. Eu continuei séria, sem entender. Ele deu uma gargalhada. Eu sorri um pouco. Meses depois, o homem trouxe uma mala de roupas e veio dormir ao meu lado. Enquanto ele dorme, eu sigo em vigília.

Fiz 30 flexões e 30 abdominais. Meditei. Tomei um copo de conhaque. Contei até cem. Meus olhos quiseram se fechar algumas vezes, mas minha alma está vigilante, sacode meu corpo sempre que a mente ameaça a se entregar a um início de sonho.

Vou assistir "A Máscara do Zorro" na sessão Corujão da Globo.

Dia 3

No laboratório, agora minha função é observar o comportamento tipo-ansioso das larvas do zebrafish. O genoma desse peixe é muito parecido com o do ser humano. No futuro, a ideia é testar algumas drogas. Nessa fase da vida, elas são ainda transparentes, e é possível observar seus órgãos internos. Passei a tarde tentando enxergar sua alma. O professor disse que eu estava cansada e me mandou para casa.

Agora de noite, a mesma coisa. Me virei muitas vezes na cama, senti calor e empurrei o edredom com os pés. O homem ao meu lado dormia com os braços abertos quase em cima de mim. Empurrei um pouco um dos braços e depois o tronco dele para o lado. Consegui um pouco mais de espaço, mas não dormi.

Dia 4

Hoje faz quatro noites que não durmo.

No laboratório, me arrastei com pernas de serpentes ociosas, meu corpo quase sem alma. As larvas do zebrafish também estavam estranhas, se moviam desajeitadas. Ausência de alma, pensei. Senti arrepio e sinais de mau agouro.

Voltei para casa e fechei os olhos. Vi as listras do zebrafish tremelicando sobre o corpinho translúcido. Eu sabia que era a alma ansiosa do zebrafish tentando escapar ali de dentro. Abri os olhos e permaneci acordada.

O vizinho decidiu passar a madrugada escutando Bob Marley. Quem ainda escuta Bob Marley?

Dia 5

O médico disse que tive um Burnout ou Síndrome do Esgotamento Profissional. Passei o dia em casa vendo séries na TV. Para piorar, desencarnei. Não foi exatamente a insônia que me fez desencarnar, e sim a ausência dela, o sonho.

O homem que dorme ao meu lado chegou do trabalho, tomou uma ducha e dormiu. Roncava incessantemente. Bati algumas vezes em suas costas com a mão esquerda, o que às vezes funcionava e o fazia parar por alguns minutos. Numa dessas pausas, adormeci e sonhei que tinha perdido o controle das pernas, mal sentia o chão sob os pés e não conseguia sentir as coisas nas mãos, elas ficavam sacudindo a esmo, deixando cair tudo o que tentava segurar.

Despertei em seguida, suando. Quando fui me levantar, notei que de fato já não tinha controle dos pés, que meus movimentos estavam desastrados. Tentei segurar um copo d'água e o deixei cair no chão. O homem ao meu lado acordou com o barulho e quis saber o que tinha acontecido. Eu disse que não conseguia sentir o meu corpo, que estava desencarnada. Ele disse que eu só estava sonhando e voltou a dormir.

Fiz um esforço enorme para coordenar minhas pernas e saí cambaleando. Pisei nos cacos de vidro e não senti dor. Arrastei meus pés pelo corredor, trombando nas paredes até conseguir chegar ao banheiro. No espelho, me vi transparente, como a larva do zebrafish. Assisti ao mau funcionamento do meu próprio corpo, incapaz de dormir, incapaz de manter a alma dentro de si. Perguntei por que diabos isso estava me acontecendo. Meus olhos estavam fundos e não responderam.

Dia 6

Devo ter finalmente dormido, porque abri os olhos e estava numa cama estranha. Olhando em volta, notei que era um quarto de hospital. Tentei me levantar, mas notei que seguia descolada de mim. Meu espírito já não se encaixava ali.

O médico apareceu e me pediu para mover as pernas. Eu disse que faria isso assim que as encontrasse.

Pensei em contar que tinha desencarnado, mas achei que ele não entenderia. Expliquei de um modo que achei melhor: meu corpo estava cego, não conseguia enxergar a si mesmo, minha fisiologia tinha desandado. Concluí falando sobre o comportamento motor do zebrafish quando exposto ao etanol, embora eu não tivesse ingerido bebidas alcoólicas naquele dia. Passei a tarde dentro de tubos fazendo exames.

Mais tarde, me devolveram ao quarto e voltei a escrever no diário. O homem que dormia ao meu lado apareceu, dessa vez desperto, ao lado da cama. Ele me olhou como os olhos vazios, como se também tivesse problemas de alma. Não quis saber como eu estava me sentindo, só perguntou como era possível que eu estivesse escrevendo no diário se não tinha controle dos movimentos. Tive um acesso de fúria. Tentei acertá-lo com as mãos e depois com os pés, mas dei socos e chutes inúteis na direção contrária. Duas enfermeiras me seguraram e me deram injeções.

Dia 0

Acordei de madrugada sozinha e um pouco grogue. Olhei pela janela e vi a lua, que me pareceu transparente. Mas não era um adesivo, disso eu tinha certeza. Fechei meus olhos e não vi nada. Pensei que minha alma desencaixada talvez estivesse pronta para deixar de vez este corpo. Olhei de novo para a lua e ela então me pareceu preenchida de água.

Tentei me levantar e caí no chão. Respirei fundo e consegui dar alguns comandos desajeitados aos meus membros, então fui me arrastando devagar até o banheiro.

Apoiei meus cotovelos na banheira e vi o zebrafish nadando descontrolado de um lado para o outro. Mesmo angustiado, ele me pareceu bonito. Logo, uma sensação de calma foi tomando conta de mim. Vi minhas listras pretas lustrosas, senti minhas barbatanas mais leves e fáceis de movimentar, meu nado foi ficando preciso e direcionado. Respirei aliviada, minha alma tinha voltado a se encaixar no corpo. Decidi me separar do homem que dormia ao meu lado. Nadei de modo coordenado, escapei pelo ralo. ✪

Febraro de Oliveira

GESTOS MÍNIMOS POUCOS FERIMENTOS

para S.

I

Percebo três dias seus
em mim. Construo uma
civilização com seu nome.

II

Lenta, essa noite.
Ao que se repete, pequenos

flertes, formulações. São
suas essas minhas penínsulas.

III

Inda que não
fossem, as palavras
assemelham-se todas
contigo.

IV

Alimentar
pela boca

planejo uma cidade
- você me diz, faço

voto aos santos. Peço que
me repita o vento.

V

Não mostro meu rosto, não
verto as sombras, não

espanto suas vértebras. Não
me vejo, deitado em um

lago de fino gelo.

VI

Inventar uma ou
outra palavra para
dizer.

Repete o nome,
vê, lento,
o real ferindo.

VII

Você:
um acordo entre
palavra e assombro. ✪

Isabela Equor

Repetiré el sermón de la montaña

Catarina,
sinto muito
te deram esse nome
agora cabe a você
parir esse país

Catarina,
hoje me sentei na sua mesa
comi as suas torradas com nata
só não quis botar sal

depois deitei na cama do seu avô
a mesma
que você pediu pro seu ex te foder

Catarina,
eu não te conhecia
quando me ofereceu metade da sua cama
em solo estrangeiro
fiquei com medo
você desperta quer
me mostrar a cidade

Catarina,
Faz sol em Portugal?

Catarina,
estou puta com você
perdeu meus brincos
beijou meu ex
ainda disse que foi deus
baforando na sua orelha

Catarina,
Me arranja um emprego

Catarina,
eu vi que você viu

Catarina,

Quando eu parar de escrever seu nome
não direi mais nada ✪

Maya Falks

Das misérias

Sempre fazia sol. O sol escaldante de sempre, mas que era bom pra roupa secar quando a lavadeira não tem espaço coberto pra botar varal na casa de onde saía ainda noite com o cesto apoiado na cabeça e o sabão em barra de banha de porco, fabricado pelos meninos do meio, no bolso improvisado do avental.

A casa de barro no terreno infértil pro sustento abrigava os 7 frutos do ventre que prestava mais que a terra, e os dois meninos que foram largados feito bicho nas margens do riacho que passava lá perto e onde levava roupa de cliente pra lavar na força do braço. Bicho bicho, dos que tem pelo e pulga, tinha também, mas ela nem sabia direito quantos; quando morria um, apareciam três pra disputar tigela de arroz com as crianças de barriga gorda de lombriga.

Dentro da casa tinha dois quartos onde todo mundo se amontoava em colchão de palha com capa feita pelas meninas da prole, que também cuidavam dos menores enquanto os meninos mais crescidos capinavam terreno e levantavam parede pros outros pra tirar o feijão do final de semana. Em semana boa dava até pra comprar farinha pro pirão.

O mais velho queria comprar pedra pra subir parede em casa, já que o barro não durava uma vida, mas a mãe sempre dizia que precisava de pedra pra marcar no chão de terra seca o lugar do quintal onde as três crianças que a fome matou estavam enterradas. O filho entendia, mas ainda não tinha juntado pra pedra quando ainda faltava pros cadernos dos menores. A mãe ainda sonhava com filho de canudo na mão, mesmo que até ali nenhum soubesse sequer assinar seu nome.

A mais velha entre as meninas tinha destino diferente do dinheiro do trabalho de doméstica: tecido e linha pra vestir toda a família; foi assim que os dois mais novos tiveram roupa desde nascidos, todos os outros só tiveram a primeira roupa depois de aprender a andar.

As panelas também eram coisa da mais velha. Lembrava quando chegou no casebre com uma sacola que carregava três panelas novinhas, chegaram a iluminar a casa com tanto brilho. A mãe, que não tinha voltado da lida da tarde, ficaria radiante.

Não ficou. Não tinha com que ocupar as panelas naquela noite. Perguntou pra filha se daria pedaço de panela pros irmãos comer porque a venda não aceitava mais fiado e ela e os meninos só recebiam dali dois dias. Não tinha mais arroz, nem mais nada.

A terceira na ordem das meninas já tinha brotado os peitos e descido o sangue, e sabia que menina nova fazia dinheiro na beira da estrada. Naquela noite todo mundo dormiu com fome, mas ela não ia deixar acontecer de novo. Saiu cedo de casa, logo depois dos pés descalços da mãe deixarem marca fofa no piso por conta do peso do cesto, já que o peso da mulher era como pluma ao vento.

Já nas primeiras horas descobriu que a tal da vida fácil de puta era tudo, menos fácil. Mas o arroz ela comprou a tempo do almoço, e sobrou um punhado de troco que gastou em bala pra deixar o bafo gostoso pra tarde no trabalho recém-começado.

Disse pra mãe que cuidou de criança. A mãe achou estranho, mas tinha barrigas pra alimentar e roupas pra terminar de lavar, abriu o saco de arroz com o que sobrou da faca cega e preparou duas xícaras para um punhado em cada tigela.

No terceiro dia, a menina volta pra casa com arranhão na perna e um saco de pescoço de galinha. Há muito não se via um raspo de carne debaixo do telhado de palha. O coração da mãe apertou. Conhecia a história. Aos 12 começou a levar comida pra casa, aos 13 levou também criança no bucho. O pai não perdoou a vergonha e botou a menina grávida de macho de estrada a correr com o estalo de cinta nas pernas magras.

A pior de suas tragédias se consumava. Somente os dois menores não eram de macho pagante, mas de macho que mentia promessas pra uma deitada com uma mãe que ainda sonhava pros filhos destino melhor.

Tentou conversar com sua menina, mas não tinha palavra, ninguém nunca tinha conversado com ela, como iria passar à filha o que não tinha? O medo é que o mais velho descobrisse e virasse uma tragédia, mas, até ali, tava todo mundo feliz que agora tinha arroz, feijão e pescoço de galinha no prato.

Até que a menor, ainda lisa no peito e sem sangue nas pernas, falou que também queria, se a mana comprava comida, ela compraria boneca. Se sobrasse ainda compraria uma bacia melhor pro banho na casinha dos fundos. Os meninos gostaram da ideia, sem imaginar o ofício da criança que agora alimentava a família.

A mãe pouco podia fazer, já não tinha força no corpo até pra seguir na lavagem de roupa. O que doía era saber que a pequena teria ainda mais clientes que a maior, porque os machos de estrada tinham nenhum pingo de moral. Mas o coração de mãe sabia que não valia a pena destruir a vida de sua criança por uma bacia e, no mesmo dia que a pequena partiu pra estrada com a irmã, se arrastou no mato com a peixeira na mão.

O velho tinha carro bonito, desses novos de gente rica. Cabelo branco e bigode aparado em barbeiro, já saiu do carro com o bagulho pra fora na direção da criança. Ela chorou quando o velho agarrou seus bracinhos e a jogou no capô como um trapo, de barriga colada na quentura do carro. As outras meninas paralisaram com a cena grotesca; ele queria a criança, que vomitou no capô quando as mãos enormes do velho lhe ergueram a saia.

E foi então que veio o grito de mulher adulta. O sangue que pingava sobre a saia erguida da menina jorrava da garganta do velho. Ele, que gostava de machucar pequenas garotinhas, agora se contorcia no chão feito minhoca como a sua que balançava de um lado a outro pelo zíper da calça de marca. Num gesto rápido, agarrou a menina no colo, pegou a outra pelo pulso e desapareceu.

Na terra seca e infértil ficou o cesto com roupa por pendurar. A casa se desfez com o tempo, enquanto a mulher, suas crianças e bichos, não esperaram piedade dos homens que encontraram o velho na estrada. Essa piedade jamais viria, homens da lei com seus ternos caros jamais perdoam mulheres e meninas por sobreviver a outros homens com seus ternos caros, mas suas crias estariam a salvo.

Os meninos se espalharam pelas vilas da região sem dizer palavra do acontecido. Da mãe e suas meninas nunca mais se soube. ✪

Eucanaã Ferraz

Plano

PLANO

Fazer a casa bem pequena
para pequeno voltar
ao tamanho de criança.

Uma casa que obedeça
à régua enxuta dos gatos
e dos livros de poemas.

Uma casa quase nada:
nua de porta e janela
(chave nenhuma portanto).

Nenhuma sala. Nem quarto.
Morada tão diminuta
que nela só cabe a varanda.

Caiba na palma da mão.
Pouco maior do que o pulso.
Dois dedos de casa. Nem isso.

Qualquer papel servirá
e se for pobre: melhor
(não custa mais do que a vida).

MARGEM

Devo ter deixado aberta
a porta. Entrou – era tarde –
sem dizer uma palavra.

Parecia um marinheiro
como antigamente – imagino –
deviam ser os marinheiros.

Talvez tivesse um tanto de areia
nos cabelos ou era apenas a pele
queimada da longa viagem

que o trouxe – até mim? Com licença
cavalheiro qual seu nome de onde
veio? Não lhe pedi nada disso

deixei apenas o espanto
seguir seu curso em silêncio
e o leme nas mãos de ninguém.

Sua juventude ardia
nos meus olhos e seus olhos
recendiam à luz cruel de janeiro.

A terra girou sete vezes
ou a hora deitou âncoras
e o tempo estancou o tempo?

Quem sabe choveu no mundo
e um cego cantou no vento e os navios
afundados retornaram ao começo.

Perguntei a ele se trazia notícias
de meu pai que se foi
no nevoeiro.

Seu lábio tocou nos meus.

E logo sem esquivança partiu
assim como veio – por através
do meu peito.

ABRIGO

A infância que vem na memória
traz sempre mangueiras com ela.

As copas e o céu se confundem
o firmamento verde alastra

e as folhas se agitam cerúleas.
Só o sol permanece ele mesmo

(tão real que não posso vê-lo).
A infância me foi tão pequena

mas nela cabiam mangueiras
mais a sombra que desenhavam:

a sombra como grandes olhos
fechados de um doce cansaço.

O FRUTO

Eram azuis todas as casas suburbanas
em que morei e quando volta o vozerio
de nós crianças nele reconheço a cor
dos telhados e dos cavalos sim o azul

das canções na vitrola girando ao redor da praça
em volta da escola da mercearia do rio o azul
tocava de leve o pão o leite e os olhos havana de minha mãe
– mais que azuis – não deixavam que maio acabasse.

Meu pai traz nas mãos – lembro bem está feliz –
as imagens da Terra vista da lua na revista *Fatos e Fotos*.
Vi a neve pela primeira vez em Amsterdã e vi que era azul
como as florestas no outono da Nova Inglaterra.

Eis o fruto – disse a voz – quando comerdes dele
abrir-se-ão os vossos olhos e tornar-vos-ei
como Deus conhecendo todas as cores
e então comemos.

Sempre foram azuis os braços que eu quis
os dentes que me disseram sim
os dias latindo e as noites compridas
vento nos cabelos água correndo nos versos. ✪

Ana Luiza Ferreira

I tattooed flames on my groin in a flash day

I TATTOOED FLAMES ON MY GROIN IN A FLASH DAY

certamente foi por te amar, cariño,
a tatuagem em chamas - 2cm - no
mei da virilha

foi para que tu, cariño,
quedasse mais tempo ali:
tentando conter o fogo
a lambidas

NP

m. quando me fode não faz
qualquer expressão
me coloca por cima   de lado   de quatro
me pergunta sério onde
e eu aponto o meio dos seios

observo espero
a contração das sobrancelhas
o fechar sutil
dos olhos

mas m. não é um bom homem

depois ele
despeja o corpo pesado na cama
dorme
ronca
me pergunto se sonha também
me pergunto se alguém que goza assim
sonha também

eu não sei

m.,
e lhe falo sobre o seu silêncio
e ele sorri gentil como quem
diz que sim

m. não é um bom homem

mas algo nele
me seduz

eu quero estar bem perto dele
quero percorrer o labirinto existencial que é m.
quero encontrar no centro
o sorriso gentil que
verdadeiramente
é m.

tomar no colo o menino que há
dentro do homem
apresentá-los um
ao outro

m. há de ser um bom homem

desde que eu
encontre as palavras certas
mais uma vez ✪

Lucas Ferreira

Morfologia das formigas

MORFOLOGIA DAS FORMIGAS

Invertebrada e artrópode
a formiga é um inseto
e como tal seu corpo
é constituído em três partes

Como nós os cabelos
elas perdem as asas
essas películas que as crianças
assistem como cinema

No cinema das formigas vemos
uma coisa chã filme ruim
e podemos dizer que é certo
não nasceram com o dom

Mas com tórax mandíbula antena
e outras qualidades é claro
se fossem grandes como somos
correriam como carros

Mas as formigas são pequenas
como alguns de nós também
e morrem se as matamos
como entre nós também fazemos

As formigas são seres vivos
mas apenas quando estão vivas
quando morrem deixam de sê-lo
e é assim que a vida funciona

CLUBE DOS MEMBROS FANTASMAS

Os amores que você perdeu
estão nesse clube
e bailam aos sábados
nos braços partidos dos soldados

A alegria que você conquistou
e depois perdeu
é tão transparente quanto
a alegria que você nunca teve

E tudo que você pediu
de braços abertos
agora vive num mundo de braços
que não são os seus

O que você podia ter sido
e por covardia nem sonhou
faz amor em seu nome
natação aos domingos

O que não foi mencionado
o que não nos foi permitido
fazem desse clube o paraíso
que não nos será aberto

Essas coisas estão melhor
onde estão
porque não nos pedem resgate
não se lembram de nós

E o que de nós ficou nelas
muito muito pouco se percebe
você fecha uma porta
e outra porta se fecha

OS CAVALOS

Não quero te deixar a par
do estado em que ficou
o corpo de Heitor
depois que Ulisses o levou
pra dar um passeio

Hoje nos amamos
sem qualquer resquício
de covardia
nos amamos
numa cama limpa
como duas pessoas honestas

E mesmo que o largo armazém
dos poemas de amor
esteja repleto de massacres
isso nada tem a ver
com o que eu quero
te mostrar: as mãos
de um rei
lavando a pele
do filho
que voltou pra casa

INSTRUÇÕES PARA PERDER

Você precisa aprender a perder
como quando era criança
e perdia com certa frequência

Agora você é grande
e precisa perder essa lembrança
como um ônibus

Comece perdendo a hora a cabeça
e depois emprestando livros roupas
perca pouco a pouco a esperança

De reavê-los. De repente você está
sem olhos e sem olhos quase só água
haverá relâmpagos e será

O mesmo que não. Completamente
perdido você então se senta
o mundo intacto como uma cadeira

Vazia. Permaneça nessa cadeira
sentado
até que ela perca os braços

As pernas o verniz e a madeira
lembre-se que quando digo cadeira
estou falando do mundo

Alguns famosos perderam tudo
veja como eles estão agora
pregaria suas fotos na parede

Se você tivesse paredes
mas você não é uma casa
você é no máximo um grande perdedor

E no mínimo
alguém que sabe seguir
as instruções ✪

Thassio Ferreira

(des)caminhos

1.

no poste a caminho
da praia de puruba

    proverbial
    paraíso
    perdido

um cartaz escrito
SOU QUANDO VOU

paro, fico
indago pra onde

e sigo
    (sendo)
o que consigo

2.

sou quando vou
ou
vou quando sou
ou
quando sou, voo
(ô)

nos intervalos do eco
    ouça

    de novo
lâmpada intermitente
que a prefeitura não arrumou

tento desfolhar outra imagem
    um martelo já não me serve
    quando seu metal gasto
    repousa silente ao lado
    das mãos inertes

o que se repete em meu cérebro
independe de mim

pica-pau cocainômano
girassol frente a uma supernova
coceira sem fim

3.

e quando/quem não se vai
o medo nos faz menos?
desapego pode ser mantra
mas quando somos nos olhos
de quem amamos
na boca, nos dedos
sem fôlego compartido
ou na coragem de não fugir
finco, luto, resisto
até aves migratórias voltam
pinguins imperadores
por exemplo
ano a ano retornam
à mesma ilha e mesma parceira
para acasalarem
tem quem seja a terra
e (o) que dela cresce
mas caso dela se afaste
será o quê? não se sabe
quem é praia e mais
é ao meter canoa
adentro das ondas
mas onda que leva
traz
tem gente ribeirinha
que vai sendo enquanto
a trança passa

tem gente de ir
e de ficar

4.

fico, volto, vou
        quando é sempre
de tantos jeitos sou
que uma vida parece pouco ✪

Adriane Figueira

(SEM TÍTULO)

vazio persistente
mãos solitárias
olhar exausto

existo
fora
dentro
longe
perto... existes!

conjugo meus verbos
intransitivos
conjuro meus versos
livres
em línguas
impossíveis.

(SEM TÍTULO)

eu me rendo ao acaso
os anos percorrem o espaço ligeiros
nessa estrada traiçoeira
movo e removo afetos
renovo os trajetos e os trejeitos brinco com os prefixos
brindo o impossível gesto.

sombras e silêncios
engendram o corpo
tombado
diante das tuas paredes de fogo.

eu não te esqueço e me engano
derreto no calor do teu incêndio
convertida em magma,
enrijecida pela tua chama. prolongo,
outra vez,
o drama.

GÓRGONA

Tudo é ficção dentro da realidade dos dias.
Estou parada, mas não estou onde pareço estar.
Presa no fluxo vertiginoso da invenção cotidiana
que acontece quando estou desperta ou em sono profundo.
As lembranças se engendram a si próprias — infatigáveis.
Durar, perdurar, endurecer...
radicais e afixos se combinam num jogo de sentidos contraditórios. Tudo em três,
encruzilhada do sonho.
A sombra se afasta da matéria de que é feito o corpo.
A carne queima e se refaz quando exposta à luz,
treme quando cai a noite sem lua.
O coração morre e ressuscita
porque o desejo conduz Eros, Thanatos e Dioniso
— trívio abissal de eterno retorno.
Flechas, fendas e fios.
Serpentes sibilantes sorriem através do espelho tripartido,
rastejam e se enrolam formando uma coroa,
suas escamas furta-cor se misturam
num gesto multicolorido que cega e deslumbra,
mas não petrifica.
A pedra que rola montanha abaixo pertence a outra história.
Aqui eu rastejo pelo labirinto e encontro a saída. ✪

Leonardo Gandolfi

pessoas

PESSOAS

A maçaneta da porta
que você abriu
ou fechou
não se lembra
da sua mão

O espelho também
não se lembra dos rostos
que já refletiu —
a cada vez precisa
começar do zero

TRÊS ESTROFES

Era uma vez
um peixe
que não tomava banho
mas também não suava
um peixe
que não bebia água
mas também não tinha sede

#

Querida mosca
quando você pousar de novo
sobre o mesmo pedaço de grama
não vai encontrar mais
sua tão adorada
gotinha de água
ela acabou de escorrer

#

A folha no galho
da árvore
a pena na asa
do pássaro
tudo se agita se Rosa
sopra o dente-de-leão

POEMAS

em memória de
Nonato Gurgel

Meu amigo Nonato
escrevia
com a borracha
até hoje não sei
como ele apagou
mais poemas
do que escreveu

Toda vez que apago
um poema
me lembro
do meu amigo
na verdade
gosto de apagar poemas
só para me lembrar dele ✪

Bianca Monteiro Garcia

ode ao demônio mudo

I.

se existissem espelhos
no tempo do paraíso
a maior tentação de eva
seria a de persuadir adão
não mais com a língua
emprestada pela serpente
mas com a beleza do silêncio
do demônio mudo
a voz e a visão:
o casamento de dois astutos

II.

não se enganem, filhas de eva
livraram-se da serpente
e hoje veneram espelhos
com seus reflexos
gastam as horas
perdem os dias
que ainda não nasceram

III.

no jardim do éden
quem ganharia o duelo
o espelho ou a serpente?

IV.

será que a mulher de lot
ao olhar pra trás
encontrou na cidade um espelho?

será que dalila
ao cortar o cabelo de sansão
encontrou na navalha um espelho?

será que madalena
ao ser apedrejada
encontrou nos fragmentos da rocha
um espelho?

V.

não se engane
a mulher que está casada
com o espelho
é filha de eva

VI.

a nobríssima viúva blesila
desde amanhecer o sol
até o surgimento da lua
empenhava-se com estudo
a se enfeitar de frente
para o demônio mudo

nem a morte
nem a mortalha
fatiaram seu apetite
pela própria imagem

blesila renunciou os dois mundos:
o mundo de adão
e o mundo do amor próprio

VII.

a deusa pallas se viu nas águas
e assim ganhou parte do rosto inchado
no segundo que precede a tragédia
percebeu-se deusa
deus tem ciúme do demônio mudo

VIII.

arquimedes em um porto de sicília
fabricou espelhos que reverberaram
raios de sol convertidos em fogo
uma arma letal:
a matemática dos infernos

IX.

filhas de eva e filhas de maria
aos domingos vão à missa
levam espelhos na bolsa
entre as escrituras da bíblia
luxo e vaidade decoram
as páginas do apocalipse

X.

das celas e conventos
o demônio mudo é retirado
cristo crucificado e virgem maria
tomam seu lugar
a religião é o espelho do advento

XI.

filhas de maria
filhas de eva
assobiam baixinho
os cantares de salomão
e agora
tão raros em paredes
de cadeias
de conventos
de hospícios
o espelho é um médico pontual:
na água da privada
no vidro do copo
no licor da gaveta
no reflexo da descarga

AO SUL DO CORPO

as mulheres são totalmente venenosas
no período da menstruação elas
envenenam animais pelo olhar
infectam crianças no berço
mancham o mais limpo espelho
ou o lençol mais branco da casa
produzem leprosos e cancerosos
os homens os quais fizerem sexo
com o sangue do útero delas

as mulheres são totalmente venenosas
desde o nascimento elas são
o segundo sexo
a abominação do paraíso
a chave para o inferno
o agente de satã
a deturpação
a sentença
a bruxa
a morte

ao sul do corpo
as mulheres são
a musa praguejadora
a caixa de pandora
de todos os séculos ✪

Cecília Garcia

O templo

Nasceu na casa dos fundos, desprovida de sol, despida de rua. Da maternidade direto para o quarto pintado de amarelo interior de pêra, onde cresceu com os cotovelos na beira do umbral da janela, esperando a vinda do pai. Parou de esperar adolescente, e agora adulta, vazada como o interior da mochila nas costas que não enverga sua espinha madura e pacificada, bate palmas na frente do portão para que a deixem entrar.

A casa da frente está ocupada, não mais pelos avós. Uma mulher e seus três filhos moram ali. A matriarca olha-a da janela baixa, a cortina barata de flor escondendo metade do rosto. Lê no movimento repartido de tecido da boca que o portão está aberto. Na tarde anterior, a nova proprietária tinha pedido por WhatsApp que Elisa por favor fosse dar um jeito na casa do seu pai, queria alugar. Pode entrar lá, Elisa autorizou desinteressada, fique com tudo. Jamais, ela respondeu, antes de pular a linha da mensagem. Seu pai nunca deixou. Vou respeitar a vontade dele, mesmo depois de morto.

Vivo, seu pai ignorava as vontades dos outros. Pisava-as como formigas, espanava-as como o pó do acúmulo dos dias, e Elisa poderia até compreender se a indiferença nascesse de um lugar de ignorância, mas vinha da inabalável convicção que de que cada filete encurvado de grama, cada rajada de vento, cada existência ligeiramente diferente da sua era inferior e dispensável, massa mole para sucumbir. Na casa, ficava pouco, e quando estava, ignorava a filha. Ignorava a mulher e seus gestos circunscritos à domesticidade, engrenagens que faziam a comida chegar até o prato, o banheiro ter ladrilhos limpos, o caminho desimpedido passando do quarto de casal, pela sala, copa, cozinha e quintal, para que o pai fosse à rua florescer profissionalmente. Mãe regrada, filha indiferente, foram deixadas de lado, expulsas por dentro. Se o pai estivesse vivo, e com ele cruzasse na rua, não lembraria do seu rosto. O tempo o matou antes da moto.

No afinamento do corredor, a lateral da casa começa a aparecer. Os olhos cansados de Elisa encontram a casa igual à do passado. O varal carrega em pregadores de madeira os contornos largos do pai num jeans que ele deixou, mofado à mercê do sol, chuva e a lei de não toque da vizinha. Vê naquela calça as heranças genéticas que ele passou para ela sem misericórdia, desde as pernas compridas até a cintura reta. Muitos bolsos. Ele sempre precisou de espaço para celular, carteira, chave. O pai era jovem quando morreu, quase chegando aos cinquenta, quase chegando no portão da casa, atropelado. Fratura craniana, a cabeça quase inteira, falou sua mãe, os olhos quase secos. Ele sempre foi quase bonito. Elisa quase chegou ao enterro.

A casa no vão do jeans feita de cimento, alta com uma memória, rejuntada nas cicatrizes entre os tijolos, menos escuros que as persianas da madeira, que entreabertas como olhos obscuros da casa, não deixando entrever o interior. A construção termina em um vão antes do quintal, e no corredor que separa a construção do muro vizinho, um vaso de barro vazio. Avança, o medo irascível que a casa se erga em pernas de cimento e fuja, privando-a do seu intento, do esforço de matar o que já deveria estar morto.

Abre devagar a maçaneta morna, fazendo-a ganir. O contraste da luz externa com a penumbra da sala desenha uma silhueta, um raso fantasma, que dispensa num instante, temendo o desconhecimento completo do espírito, de não saber se é do pai ou de outro. Arregala os olhos e eles param de produzir sombras.

O bafo quente do que um dia foi sua sala, no canto a sobrevivente estante da sua infância. Mas, antes da estante, a clareira. O pai havia aberto um buraco destelhando o teto, telhas em frangalhos, hematoma no cimento irrecuperável. A luz diurna revela os tênis esbarrando no que considera primeiro um cemitério de árvores, brincadeira naturalizada do homem desconhecido que dispôs circularmente na extensão inteira da sala pedaços eretos de troncos de árvores. Depois, o reconhecimento do que acompanha as árvores. Cogumelos brotam nos troncos, aos montes, banqueteando-se da umidade responsiva do ar. Os primeiros, alaranjados, serenos como orelhas, em maior quantidade e cientes, não disputam espaço. Ocupam os troncos primários. No chão, uma mistura porosa de lama, terra, improbabilidade. Cogumelos mais tímidos avançando para além da imobilidade das árvores. Liga a lanterna do celular, desvelando os chapéus minúsculos, a opacidade das minhocas, toda a vida difícil de pôr um nome. Adentra atenta, não querendo tocar nada, sendo tocada por tudo.

Ladeando os troncos tomados por cogumelos, estantes acumulan revistas e livros berçários de outros fungos, dessa vez avidamente coloridos, vermelhos como maçãs do amor, outros azulados, um tão bonito, único entre os seus, com uma pequena rede branca recobrindo a delicadeza da sua espessura. Não tinha nada religioso aquele homem pragmático, ainda assim, aquilo um templo, os troncos, os altares, os cogumelos oferendas ou deidades. O pai um sacerdote, um agricultor, um maluco. Ela não é muito melhor, ainda ali.

Depois da sala impossível, a cozinha regular, fogão, geladeira, mesa, limpos e carregando as marcas de uso. O resto da casa com as funções preservadas, o quarto de Elisa depois de sua saída transformado em uma pequena academia, com esteira, pesos, a foto de uma halterofilista bronzeada. O banheiro com uma só toalha, uma barra de sabonete, esteira para um único pêlo encaracolado. O quarto dos pais, onde não podia entrar quando criança, despudorado, nada demais, então para quê tanto segredo. O último cômodo de tranqueiras, agora sem nenhuma delas, pilhas de cadernos universitários, todos de borda amarelada pelo tempo, engordurados do manuseamento. Sua herança, junto com toda aquela sujeira almofadada e os cogumelos.

Pega um cacho dos cadernos e os coloca na mochila. Traça o mesmo caminho, as costas não mais vazias, o nariz tapado com uma mão, na outra o celular para não pisar em nada. Eu volto, prometo à vizinha. Tome seu tempo, responde a mulher, os frutos estampados no seu avental o suficiente para que quando Elisa chegasse na rua solte um vômito de bile.

O apartamento minúsculo, de passagem, Elisa breve lá dentro, um lugar a mais que morou quando o anterior ficou caro. Faz da cama um ninho de permanência noturna, os lençóis trocados depois de muito uso, as manchas de suor e baba. Antes alguns livros, esparramados no fardo da não leitura, agora os cadernos, desfazendo-se em dramáticos pedaços de papel. A dona da casa não manda mensagens, Elisa manda para ela, bússola do seu retorno, que posterga, não irá abrir novamente a porta antes de abrir os cadernos, os cadernos mais difíceis do que foi abrir a porta. Ao virar a primeira página, manda um SMS, amanhã eu vou, mas o amanhã não vem. A casa minúscula perto do labirinto de garranchos de caneta azul do seu pai, a letra irreconhecível do homem morto.

"Um tronco de árvore. Nascem cogumelos comuns. Já vi em outras árvores da cidade. Parecem flores. De sangue. Que coisa idiota de se escrever".

O texto margeia o desenho mais do que comunicativo, feito com a dureza de caneta bic: no miolo do papel o nascimento do cogumelo esgarçado e cerúleo. *"Cogumelo de passeios na cidade, nascendo na beira de estrada, nos troncos, comuns. Orelha-de-pau"*, o pai escreveu perto da borda do cogumelo. *"Não é nome científico"*, ele achou por bem avisar a ele próprio. Enumerou nomes populares, numa lista justificada, onde a ponta de cada letra da linha alinhava-se à da próxima.

Depois de mais algumas páginas escritas em fúria, outro cogumelo ilustrado. O pai o desenhou cravando a caneta nos detalhes de cada curva alaranjada do fungo. Reconhecia na ilustração os traços mecânicos de quem desenhava máquinas, e que tentava encaixar em linhas retas a organicidade do seu objeto de estudo. O resultado mais armadura do que fungo.

"Como outros fungos, outras plantas, outros bichos, o cogumelo orelha-de-pau tem muitos nomes: urupê, pironga, orelha de judas. Gosto da ideia dele como orelha. Ele tem apetite de boca. Desde que chegou aqui, se multiplicou. Cada dia, noto novas orelhas. As velhas não estão cedendo lugar, não estão morrendo, ficam cada vez maiores. O tronco é largo, mas num futuro que eu gostaria de presenciar, sei que eles vão precisar se locomover para comer. Posso deixar uma trilha de outros troncos, ou posso assistir os cogumelos morrer. Tudo inútil. Eu é que poderia morrer, e se o cogumelo tivesse o desejo, ele poderia assumir o meu corpo, me deixando irreconhecível. Tenho saúde boa, as chances disso são pequenas. Quais as chances desses cogumelos?".

Brotam nas páginas seguintes desenhos anatômicos dos vorazes cogumelos orelhudos. Os vultos alaranjados desconfiguraram a ilustração de tronco, e o que sobra é buquê voraz de orelhas, que exigentes tomam páginas e páginas do caderno. Cessava, depois. O pai tinha colocado uma notícia de jornal sobre futebol, e a tinta inchava os cogumelos de palavras.

Entra, entra, vou passar um café para você, disse a vizinha, dessa vez vestida não de frutos, mas de flores opacas salpicadas de molho de tomate. Algo sólido e perfumado fumega na cozinha, Elisa responde com educação que não, que tem pressa, e ergue os dois baldes nas mãos. Olha só, que beleza. Boa limpeza para você. É preciso matar os mortos, mesmo os mortos amados.

Um dos cogumelos desenhados na caneca bic do pai era tímido como uma nuvem, o cogumelo favo de mel. Ele o desenhou com a grosseria de um zangão, não capaz de captar a sutileza da carne branca, do que se desprende da árvore como se quisesse se deslocar e retornar a um ecossistema que sem ele não existirá. O primeiro que procura quando entra na sala.

Menos amados que os cogumelos orelha-de-pau, displicentemente colocados, sem tanta devoção.

Parecia simples. Fazer dos dedos pá, pegar o punhado de terra e fungos, jogar no balde, o trajeto para fora da casa do pai, passar o corredor da vizinha, chegar até a rua, dispensar a terra em qualquer lugar e deixar os cães, a chuva, o lixeiro, continuarem o homicídio. Fazer este trajeto quantas vezes for necessário. Pisar nos cogumelos, macular os nomes que não decorou mesmo tendo lido os cadernos à exaustão. Elisa tira os sapatos e fica de meia. Nada parece simples agora.

Para a morte dos primeiros cogumelos, brancos e sem resistência, separa uma espátula limpa. Arranca um largo punhado deles, jogando-os no balde, sentindo que alguns se desfazem entre a luva e o ferro, enquanto outros continuam dignos no seu repositório final.

Começa o segundo massacre, com os cogumelos inúmeros, alaranjados, teimosos no tronco. Debaixo do sol testemunha da hecatombe, não os poupa. Os joelhos da calça jeans arruinados de terra, o rosto também, terra e não choro, uma água sim, mas a que sai da umidade do templo escuro. Não existia a saudade do desconhecido, e o luto pressupunha uma perda, mas ela não perdeu nada, no limite ganhou aquilo que não queria, que molenga manchava suas palmas, que enchia até a borda do balde a mistura orgânica do seu esforço. O primeiro fica cheio. A sala mais vazia, ainda não o suficiente. Nos retângulos criados pela junção entre parede e cristaleira, entre o rodapé e o chão de terra, nos altares de troncos, ainda resistem muitos dos cogumelos.

Com o balde na mão, vai para fora. Esvazia-o na caçamba ao lado do portão. Ao voltar para a casa, percebe que sua limpeza produziu um buraco de chão e que os cogumelos ao redor se inclinam sacerdotes em direção a ele, uma reverência vegetal que a incomoda. Senta no círculo, as pernas próximas ao peito. Move o braço para começar a segunda hecatombe, e longo, dentro da manga da jaqueta jeans, ele paira no ar, não completa o movimento.

Leva alguns cadernos do pai para o trabalho. É incapaz de se apartar deles, uma incapacidade física que nos primeiros dias de posse a fez pedir uma semana de folga. Na mesa solitária,um vaso e um computador, que divide ocasionalmente com um companheiro igualmente silencioso, deixa os cadernos perto do teclado, sem abri-los, reconfortada na sua presença.

Na terceira semana, folheia os cadernos no meio do expediente. Alisa uma página incompleta, ao lado de infográficos minuciosos sobre como proteger os fungos de predadores, cheios de meandros incontroláveis de alguém que se via defronte de questões biológicas complexas, tão complexas que a superfície da vida cotidiana empalidecia. As confabulações paravam quase na página seguinte. Era como se o caderno, e por extensão, o projeto do pai, estivesse arruinado.

Elisa pega a caneta em um movimento clandestino. Existe espaço para o que ela deseja escrever e prazer no ato de macular um espaço que vivo seu pai com certeza negaria. Põe a ponta da bic no papel, o ponto azul por um tempo o único indicativo de ação. O recomeço é lento. Sua letra não parece com a de seu pai.

"Pensei muito nos cogumelos que coloquei no balde. Pensei na sua primeira noite na caçamba, à espera da luz do caminhão de lixo. Se estariam no sereno. Se alguém, a vizinha, uma pessoa passando, enterrou os cogumelos em sacolas, ou debaixo

de mais terra, ou mais entulho. Se já recolhidos, rumo ao lixão, sou a causadora de uma terceira morte. Causei uma crueldade que se desdobra em outras, o reverso do ato de fazer um barco de papel. Mas pensei mais nos cogumelos que ficaram em casa. Sentem-se amputados? Sentem? Se assumo que sentem, sentem o quê? Que é preciso ocupar o vazio, reproduzir-se no escuro? Serão os mesmos cogumelos retirados dali, ou serão outros, inconformados com a substituição, mas dançando a dança da vida naquela casa atraente para fungos. Nenhum lugar foi tão bem escolhido. É como um útero gigante, neste lugar onde nunca me senti acolhida ou protegida. A minha raiz, pequena".

O espaço do caderno acaba.

A vizinha tem a resignação sulcada em cada linha do rosto. Não faz perguntas quando ao abrir o portão de ferro percebe as mãos vazias. Move-se para o lado do corredor, para que passe, e fecha o portão atrás de si sem cadeado. Usa um avental desértico. Deixei a porta aberta para você, a vizinha fala. Elisa agradece e começa a andar pelo corredor de cimento e plantas.

Leva consigo o último caderno do pai, o celular e uma mochila pesada. A porta da casa aberta. Elisa entra junto com uma pequena correnteza de ar, que balança às suas costas o jeans no varal. A lanterna acesa jorra a luz sobre o que sobrou da sua última incursão, um tronco pelado no centro, sem memória do que nele grudado, cadáveres de cogumelos orelha-de-pau pelo chão, chapéus sem corpo de cogumelo. Nos troncos menores, também pelados, alguns resistem, sem força para crescer, ou esperando uma brecha temporal, intraduzível para quem acorda, come, vai para o trabalho, rola a tela no celular, dorme com a promessa de tudo morno, para brotar novamente.

A página do caderno, os garranchos, a maior produção de palavras de um homem em completo silêncio. Acomoda a bunda no chão, sentindo-a pinicar no solo irregular. É a maior quantidade de palavras que o pai produziu, e se puxasse de memória não lembrava de ter escutado-as falar na cadência de uma frase. A voz dele sai oca na memória, como que tropeçando numa floresta interrompida por cogumelos.

"Não tenho. Os 54 cogumelos que vi nascer, eu não tenho. Mais fácil dizer, eles me têm. Tem uma casa. Os que plantei, poderia dizer que são meus. Mas estão perdidos entre os que não convidei", o pai interrompe o fluxo de caneta obscura com a ilustração parcial da sala, carcomida pela caneta, tomada por mobiliários de cogumelos, em formatos que a olhos despercebidos poderiam fingir ser a mesa de centro ou um sofá. Algo bulboso crescia do desenho para fora, e engolia as letras passadas. Não as futuras. "Não preciso ser um gênio para perceber que acontece uma comunicação entre eles. Negada para mim. Escrevo sem rancor. Os recebi na minha casa. Eles tomaram tudo. Fiquei com um corredor e um quarto, e ficaria até com menos. Queria descobrir como decidem crescer a partir um dos outros, os que prosperam, os que não fazem mais sentido e precisam ser jogados fora. Desenhá-los é o que eu consigo fazer, por hora. É o que vou fazer, até cansar, ou até eles cansarem de mim".

O som do zíper rompe artifical no ambiente de devoradores. Elisa faz tudo com muito cuidado: deixa o celular de lado, a laterna um pouco aflita, nos movimentos uma reverência, não àquele lugar, mas o que está despelando e aplacando com os movimentos delicados das unhas. Retira da mochila um tronco de árvore vestido de saco plástico. O odor dele se mistura com todo o resto, perdendo-se no doce sinfônico cheiro da sala. Antes da perda, sem dúvida antes da perda, ela consegue reconhecer um cheiro próprio, amadeirado, desodorizado da terra. Fica nos seus joelhos um tempo, não o suficiente para que cresça nenhum cogumelo, pois não é tão rápido, mas o buquê de shimeji crescerá. E ela estará lá para ver. ✪

Caio Girão

Vladmir Brichta, farmácias e minha estreia na pornografia

"I just wanted to be one of The Strokes, now look at the mess you made me make."
Arctic Monkeys

"Nem tudo que cai do céu é sagrado."
Jorge Ben Jor, Mussum

"Yo soy una perra en calor, toy buscando un perro pa' quedarno' pega'o."
Tokischa

"I could hate you now, it's quite alright to hate me now."
Frank Ocean

Dim, dim, dim, dim. Dim. Plim. Transação aprovada.

Os olhos de Marlon, segundo na fila do caixa – logo atrás de Vladmir Brichta –, involuntariamente pararam na verde máquina de cartão. Claramente, Stone. Ele conhecia a intimidade da máquina porque trabalhava no teleatendimento da Stone. Podia ver o teclado e os dedos do comprador. Acabara de ver a senha do mastercard de Vladmir Brichta. Todos os quatro números.

Há pouco mais de cinco minutos, ao notar a presença de Vladmir, se sentira feliz como sempre se sentia ao estar próximo de algum famoso. A sensação de que seu tempo era mais útil, por ser, de alguma forma, compartilhado com alguém famoso, alguém que supostamente sabia usar bem o tempo que tinha. E estava ali, no mesmo tempo, no mesmo espaço.

Aquela era a quinta farmácia em que entrara, procurando por Lamitor. Mas em todas as farmácias havia somente Lamitor CD, os farmacêuticos lhe diziam: "precisa ter CD escrito na receita, senão não posso vender". Um remédio tão caro e escasso. Gastava quase quinhentos reais por mês nesse remédio, nunca sabia onde iria encontrar. A saga pela busca do remédio, na posologia de 25mg e de 50mg, era uma peregrinação em espiral, uma patética fuga da condição de bipolar com transtorno do déficit de atenção com hiperatividade.

O calor da cidade o confundia, seus músculos imitavam uma febre alérgica, sua pele ensaiava uma excitação erótica, coberta em suor e desejo.

Antes de sair de casa, a dúvida entre vestir bermuda ou calça o fez lembrar de sua mãe, que tomava carbolitium desde antes de ele nascer. E que também peregrinava, com receitas forjadas em hospitais públicos, por postos de saúde que aceitassem, sem muitos questionamentos, receitas sem data.

Apesar de Vladmir tentar se esconder sob um boné, atrás de óculos escuros, não seria difícil dizer que ali estava o inconfundível Brichta. Bastava um pouco de atenção para descobrir o cabelo que fugia do boné, a barba que escondia os lábios frugais. O farmacêutico talvez só não tenha percebido porque queria voltar logo à leitura do seu livro – O Processo (em vez de A Metamorfose).

Marlon trazia tatuada na mente a frase "não vou deixar de fazer meu trabalho por causa de um emprego" dita pelo ator no filme Bingo, e repetida no trabalho, entre uma ligação e outra, com uma frequência pouco saudável. Queria falar com ele, mostrar sua existência, tentar uma intimidade. Falar o quê, da sua admiração, pedir uma foto, um autógrafo no ar?

Agora sabia a senha do cartão de crédito dele, uma importante, íntima e inútil informação que provavelmente levaria ao túmulo, carregaria consigo para lembrar com orgulho, em segredo. Queria se render ao desejo de se fazer notar. Talvez perguntar se ele também se preocupava com dinheiro, se ao final do mês contava gastos e ganhos, se calculava as chances de não ter mais trabalho, se tinha uma pasta para os boletos, uma para seus documentos e outra para as notas fiscais, se perdia o sono pensando no tempo que perdeu trabalhando para outras pessoas, se achava que sua arte seria esquecida, se havia casado no cartório com Adriana Esteves, e, em caso positivo, por qual regime de comunhão de bens haviam optado, se no começo da carreira tinha que se dividir entre um trabalho enfadonho e a atuação, se sentia em seu estômago, com certa regularidade, a enorme impotência de ter pouquíssimo tempo para dedicar à arte diante das absurdas exigências do capitalismo, das pessoas que não dizem a respeito a nós, das obrigações burocráticas sem fim. Se ele sentia a energia negativa de tanta gente invejando sua vida.

Com um agradecimento em sua voz irreplicável, o ator guardou o cartão no bolso, apanhou as duas sacolas e se afastou do caixa.

– Vladmir!

Você às vezes precisa visitar o inferno e se inteirar do que está rolando por lá, ou posicionar seu sofá na área que fica além de qualquer juízo sobre o bem e o mal.

Independente de como acabava ou começava, quase tudo acontecia no sofá, em especial no sofá de Adele.

Marlon conhecera Adele numa festa de aniversário infantil, estava com seu grupo de teatro para apresentar alguns trechos d'O Mágico de Oz. Os integrantes do grupo não entendiam o motivo de uma apresentação para crianças tão pequenas, que ainda nem sabiam falar. A aniversariante estava completando dois anos. Ao final da apresentação, distribuíram brindes para as crianças e fizeram algumas brincadeiras.

Estava sentada sozinha numa mesa com um prato de salgadinhos intocados, pernas cruzadas, um vestido curto que revelava as coxas, a celulite, as varizes. Não parava de olhar para ele, que estava encantado pelos tênis super amarelos dela. Se fosse mãe de alguma das crianças, não parecia se preocupar, tampouco estar acompanhada do pai.

A mulher foi ao camarim improvisado – como costumavam ser os camarins que ele usava –, atrás da casinha de videogames, onde retiravam maquiagem e figurino. Agradeceu a apresentação, explicou que os pais da aniversariante, seus amigos de longa data, estavam muito felizes e que aquela festa na verdade era para eles. A filha esteve internada no hospital praticamente desde que nasceu, com doenças que se renovavam, sepses, infecções. Seu aniversário de um ano foi no CTI.

Perguntou onde costumavam se apresentar, quais peças já haviam montado. Perguntou a ele se estaria interessado em um trampo, talvez algo com filmes. Entraria em mais detalhes, caso fosse de seu interesse. Ele pegou o cartão que ela oferecia, sem nome, apenas um número de telefone. Adele, ela falou. Adele, ele repetiu (podia lembrar qualquer nome, desde que o repetisse olhando para o rosto da pessoa). Marlon, prazer.

As farmácias deveriam ser tão difíceis quanto os hospitais. Apesar de estarem mais distantes da morte, se encontram no mesmo ponto entre alívio e agonia. Mas a proliferação de farmácias pelas esquinas as tornava menos lugar, como os postos de gasolina. Lugares menos dignos, estéreis. Isso é fachada para lavagem de dinheiro, dizia o pai de Marlon. Talvez tivesse razão, afinal o agiota com quem pegava empréstimos era dono de mais de 20 postos. A gasolina não dava muito dinheiro, mas ter postos facilitava esconder os empréstimos na contabilidade. Faço isso pelo povo que não tem um acesso justo aos bancos e às linhas de crédito. A quantidade de capangas, muito maior que a de postos, era um demonstrativo do sucesso do negócio.

Com tantas farmácias pela cidade, a maioria delas sem clientes à vista, qual a chance de encontrar Vladmir Brichta sozinho em uma delas? Numa tão pequena como aquela, numa das poucas que tinha estoque de Lamitor, tanto de 25mg quanto de 50mg. Isso decerto significava algo. Ou tudo significa alguma coisa, ou nada não significa porra nenhuma – era como Gê gostava de acabar suas explicações –, coincidência é um termo que os ricos inventaram para nos alienar.

Quando Marlon descreveu Adele, Gê estranhou ele não ter pedido mais detalhes sobre a proposta e lhe perguntou por que ela falaria logo com ele, de todos no grupo, logo ele, um dos mais novos. É uma chance, Gê. Eu podia até achar que você não acredita no meu talento. Qualquer coisa é melhor que continuar nesses trabalhos aleatórios pra poder pagar as contas. Eu quero fazer algo de verdade.

Eles vinham fazendo algo de verdade nos últimos meses. Começaram por brincadeira, por tesão, mas o dinheiro que entrava correspondia à metade da soma dos salários de ambos. O primeiro upload foi um vídeo de Gê (usando máscara de carnaval) chupando o pau de Marlon, uma protuberância saindo pelo zíper de uma bermuda cáqui. Nada demais, mas a luz estava boa, na hora mágica do final da tarde, estavam de roupas coloridas.

Marlon sempre dizia que Gê fazia o melhor boquete, Gê sempre dizia que Marlon tinha um pau dos mais lindos. E, aparentemente, pelo menos sessenta mil pessoas concordavam com ambos, com likes.

Gravaram ainda mais uma dezena de vídeos de boquete, com pequenas variações narrativas, implementando alguns fetiches, algumas ideias. Em seis meses, os vídeos somavam oitocentas mil visualizações. Sem mostrar rostos.

Estudaram sobre monetização nas plataformas digitais de conteúdo adulto, programa de modelo do Pornhub, planos de assinatura do OnlyFans, venda de vídeos customizados pelo Telegram, pack de arquivos no Mega. Tantas plataformas de cam, live streaming. Algum dinheiro extra no final do mês.

Com prudência, começaram a mostrar seus rostos em vídeos solo. O temor velado de que algum conhecido os visse mesmo que entre os milhões possíveis vídeos. A possibilidade de o cursor de um parente clicar no *thumbnail* que exibisse seus rostos. A perda do anonimato esfriava um pouco o tesão voyeur.

Chegaram a cinco milhões de visualizações. Tá bom assim? Média de três mil líquidos por mês. Quero te ver gozar. Estabeleceram uma rotina de gravações, compraram câmeras, tripés, lâmpadas, ring lights. Me come de quatro. Escreviam roteiros para cada vídeo. Aperta mais. Vídeos de fantasias, BDSM, pés, massagens, tabus. Engole tudo. O quarto, um parque de diversões. Deixa só eu prender o cabelo. Chupavam, beijavam, sentavam, quicavam. Me beija. Upload de mais de cem vídeos. Bota a mão aqui na minha nuca, puxa meu cabelo. Acúmulo de likes e views. Quero sua língua. A preocupação surgiu quando perceberam que seus vídeos começavam a fugir do nicho, começavam a aparecer em resultados de pesquisa para vídeos hétero, por exemplo. Você tá com cheiro de sexo. Estavam ali expostos para além do fetiche ou do underground. Quer que eu tire a roupa? E faltava algo, ainda assim, para Marlon, faltava algo para que fosse de verdade. Vou gozar.

Não seria exagero afirmar que a união de Gê e Marlon se devia em grande medida à atração compartilhada pela pornografia. Não levaram muito tempo, desde que se conheceram, para revelar um ao outro que poucas coisas os excitavam tanto quanto vídeos pornôs, o simulacro da realidade para um sexo livre ainda que fetichizado. Se entusiasmavam com as novas produtoras de conteúdo, XConfessions, Adult Time, EdiyPorn. As diretoras Erika Lust, Bree Mills, Stoya. Com um ano de namoro, viajaram para Berlim só para participar de um festival de cinema pornô.

As compras na farmácia também passaram a ser frequentes – camisinhas, lubrificantes, géis, hidratantes, energéticos. Há alguma beleza aterradora no fato de existir um lugar onde se pode comprar, ao mesmo tempo, sabonete, escova de dente, camisinha, viagra, anticoncepcional, teste de gravidez e pílula do dia seguinte. Tudo isso com cheiro de desinfetante de lavanda e álcool 70, sob o jugo de um balcão intransponível e prateleiras abarrotadas.

A lanchonete em que Adele marcou para se encontrarem ficava numa esquina, entre duas farmácias e de frente para uma oficina. Marlon podia ver o nome da oficina, BALANCEAMENTOS, e um cartaz na parede imensa em que estava estampado:

amor
tece
dores

Ela pediu um suco de laranja. Ele, de graviola. O que você acha de fazer um teste para uma produtora de vídeos adultos, meu bem? Nada é coincidência. O som de peças sendo substituídas, o cheiro de graxa e óleo lubrificante.

A conversa com Gê começou na cozinha, assim que Marlon chegou. Continuou no banheiro, Marlon sob o chuveiro, Gê no vaso sanitário, divididos pela cortina do box. Pagam por vídeo, Gê. Até dois mil por vídeo. Posso indicar você também. Eu sei que não é confortável, mas pode ser algo temporário, tipo um freela, depois que a gente tiver uma grana a gente para. Mas nenhum edital de cultura vai chegar nem perto de remunerar assim. Nem horas extras. E não deixa de ser atuação.

Não era bem assim que Gê imaginava a evolução da carreira paralela na pornografia, tampouco a monetização de sua arte. Porra, você tá viajando, Marlon. É um caminho sem volta. Não disse nada. Estudaram teatro por anos para fingir química e orgasmo? Gê queria resistir ao ciúme que brotava no peito, à extrema indelicadeza de se entregar à vontade de desistir. Qual o problema com uma vida comum, um trabalho medíocre e os sonhos sempre latentes por realizar?

Eu não vou entrar nessa, mas se você acha que é o caminho e que isso pode ser bom, vou te apoiar. A gente vê. Marlon havia se enxugado e esperava Gê se levantar para atravessar o estreito espaço entre o vaso e a pia – sempre se esquecia de esticar a toalha no varal atrás da porta depois do banho. Gê se levantou, deu a descarga e esticou a toalha de Marlon.

Começaria a gravar em uma hora. Nunca conseguia se concentrar o suficiente, por mais que lesse o roteiro, por mais que visse as fotos, por mais que assistisse aos vídeos. Olhava seu corpo no espelho e o imaginava em movimento, suado, no limite do que pode aguentar em uma mesma posição. Isso ajudava mais. As veias em suas mãos, as imaginava apertando outras pernas, segurando outros cabelos. Mas naquele havia um amargor em sua boca. O mundo parecia um grande escritório e a saliva, seu principal instrumento. Quantas cenas havia feito? Quantas ainda faria? E quando tudo começaria a fazer algum sentido?

Pensava na casa do seu pai, a última vez em que esteve lá. Mas agora não tinha tempo. Em 30 minutos deveria estar na frente das câmeras, sentindo aquele cheiro úmido de suor e lubrificante íntimo. Não podia falhar, e tinha que aguentar. Se imaginava como uma atleta prestes a entrar no campo, uma cantora prestes a subir ao palco. Mas aquilo ali não era nada demais, era? Lembrava-se de Gê, na forma como sorria quando seus olhares se encontravam. Sabia que continuaria fazendo aquilo ainda por muito tempo, não porque queria, mas porque precisava.

Quinze minutos. Seus mamilos estavam encolhidos e duros. Fazia muito frio em seu corpo num dia de verão aos trinta graus, o sol a pino – a melhor hora para gravar. Apertava os próprios braços, pernas, quadril, pescoço. A pressão dos dedos. Esses dedos que estavam mais acostumados a digitar teclas e transcrever o que lhe diziam os lojistas, clientes da Stone, suas reclamações e exigências, tirando os palavrões, essa mão agora devia performar movimentos imprecisos e ambíguos.

Entrou no set, viu Adele do outro lado, se acenaram e se cumprimentaram. Sempre achava irônicos esses cumprimentos civilizados, minutos antes de se enroscarem e trocarem todo tipo de fluidos corporais possíveis. Ela perguntou se estava tudo bem. Combinaram os movimentos, as posições, os sinais. Era naquele instante, quando tinham que visualizar e preparar tudo que seria feito nas próximas horas, que se conectavam: o mesmo frio na barriga, a mesma respiração ofegante que deviam controlar.

Pelo cheiro, tenta adivinhar o xampu que ela usou – e acerta. Sabe que não é fácil cuidar de cabelos cacheados, e que existem poucos produtos veganos para cabelo. Sorriem, e talvez seja o último sorriso completamente sincero que vão trocar neste dia.

Está na hora, respiram fundo, checam as posições das câmeras, dos refletores. A diretora levanta o polegar, as luzes vermelhas se acendem, e o mundo inteiro muda de cor.

Não era a primeira vez. Já havia visto Vladmir pessoalmente três vezes: duas no teatro do Dragão do Mar, onde se apresentava na peça Tudo, um teatro do absurdo em três fábulas, do argentino Rafael Spregelburd. No elenco, além de Brichta, Júlia Lemmertz, Dani Barros, Márcio Vito e Cláudio Mendes. Direção de Guilherme Weber. Precisou ir duas vezes, porque na primeira estava com muito sono – havia sido um dia longo depois de seis horas no bar, onde assistiu à eliminação do Brasil da Copa de 2022 pela Croácia, nos pênaltis. A terceira vez foi na estreia do filme Capitu e o Capítulo, no Estação Net Botafogo. No elenco também estavam Mariana Ximenes, Enrique Díaz, Saulo Rodrigues e Djin Sganzerla. Direção de Julio Bressane. Vladmir estava com a família, usava boné, tirava poucas fotos e sorria menos ainda. Mas parecia feliz, sereno. Na farmácia, estava nervoso, apressado.

Não era a primeira vez que Gê e Marlon se distanciavam por um período, isso acontecia com certa frequência principalmente nos últimos meses do ano, quando precisavam trabalhar turnos dobrados e buscar trabalho como vendedores temporários em lojas de shopping. Mas dessa vez não parecia nada temporário. Gê saíra do seu emprego e tentava dedicar o imenso tempo que agora tinha para escrever. Retomava romances inacabados, contos esquecidos, poemas planejados em notas esparsas. E quando conversavam, em vez de confrontar Marlon para saber como planejava concluir sua carreira na pornografia e se dedicar ao teatro (ou pelo menos ao teatro mais convencional), preferia falar sobre as agruras da literatura contemporânea brasileira.

– Sabe, agora que frequento mais esses eventos ditos literários percebo um clima de conformismo geral. Artistas parecem não se incomodar que tudo esteja regredindo para um conservadorismo que não existia desde o século passado. Todas as opiniões devem ser guardadas. Não falar mal de autores que estejam vendendo bem, se aproximar de pessoas que trabalhem em editoras reconhecidas. Enquanto poetas velhos e broxas tentam arranjar desculpa para ver mulheres novas nuas, para usar drogas e serem aplaudidos por falar merda atrás de merda. Mas esse nem é o maior problema, é que pararam de falar do caráter elitista da literatura. Confundem mercado editorial com literatura. Quem domina são herdeiros, filhos de gente rica, gente que ganha dinheiro explorando trabalhador, gente que tem sobrenome bonito. Ninguém pode falar mal, sempre haverá um amigo de um amigo de quem nada no dinheiro e não faz ideia do que é ter que trabalhar para sobreviver. Quase a totalidade de escritores de sucesso são ricos, nasceram ricos. Mesmo essa revolta que a gente tem quando percebe a pobreza que foi nossa infância é uma forma de controle. O que fica é o rancor, a vontade de vingança. E até nisso a armadilha é estrategicamente bem feita: o rancor passa a te controlar, você tá só respondendo a esse sentimento entorpecente, que vai te consumir até os últimos ossos. Sempre seremos servos.

Marlon queria tecer ensaios para além da estética da pornografia. Tratar da ética da pornografia. Quando ligam a câmera não sou eu, o que está ali diante da equipe é um personagem. Por que ninguém respeita isso? Quero elevar o estado de performance na pornografia ao estado da performance no teatro. Quero discutir seriamente o gênero pornografia. Uma arte pornográfica que não se confunda com raso erotismo. Sim, Gê, precisamos falar das últimas consequências, de não se deixar acorrentar pela elite que comanda nosso imaginário e nossos anseios.

Onde antes havia um cinema pornô, agora há uma farmácia, onde antes havia um estacionamento, uma farmácia. E antes do estacionamento, havia uma livraria. Axioma: todas as construções pelas quais é possível construir afetos serão substituídas por estacionamentos, igrejas ou farmácias. A antiga e inescapável lógica de quem manda e de quem obedece.

– Pode me chamar de Geni, meu bem. É meu nome de verdade – Adele lhe contava sobre quando estivera em Los Angeles, conhecera alguns dos maiores estúdios –, se você pesquisar "squirting queen MILF" é capaz de me achar. Contracenei com Angela White, acredita? Num estúdio da Brazzers. O ápice da minha carreira, um gang bang com quatro mulheres e vinte e cinco homens. Mal apareço na edição final, exceto quando engulo a porra de oito homens, depois de um jejum de quatorze horas, porque era dia de anal.

Depois de descobrir, casualmente, que o namorado de Marlon tinha buceta, Adele lhe indicara outra produtora, especializada em conteúdo queer. Positive Porn.

– Achava que sexo hétero pagava melhor.

– Não hoje em dia, meu bem. Todo mundo pesquisa por sexo bi, modelos trans. Eu também tô parando. Hoje em dia paga muito melhor gravar vídeo dando nota para pau. Parece que todo homem só quer ter suas fotos de pau vistas por mulheres. Eles mandam as fotos e eu gravo um vídeo reagindo e avaliando. Easy money.

Em casa, encontra Gê no sofá. Na mão, o livro Olhai Os Lírios do Campo. Sorriem e trocam um beijo rotineiro. Por mais que escove os dentes, sabe que Gê identifica o cheiro que fica depois de um dia de gravação, mesmo com a gripe que carregava nos últimos dias. Tudo ainda é muito fresco. Suas mãos ainda se lembram das coxas de Adele, algumas mechas de seus cabelos estão no formato das mãos de Adele; e se passar a língua pelos seus lábios pode sentir um gosto dela. Gê continua com o livro aberto sobre o braço do sofá, um dedo marcando uma linha. Já tomou banho? Sim, tomei no set mesmo, foi uma bagunça. Gê aprendeu que aqueles cheiros ainda frescos se apaziguam na memória depois de um tempo. Passados uns meses, poderiam conversar, durante o jantar ou antes de dormir, sobre os vídeos gravados. Mas não os vídeos recentes. Apenas uma vez, apenas uma vez Gê assistira a um dos vídeos de Marlon. Não precisava ver mais que isso. Não que algo o atormentasse, mas, passada a angústia dos primeiros dias, não tinha nenhum interesse em ver aqueles vídeos que sempre lhe pareciam artificiais, estéreis. Marlon senta-se no sofá também, o corpo sente falta de outro que esteja sobre o seu, com os joelhos ao lado do seu quadril. Esqueceu-se de fazer o exercício de respiração antes de entrar em casa. Quer tirar de si aquele fulgor que persiste. Gê também sabe: a melhor resposta ao sexo encenado é um sexo verdadeiro. Mas há algo no espaço entre eles, também sentado no sofá, que os espreme em seus cantos. Ainda não conheceu ninguém na indústria que tenha se acostumado ao constrangimento de voltar para casa ao final de um dia de gravação. É questão de tempo. Talvez mais um banho. Gê fecha o livro e pergunta como foi seu dia. Trocam palavras equilibradas entre a burocracia e o afeto. Enquanto fala, há uma ansiedade sibilante em sua cabeça: a pornografia é seu trabalho, mas não pode negar que sempre foi também seu vício. Nessas noites mais quietas é que o silêncio ilumina todos os caminhos possíveis e nunca tomados. O verdadeiro peso da ansiedade é a escolha de ser livre. Mas chega um ponto em que mais liberdade para si significa aprisionar-se do mundo, dos outros. Sabe que a pornografia está permeada no mundo, nesse escuro da intimidade – assim como seu corpo está escondido e disponível para milhões de espectadores que jamais saberão seu nome real, ou tocarão seu corpo, ou sentirão seu cheiro. Gosta de pensar na pornografia não como o espetáculo do explícito (e sua lógica tão pobre), mas como uma dança de tango, em que duas (ou mais) pessoas trocam passos e movimentos, se encaixam, desencaixam, numa falsa paixão que só existe para encantar os espectadores, sem qualquer promessa real de reciprocidade, carinho ou compromisso. A essência da beleza sempre foram as pernas nuas, desavergonhadas, as belas e longas pernas. O sexo é impossível, em quaisquer condições, o sexo não existe e será sempre uma simulação do que se pode imaginar. Gravar era mais parecido com dançar do que com transar. Estar em cena era tocar o próprio corpo e os corpos de outros como um músico toca seu instrumento numa orquestra – ou melhor: numa apresentação de jazz. Há loucura, mas também método. Podemos jantar naquele restaurante que abriu aqui na rua. Sim, podemos. Acho que vou só lavar meu rosto e trocar de roupa, ok? Tá, te espero. Um espirro.

Não suspeitavam que aquela seria a última vez.

Muitos anos depois, entre as páginas daquele exemplar de Olhais Os Lírios do Campo, Marlon encontraria um papel em que estava escrita a data daquele jantar e o poema

Um furor inescapável à espreita na hora do sono

rolar
em febre na cama
visões de mulheres cruzando salas imensas
atravessadas por tubos de aço
tetos paredes chão cabeças peitos
ver em sonho os rostos das mulheres que estão morrendo numa noite comum
nunca mais conseguir dormir sem antes gritar
nunca mais conseguir deitar sem suceder um tropeço.

rolar
o desejo que resiste à doença
e pede mais um pouco de suor na pele
um pouco mais de dedo e vento na nuca
ainda que a temperatura não se estabilize
e ultrapasse os incontroláveis 38
já arrependidos por terem dito sim
já na febre da última hora da madrugada

pensar em Alvin Straight cruzando meu coração
sobre um cortador de grama
olhar nos olhos de Elza Soares
e não encontrar nenhuma resposta.

mesmo com a tontura algo agorafóbica
lembrar de contar sacolas antes de ir ao mercado
e coletar algumas na seção de frutas e legumes
já que não custam 6 ou 11 centavos
carregar as compras correndo de uma sombra fantasma
e ao chegar em casa se largar no piso frio
o corpo doente e quente
a respiração taquicárdica
e a sensação de que tudo só começou a dar errado
ainda levará muito tempo para terminar de descer essa ladeira.

uma profunda inaptidão para abraçar aqueles que,
caso não fosse essa inaptidão herdada dos seus pais,
seriam genuínos seus amigos e ligariam às vezes
para perguntar como vão as coisas ou só para dizer
que seu time perdeu e foi rebaixado para a segunda divisão
isso se você torcesse para algum time
ou ao menos fingisse
só para ouvir aquela voz risonha
que só tem quem torce para time que venceu.

querer voltar para casa
mesmo sabendo que o endereço não existe mais
e as ruas foram invadidas
por casinhas que não viram a pavimentação,
na rua C de um bairro que mudou de nome
e todas as ruas têm nome de letra
nomes que se repetem
porque o número de ruas
ultrapassa em muito as 26.

ainda a febre que não te esqueceu
e faz questão de levar as melhores horas do dia

para largar um corpo fraco e sem energia
aos pesadelos de minutos turvos.

um desejo de colocar a boca em qualquer coisa úmida
e falar abafado que gosta de estar viva
de habitar este tempo nesta cama mole
que mal aguenta tanto suor e remédio.

*

A quarta vez, numa Pague Menos da Augusta, seria a última ou teria ainda uma outra chance de ver Vladmir de perto no futuro? Se sentia como um ladrão prestes a anunciar um assalto. Chamar o nome de Vladmir seria como apontar uma arma para sua cabeça. Saber a senha do seu cartão contribuía para esse sentimento As mãos suavam. Sentia, em suas costas, o segurança o observando caminhando em sua direção. Mas o inexorável nome ascendia por seu corpo, percorrendo sua garganta – e seus fracos lábios não eram páreos para a implacabilidade do nome Brichta.

E você ouve a diretora dizer, às suas costas, fica de quatro, abre as pernas, abaixa mais as costas, a gente quer gravar seu cu também. Assim. Pode meter. Você verifica a posição da câmera. Imagina que aparecem perfeitamente a contração do seu ânus, o movimento dos seus testículos batendo no espaço entre ânus e saco escrotal, e seu pênis cruzando os grandes lábios. No canto inferior da tela, o ânus da atriz. Pelo polegar levantado da diretora, que não tira os olhos da pequena televisão, o ângulo está bom.

E a boca do seu namorado puxando a saliva, um fio viscoso entre a língua dele e a glande do seu pau. O sorriso dele, a mão se movendo de cima abaixo. E de vez em quando experimenta até uma leve inveja dele, que não tem pau. Você sente a diferença de temperatura da mão para o pênis. Nada parece quente quando toca seu pau febril. Você gosta de olhar para as unhas que estão nos dedos longos que estão na mão fina que agora parece pequena que aperta seu pau. Você gosta de ver as cores que existem entre as veias saltadas, gosta do som que a saliva faz na sucção, da tentativa dele de engolir tudo e levar os lábios até a base do pau. Ele te olha quando chupa seus ovos, o nariz bem entre eles. Você pensa como ficaria bonita uma gravação disso. E talvez isso dê algum sentido à sua vida.

E te pedem para você tirar as calças no vestiário, ou pelo menos deixar a toalha cair na hora do banho. A gente só quer ver. Mas é pequeno quando tá assim mole. Eles riem e dizem que ouviram falar. Ouviram falar, mas querem ver. Você não é homem, por acaso? Não quer mostrar pra gente isso que tão falando? Você só quer tomar banho. E não fica manjando ninguém, porque sem os óculos a miopia e o astigmatismo não permitem que se enxergue nada a mais de um palmo. Mas eles olham, avaliam – e seus mamilos contraem quando você pensa na ideia de te verem, de quererem conhecer seus formatos íntimos. Por isso, depois de um tempo, você mostra.

E os meninos da escola falam que você deve ter um cu apertadinho, já que tem um pau pequeninho. Te ensinam como fazer. Fazem uma pinça com o polegar e o indicador: no começo é assim que se faz. Não dá para usar todos os dedos ainda, só quando crescer. Cinco contra um. Te dizem palavras que você nunca ouviu. E guarda a palavra boiola, imaginando que talvez se trate do formato da sua barriga, que parece uma boia. E por algumas semanas essa palavra te define. Até o dia em que você diz à sua mãe: eu acho que eu sei o que eu sou, eu sou um boiola. Ela dá um tapa na sua boca. Seus lábios ardem. Ela tira a chinela e bate de novo. Seus lábios ardem. Nunca mais fala isso, menino. Você é homem. E só quando coloca um gelo nos lábios inchados você sente alívio. E pensa que nunca mais quer sentir isso nos beiços, que à boca sejam destinadas apenas coisas macias e suaves.

E, na creche, nos dias de banho, as tias te dão banho, e encostam os seios na sua bochecha, e pedem para você abrir a boca, da mesma forma que se faz na hora do almoço dizem olha o aviãozinho, e colocam um mamilo enorme. Pode mamar, chupa. E antes de te enxugarem passam a mão na parte em que seus pais costumam passar a mão rapidamente e brincar dizendo olha o pintinho. Mas elas querem que você abrace suas cinturas. Querem beijar seu bumbum. E você vai continuar sentindo o cheiro dessas toalhas e do perfume que elas colocam no sutiã por muito tempo. E o cheiro de talco e leite de rosas te remeterá ao sexo mais do que o cheiro de suor fresco, ou o cheiro de água sanitária que esperma tem. Nos piores momentos, quando você fechar os olhos, ainda vai sentir que seu pequeno corpo está quente e molhado, colado a outro grande corpo quente e molhado.

E antes de nascer a primeira coisa que vão procurar nas imagens da ultrassonografia é aquele pontinho ali no meio das pernas, aquela coisinha que vai fazer seus pais comemorarem, que vai ser comentada por todo mundo. E que vai fazer seu pai se sentir ameaçado, ainda que por um instante, com um pensamento do tipo "será que algum dia vai ser maior que o meu?". E você será assombrado e amado por essa arma terrível que traz colada ao corpo, esse brinquedo mágico que nunca se recusará à brincadeira. Essa coisa da qual você nunca vai conseguir se livrar mesmo que te tirem de você, essa coisa da qual vai querer se esquecer, mas sempre haverá alguém para te lembrar.

– Mas eu, eu ainda estou preso à condição de ser um útero, mesmo sendo homem – Gê não tocou na comida, apenas bebeu água, dois copos de água, e pediu a conta.

Em nenhuma farmácia seria possível encontrar um remédio que curasse a porfiria, Marlon sabia disso. Vladmir também. Uma doença rápida e irreversível.

Queria não saber tanto sobre aquele homem, queria não se parecer tanto, queria que houvesse menos coincidências. Ambos atores, tinham a mesma altura de cento e oitenta e dois centímetros, nasceram na mesma Minas Gerais, estudaram na mesma Universidade Federal da Bahia, e agora estavam na mesma Pague Menos. Há muito tempo sabiam o que significava o diagnóstico de porfiria na pessoa amada, a impotência e o desamparo das doenças mais cruéis. Sabiam o que era ser resumido a um rótulo barato, não ser digno de confiança.

Quase podia ver o futuro de Brichta, a barba grisalha e desiludida, falando sobre novelas, palhaços, Cacá Diegues e Machado de Assis.

Mas não queria ter qualquer suspeita do futuro de ninguém, nem do seu próprio – que já começava a escorregar pela espiral sem fim do desejo.

Olha para trás ao ouvir seu nome, mais por instinto que por intenção. Vê um homem que tem sua mesma altura, segurando, com as duas mãos, um cesto cheio de caixas, veste uma camisa desbotada que deveria ser vermelha, uma calça jeans surrada que deveria ser preta, um tênis furado que deveria ser branco. Alguém que parece ter perdido muito do quase nada que tinha, alguém que se perderia na mata densa só para ter a alegria de sair, alguém capaz de trair a confiança da pessoa amada só para voltar a sentir algo de verdade.

– Vladmir, eu posso te abraçar? ✪

Allan Gomes de Lorena

1.

era meio violento tudo
era um nome composto
um poema que lembro até hoje

2.

parece ruim
te assustar com isso
a mão toda machucada
um sorriso desajeitado
sete deuses da sorte

a felicidade é uma coisa que se conquista
[sozinho

na luz e na sombra
um deus sentiu inveja do humano
dos movimentos de buda
da dança da borboleta
do ataque da abelha

estilhaçar, o pescoço do cavalo
[um arrepio

a visita de hades
onde vivem deuses e espíritos
onde vivem humanos e animais

um fantasma faminto de mil braços
mortalmente ferido sem prever o futuro
um feitiço para trazer os mortos de volta à vida

– Zerinho, você é um deus muito sortudo...

3.

ir devagar com a pressa do tempo
procurar nas respostas erradas
poesia

morder a presa de um animal
levantar o que resta do corpo

respirar tantas vezes até cansar o pulmão
brônquios, pleura, lobo superior esquerdo
o vento também tem asma

continuar procurando

farejar o rastro
comer o tempo
enganar a fome

explosão fantasma
    alta densidade
      demográfica

a noite é uma invenção elétrica

4.

quando encontrei meu irmão entendi
que construir casas é a mesma coisa
que cavar a terra
que o manguezal sempre foi
meu ecossistema favorito
que as ruínas
que tanto me seguem
também é uma forma
de construir a casa

5.

uma casa carrega tristeza
quando a morte chega no domingo
seis dias que ela fez visita avisando
que os vivos precisam cuidar dos mortos

uma casa carrega tristeza
quando se abre a porta
nada se encontra
exceto caixas
mudanças
um tipo de vazio
um canto sem identidade
procurando o tatu embaixo da cama

uma casa carrega tristeza
quando doença e intimidade quebram
aquele aperto no peito ✪

Einar Már Guðmundsson

ADEUS ÀS ARMAS

traduzido do islandês por Luciano Dutra

EIS AQUI o penhasco...

Nesse penhasco
o império construiu uma base militar.
O país foi colonizado com helicópteros,
radares, binóculos, casernas e armas,
tudo condizente
com uma base militar nos cafundós do mundo.
Porém os homens logo perceberam
que aquele era um caso perdido,
que o penhasco não estava atado
à corrente dos tempos
que agora vigoravam no mundo.
Mas eles não podiam desistir:
a construção da base militar
tinha que ser concluída
e a mesma ser operada
com o objetivo precípuo
de ser um dia fechada.

Eis aqui o penhasco...

o penhasco
onde velhas canções populares
pairam entre as casas ermas
e a cerração abre a porta
a mundos desconhecidos.

Uma geleira está sentada no chão
falando sonâmbula
sobre os restos enferrujados
do império dos tempos,
das antanhas idades do gelo
e da eterna espera por coisa nenhuma.

Eis aqui o penhasco...

o penhasco
onde a tela de um radar
abandonado jaz na cerração
e dorme desconectado
do mundo

e livros
repletos de códigos secretos
de uma guerra há muito esquecida
são exumados da neve

o penhasco
onde os dias pairam
sobre os sertões do tempo
que ficou para trás
quando os soldados partiram.

Eis aqui o penhasco...

Neste penhasco eles vagavam
na solidão e no silêncio,
na cerração das brumas boreais
e na escuridão espessa feito lã,
no vazio tão profundo e sombrio
caminhavam à beira
dos precipícios e se perdiam
na escuridão desse país,
na cerração desse mundo,
no vazio por detrás do tempo
onde o penhasco permanece
na rebentação buliçosa
e o inverno escala montanhas. ✪

Sergio Ortiz de Inhaúma

Um homem a Sete Chaves

UM PÁTIO inundado de cinzas.
As ruínas adiante, em volta, aparecem em todo lugar.
Uma única coluna, cilíndrica, feita da memória de uma aldeã tão velha quanto o resto do que ainda ficou das praças devoradas e de um entardecer de outrora. Ela se ajoelha e nada diz.
A coluna sem uma laje que sustente.

O fogo costurado nos delírios. Um relógio sem haste, arco, ponteiros ou peso,
um rumor sussurrado em todo lugar.

Um homem. Um homem e sua barba tão antiga,
primeiro arrastando ao chão.
Ao chão, domínio dos animais, insetos que rastejam,
pedras removidas da história dos homens e um homem, de olhar esgazeado.
Tão antigo que suas barbas raspando no chão,
a pele escurecida pelo Sol.

No meio do pátio o homem enrola sua barba
e a criança que recita,
recita versos famintos de poetas há muito mortos e esquecidos.
A criança entoa e destoa, tanto faz, e num gesto úmido,
se recolhe ao chão como uma flor agachada.
Então as cinzas se espalham revogando ao vento
estancadas num pequeno quarto.

Na rua à frente, sequiosa, uma menina carregava uma espada pela lâmina,
sem saber que lhe sangrava.
Adentrou numa tarde erma refulgindo azul,
num casulo fiado com linhas de lágrimas e saliva,

para que fique erma durante os séculos
e renasça como libélula num novo mundo que a espera.
Sonolenta, andava de seu primeiro amor,
ainda longe e melada de seu sono não conquistado.

As sombras que obscureceram às imagens até desaparecerem.
Mãos ásperas e enrugadas selando o fogo de santelmo na boca escondida no quintal.
Aquela calma pedregosa, apenas o chilrear do silêncio ruminando nas folhas.
Tudo clareou violeta, a curuminha levou as pétalas à esfinge de corpo de onça e endereçou sua voz.

A noite vertia seu breu de todos os lados
num apagamento diluviando,
horas antes quando a tempestade devorava as árvores esmigalhadas,
o aguaceiro, os trovões rachando o céu, rolando os barrancos,
e a cidade impossível de ser vista, quilômetros dali,
jazia no breu como uma mulher que não conseguiu conceber e morrera junto ao aborto.

Ele foi lá fora, apenas respingos tamborilando o telhado da varanda
e assoprou antes de sair a pequena chama da lamparina.
Os seus olhos dobravam o fogo e bebiam a tempestade.
E tudo que dizia, os números não resolviam.
Assim era, assim permanecia cindido no tempo.

A mão vermelha foi no Ato de Adoração
quando a primogênita sangrou a primeira vez e o primogênito,
assustado, sete chaves tintilando em seu susto,
colocou os dedos entre suas pernas para estancar o vazamento,
e sua mão direita avermelhou-se ○

Maria Isabel Iorio

BATER DE PÉ

fazer amor é desfazê-lo
llansol

1.

Depois de ser amada
profundamente amada
por todo mundo
o que eu posso querer?

Vocês dirão: *Nada,*
Você nem é tudo isso,
mas vocês não são amados.

2.

Eu penso
então sozinho
que preciso voltar
atrás,
fazer o caminho contrário,
conduzir cada pessoa que me ama
ao completo desprezo.

Assim voltarei à minha infância
onde pensava
que ninguém nunca
ia me reconhecer.
Por isso inventei dois
rostos:
um, com nome, resposta,
e o outro caso vocês me olhem
e não me vejam, não
digam nada.
Nesse caso meu rosto
também não dirá
nada.

3.

Foi trabalhoso
construir um personagem
que não é ninguém.

4.

O amor é um reconhecimento
esquisito.
E não cansamos porque mesmo
que sejamos idiotas
e estejamos fedendo
alguém vai elogiar o seu dedo
da mão
e você vai ficar envaidecido.

5.

Eu elogio muito as pessoas que amo.
Gosto que sejam vaidosas,
eu as alimento disso.

Sim não as amo de verdade.
Pois não acho que isso se deva fazer.

6.

Acho que estou trabalhando numa peça
e sou o iluminador.
Me chamaram pra ser o dramaturgo mas
não aceitei, acho os dramaturgos muito chatos.
Eu disse que quero ser o iluminador,
eles pediram meu currículo,
eu os elogiei
e disse que os amava muito.

7.

Consegui o trabalho.
Agora
sempre que alguém está brilhando
no palco eu apago
as luzes do teatro.

É uma técnica da grécia antiga
chamada blackout.

8.

Quero evitar
que os atores se questionem
no fim das palmas:

Depois de brilhar
o que eu posso querer?

9.

As palmas são o amor.
Não é possível verificar
se são verdadeiras.

E as batemos,
as batemos de pé. ✪

Caco Ishak

NOS TORNAMOS os tiozões
que discutem com a tevê

self.bgcolor("white")
self.screensize(22, 22)

uma geração de tiozões
que discutem com a tevê

celular sempre carregado
das memórias, uma a outra
pente descarregado no pé

maçaneta num dos olhos
—sobre a testa e às têmporas
apontam em diagonal: pó & capa

batman, robin
yasser & arafat

yacult, shalom, yacult
patê de beringela

votos matrimoniais
via controle remoto

transborda o bule
esgana o lenço
desata o enxoval

prorroga a reza
refaz o espólio

screen.exitonclick()

QUALQUER UM PODE SER LUTHER BLISSETT

focinhos esfomeados
disputando território entre
as mamas de uma loba ainda
em trabalho de parto

algo meio coca-cola
sabor kurt cobain

QUEM irá lutar
contra o controle:
(do) = {
/estado/consenso
/bilionarios/davos
/bancos/patriarcado
/christine_lagarde
/ronald_mcdonald
/ford/tesla/chevrolet
/alexandre_el_grande
/castor/pitbull/caozinho
/o_chefe_da_reparticao
[anuncie aqui seu gatilho]
et al
}
se quem lutava antes
ora é quem o cobra?

A LUZ SE ESVAI, fecham-se as cortinas
da plateia, garota de nove anos consegue
entrever fio de náilon esticado e penso do teto
reluz no escuro; tenta mostrá-lo aos pais, ignoram
deixam o camarote em silêncio – 'sans teeth, sans eyes
sans taste, sans everything'; menina olha por trás do ombro

I's on the prize

O EMPREENDEDORISMO ESG
carbon-free do vale do silício

o celular que usamos para
denunciar colega de trabalho
negacionista nas redes sociais

o carro elétrico que há de salvar
o mundo do colapso ambiental

este poema mesmo escrito
num macbook pro mid-2011

só são possíveis graças
ao trabalho escravo de
mulheres e crianças no
vale do cobalto congolês

ÀS VEZES, tudo que a gente precisa
é da tv ligada numa novela da globo
duas xícaras de chá e pipoca doce
queimada pra ficar jogando conversa
fora com a melhor amiga imaginária
que, checo o pulso, pra variar, está
[atrasada ✪

Adriana Kimura

Abissal

Esperava que me reconhecessem da guarita, com admiração. Que me vissem esticada diante do interfone, uma década depois, identificando vagamente a criança que voltava da banca na metade da rua com um punhado de chicletes e os palitos de pirulitos que me furavam entre os dedos, eu tentando alcançar o botão com as mãos pequenas em cuia. Andava sempre com o rosto encardido, os calos nas palmas de me pendurar na trave da quadra, escalar a tabela de basquete, subir o trepa-trepa, me arrastar o dia todo pelo chão e depois pegar nas próprias bochechas enquanto brincava de queimada com uma bola de borracha que também carimbava todas as paredes do parquinho. Das marcas de pneu e fuligem ao corado discreto de maquiagem cara e diária. Eu, agora, metida numa calça flare verde militar com a camisa de linho cru e botões, impecável de lisa, imaculada.

– Pois não, a senhora vai aonde?

– 152 do Rubi.

Eles também cresceram. Construíram uma pequena sala de visitas coberta por um toldo translúcido e com plantas da moda, umas penduradas no alto, outras em vasos ao redor dos sofás. Costumava ter um lago musgo ornamental ali, com uma cascata artificial onde pequenas tartarugas viviam com suas cabecinhas para fora, tomando sol escoradas nas pedras. Naquela época, todo lugar decorava com carpas, as crianças faziam os pais comprarem peixinhos nos sacos plásticos sem esperar uma semana depois do predecessor ter amanhecido de barriga pra cima. Nunca fui a um desses, mas falava-se muito de restaurantes em que você apontava a criatura aquática deslizando por dentro de um aquário na sua própria miséria de vida e, então, um funcionário lhe torcia o pescoço, fatiava a carne branca, laranja, rosa, cartilaginosa e trazia em rolinhos estéticos para você comer. E isso não se parece em nada com as galinhas degoladas no quintal das avós, porque os peixes, na verdade, são lisos demais, gelados demais e não têm pescoço nem quintal.

De tempos em tempos, os funcionários do prédio colocavam um tanque preto do tamanho de uma caixa d'água, em frente ao portão do parquinho, para onde transferiam todas as carpas do piscinão pantanoso, que então passavam por baixo da superfície nadando enclausuradas no escuro. Era dia de fazer a limpeza. Os seres aquáticos ficavam guardados naquele tanque de correnteza artificial, borbulhando pela mangueira de ar que nos impedia de ver com clareza o que havia no fundo. As crianças como eu se impunham desafios de enfiar a mão na água, aterrorizadas pela ideia de encostarem na pele fria, escamosa e lisa de um vulto alaranjado, malhado, de cauda, bigodes e nadadeiras.

– Pode subir.

O longo corredor do térreo me pareceu o mesmo. Ao pé da entrada de cada prédio, o tapete com o nome do bloco: Diamante, Coral, Rubi, Topázio e Pérola. Tive a impressão de que os nomes das pedras preciosas é que tinham sido inspirados no meu prédio da infância. A gente brincava de polícia e ladrão valendo tudo do portão pra dentro, fazendo daquelas dependências as leis da nossa primeira sociedade. No Rubi, encontrei a Dona Odília, que continuava a mesma – depois de velho, a gente muda só até certo ponto. Naquela primeira sociedade da minha vida, a Dona Odília era a religião. Moradora do décimo quarto andar, sua porta ficava a três lances de escada da nossa. Minha mãe costumava me levar, quando criança, para a Dona Odília benzer. Aquela, já então, senhora pegava um maço de cheiro-verde, me fazia sentar na sua cama dura de solteira e ficava chacoalhando aqueles temperos na minha cara enquanto dizia uma porção de coisas baixinho. Uma vez, perguntei o que eu devia fazer enquanto ela me benzia. Imagine como Deus está em tudo, como é grande o Seu poder, disse. Naquela época, eu amava a cor amarela e pensei que se deus quisesse o mundo amarelo, de repente, seria feita a vossa vontade, quer prova maior de onipotência? Então, me vieram imagens vivas do meu quarto todinho em tons de amarelo, as pessoas falando de um jeito amarelado, as ruas amarelas, com árvores bem amarelinhas. Segundo minha mãe, aquilo tudo ajudaria a tirar o mau-olhado e a parar de fazer o xixi na cama, que amarelava todas as camadas dos meus lençóis até chegar à espuma do colchão.

– Olha como você tá moça! – a Dona Odília não me pareceu ter dúvidas sobre quem era eu. Envolvida em sua nuvem aromática de benjoim e arruda, tinha apenas as chaves de casa e um porta-moedas nas mãos. Assim ela sempre andou pelo prédio, sabendo de tudo o tempo todo.

– Vou na Marina.

Dona Odília pareceu tão surpresa quanto fiquei eu quando a Marina me ligou. Nossos números ainda eram os mesmos, mas a gente tinha virado este tipo de ex-amiga que se acompanha à distância segura de nunca mandar mensagem direta. Se nos cruzássemos na rua, o que eu duvido, eu diria que soube do falecimento de sua avó e que sinto muito, perguntaria da mãe, da tia, ela iria querer saber dos meus pais, nos despediríamos dizendo "a gente marca alguma coisa". A questão é que você não liga pra alguém só porque tem o número. Primeiro, pensei que deveria ser muito grave a situação. Então, concluí, com pena, que, além de grave, era triste ela precisar contar comigo àquela altura. O critério tinha que ser intimidade, era preciso intimidade para acompanhá-la no exame, não apenas por ser literalmente ginecológico, mas porque, se a notícia fosse boa, eu teria sabido pela internet. A história já passava das 20 semanas de andamento sem uma foto publicada. Era triste, mas eu tinha ido parar no topo das opções da lista certamente muito ínfima dos contatos de emergência da Marina.

Da primeira vez que vi a Marina na vida, eu estava trepada na estrutura de um balanço, de ponta-cabeça, e ela entrou no parquinho com o primo. Trocamos nomes, apartamentos e descobrimos que nós duas tínhamos nove anos. Eles moravam com as mães e a avó. A Marina não queria ter ido pra lá, preferia mil vezes o apartamento perto da Paulista, quando eram apenas ela e a mãe, que ainda não tinha sido demitida de um cargo administrativo importante. Eu não sabia onde era a Aclimação, mas expliquei que ela ia gostar de Taboão da Serra, porque seríamos melhores amigas e, juntas, sempre saberíamos o que fazer. E assim foi pelos nove anos seguintes.

– Ela está tão bonita. Tá pra ganhar neném – alertou Dona Otília, querendo dizer que a Marina ia parir a qualquer momento, talvez enquanto eu conversava com a benzedeira ali embaixo, antes do elevador chegar. Ganhar neném, dizia seu otimismo espiritual, sendo que ali não tinha nada de vitória para contar. Mas entendi de imediato. Tentar esconder da Dona Otília seria como tentar negar os olhos de deus sobre a criança, fosse qual fosse o seu destino.

– É melhor eu me apressar, Dona Otília. Foi bom ver a senhora.

A porta do apartamento continuava a mesma de que eu me lembrava: branca, sem vincos ou relevos, o número na plaquinha preta pouco acima do olho mágico, por onde ninguém olhou antes de abrir. O ar frio veio das escadas do hall, preenchendo o corredor sem janelas com uma corrente que me arrepiou o pescoço.

Quando coloquei os olhos na Marina, percebi a gravidade da situação. Era muito pior do que pareceu por telefone. O abdome global por baixo da malha fina, sugerindo o umbigo prestes a se pronunciar como a válvula de segurança numa panela de pressão em estado crítico. A qualquer momento, explodiria pelos ares, se enterrando no fundo do fogão irrecuperável, abalando o chão do andar de cima. Já não dava tempo de desligar o fogo, mas ela teria tido sua chance de tomar providências antes disso, não? Por que tinha esperado tanto para me dizer? Pensava que eu tinha contato de médicos bons o bastante para lidar com a situação àquela altura?

– Então, você ainda mora aqui? – eu disse, tentando retomar sem ressentimentos, de onde tínhamos parado, antes de eu me mudar daquele mesmo andar. Ela abriu espaço para eu entrar, em silêncio. Aquilo tinha soado mal. Ainda queria dizer que ela estava atrasada, que àquela altura era de se esperar que ela já estivesse em qualquer outro lugar.

– Alguma novidade? – mirei o redondo da barriga entre nós e me forcei a rir, tentando consertar o clima. Mas a pergunta também lembrava que ela não tinha visto a necessidade de me contar nada, nem mesmo aquilo, nos últimos anos. E que, agora, me pedia um favor.

Minha vontade era perguntar se ela não tinha vergonha de se meter numa situação tão previsível, de se tornar uma daquelas garotas do prédio, sem tirar nem pôr. Ela tinha condições de uma carreira como advogada, não era esse o combinado? Eu tinha cumprido com a minha parte. Então, Marina, você decidiu ganhar neném, com a bênção da Dona Otília, sob o teto da sua mãe. Mas eu ia colocar o assunto brevemente, abrir espaço para que ela pudesse lamentar livremente sobre como uma de nós tinha acabado caindo nessa. Ela poderia me contar tudo sobre sua sessão com a benzedeira, quando um ramo de temperos teria sido bem sacudido diante daquela barriga redonda, talvez tivessem falado sobre a importância de usar fraldas de tecido e outros assuntos que eu não tinha mais em comum com a Marina. Uma da outra, nós só sabíamos o começo. E agora tínhamos coisas mais importantes do que o começo.

– Nós temos quase certeza que é uma menina – ela disse.

Quem temos quase certeza?, pensei, uma menina. Era isso que minha mãe sempre temeu. Tinha que tomar cuidado pra não esfolar as pernas andando de patinete, depois tinha que tomar cuidado pros meninos não acharem minhas pernas bonitas demais, depois tinha que explicar com cuidado o que o braço daquele moleque estava fazendo ao meu redor, até que eu não podia mais descer para brincar à noite na quadra, por garantia. Os meninos mais velhos jogavam bola nesse horário e todo cuidado era pouco. Então, ou eu ou a Marina atravessava o corredor que separava as nossas portas de casa. Quando o primo dela estava, a gente brincava de gato-mia, um pega-pega no escuro, que quando você pegava alguém, apertava pra ver se era braço ou perna, dizendo "gato-mia" e prestando muita atenção, porque tinha que adivinhar quem era. Com o tempo, brincávamos que tínhamos muitos beijos na boca para treinar, e muitas matérias para estudar, e empregos extraordinários em uma revista, mas nunca brincamos que tínhamos filhos, porque com isso não se brinca.

– Você já tá de licença? – perguntei.

– É, quero deixar tudo prontinho pra neném.

Do sofá onde ela me convidou a sentar, vi uma cômoda cor de cerejeira reluzir como uma vitrine no quarto ao fundo do corredor, com seus variados frascos de loção, potes de algodão e todos os detalhes em amarelo, porque era quase certeza que fosse menina.

– Decidi fugir do rosa ou azul, pra não resumir a identidade de gênero da neném desde o berço.

E o que aquele quarto amarelo aprovado por deus queria, na verdade, dizer? A nossa habilidade de saber o que a outra tava pensando mesmo sem dizer nada ainda estava lá, mas nossos pensamentos iam para direções opostas. Com o olhar congelado no quarto, imaginei, entre o caos das coisas da mãe, as da tia e as da própria Marina, uma gaveta espremida na cômoda, guardando uma sequência de bodies dobrados estilo Marie Kondo, aquelas blusinhas que se abotoam entre as perninhas cheias de dobrinhas, tudo no diminutivo prontinho pra neném. Senti falta do que ia ser necessário para lidar com problemas maiores, grandes como aquela barriga que tinham colocado na Marina.

– Você não pensa em ter? – ela disse, fazendo aquele jeito sereno com que as grávidas se acariciam em movimentos circulares, ao acessar uma sabedoria transcendental que agora ela me perguntava se um dia eu iria experimentar como era.

– Com a loucura do escritório? Ia começar a esquentar pasta de projeto no micro-ondas, e levar mamadeira pras audiências – eu ri.

Ela ergueu as sobrancelhas num pulo de susto

– Você tá vendo isso? – apontou levantando a camiseta para descobrir sua barriga colossal. – Quer sentir?

Nisso, ela já tinha puxado minha mão. Toquei sua barriga redonda, de onde se projetavam as perturbações de soquinhos contra a parede da pele quase translúcida, cabeçadinhas do peixe que se agitava lá dentro, já sem caber muito bem. Senti as movimentações das nadadeiras que se debatiam lá dentro, circulando na água amniótica com a mangueira umbilical conectada à entrada de ar, borbulhando.

– Já passam das nove. É melhor irmos, se quisermos chegar no horário.

Ninguém muito perto de mim tinha passado por uma gestação. Ao menos, não a ponto de eu poder perguntar honestamente dos detalhes menos estéticos às dúvidas mais sinceras. Uma cliente que estava grávida comentou, certa vez, que era como estar permanentemente de ressaca e que a primeira coisa que fez quando descobriu foi ir até a praia bem no meio do mês de maio, vestir um biquíni meio frouxo e soltando a barriga de propósito pra todo mundo ver. Você será uma ótima mãe, eu disse, tentando imitar o jeito das pessoas de falar no assunto quando se trata de mulheres que evidentemente nasceram pra isso, gente na beira dos 35 anos, com tudo realmente prontinho pra neném. Ela fechou a cara e aqueles acabaram se tornando os detalhes mais profundos que eu tinha dos bastidores de uma gravidez. Agora, se a Marina tinha me chamado para acompanhá-la no exame, ela não teria apenas uma carona. Se ela podia projetar seus desejos de carências de estrutura familiar em mim, eu ia ao menos satisfazer minha curiosidade, entrar no jogo de provocações, ameaçar enviar a mão na água fria e borbulhante, olhar bem no fundo do tanque preto.

– Então, vamos ouvir os batimentos cardíacos ou o quê?

– Também, mas isso foi logo no começo, lá pela sétima semana. O doutor disse que o ultrassom morfológico do segundo trimestre é considerado o exame de imagem mais importante da gravidez.

– Certo. – Era óbvio que eu estava frustrada. Aquilo não era pra uma reportagem, queria saber qual era a sensação de fabricar uma pessoa inteira.

Ela complementou:

– A essa altura, a neném já está formadinha, com todas as estruturas do coraçãozinho para conseguirmos ver.

Uma vez, quando entrei no colégio particular, o professor de biologia propôs uma aula no laboratório. Estávamos estudando os vertebrados, aprendendo sobre notocorda e algumas outras estruturas que foram permitindo ou demandando a evolução. Entre aves, anfíbios, mamíferos, répteis e peixes, nem mesmo naquela época, ninguém permitiria que abríssemos um sapo na escola. Deve ter sido relativamente simples pro meu professor passar na feira e pedir ao peixeiro que não limpasse nada. Então, ele nos trouxe aquele peixão, entregou um bisturi a cada grupo de alunos e disse: tenham muito cuidado com a lâmina, ela corta até osso. O primeiro grupo que me trouxer a bexiga natatória ganha meio ponto na avaliação final. Nós fomos ao delírio e eu tentei contar todos os detalhes pra Marina no dia seguinte. Não tinha laboratório na escola dela, nem apostilas que pudessem levar pra casa. Mostrei as figuras dos animais em raio-X, com setas puxadas de todos os lados: vértebras, crânio, fígado, aorta dorsal, rim, intestino, bexiga natatória: um órgão que auxilia os peixes ósseos a manterem-se a determinada profundidade através do controle da sua densidade relativa à da água. Esse órgão funcionava de acordo com as condições ideais da física e da química, uma bolsa gasosa inflando, permitindo ao peixe ser mais ou menos leve, estar mais para cima ou para baixo na água, o órgão didático que nos faria bater as imagens do livro e a matemática da teoria com as vísceras da vida real. Algo que estava muito além do desmembramento do mato e flores do canteiro no capítulo de botânica. Eviscerar aquele peixe me fez cirurgiã aos catorze anos.

A sala de espera estava repleta de gestantes, com suas diferentes proporções de barriga. Cada uma com seu peixe inflando dentro de si, de manjubinha a tubarão-baleia, arrumando a posição entre as costelas, se debatendo entre os outros órgãos. Onde eu estava com a cabeça? Aquela ligação da Marina, eu sei que faz tempo, mas tenho uma novidade das grandes. Agora eu via que fazia tempo demais. Uma sala sem saída, um aquário selvagem de água turva. O médico chamou e Marina se deitou na maca de calça desabotoada.

– Agora usam o gel quentinho. – ela disse, ludibriada, gastando seus diminutivos até pra falar do exame obstétrico.

Marina não tirava os olhos da tela. Estava a criatura marinha, já com seus cabelos, unhas, pintas de nascença e saliências, visíveis apenas no escuro das ondas ultrassonográficas, no seu mistério uterino, onde guardam suas possibilidades e ultimatos. A Marina me impunha o desafio tentador de acompanhar a experiência, de enfiar a mão na água e capturar a presença escamosa e lisa, a cauda encolhida pela evolução das semanas. Minha espinha congelou. Nos peixes, não podemos confiar, porque morrem pela boca e não falo só no caso dos anzóis, mas se comem demais ou se falta comida, ao nascerem com suas cabeças moles, se te tomam a vida e crescem feito um órgão que foi parar fora do corpo, não importa. Quando você vê, ele ficou grande demais para permanecer lá dentro. ✪

Paola Santi Kremer

Limpeza

LIMPEZA

Dia de limpeza era dia de foder
as vassouras bailaban intrometidas perto das tetas
as tetas balançavam y rebalsaban con os baldes pingando pingando
Os panos sedentos de frotar esfregar tudo
Os elásticos se apertavam forte na parte de baixo dos colchões
agarrando as bundas com força
as janelas eran yeguas de montar
o sofá era égua de montar
tudo molhado suado escorregando
esperandote a vos, amor
esperando que puedas ultrapasar a fronteira do significado

As outras coisas y o vecindario miraban
invejando
la facilidad de certos objetos
para transformarse en fantasías

QUERIDO LEITORA,

En Brasil decimos que una ciudad hace frontera con otra
quer dizer que no podrían estar más cerca
Yo, ahora
hago frontera con vos
pero melhor te pregunto
querés fazer fronteira conmigo?

JOGO AMERICANO Y LARANJAS NARANJAS

Vi teu prato de comida esfriar
na minha cara
os últimos fios
de fumaça escapando
por la puerta abierta
Não é como se houvesse
cozinhado só com amor
sino con amor
miedo y furia
pero aún así vi bellas
as laranjas
en el centro de mesa
apoyadas sobre una servilleta de tela
del mismo color
también igual al individual bajo
mi plato e incluso
a uma das cores do saleiro
o mesmo laranja
de las naranjas   armonizando
por suerte con otro individual
bajo tu plato frío
que es verde
verde
verde
y que esa combinación
de pequeños manteles
en mi país se llame
jogo americano

Me dijiste que quiero
que vejas as coisas
exactamente como yo

las veo
y não sei o que dizer quanto a isto
Solo que si el individual
bajo tu prato fosse
também laranja
esta seria uma mesa
insuportável
Imagine uma cozinha
toda laranja
um saleiro
pimenteiro armários
microondas mesa
piso uma bandeira
jogo americano y laranjas
        naranjas

ELECTROLUXO

Como funciona? é fácil
você coloca qualquer coisa viva nela
e ela transforma em energia culposa
pode até ser as sobras
funciona com tudo mesmo
mas sim, tem uma coisa que funciona mais
que é palavras ditas ela ama palavras ditas sai a culpa bem direitinho bem abundante
é tem outros modelos que preferem outras coisas
como palavra não dita mas esse é ótimo com palavra dita mesmo
olha aí com a energia culposa o que você faz é usar pra se mover pela vida
nas suas relações e nas coisas que você faz
quando você vê tá tudo cheio de energia culposa
e aí você pode completar com um altar a si mesma assim com uma auréola de luz e vem com manta de virgem também e aí pronto é só continuar usando e você tem a vida completa de Santa porque aí você não erra mais não fala mais merda provavelmente não transe mais também sabe mas são uns poucos efeitos colaterais tem mais benefícios ser boa muito boa mesmo aí quase ninguém mais e sobretudo você não vai duvidar mais da senhora né
é boa mesmo

DIA PERFEITO

¿Você acredita nos dias perfeitos?
pouso a mão nas tuas costas
para que a minha voz te toque
Eu recém chegava do Brasil
morria de saudades, era
qué linda es ella todo el día
que luminosa a nossa casa
y qué naranja es el gato
O brilho esparcia traços loucos
fazendo alguma coisa com o tempo,
como quem sacaneia o desenho do colega
À noite dancei
me sentí hermoso vestindo uma camiseta branca
y um conto de Katherine que li na viagem
No meu corpo a lua se chorreaba
sobre uma árvore com flores brancas
que é o mesmo que decir
en meu corpo a lua
chorreándose sobre las palabras
que agora te tocam
Na noite dentro do dia perfeito
fui a lua girando y acendendo a grama, la pista
balançando a água, as folhas, o brilho
enquanto a protagonista me desejava
pela janela Fui la protagonista hipnotizada
por algo hermoso y também a árvore
traduzindo a lua ao idioma da terra Es decir fui
Ana traduciendo a Katherine Na noite
do dia perfeito danço, veo tu sombra
en lo que escribo en el aire
o silêncio de tua leitura me aterra y seduz
Deixa eu te contar um segredo:
me escorro nestas palavras,
¿Sentís este calor?
Sou o leite que molha as tuas mãos
enquanto você me lê

O POÇO

Se uma pessoa é as coisas que a rodeiam
¿qué encontró a criança que escapou
com as galinhas?
¿que busca uma pessoa
cuando se lava no poço
de algo dito, senão a água que escorre
entre dois mundos?

A luz do facão
que separou os mares
volta a iluminar a minha cara
cada vez que estes se encontram:
um galinheiro aberto
um vizinho em fúria
a mentira epicentro de emoción
pendurada
tremendo no ar
peixe
recém-pescado por uma frase
que ficou quieta
abierta
como um poço
onde lavar-se ou ensuciarse la cara
Solo hay que tener vergüenza de lo que está mal
palavras que siguen
respirando conmigo
caminhando comigo
inflando-se como uma tatuagem
a espalhar sua tinta ✪

Tatiana Lazzarotto

Antes das oito da manhã

Ao me deitar na cama de solteiro deste quarto minúsculo e esquecido pelo sol, pego uma coberta mais fina que aquela que escolheria se pudesse acordar em paz. Durmo encolhida contra a parede que começa a mofar e o tilintar dos meus dentes combina com o ódio com o qual me levanto para me deslocar até um trabalho que detesto. É mais fácil sair da cama em desconforto. De segunda a sexta-feira, aturo colegas misóginos e chefes abusivos e metas absurdas e reuniões sem sentido, em troca de um salário até que, vai, condizente com o mercado e um vale-refeição e um convênio médico e um auxílio-dentário, meu deus, eu ganho muito dinheiro perto dos meus amigos, se isso fosse um ranking, mas eles não se aporrinham. Nos últimos anos eu adquiri sintomas de medo e o coração palpitando e o choro convulsivo no banheiro do sétimo andar, aquele acessível que todo mundo usa para cagar sem ser ouvido.

Passei a desejar diariamente que o metrô se exploda no trajeto de ida.

Eu prefiro meus órgãos em minúsculos pedaços pelos ares, misturados com outros pedaços de corpos e fragmentos de tijolos e placas de metal, eu prefiro deixar de existir neste dia útil, para não ter que atravessar o jardim florido, o conjunto de prédios espelhados, com suas fachadas impecavelmente limpas pelos trabalhadores em suspenso, para não ter nem mesmo que chegar à recepção chique — que enxerguei deslumbrante daquela primeira vez em que me sentei nos bancos estofados, aguardando a entrevista.

Eu prefiro me desintegrar a passar meu crachá na catraca e esperar qual elevador a máquina me aponta para entrar, de acordo com o andar em que trabalho. Eu prefiro morrer, especialmente, quando alguém corre para entrar comigo e me obriga a manter uma conversa banal por cinco andares; eu prefiro que qualquer estação de metrô em que meu vagão passe se exploda antes das oito da manhã. O maior acidente que este país já viu, milhares de mortos, ninguém reconhecido, todos unidos numa massa queimada e indefinível de corpos e pedaços de trem, vigas bambas e paredes esburacadas, prestes a desabar durante as buscas. Eu lá, com meus milhares de pedacinhos desencontrados, dentro do metrô interditado sabe-se lá há quantos dias ou semanas, enquanto investigam-se as causas. Quando interrompessem bruscamente o movimento nas demais estações, ainda se sentiria o cheiro dos nossos corpos, impossíveis. Os populares esticariam os pescoços pelas ruas, os fiéis rezariam novenas para que os bombeiros conseguissem acessar o subsolo, a fim de encontrar qualquer pessoa, qualquer milagre de pessoa viva, ainda que faltando uma perna ou um braço, ainda que em tripas, mas que achassem um corpo velável. E em certo momento não se saberia mais se as ladainhas seriam pelos sobreviventes ou para que a cidade voltasse a ser de novo o que sempre foi, um receptáculo de pessoas que viajam quilômetros e quilômetros com ódio de si e de seus empregos e talvez até da própria cidade, que lhes suga o sangue em troca de mais sangue.

Na plataforma, divido espaço com pessoas que não faço ideia de quem sejam, minha bunda pressionada contra o pau de um homem que se segura em uma das barras de ferro e o trem nunca chega. A explosão do metrô seria o mais alto símbolo de uma cidade que sufoca os corpos até que não haja mais saída, a não ser espatifar-se, sem dignidade de ser reconhecido em si mesmo. Atrasados para o expediente, sugados eternamente pelo grande vão entre a loucura e a passibilidade. Entre ter e não ser ninguém. O metrô explodindo pessoas em milhões e milhões de partes seria a alegoria de uma cidade que não pode parar e para. Por algumas horas, dias, semanas. Depois esquece-se e desvia-se do assunto com uma instalação artística homenageando os mortos de quem nunca mais se ouvirá falar, uma placa lembrando as incontáveis vítimas do grande acidente de dois mil e xis, sem citar individualmente seus nomes, assim como o homogêneo bolo cinzento de seus restos mortais. A forma mais justa de tributo seria a construção de uma outra serpente subterrânea, armada em ferro, mais segura, a fim de que a cidade possa continuar a explorar corpos em trânsito. Os filhos dos cidadãos mortos herdariam de seus pais a sina de trabalhar e atravessar a cidade até que eles, não ela, explodam.

O visor mostra que ainda faltam duas estações para eu chegar e tudo parece correr bem. Merda. Uma mulher de cabelos ensebados num rabo de cavalo abre o celular ao meu lado e eu consigo ver duas crianças no plano de fundo de seu WhatsApp. Será que alguma mulher-mãe-esposa se aproveitaria do fato de que milhares de corpos não seriam nunca mais reconhecidos e, em alguma estação anterior, que saiu ilesa, essa pobre mulher se aproveitaria do corre-corre de gente que sobe desesperada as escadas para a rua, naquela confusão de pernas brancas, pretas, amarelas, rumando em direção à saída do bonde, ela se aproveitaria para fugir de sua vida medíocre? Sumiria com seu crachá e seus pertences que carregava na bolsa, tudo para que acreditassem que ela escolheu o vagão errado, na hora errada, no dia em que a cidade parou e perdeu fatidicamente seus trabalhadores honrados. E enquanto seus filhos crescidos passassem com lágrimas nos olhos por aquela que foi a estação da morte, ela estaria plena, com sua nova identidade, cabelos muito limpos, em ressurreição. Com outros filhos ou outro emprego, não sei, mas com uma convicção: nunca mais morrer de trabalhar, por Deus, eu nunca mais vou morrer de trabalhar. Era preciso que ninguém fosse ardiloso o suficiente para vasculhar as câmeras de segurança e descobrir que ela estava em outra estação, ou então saberiam e jamais desculpariam. Porque somente uma mãe morta é capaz de receber perdão.

Jamais pensei na possibilidade de uma nova identidade depois do fatídico acidente, ao invés disso insisto obsessivamente em minha explosão e consequente morte como solução definitiva para o ódio que sinto por meu emprego. O problema não é o emprego, eu sei, porque em outro cargo e em outro prédio espelhado e em outra cadeira de escritório em sua perfeita ergonometria eu ainda teria a mesma vontade de me desintegrar. Eu não sei fazer mais nada, mas agora já passei pelo jardim florido e entro na recepção chique para encostar meu crachá na catraca, rezando para subir sozinha no elevador automático. Menos de um minuto para me sentar e encarar a tela do meu computador por incontáveis e imóveis segundos, sem precisar abrir o meu compartimento de gavetas onde guardo papéis e grampeadores e postites e canetinhas, coisas das quais nunca preciso e nem quero precisar. Hoje, mais uma vez, minha frequência vibrou errado e desembarquei segura. Os tecos de gente e metal e tijolos e placas coloridas apontando a direção estiveram intactos.

Passo o crachá na catraca e a tela pisca com a inscrição do elevador: B. Antes que a barra de metal gire, a mocinha nova da recepção, que não conheço direito, corre até mim.

— Oi, você é a Tânia, de Supply Chain?

— Sim.

— Ligaram aqui na recepção e pediram para você subir direto para o RH. ✪

Luiza Leite

saio pra comprar pó de café
vestida de paisagem japonesa
combina com seu rosto
a moça diz
os pássaros se agitam
na blusa vermelha

*

revisão
p. 14 mágoa tem acento
p. 15 silêncio tem acento

*

você deixa alecrim na chaleira
ensina a ler
o outro lado do poema

*

às vezes desconfio que vivo as coisas
só para poder dizê-las no poema
quando as pessoas mal se conhecem
prestam atenção às coisas mínimas
como você na primeira vez aqui em casa
ouvindo de propósito um ruído
às vezes desconfio que ouço
só para poder dizê-lo
e digo

*

tomamos sorvete no Passeio Público
como naquele filme
em que duas pessoas conversam
em línguas diferentes

*

varri a área de serviço
após o temporal
entre o tanque e a mureta
encontrei um pouco de água
uma folha
tons terrosos
pequenas veias
delicadas
recolhidas
na pá vermelha
a sua mão
como essa folha
na minha

*

coisas que acontecem num poema

uma pessoa parece bem mais nova quando chora
uma pessoa pede desculpas porque comeu a última fruta na geladeira
uma pessoa acredita que o mundo não merece acabar
uma pessoa sabe que o coração de outra pessoa bate ferozmente
uma pessoa arruma distraidamente os clipes de papel num
pratinho de louça chinês

uma pessoa acha que as fábricas param quando alguém sorri
uma pessoa tenta não olhar para trás mas não consegue
uma rã faz ploft na água
uma pessoa diz que ao morrer o amor jorra como as moedas
de uma máquina de caça-níqueis

um osso pergunta a outro osso o que estão fazendo ali
uma pessoa encontra um besouro iridescente na estrada
uma pessoa passa a infância se escondendo atrás de uma árvore
uma pessoa percebe que o jazz oferece a nota dissonante
e o dom do improviso

uma pessoa suspeita que no silêncio da madrugada
vai surgir um macaco da mata

uma pessoa confessa que tudo que queria da vida é saber que foi amada
uma tartaruga toca um sinete inaudível
uma pessoa escreve com o auxílio de uma mosca
uma pessoa repara na felicidade de dois amigos que entregam o jornal
uma pessoa sente paz no horário em que os legumes chegam no café
uma pessoa pede para alguém avisar quando estiver cruzando
o Blue Mountain Skyway

uma pessoa acompanha com os olhos uma nuvem de insetos
em torno de uns ombros nus

uma pessoa acha que a beleza de alguém é longa ✪

Michele Lemos

Cernelha

"Sutil maestro, su doctrina ha sido
tan elocuente que doquiera creo
sentir la voz que sigue mi deseo"
Enrique Banchs

A sombra ultrapassou o umbral, projetada no chão vermelho. Ouvi passadas martelando os degraus. As mãos rachadas, que eu tinha acabado de mergulhar na tina de alumínio, arderam por causa da água sanitária, mas eu ignorei o impulso de tirá-las. A dor justificava a respiração ofegante.

Largou o corpo com um baque de encontro ao batente e, mesmo estando de frente para mim, não pude ver seus olhos. O chapéu muito baixo lhe cobria o rosto, a calça cobria as pernas, os pés escondidos nas botas. Restavam nus as mãos e os antebraços, cobertos de veias que pareciam túneis sob a pele.

– Leve a menina, Miguel. Largue esses panos aí, minha filha, já ajudou muito. Se sua mãe sonha que te coloquei para trabalhar! Estudar, diversão. Outro jeito de criar, eu não posso entender. – Com um puxão, tia Ana desfez o nó do meu avental de algodão branco e, me segurando pelos ombros, girou meu corpo num só impulso, me colocando de frente para ela. Ajeitou a franja que o suor tinha colado na testa e, com o polegar lambido, penteou minhas sobrancelhas.

– A égua, viu, Miguel? O potrinho é uma coisa linda, querida, mas Madalena é o cão. Uma mãe é uma mãe, não importa quantas são as patas. Porco, ganso, tem cachorro também. As galinhas d'angola são umas bonitinhas, já viu? Nem na televisão? Dessas nunca, coitadinha, nunca viu. Parece que uma coisinha ou outra a gente pode te ensinar, hein? Se sua mãe sonha, ha ha! Vá, Miguel te leva, vá.

Repetindo o movimento, me girou ao contrário. Senti o corpo travar com o susto. Tinha levantado o rosto e agora os olhos apareciam, fixos em mim. A cor era indecifrável, os raios da íris misturados em tons que eu nunca tinha visto. Primeiro achei que sentia raiva, mas percebi que não sentia nada. Por muito pouco não chorei.

Cruzou todo o terreno até a estrebaria sem olhar para trás, me obrigando a caminhar quase correndo. Quando alcancei a porta de madeira, ele já puxava a égua para fora da baia. O potro, amarrado em uma viga, testava um relincho choroso que ainda não era capaz de dar. A égua bufava e pinoteava com fúria, sem sair do lugar. Entortava o pescoço na direção do filhote, mas Miguel segurava o cabresto com uma força que, pela nossa idade, eu julguei espetacular.

– Sobe – a voz atravessou meus ouvidos como uma flecha recém-lançada.

– Tia Ana disse...

– Para de ser estúpida; sobe.

Senti o coração me espancar o peito, como se bombeasse chumbo ao invés de sangue.

A cela continuava pendurada num gancho. Intuí o perigo mas não reclamei. Ele flexionou o joelho, fazendo da coxa um degrau. Encaixei o pé na dobra da virilha e multipliquei meu peso o máximo que pude, até perceber que ele espremia os olhos. Também sei onde dói, seu imbecil filho da puta.

Madalena deu um tranco para me derrubar. Senti a mão dele apertar minhas costelas e forçar meu corpo de volta para o lombo.

– Destrave as pernas. – Me deu um tapa de mão cheia no joelho, – Não aperte a barriga demais, ela detesta.

Puxou a cabeça da égua devagar pelo cabresto, até as testas se tocarem. Deslizando a mão pelo rosto comprido, com uma delicadeza que eu não imaginei ser possível, falou num murmúrio coisas que eu não pude ouvir. As narinas frenéticas e dilatadas foram se acalmando, as orelhas perdendo a rigidez e os olhos, que até então pareciam duas bolas de canhão, ganharam um brilho de cometa.

– Ela se acalma se fizer carinho na cernelha.

– Essa palavra eu nunca ouvi.

Puxou a minha mão até que tocasse o ponto onde se unem as espáduas e, com os olhos dentro dos meus, repetiu: cer-ne-lha, desmembrando a palavra como se falasse com um bebê ou um idiota. Senti cada sílaba cair no meu estômago como bolas de gelo, rodeando meu umbigo, pesadas e frias, me queimando por fora e por dentro, deslizando e derretendo por entre as minhas pernas.

Saímos desajeitadas. Madalena trotava devagar rente à cerca, me ensinava. Peguei o ritmo, relaxei o corpo. Ela aumentou a velocidade aos poucos, como se alguém a controlasse girando suavemente um botão. Enrolei com cuidado faixas de crina entre os dedos e inclinei o tronco. Ela entendeu meu sinal e acelerou. Um trote leve e solto que, sem o atrito da cela, me jogava para frente e para trás num movimento contínuo que me lembrou das brincadeiras que eu e minhas amigas fazíamos com o travesseiro.

Minhas pernas abertas roçando o corpo dela. O pelo duro, o couro quente. Achei que fosse desmaiar, que podia morrer. Queria gargalhar.

Deitei a cabeça na cernelha. Viu, garoto estúpido, como eu aprendi? Enlacei com os braços o pescoço imenso. Senti a vibração do coração pulsando, sem saber se era o meu ou o dela. Miguel agarrou o cabresto e foi nos guiando, sem pressa nenhuma, de volta para o estábulo.

Me olhou de um jeito diferente, descuidado, e vi que seus olhos eram de um dourado aguado, como quando a gente olha de cima um anel de ouro submerso na beira de um lago transparente. Encaixou as mãos nos meus sovacos e me colocou no chão, deslizando devagar o meu corpo quase por cima do seu. Senti um bafo ácido de café sair da sua boca. Um cheiro rançoso que eu tive vontade de lamber.

Não me deixou mais para trás. Caminhou dando passos do tamanho das minhas pernas pelo galinheiro, pela horta, entre os cachorros. Riu quando gritei e corri, apavorada com os gansos. Riu quando contei que os meninos da escola usavam calças largas demais e andavam gingando. Riu, de um jeito sem escândalo, quando quase chorei contando que meu pai tinha traído minha mãe e que o castigo dele quem cumpria era eu, que era por isso que eu tinha ido parar ali, sob os cuidados da irmã caipira do meu pai, vivendo a infância do meu pai, para não me esquecer que era filha dele, a menininha dele, igual a ele, que a apunhalava pelas costas como ele, uma idiota sem vergonha.

– É um jequitibá – explicou enquanto me puxava pelo braço e me ajudava a subir no trator estacionado debaixo da árvore imensa.

Sentou no banco lateral, menor, desproporcional ao tamanho das suas pernas. Empurrou uma fita k7 para dentro do tocador instalado no alto. *Me insultavam pra cantar mas de tristeza eu não cantava.* Tirou uma laranja de dentro de um bornal escondido no vão dos bancos e, com o canivete que carregava na cintura, transformou a casca numa mola e me deu. Guardei o presente como se fosse um canarinho no bolso da jardineira.

Era calado, mas respondia de um jeito curto tudo que eu perguntava. Sim, tinha nascido ali. Dois irmãos, morreram quando bebês. Ia na escola, mas parou. Assumiu o trabalho do pai, que ficou doente e rapidinho morreu. A mãe lavava os tachos de doce, os lençóis, as roupas da tia Ana. Treinava para aguentar oito segundos em Barretos, comprar um sítio, tirar a mãe dali.

O nome dele estrondou como um trovão e, de um salto, desceu do trator. Com uma mão ejetou a fita, com a outra me puxou pela alça do macacão. Os olhos se ressecaram, as veias dos braços pareciam ter engrossado de repente.

Tio Álvaro, a pele de um vermelho podre, inchado como uma sucuri, esperava com as mãos na cintura na frente do chiqueiro, marcando a impaciência com a ponta da botina.

– Sabe qual, Miguel?

– Sei sim, senhor.

– Leve a menina lá para dentro e já pode começar.

– Ela pediu para ver.

Arregalei os olhos. Ver o quê? Tio Álvaro tossiu e roncou, quase engasgando com a gargalhada.

– Meu senhor Jesus amado! Pois bem. Se ela vomitar e desmaiar por cima quem vai limpar a sujeira é você. – Nos deu as costas, caminhando torto e lento de volta para a rede que ficava debaixo da varanda.

Miguel tirou duas cordas já enlaçadas de um gancho na parede. Os porcos sabiam, reagiram. Roncavam, grunhiam, todos juntos, muito alto. Um coro violento, revoltado.

Entrou em um dos quadrados. Um porco grande, furioso, dava passos para trás, se espremendo na quina, bufando alto. Miguel tocou o topo da cabeça pesada, que o porco chacoalhava sem parar. Colocando peso na ponta dos dedos, massageou a nuca e o pescoço do bicho que, aos poucos, ficou quase imóvel. Se abaixou, enlaçou a pata direita e deu com a corda duas voltas em torno do pescoço, formando uma coleira. Um puxão firme e o porco começou a andar. Todos os outros continuavam gritando, desesperados, dando cabeçadas e patadas, quase estourando as ripas de madeira. O que Miguel ia levando caminhava sem lutar.

Trouxe um estrado grande, de ferro e madeira, da altura de um degrau e colocou do lado do animal. Com a outra corda, enlaçou a pata traseira. Entregou essa corda para mim. Indicou onde eu deveria ficar. Flexionou os joelhos, esticou os braços. Eu repetia seus movimentos com precisão absoluta.

– No três você puxa com toda a força que tiver. Tem que ser de uma vez. Não quer quebrar as patas dele, quer? Toda a força, entendeu? Um, dois, três.

Um choque pesado no estrado. Um único berro magoado. Minha garganta começou a coçar. Miguel passou as cordas num zigue-zague bem justo pelo corpo do bicho. Colocou uma bacia enorme no chão, do lado de uma canaleta que saia do estrado. Tirou o chapéu e eu vi pela primeira vez seu cabelo, muito escuro, num corte ridículo.

– Pode ir agora se quiser – disse de costas para mim, desabotoando a camisa.

– Não vou – respondi com a voz rala.

Tirou da bainha uma faca de lâmina triangular com a ponta muito fina. Passou o polegar nas laterais, testando o corte. Os ombros marcados como se carregassem duas esferas maciças debaixo da pele. O peito amplo e firme se encheu de ar, num esforço que ele fazia com os olhos fechados e o queixo apontado para o céu. A veia do pescoço parecia capaz de romper a pele. Senti a boca secar, minha língua se perder.

Agachado, acariciou a cabeça do porco mais uma vez e amarrou a boca com uma corda fina. Colocou a palma da mão em um ponto entre as patas dianteiras e ficou ali, atento, sem se mexer. A pose, a solidez e a contração dos músculos me fizeram lembrar uma estátua de Rodin que tinha visto nas aulas de arte. Um pensador ou um poeta.

Como um alucinado que desperta de um transe de repente, entregue de volta à fúria incontrolável, Miguel recuou o braço e, num supetão, cravou a lâmina. O porco tremeu, fazendo o estrado sacolejar num movimento convulsivo. Torceu o braço com a força de quem tenta desatarraxar um parafuso enferrujado. Eu olhava seus braços ensanguentados, suas costas tensas, enrijecidas, e pensava que deveria ser assim a cernelha de um alazão poderoso, de um cavalo assassino e mitológico, um bicho que eu adoraria montar, cravar as unhas, enroscar os dedos na crina e puxar, morder, ver o sangue escorrer e lamber, lamber, beijar.

Limpou a faca na calça, passando a lâmina na coxa. Com a mão leve, começou a despelar o porco pelo pescoço. Eu observava sentada no chão, um pouco distante, quase sem respirar. Fez um corte profundo, na altura da garganta, e desceu a lâmina até o fim da barriga. Separou a carne e as costelas com as mãos e, com um movimento de cabeça, me incentivou a chegar mais perto.

– Consegue ver as tripas, o coração? – Um cheiro de ferrugem e merda acertou meu rosto em cheio e me fez sorrir. Senti que ele me estudava enquanto eu engolia com os olhos curiosos os órgãos, a carne lacerada, o sangue que ainda escorria. Não olhei, mas senti que ele também sorria.

Senti um puxão. Tia Ana, desvairada, me arrastava pelo braço em direção à casa. Gritava, mas eu não ouvia o que dizia. Sentia o corpo flutuando, lento, e minha cabeça formigava. Me empurrou dentro do banheiro e foi tirando minha roupa, me enfiando debaixo do chuveiro.

– Não dá para confiar, não dá. – O grito agudo e a água gelada me fizeram despertar. – Eu peço uma coisa e ninguém me dá, é sempre assim. E Álvaro nada, não ajuda. Que ódio, que raiva! E você, tava fazendo o quê, menina? Enlouqueceu? Rindo desse jeito do quê, minha filha, do quê? – E esfolou meu corpo com a bucha até a pele quase se desfazer.

Passei o resto do dia com ela dentro de casa. Mexendo sem parar o tacho de doce de banana, engomando a toalha rendada da mesa grande, reparando no avesso perfeito de um bordado em ponto cruz, fazendo arroz, farofa, picando a couve bem fininha. "É isso que você precisa aprender, menina". O castigo eterno.

No começo da noite os amigos do tio Álvaro chegaram organizando a roda de viola, as mulheres invadiram a cozinha, as crianças correndo, gritando, revirando tudo. Tia Ana perdoou os meus pecados ou se esqueceu.

Sai para o quintal e vi Miguel, afastado de todo mundo. Secava com uma toalha imunda o corpo do porco que estava inteiro aberto, as costelas expostas, girando em cima de uma fogueira baixa com um espeto de ferro atravessado da boca até o cu. "Se não limpar a banha que escorre o couro rompe, o bicho pega fogo, vira um carvão". O cheiro era enlouquecedor. Minha fome cresceu, fiquei inquieta, comecei a salivar. Ele percebeu. Com a faca que tinha usado para matar, cortou um naco acima da coxa.

– Come – ele disse, me entregando o pedaço de carne. Um tom firme e carinhoso, uma ordem incontestável.

Mordi a carne fumegante. A gordura quente escorreu, queimando minha boca e as bochechas. Vi que ele me olhava, que tinha fome também. E sorria, a boca toda aberta, a língua entre os dentes. Sorri de volta. Nossos caninos à mostra. ✪

Caio Lima

DISSE UM dia à sua boca
que por um sorriso pregaria
ou rogo por um sorriso que esteja sempre pregado

a depender do momento ou humor entre
o sabor do poema na sua boca e a minha língua que pouco sabe ler
rogo ao tempo menos fuso

como numa prece estendo
marés e votos daquilo que desejo como forma de fé
em encontros de espelhos

ou o temperamento oceânico das coincidências
refém da ordem dos distanciamentos
e rápido somos espelhos virados com algum grau de inclinação para o céu

então meu poema é a brevidade do seu sorriso
numa pequena oração
a qual se escolhe retornar à memória como práxis poética e prazer
æ

as ruas da cidade banhadas pela chuva
lavam o gozo característico da folia de reis
o esplendor celibatário e o sacrilégio
fazem do mais reticente sacrílego do tempo
servo as pedras sujas de lama gozo e
sangue roubam a frequência da fé e dos
que batem em retirada arritmia deificada
das noites de festa taquicardia das emoções
que exsudam o corpo rendem à carne a miríade

dos prazeres que eu não devo escrever
mas posso o gozo o santo da rua imunda
misturada ao fel das palavras dela me fazem
lembrar quão importante é chorar de prazer
e rir da dor e sentir o contrário do subtraído
amor lento como só quem nutre esperança
e retém consigo o opaco e bem definido pecado
æ

esparramados na sala
confundo seu cheiro com o do café todas as manhãs

e o pé de café será parte
e testemunha da própria experiência
de existir por nossas mãos e cuidado
replicantes do natural
do milagre da dádiva

escondido
tento modificar geneticamente os frutos
para exalar seu cheiro
fresco marítimo
mesmo após a torra
terra não vira

na moagem o fogo faz brisa
e à noite o que desperta faz acalmar
durmo

embalado pelo café
sumo nos sonhos que são grandes demais
para fazê-lo acordado
grandes demais
para realizá-lo sozinho

o costume a rotina
são partilhas do sensível
num relicário enfeitado e fresco
um jarro de cafeteira
imitação de alumínio

cheiros não se confundem se misturam
o seu com o café que lembra mar
vento fresco logo pela manhã

liberdade e rotina não se confundem
se misturam
em dez minutos ou menos e

ansioso pela colheita do pé
cada fruto da cor original
e seu cheiro agora
æ ✪

Danuza Lima

adventures in paradise

Para Ma Njanu

BABY BABY baby
i believe que
nos guardamos nu'a garrafa
jogadas anos n'Atlântico
à espera duma
linha de arame
que
entre nossos dedos
fosse
o plano da tomada.

abraçadinhas, sei
pa ci en te men te
aramamos
nossos corpos
como cepas
de microalgas marinhas e
onda vem e
onda vai
demos as mãos
e os cabelos
e os pelos
e as palavras
nos espalhando
nas terras daí
nas águas daqui
que choram choram

pra que agora
sentadas
seda amarela
anéis de prata e
trancelim de marfim
numa espécie de
olhar felino
a gente se fale
de virar
uma letra nova
porque

quando
digo
baby baby baby
olho pra você
beijo a palma das tuas mãos e

dizemos juntas
:
olha,
demos a luz às nossas visões
restituímos
tesouros antigos
no chamego
do afeto.
:
vamos,
que
formas de alegria são
viver sem medo
feito a Minnie Riperton na
capa daquele álbum
a gente
ornadas & tranquilas
but
lançando as braba
pra caso
um lance vier
rugir mansas
cortando tudo fino
pra imergir e proteger. ✪

Gabriel Cruz Lima

Chama seu pai

Do meu jeito, eu via a espuma subir na máquina de lavar e pensava que aquilo tinha a ver comigo mijando na cama. A água saindo pelos furos do tambor molhava a cueca e o lençol sujos e eu sentia como se esse fosse o movimento que minha bexiga tinha feito de madrugada, de ensopar as roupas.

Diabetes. Enquanto passava o xampu, pensei que diabetes seria uma hipótese do porquê eu mijei na cama, se não fosse, poderia funcionar pra enganar, justificar uma falta na aula pra fazer exame. Pouca insulina, ou insulina demais, não lembro, seria a explicação que eu daria pra minha mãe desse aguaceiro que, além do lençol, levou o colchão junto.

Muita água antes de dormir. A ciência recomenda isotônico em vez de água para os atletas antes de dormir, porque, além de repor os sais minerais, especialistas em saúde afirmam que o consumo de não sei quantos mililitros depois da prática de atividades físicas segura bem a bexiga. Teria sido bom se, depois do futebol, eu tivesse tomado um gatorade então, porque continuava mijando até ali no box.

Sei lá, logo depois de fechar o registro, minha mãe poderia ter entrado no banheiro, aberto a porta e dito, é você que vai jogar desinfetante pra tirar esse cheiro? E, ao me ver mijando, ela explicaria, é tudo culpa do seu pai e foda-se a escola hoje.

Mas enquanto me enxugava, do outro lado da porta, ela interrompeu essas ideias.

— Filho, eu preciso fazer xixi.

Soltei a frase primeiro e fui montando o raciocínio depois:

— Preciso pegar um bagulho. Calma.

Peguei o primeiro creme pro corpo que vi com a ideia de que esse era o bagulho que eu tinha me referido. Abri a porta.

Perfeito pra não dar pala: creme nas mãos e ela pensaria, nossa, ele está se cuidando, passando hidrante, que ótimo; ou não pensaria nada, só ficaria ali com aquela cara bagunçada de quem acordou não tem muito tempo, me vendo parado, o monange na mão, madrugada raiando, roupa batendo na máquina, meus pés molhados na soleira.

Deslizando pela sala, escorregando no corredor, corri o risco dela perguntar umas paradas que eu não estava afim de responder, aonde vai descalço?, por que você tomou banho de madrugada?, tá tudo bem, filho?

No quarto, enquanto jogava a toalha no chão e colocava a cueca, pensei numa estratégia, merda debaixo do tapete: mijo embaixo do lençol. Só trocar a roupa de cama e fé. Mas lembrando de onde estava guardado o lençol, entendi que o problema era logístico. O armário onde ficava a roupa de cama estava no banheiro e, naquela hora, ela estava no banheiro também, e eu não poderia entrar no banheiro só pra pegar a roupa de cama que tinha ficado ali, e correr o risco dela me ver e perguntar o que eu estava fazendo pegando o lençol no armário do banheiro.

Que trancar porta o quê, eu não tinha chave. Então o outro plano de deitar no chão e ignorar as batidas na madeira, me fingindo de surdo, não ia funcionar. Como ela podia meter a mão na maçaneta a hora que quisesse, não tinha como fingir que nada aconteceu e explicar, não, mãe, eu não ouvi o despertador pra ir pra aula; ou, não, mãe, eu tava com insônia, dor de cabeça, nervoso, por isso tomei banho e apaguei depois e não ouvi a senhora me chamando.

Também não daria pra arrastar a cama de rodinha e o colchão até a janela, que, além do barulho de roda quebrada na ardósia, eu não tinha toda essa força de carreteiro pra ficar pra lá e pra cá brincando de tetris com os móveis. Imagina, trocar a cômoda de lugar, o ventilador, mexer no guarda-roupa, tirar o pôster do Clint Eastwood da parede, recolher as bitucas, as roupas espalhadas pelo chão, enfim, um monte de coisa que não tinha tempo, porque com certeza minha mãe viria daqui a pouco me ver.

E aí, sem opções, escorei o colchão na janela semi-aberta, deixando a mancha virada pra dentro quarto. Isso evitaria esses curiosos me espionando e dizendo depois que eu passasse, olha lá, o moleque do 701, o mijão. Ainda liguei o ventilador girando pelo quarto, aquele vento bem fraquinho, parecendo espirro de tartaruga, com o sereno da janela aberta, pra ajudar a secar essa porcaria.

Vitorioso que encostei o colchão na janela, olhei o creme hidratante que eu tinha trazido do banheiro e passei nos braços, na barriga, virilha. Quase como se o creme hidratante me olhasse de volta, veio a ideia de jogar o que tinha ali na embalagem pelo colchão. Acreditei que isso serviria pra afastar os outros maus odores que, a essa altura, poderiam já ter entrado na espuma, pelas molas, sei lá por onde.

Abri a tampa do frasco e chapisquei com a delicadeza de reboco na parede. Acabei esse serviço e abaixei o pino do ventilador pra que ele ficasse virado só pro combo colchão, mijo, monange. Ufa, sentei escorado na parede, de frente pra porta, cueca bóxer e mais nada, esperando que minha mãe viesse.

Eu não sei pra onde seu olho foi primeiro, se foi a janela, com o colchão escorado, a mancha coberta de creme, ou se foi pelo resto do meu quarto, pontas do cigarrinho de artista pelo chão, tênis virado, embalagem de pizza, revistinha de sacanagem, mangá de sacanagem, um caderno com uma cacetaça alada rabiscada na capa jogado no canto, ou nem isso, se seu olhar parou primeiro em mim, só de cueca, largadão, eu, a soma desses objetos; dela mesma, do meu pai.

Me levantei e fiquei olhando, esperando algum grito. Pra minha surpresa, ela não disse nada, só piscou duro, controlando o cima-baixo da pálpebra, se contendo pela força daqueles olhos devagares, gesto que não parecia tristeza, raiva, mas cansaço.

Não sei quanto dói um tapa, que ela não era de agredir, mas um tapa doeria menos. Ela me abraçou e eu dei um abraço de volta, que era minha maneira de pedir desculpas antecipadas pela bagunça. Mas o abraço dela, por mais que eu apertasse, parecia mole, xoxo, como um brinquedo molenga de apertar, desses que sai o olho e apita.

No meio desse abraço leso, ela sussurrou no meu ouvido:

— Você é a cara do seu pai.

Fiquei quieto, processando um monte de informação.

Eu não sabia o que essa semelhança queria dizer pra ela, se era um diagnóstico de incontinência urinária congênita e que poderia ser evitado se a gente fosse mais atento; se a gente era parecido no cheiro, dado que a proximidade dela com meu cangote poderia lembrar do cheiro dele, ou ainda, se meu pai tentava dar abraços de cueca nela pra pedir desculpa.

Depois dela sair do abraço em direção à porta, pensei de novo no que ela tinha dito e uma ideia absurda apareceu dentro de mim: eu tinha mijado na cama porque meu pai tinha ido embora de casa. Mas isso era de uma estupidez sem limites, como se o sumiço tivesse um efeito prático, quando, na verdade, eu nem sabia de nada dos motivos do sumiço, muito menos como esses motivos gerariam consequências em mim, se é que gerariam.

Pra entender das consequências, eu precisava saber das causas, ouvir, nem que fosse, ela falar, seu pai nos trocou por uma lambisgoia, aquela sirigaita, isso, essa mesma que era amante dele enquanto estávamos casados. Eu arregalaria o olho, num sinal de puta merda, descobrindo que ele foi embora por causa de uma vagabunda. E quando tomasse coragem pra procurar por ele, descobrir que a vagabunda, na verdade, era Lola, uma mulher gente fina, que ele tinha conhecido na internet num fórum sobre música brasileira, e, ao sair com os dois naquele sushi de sexta-feira, ritual de apresentação da namorada, ouvir meu pai explicar que deu avisos claros sobre o divórcio, e que não tinha traído minha mãe, muito embora eu não soubesse o que isso queria dizer, avisos claros de um divórcio, e duvidasse que aqueles dois não se conheciam antes do fim do casamento dele, mas, sei lá, ter a oportunidade de achar algo concreto do meu pai, de não ficar só especulando além do pouco que minha mãe resumia a um catastrófico seu pai nos abandonou.

Pela fresta da porta que ela tinha deixado sem fechar, acompanhei pra onde ela ia. Parou na lavanderia e dali, à distância, eu vi sua mão fazendo um ninho pra tapar o vento, e a luz que fez nos dedos quando o isqueiro acendeu. O olhar dela em todos os postes ainda acesos, um sol nascendo que nem o teletubbies, cachorros já parando de latir com o motor dos ônibus. Isso é o mais perto de tristeza que eu já vi dela, esse silêncio rodeado de fumaça enquanto amanhece.

Ainda atrás da porta, vi ela apagar aquele cigarro. Será que era esse o jeito de pedir desculpas por ter me comparado com meu pai? Não era isso. Ela não era do tipo que dizia, sinto muito, meu filho, desculpe a mamãe. Não sem antes eu sentir que deveria fazer o mesmo. Eu falaria, me desculpa, eu já coloquei as roupas na máquina, o colchão até amanhã está seco, fique tranquila que vou varrer meu quarto, a casa toda, mamãe; pra, aí, sim, ela dizer, está tudo bem, meu filho, tempo ruim vai passar, é só uma fase, que o sofrimento alimenta mais a sua coragem, o que queria dizer, na verdade, foi mal, dei mancada, foi mal, me desculpa.

Mas, dessa vez, eu não queria me desculpar primeiro: não era só eu que tava errado. Ela disse que eu era a cara dele sem nem explicar o que cacetes ela queria dizer com isso, eu não ia pedir desculpas, não.

Aí, como ninguém falaria nada, entendi que a maneira que ela encontrou de colocar dentro de mim esse desejo de me desculpar, foi ligando a bosta da vitrola.

Quando começou o tecladinho com sintetizador, eu saquei de cara as possibilidades do que ela estava pensando: a música tinha que ter esse efeito duplo, estou mais ou menos arrependida, mas você também deve estar, vamos me peça desculpas. Odeio o Tim Maia, mas pra esse tipo de apelação ele servia: uma parada de fazer chorar por todos os poros, muito bonita, outra voz famosa pra acompanhá-lo. Se fosse melodramática a letra, melhor: Um Dia de Domingo.

Fechei a porta, porque não queria ver essa cena. Imaginei minha mãe sentada na poltrona, seu olho perdido no canto da parede, ela passando a mão no rosto da Gal, como se fizesse um carinho no meu pai. Porque eu sabia que se ficasse ali vendo, eu abriria a porta pra pedir desculpa e nós riríamos dela falando daqueles discos, herança dele pra quando eu ficasse adulto, riríamos muito, depois não riríamos mais.

E, enquanto ela contasse dessa coleção feita pra mim e a gente fosse passando da risada a um estado sombrio, nem teríamos tempo de dizer se está tudo certo entre a gente, porque o perdão já estaria feito quando a gente se visse, os dois de lágrima presa no olho, reparando na merda que é a ausência.

Eu poderia ter uma barba pra coçar nesse momento, que é o gesto que todos os homens fazem quando estão pensativos. Mas como não tinha, só vesti minha bermuda do colégio, à espera que ela tirasse o LP, ouvindo o final da trilha sonora de dentro do quarto: Márcia in Concert, ao vivo na Ilha da Tristeza.

Esperei uns minutinhos pra não explanar que eu estava só esperando a música acabar. Se eu saísse assim, de pronto, talvez restasse aquela lágrima no olho presa e isso pesasse em mim. Então fiquei no quarto fazendo nada, pra que ela pensasse, olha só, ele nem se abateu comigo.

Uma mesa posta com suco de laranja e banana, maçã, requeijão e dois pães, frios. Ela comia um dos pãezinhos e deixou outro do lado, com o presunto e o queijo em rolinhos. Corei.

Na cabeceira, vermelho, pensando no que significava aquilo, reconheci que era carinho, sim, mas além, uma lição de coitado, humilhação. Tadinho dele, olha só, ele tem incontinência urinária, o pai dele foi pra puta que o pariu, deixa eu fazer esse café da manhã de resort pra consolar.

Você é um moleque, foi o que senti que ela dizia pra si mesma enquanto eu cortava o pão. Pra disfarçar que eu sabia dessas intenções secretas dela, comi o mais lento possível, como se saboreasse. Primeiro um gole do suco, tomado de bicadas, requeijão no sanduíche, estamos nos divertindo nessa refeição feita para mim, não é mesmo, mamãe, esperando alguma coisa que mostrasse que eu tava errado em me sentir assim revoltado, qualquer fala, não, filho, você não se parece com seu pai, tem nada a ver ele ter ido embora com o que rolou hoje cedo, acontece com todo mundo essa parada que os médicos chamam de diurese.

Depois do segundo copo e da terceira mordida, perdi as esperanças de conversar. Daí só restou provocação:

— Você não tem nada pra dizer?

— Você é a cara do seu pai. Vê se vai pra aula.

— Por que você acha isso, hein?

— A gente precisa aprender o que é resignação.

— Talvez, se algum dia você parar de falar que nem profeta, eu entenda.

Ignorou, de novo. Ela respondeu esse grande nada, uma passada de mão na minha franja, depois um beijo na testa sucedido por uma bateção de porta.

Mamãe saiu, fumaça subiu. Pessoal indo pro trabalho, o cara desmaiado na calçada, o lixeiro com aquele gesto longo de pegar uma sacola do chão, arremessar, errar o contêiner do caminhão, pegar o mesmo saco de novo, arremessar, acertar e correr; e eu lá, carburando a vida.

Uma brasa se soltou do baseado e o vento levou até que ela pegasse num fio da tela da lavanderia. O fogo, antes de apagar, derreteu um pedacinho do náilon, deixando a linha escura.

Olhando essa parte chamuscada, por mais estúpido que parecesse, aceitei que eu tinha mijado na cama por conta do meu pai, como se isso de abandonar família, da minha mãe me comparar com ele, fossem reações aleatórias se espalhando e queimando cada coisa de um jeito.

O que não significava que eu devesse, sei lá, ligar pra minha mãe e soltar um genérico, desculpa por tudo, esperando, de volta, ela falar, estamos quites. Ou pedir pra ela o telefone dele e falar, e aí seu arrombado, cadê você.

Com meu cuspe entre o polegar e o indicador, apaguei a ponta e voltei pra sala chapadíssimo. Tim Maia e Gal Costa ainda na agulha, dei play de novo na vitrola e abri o encarte ao lado do disco pra rever a dedicatória: "Meu bem, amor é fogo que arde sem se ver. Pra sempre seu". Eu não tinha sacado que aquilo era uma cópia de Camões, versão rola demibombê de começo de namoro.

Combinava com a ideia fubanga de descobrir um sentimento sem sentido, de acordar de um sonho lindo. E sem me preocupar se feria os sentimentos dos dois, tirei o dueto da vitrola com a agulha riscando o disco.

Antes de devolver na estante, parei em frente à caixa de madeira maciça, onde ficava a outra parte da coleção pra rever o que tinha ali.

Sentado no chão da sala, vi outras vozes falando coisas da maior importância. Meu deus, chata pra caralho é a Mulher de Atenas. Construção é que nem bater punheta pra prima, podia ser bom, mas quanto mais você pensa nela, mais cansada fica. Enfia o Coração de Estudante no rabo pra ver se renova-se a esperança. Eu não vou reclamar do Bêbado e o Equilibrista, porque eu admiro músicas com efeito sonífero. Do Jorge Ben eu gostava, apesar dele só falar de mulher, criança, futebol e anjo. Gilberto Gil era massa, tive que reconhecer. Eu também odiava o Tom Zé, esse sem motivo, mas precisava de motivo pra odiar o Tom Zé?

Trouxe alguns desses discos pro meu quarto. Selecionei vários, os que eu achava mais chatos: Acabou Chorare, Alucinação, As Canções que Você Fez pra Mim, Meus Caros Amigos, Falso Brilhante, Clube da Esquina, Transa. Empilhei todos ao lado do colchão, respeitando a ordem do sobrenome, deixando apenas o que mais queria destruir no topo: Bem Bom, da Gal.

Coloquei o resto do resto do monange que eu tinha trazido do banheiro melando a pilha. Apesar das orientações do produto, que dizia para evitar a região dos olhos e boca, fiz questão de passar bastante no rosto da Gal: ela precisa saber da gasolina.

O barulho da faísca, da pedra em contato com a roldana do isqueiro, e da chama em contato com o papelão do encarte pareciam mais sinceros do que a música do Tim Maia, queimando toda essa herança deles. Foda-se.

Mas reação em cadeia tem esse lance aleatório de se espalhar por aí. Labaredas pularam do rosto da Gal pro colchão com monange, meu deus, quem passa um produto inflamável nos olhos.

Mijei suco de laranja pra ver se amenizava e nada. Tem um lance de não saber o que está fazendo até saber o que está fazendo. Enrolei minha mão na toalha que eu tinha deixado jogada e tentei abrir a porta. Senti os fios de poliéster grudarem no metal e a temperatura na minha palma.

Tomei distância e dei uma voadora na porta pra descobrir que eu não sei dar uma voadora numa porta. E se soubesse, adiantaria? Eu tossia à vera, cuspindo fumaça e vomitando uma espuma marrom escura.

Meu rosto de cara no sangue, junto do vômito no chão e eu reparando na espuma de bile, lembrei do lençol, cueca na máquina de lavar. Eu tinha esquecido de pendurar os dois, que merda. Daí eu via esse vaivém das roupas no varal e sentia uma brisa quente no rosto, que eu podia chamar de liberdade, mas se parecia mais com arrependimento: resignação. ✪

Ricardo Kaate Lima

O Velho Palacete

Senhores, o que digo é a mais pura verdade. Ao deixar-me em frente do Palacete da Família Catalão, naquele Outubro do ano de 1930, o condutor do carro, ao fazer o sinal da cruz, disse as seguintes palavras:

— Cuidado por essas bandas, Doutor Vespasiano! Esse lugar é do diabo!

O carro saiu levantando poeira da rua de barro, sumindo na esquina naquela tarde abafada.

Fiquei diante do Velho Palacete: construído por Afonso Catalão. em 1860, patriarca de uma das famílias mais ricas da Amazônia. Ganhou o título de Visconde pelo imperador, em virtude dos serviços prestados durante a Guerra do Paraguai. O fausto da borracha, surgido a partir de 1884, fez a família investir na exportação da goma e triplicar sua fortuna. Dizia-se, na alta sociedade de Manaus, que existia um andar inteiro de um banco de Londres para administrar a fortuna dos Catalão.

O filho de Afonso, Domingos Catalão, comprou todas as propriedades no quarteirão em volta do palacete, derrubou as construções e ampliou a casa da família. O resultado foi uma construção imponente, circundada por arvoredos em pleno centro de Manaus.

Mas hoje, quando retorno vinte anos depois para rever meu amigo, Norberto Catalão, neto de Afonso, após receber uma carta dizendo que precisava me ver, percebo que o Palacete já tivera dias melhores: muros com tijolos podres, portões de grades tomados por ervas daninhas, paredes desbotadas, janelas opacas, teto despedaçado, arvoredos crescendo de forma doentia ao lado do mato e outras pragas.

Ao lado, urubus disputavam uma carcaça nojenta de algo que não pude identificar.

Aquilo encheu-me de angústia. Uma mistura de tempo perdido com nostalgia de algo desfeito na memória. O Império caiu, e com ele, a reverência às maneiras antigas e seus títulos de nobreza. A borracha amazônica não conseguiu competir com seu vulgar imitador asiático e o poder das velhas famílias se foi junto com ela.

Não havia mais o Visconde de Catalão, assim como não mais existia a fortuna da família. Nem mesmo havia aquela antiga Manaus que tanto desejava ser Liverpool. Fomos despidos de nossas ilusões de força pela contingência do tempo.

Quando vi meu amigo de infância, Norberto Catalão, a passos lentos e com auxílio de uma bengala vindo ao meu encontro, tomei um susto. Não sabia que um homem de quarenta anos podia aparentar sessenta. Eu sabia da estranha condição que o acometia, seus ataques nervosos, desmaios e pesadelos constantes em que acordava gritando. Era um mal que o tomava desde a infância e que seguiu na idade adulta. Era hereditário. Conta-se que quase todos os membros da família padeciam do mesmo problema.

Nossas famílias eram amigas, embora não fôssemos tão poderosos quanto os Catalão. Fomos colegas de classe no Colégio Dom Pedro II. Nos formamos juntos, em 1910, na faculdade de Direito de Recife. Fui para o Rio de Janeiro trabalhar num escritório e meu amigo retornou para Manaus, a fim de cuidar dos negócios da família.

Norberto era o último descendente vivo dos Catalão. Todos os ramos extinguiram-se em desastres, assassinatos ou internados em asilo de loucos, como o caso da sua irmã, Maria Jecilda Catalão, que enforcou-se no convento ao qual fora enviada em 1920; do tio, Joaquim Catalão, que tocou fogo em si mesmo em plena missa na Catedral da Metropolitana, em Belém, no ano de 1899; ou do pai, assassinado em 1905 por um mendigo, sem motivo aparente, quando saía de um dos prostíbulos do porto de Manaus.

— Estou muito feliz em te ver de novo, Ves! — O portão fez um rangido agudo ao ser aberto. Notei cabelos grisalhos e ralos em sua cabeça.

Não o deixei levar minha mala para poupar-lhe o esforço. Quando entrei na casa, a sensação de decadência era ainda pior: cheiro de mofo e podridão, quadros na parede com a pintura descapelando, chão com azulejos faltando várias peças, goteiras no teto, sons de ratos correndo pela tubulação.

Não havia criados. Ele me instalou num quarto ao lado do dele, no primeiro andar, ao lado da biblioteca. Estava cansado da viagem, mas não consegui tirar um cochilo de descanso. O barulho de algo arranhando no teto podre me incomodava.

Às dezesseis horas, meu amigo bateu na porta para tomarmos café da tarde. A mesa estava limpa e bem-feita, panos brancos e porcelana intacta.

— Me desculpe pela demora em servir — disse ele, com as mãos trêmulas ao segurar a xícara de chá —, mas não se fazem mais bons criados como nos tempos antigos. Hoje querem direitos de mais e trabalho de menos. Depois do que aconteceu na Rússia, a coisa ficou pior.

Acenei com a cabeça. Ele continuou:

— Hoje só tenho um rapaz que vem aqui de vez em quando fazer compras para mim. Mas me diga, como você tem passado?

— Você sabe, muitas demandas lá no escritório.

— E como andam Luzia e as crianças?

— Elas estão crescendo rápido. A Luzia botou na cabeça que quer trabalhar. Escrever artigos num jornal. Não vou me opor a isso.

— Ela deveria seguir a ordem natural das coisas.

— Eu nem sei mais que ordem é essa, meu irmão.

Fez um final de positivo, encarando-me com aqueles olhos claros e trêmulos. Ele sempre tivera um olhar estranho, mas agora, no auge da sua decadência física, aquela aura sombria de quem poderia sofrer um ataque a qualquer momento era mais intenso do que nunca. Tive a impressão de ter visto alguns dentes pontudos por entre seus lábios e um brilho quase imperceptível refletir em uma das pupilas. Ele disse:

— Eu te chamei aqui com urgência, porque gostaria de te comunicar que finalmente achei a resposta para a doença que afligiu a mim e à minha família. Por tanto tempo sofremos, morremos, choramos e suspiramos. Mas agora, isso chegou a um fim. Eu gastei o que restava da fortuna da família em viagens para lugares distantes, ruínas perdidas no tempo, lendo livros proibidos. Mas não importa, pois hoje estou mais rico. Eu sabia que a cura para o nosso mal não estava na ciência vulgar, mas além dela.

Ouvi tudo aquilo em silêncio. Notando com assombro o brilho fantasmagórico que seus olhos ganhavam e as modulações estranhas da sua voz, oscilando entre um rouco sutil e uma duplicação da voz, como se fossem duas pessoas falando ao mesmo tempo.

Através das janelas quebradas, o pôr do sol derramava um matiz de luzes que transitava entre o dourado e o laranja. Algumas nuvens de chuva se aproximavam.

— O que você quer dizer com estar além, Berto?

— Gostaria de te mostrar os achados que encontrei, Ves. O velho grimório Olhos na Escuridão. Não era uma lenda de taquias estúpidos ou de padres supersticiosos. Ele existe e lá eu encontrei a verdade, uma verdade que faz o Livro de Eibon e o Necronomicon parecerem o jogo que nos entretinha na infância.

Quando me inclinei para perguntar sobre que verdade seria essa, ele levantou-se devagar, apoiando-se sobre a bengala.

— Mas agora estou muito cansado. Vou para meus aposentos descansar e estudar. Amanhã quero lhe mostrar minhas descobertas. — E assim se foi. Quando estava no segundo andar, virou-se. — Você está livre para fazer incursões pela mansão e relembrar os velhos tempos, de quando corríamos por aqui e levávamos os criados à loucura. A biblioteca é toda sua. Apenas não entre no porão ou nos meus aposentos particulares.

Norberto sumiu entre as sombras do corredor.

Após alguns momentos na poltrona, contemplando a melancólica deterioração do local, resolvi explorar as áreas externas da mansão. Os arvoredos em volta eram retorcidos, como árvores estéreis. Exalavam uma estranha atmosfera: de que elas me observavam com hostilidade. Tive a impressão de que movimentavam-se quando eu não as observava. Não sem razão, as pessoas de Manaus evitavam passar na frente do Palacete. A luz do sol descansava no poente e as árvores jogavam formas negras pelo chão. Então, ouvi uma voz suave que chegou junto com a brisa que balançava aqueles galhos retorcidos:

Ves, você quer viver para sempre?

Olhei para todos os lados. Ninguém. Saí do meio daquelas árvores andando depressa. Fui até o portão principal ver a carcaça se decompondo em vermes e sob os ataques dos urubus. Quando abri caminho entre os arbustos, deparei-me com algo que quase me fez vomitar.

Um amontoado de ossos de uma coisa de duas cabeças, quatro troncos e várias pernas, como uma fusão odiosa de monstros que não são desta terra.

Corri de volta para a casa. Fiz mil perguntas e hipóteses: seria um amontoado de bichos cujos ossos se misturaram na putrefação ou um trabalho artístico de péssimo gosto?

Procurei Norberto por todo lugar e não o encontrei. Onde ele estaria?

Dei uma volta rápida na biblioteca: um amplo aposento com mais de cinco mil livros. Acervo reunido num período de mais de cinquenta anos pelos Catalão. Um pouco de leitura talvez pudesse me fazer bem e pensar com mais calma. Tomei um exemplar antigo de História Geral do Brasil, de Varnhagen, e levei-o para meu quarto. Li durante várias horas seguidas até que, já de noite, ouvi um barulho vindo do quarto ao lado, que era o de Norberto. Aproximei os ouvidos da parede. Assemelhava-se de forma vaga a um animal relinchando, mas não poderia dizer com toda certeza, pois as modulações do som não se assemelhavam com nada que eu já tenha ouvido. Um relincho que também tinha características de um gemido quase humano.

Pus-me de pé para ir até o quarto de Norberto, mas quando passei meus olhos pela janela, vi as árvores em volta do palacete balançando seus galhos nas trevas, como se fossem tentáculos de monstros alienígenas. Corri para sair do quarto. Ao abrir a porta, fui surpreendido pelo meu amigo logo no corredor.

— Você está bem? — ele disse. — Ouvi uns barulhos e vim ver você.

— Aquelas árvores. Tem algo de estranho com elas.

— O que você define como estranho? — Ele segurava um lampião de querosene. Lembro que em seus olhos reluziam, de maneira fantasmagórica, a luz amarela das velas.

— Aqueles galhos se mexem de forma estranha. Você nunca percebeu?

— Não se preocupe com as árvores, meu amigo. Elas são minhas amigas. Em breve, elas aprenderão a gostar de você.

Observamo-nos por uns breves segundos. Então, eu disse:

— E o que eram aqueles barulhos vindos do seu quarto?

— Amanhã eu vou te mostrar. Fique tranquilo. — E exibiu um sorriso nos lábios.

— Você está mudado, Norberto.

— Todos nós mudamos, Ves. E eu acho que mudei para melhor. — Deu as costas para mim e desceu as escadas em direção à porta principal.

Tive o ímpeto de perguntar-lhe se tinha mesmo certeza do que falava, mas contive-me. Em vez disso, perguntei:

— Para onde você vai numa hora dessas? — Consultei meu relógio de bolso, eram vinte e duas horas.

— Dar uma volta. — Apagou o lampião, colocou sobre uma cômoda no corredor e desceu, saindo pela porta.

Estranhei ao ver que naquele momento, Norberto não usava bengala, descia com desenvoltura e tinha uma postura ereta e altiva, bem diferente do homem curvado e encarquilhado de antes.

Levantei-me às sete horas da manhã, ainda com sono. Os ratos não me deixaram dormir. Desci às oito. A mesa estava posta: café, leite, chá e pães. Norberto, em seu roupão cinza e puído, lia despreocupado um exemplar do Jornal do Commercio:

— Derrubaram o Washington Luiz. Getúlio Vargas vai pôr ordem na casa — disse, sem tirar os olhos do jornal.

— Esse mundo está ficando cada dia mais louco. — Sentei-me, enchi uma xícara e dei um gole. — Para onde você foi ontem?

— Resolver umas coisas. Dormiu bem? — As mãos tremiam, engelhadas, e os lábios mexiam-se convulsos.

— Você precisa ver os ratos no sótão. O barulho incomoda muito.

— Você acha que são ratos? — Ele riu.

— Se você acha que não são ratos, então são o quê? E sobre aquela carcaça bizarra, morta lá na frente? O que era aquilo?

— Não se preocupe. Era algo que os deuses exteriores pediram como oferenda.

— Do que você está falando?

Não me respondeu. Fez como no dia anterior: levantou-se, foi para seus aposentos e me deixou sozinho no Palacete.

Eu não queria ficar sozinho naquele lugar. Saí para dar uma volta, peguei um táxi e visitei velhos amigos. Parei em lugares para tomar cerveja, fumar e ler. Também dei uma passada no meretrício. Entre os conhecidos com quem conversei, todos me falaram da decadência física e mental de Norberto. Tornou-se recluso, praticando artes ocultas, tendo uma conversação que só girava em torno de coisas estranhas que assustavam as pessoas. Corriam comentários na cidade sobre vários criados que iam para o Palacete trabalhar e não mais voltavam, da omissão das autoridades em investigar os desaparecimentos por conta da reputação da família, e de um suposto pacto que Norberto teria feito com o diabo.

Quando retornei ao anoitecer, uma chuva acabara de cair sobre Manaus. Lama e água corriam pelas sarjetas de pedra para sangrarem nos igarapés mais próximos. As sombras do Palacete Catalão estavam mais densas, envolvendo janelas, caminhos de seixos e arvoredos, como se fossem um lençol com vida. Não me senti confortável com aquela paisagem. Por um momento, pensei em virar as costas e voltar para o Rio de Janeiro. Porém, respirei fundo. Pensei em Norberto e na sua doença. Talvez eu pudesse, de alguma forma, ajudar meu amigo de infância e livrá-lo daquele mal. Quem sabe, convidando-o para passar uma temporada na capital e se consultar com os melhores médicos.

Então, eu entrei no Palacete.

E aquilo foi a perdição de tudo.

— Ves! — ele disse, da entrada, levantando os braços. Um roupão cinza e negro cobria-lhe dos ombros até os pés. Segurava uma lâmpada de querosene numa das mãos. — Estava te procurando. Está na hora de te mostrar minhas descobertas.

— Berto, por que você não deixa este lugar deprimente e vem comigo para a capital?

— Por quê? Quando tudo o que eu preciso está aqui?

— Já se olhou no espelho? Já viu toda esta casa? Parece que vai desabar! Estou muito preocupado com sua condição. Toda a cidade parece ter medo de você.

— Eu não ligo para essa gente! — ele gritou, fazendo um gesto brusco com os braços. — São todos carne para o abate. Cordeiros que serão servidos para alimentar os deuses exteriores que me concederam a dádiva que pretendo te mostrar.

Brilhou por breve momento uma leve luz vermelha em seus olhos. E, por um segundo ou dois, eu vi um ou dois dentes afiados como garras de animal por entre os lábios trêmulos. Tudo isso, combinado ao branco das faces, encheu-me de calafrios.

Controlei o medo. Mais uma vez, respirei fundo:

— Se eu deixar você me mostrar, virá comigo para o Rio de Janeiro?

Norberto pensou por alguns segundos. Disse, por fim:

— Sim. Eu prometo. Venha, quero que veja algo importante.

— Espere-me por um momento. — Fui até meu quarto e peguei, de forma discreta, a pistola que sempre levava durante minhas viagens. Guardei-a no bolso da algibeira. — Agora, estou pronto para te acompanhar.

Eu o segui com seus passos lentos. Pelas janelas, percebi o poente e as sombras tomando conta do céu. As luzes do lampião tremiam com os movimentos trêmulos do braço macilento de Norberto: nele, percebi vários pequenos furos. Descemos pelas escadas, entramos por uma pequena porta situada nos fundos e seguimos por uma escadaria antiga e estreita, com os degraus cheios de limo e teto baixo.

Um barulho tênue chegava até nossos ouvidos.

— O que é isso, Berto?

Ele respondeu com um murmúrio. A escuridão era algo quase sólido. A luz do lampião não conseguia iluminar mais de três passos à nossa frente. Por vários momentos, eu tropecei e quase caí por não enxergar bem. Descendo por vários metros e fazendo várias curvas, chegamos até uma câmara ampla de pedra, iluminada de forma precária por alguns lampiões na parede.

— Que lugar é este, Norberto?

— Eu encontrei este lugar por acaso. Acho que estava fechado há mais de duzentos anos, antes de Manaus se chamar Lugar da Barra. Descobri isso aqui revirando plantas antigas. Foi criado pelos portugueses.

No centro da câmara havia um poço. Notei que de lá saía o barulho que ouvia da escadaria de limo. Ao lado, um suporte de leitura típico dos que víamos nas igrejas. E sobre o suporte, um livro aberto. Ao jogar a luz do lampião sobre suas páginas amareladas, notei ali caracteres que acreditava serem variações entre o Nhengatu, galego-português e espanhol antigo.

Mas não foi isso que me aterrorizou.

O que me encheu de horror era o que estava nas paredes.

A pouca luz dos lampiões pendurados fez-me pensar que era somente sacos de areia espalhados pelos cantos. Mas, quando olhei com mais atenção, segurei meu grito.

Eram cadáveres. Homens, mulheres, crianças, velhos, bebês, todos envoltos em sacos gigantes de teias de aranha. Todos brancos, secos, pele engelhada, rugosa, com olhos vazados e boca aberta, como se condenados a um grito eterno. Pequenos furos espalhados pelo pescoço. Verdadeiras múmias para um propósito sombrio. Levei as mãos à boca:

— O que você fez? Meu Deus, o que você fez?

— Não se preocupe com eles, Ves. — Em seus olhos, pulsava intensa aquela luz vermelha, e em sua boca, os dentes pontudos sobressaíam. — Eu, por muito tempo, me perguntei o que eu e minha família tínhamos. Eu procurei a resposta em lugares amaldiçoados de todo o mundo, em ruínas condenadas. Desci até as profundezas da própria floresta para saber o que fazia os homens enlouquecerem. Então, eu descobri.

O ruído que vinha do poço ressoou mais intensamente. Norberto virou-se por um momento para contemplar seu fundo. Então, continuou:

— Através da magia arcana e de conselhos com velhos estudiosos, descobri que eu não poderia e não deveria morrer. Era só uma questão de invocar os deuses exteriores. Mas como? Então, eu viajei até a Espanha e paguei uma fortuna pelo grimório Olhos na Escuridão, que me daria o caminho para contatar as entidades alienígenas para me trazer a cura.

Naquele momento, eu dei dois passos para trás. Desejava ganhar tempo. Planejava fugir dali e avisar às autoridades assim que Berto virasse de costas. Tive a impressão de que um dos cadáveres envolto nos sacos de teias de aranhas se mexera.

— Eu fui mais longe do que fora o Duque de Monteviedo, mil e setecentos anos antes! — Norberto tremia e suas roupas esvoaçavam sob o efeito de um vento miasmático que passou a soprar do fundo do poço. — Eu tenho a vida eterna!

— Chega! — eu disse. O mau cheiro das putrefações que subiam pelo poço me dava tontura. — Vou chamar a polícia! Adeus!

— Não, não, não. Você não vai chamar ninguém! Eu quero compartilhar essa dádiva com você, Ves! Você será uma criatura da noite, como eu. Será superior a essa turba de mestiços que vaga por essa cidade decadente. Eles irão te temer, pois você se alimentará deles!

Então, Norberto Catalão foi até o livro, pronunciou frases misturadas com Nhengatu, português, espanhol e outras coisas sinistras que nunca ouvira, pois não me pareciam ser deste mundo. A câmara tremeu, pedras caíram do teto. Os cadáveres nos sacos de teia de aranha mexeram-se e voltaram à vida. O miasma que saía do poço ganhou mais força, empesteando todo o lugar com mais fedor e cheiro de mofo. O som, agora gutural e grave, ficou tão intenso que mal podia ouvir os meus gritos e as falas tresloucadas de meu velho amigo.

— Seremos vampiros, Ves! Seremos superiores a tudo o que já andou neste mundo!

Os zumbis caminharam na minha direção e tentaram me agarrar. Dei um golpe com o cano da arma num deles, que caiu e levantou-se outra vez. Outro agarrou-me pelo braço e mordeu-me. Respondi com um soco. Empurrei outro que vinha por trás.

Algo subia pelo poço. Algo maldito que não pertencia a este mundo.

— Ele vai te dar essa dádiva, Ves! O patrono dos lugares escuros! Seremos nós dois por toda a eternidade!

E então, assomou da borda do poço algo tão terrível que minha imaginação até hoje não pode conceber. A coisa tinha uma cabeça de morcego, se é que se podia chamar dessa forma. Milhares de pequenos buracos sobre a testa, onde apareciam e sumiam centenas de olhos. O corpo lembrava uma scolopendea gigantea com carapaças amarelas e centenas de garras cor-de-laranja e pontudas. Limo verde cobria-lhe. A boca se abriu e saiu um crânio, cuja forma pontuda era cheia de dentes de lobo.

Os zumbis avançaram sobre mim. Dei alguns tiros neles, mas foi inútil. Peguei um pedaço de pau que estava no chão e os acertei. Eu só tinha mais três balas. Mirei no crânio e atirei no olho esquerdo. Uma substância amarela começou a jorrar do olho ferido. A coisa gemeu e gritou algo agudo e alto.

— Seu maldito, não faça isso! — Norberto tirou uma faca que estava embaixo do suporte de leitura e foi em minha direção. Acertei-lhe no joelho, mas ele não parecia sentir dor. Peguei o lampião deixado num dos cantos e o joguei no chão. Querosene em chamas espalhou-se rápido pelo lugar e envolveu os zumbis, que se debateram com o fogo. Subi aos tropeços aqueles degraus úmidos e tranquei a porta. Gritos e gemidos de coisas inumanas ressoavam lá no fundo daquela Crypta.

Esperei várias horas com os ouvidos atrás da porta, até que os gemidos, gritos e crepitar de coisas consumidas pelas chamas sumiram.

Liguei para as autoridades, que se preparam para abrir aquela porta neste exato momento. Confesso que estou com muito medo do mal que pode se revelar nas profundezas daquela câmara. Se eu pudesse dar um conselho, diria: esqueçam aquela coisa. Derrubem o Palacete e façam uma tampa de concreto para tampar a saída.

Foi como tudo aconteceu, e isso é tudo que sei. Finalizo aqui meu depoimento para os senhores, respeitáveis oficiais de polícia. ✪

Audre Lorde

A Maravilhosa Aritmética da Distância e outros poemas de Audre Lorde

traduzido do inglês por Rafael de Arruda Sobral

SENTINDO O VENTO

Apressando-se precipitadamente
ao novo silêncio
sua face
imerge em meu horizonte
o nome
de um estimado sonho
conduzindo ao meu esteio
uma suave estação
para abandonar
em outra viagem

Nenhum cálculo permitido
salva a maravilhosa aritmética
da distância

DERRETER

A linguagem de estações passadas
colapsa   abóboras na primavera
trabalho falso escorrega como lama
na cara da comodidade
e seja lá onde eu passe a mão
ofusca-se ao sol.

A gente sempre vai estar lá ao seu chamado
as antigas bruxas diziam
sempre diziam   sempre dizendo
algo mais   ao mesmo tempo
você está presa   dormente
você está sem palavras
talvez   você também estará
repartida.

Pise levemente   ao nosso redor
palavras estão decompondo-
se   nós divagamos
separadas e silábicas
se sobrevivermos enfim.

PRISMA

para Joyce Serote

Não existem sapos em Soweto
estudantes rouquejam
Amandla! em meio ao gás lacrimogêneo.

Não é verdade que não existem sapos em
Soweto
apenas estamos muito exaustas
sem ouvidos para escutá-los.

Quem sabe onde sapos vivem em Soweto
quem tem tempo de escutar
passear por uma fossa enluarada
sobre as chamas da noite
crescendo   diminuindo
os gritos estridentes
de crianças empaladas.

Com golpes macerantes de desafios
o futuro não é tardio.

Leve consigo nossas palavras à cama
sonhe com elas
escolha aquelas que desejar
escreva-nos um poema.

GRATIDÃO A JESSE JACKSON

1 de janeiro de 1989

O EU e a URSS
são/eram os países mais poderosos
do mundo
mas apenas da população mundial.
Pessoas Africanas também são da população
mundial.
 da população mundial é Asiática.
 desse número é Chinesa.

Existem 22 nações no Oriente Médio.

Então a maioria da população mundial
é Amarela, Negra, Parda, Pobre, Feminina
Não-Cristã
e não falante de inglês.

Por volta dos anos 2000
as 20 maiores cidades do mundo
terão duas coisas em comum
nenhuma será na Europa
e nenhuma nos Estados Unidos.

ECLIPSE LUNAR

16 de agosto de 1989

Ontem a noite eu vi a lua surgir
tornando-se um escuro fulgor opalescente
e não pude acreditar no que acontecia
ainda que assistisse a transformação da luz.

Na primeira vez em que te conheci
a gente sentou e leu a noite toda
os nossos poemas esperanças matinais
nos seguiram à Rua Cole
falantes como um bando livre.

Você alongando-se aos nossos melhores anos
como um fio vivo
entre o céu e o inferno
na guerra Sendo irmãs
nem sempre foi fácil
mas nunca foi entediante.

Não posso acreditar que você se foi
da minha vida
Então não. ✪

Maria Luiza Machado

Descrevendo Júnior

I.

Júnior,
que parecia interessado
no que eu estava lendo,
disse que exatamente naquelas
folhas que eu segurava
havia um poema
sobre ele.

Que a poeta – ele continuou –
foi alguém com quem ele tivera
um caso
durante um feriado na Linha Verde
já fazia mais de
dois anos.

Júnior,
é claro que não senti
ciúmes,
apenas achei
graça!,
porque eu sempre considerei que você
merecesse
todos os poemas de amor do mundo.
A ideia primordial de te transformar
em personagem
sempre foi minha.

Procurei
em todos os versos
sinais de Júnior,
mas depois não soube dizer se
ela tinha
conseguido
descrevê-lo corretamente:
palavra tem hora que foge,
principalmente quando a gente se depara
com alguém assim como
Júnior.

Júnior,
vi que
você foi descrito apenas como espirituoso e bonito,
ainda que sob todos os ângulos,
pelas minhas contas,
apenas
77 vezes.

Se eu soubesse escrever poemas,
Júnior,
saiba que eu tentaria descobrir
novas combinações
de palavras e
te descreveria mais outras
77.

II.

Já sobre o resto do livro,
me pareceu que a poeta,
durante aquele feriado,
tinha aproveitado a companhia
de mais muita gente
(será que todos contavam por aí
que tinham recebido
poemas
em sua homenagem?).
Pelo menos agora fazia
algum sentido
só existirem
apenas 77 menções
ao pobre do
Júnior.

Nunca soube como ele se sentiu
em saber que não era
o único a inspirar poemas,
mas eu te prometo,
Júnior,
um dia escrever um livro inteiro
sobre um verão
dividido somente com
você.

Beatriz Malcher

deixa a festa acabar deixa o barco correr

é bonito parece
carnaval
multidão amontoada, rio
branco quarenta graus gente
fantasiada tem hiena abutre diabo
da tasmânia todo mundo em festa
pra ver o teu corpo
atropelado

não parece mas é bonito sim
é tipo bloco baile fevereiro
noite dos mascarados
eu queria fazer parte também
gosto de folia fofoca
e desgraça

me aproximo do cordão quero
o suor salgado da rua
quero ver de perto a gente vestida
de médico bombeiro verme
quero teu corpo morto
no centro da roda

mas no centro só tem mais centro
e a banda toca em silêncio

nem te vejo acho que não
te encontro mais não é bonito:
no lugar do teu cadáver
a multidão festeja e vela

uma foto antiga
do mar

-

tudo parece cercado
por ilhas num mar parado no centro
um barco onde quase não cabemos

eu grudada na isa
pedro bem criança
de colete salva-vidas
hasteando o remo no ar
e no mar você quase
desaparece você é só
uma cabeça e um braço
que puxa o barco de volta
pra sei lá
que cais é esse
onde a gente tá agora

-

carnaval 2003 eu, isa, pedro,
e vovô:
eu fui remando a favor do vento mas não
conseguimos voltar
vovô teve que ir nos buscar

foi o que escrevi atrás da foto
mas não lembro

-

navegar não é preciso
remar a favor do vento vai ser fácil
ficar nesse barco com pedro
vai ser sempre fácil ouvir isa
cantando
é carnaval não
me diga mais quem é você

o vento é favorável
deveria ser mais fácil ir
deveria ser fácil ficar
a noite é dos mascarados:
isa eu pedro um oceano você

deveria ser fácil deixar
a festa acabar
o barco correr

-

mas agora vou parar, vovô
pra escrever a sua cabeça
desaparecendo no mar
sua cabeça que
sempre parecia desaparecer
no mar queria escrever só
a cabeça sem corpo
sem braço sem barco
sem terra à vista

a cabeça
salgada sozinha
no meio do oceano atlântico

-

essa foto do mar é também uma foto
de um quarto pequeninho
numa casa gelada
acho que é friburgo
sapucaí mirim mauá

tem só um beliche e
um segredo

na cama debaixo isa bebe
smirnoff ice escondida e
canta que eu quero saber o
seu jogo que eu quero morrer
no seu bloco

na cama do alto muitas léguas
distante eu vigio a porta
agarrada ao colete salva-vidas
com medo de em breve
o quarto afundar

-

deixa o barco correr:

remar a favor do vento
é difícil

-

a foto me dá ódio
eu e isa grudadas carnaval
pedro pequeno amarelo
me dá ódio
esse mar sempre tão grande e
pronto pra afogamentos
me dá ódio da tua cabeça do teu braço, vovô
de você inteiro me dá ódio
mas quando sinto
perco

-

é bonito o mar de carnaval
2003, eu, isa, pedro,
e vovô, aqui também parece
carnaval: é bonito
a multidão amontoada
abutres vermes, rio

quem é você? adivinha

-

agora queria parar pra escrever
2003 a cabeça o braço
talvez umas ilhas o barco
queria parar pra escrever
esse mar inteirinho mas
só consigo escrever
o asfalto quente

e tua cabeça
sozinha suada
amassada nos trilhos
embaixo de um bonde

-

eu fui remando a favor do vento
mas não conseguimos voltar

sim a letra é minha e sim é o que tá escrito atrás
da foto e de fato não me lembro de ter
voltado mas se voltei mesmo você
por acaso saberia me dizer
que lugar é esse
onde eu vim
parar? ✪

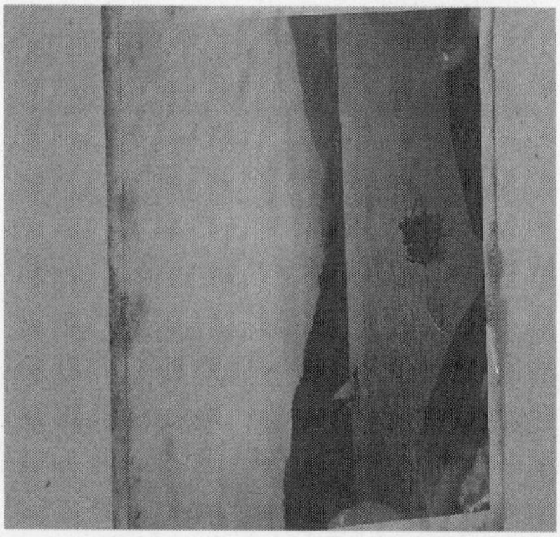

Keichi Maruyama

Mundo entre parênteses

Maria sai do elevador e com um toque rápido do crachá faz a porta correr sobre o trilho da entrada do escritório. Os raios do alvorecer atravessam os corredores do oitavo andar e ela pensa nos quinze anos completados naquela consultoria, fundada quando apenas saía da faculdade e se juntava à sucursal que agora se transformava – em grande parte devido ao seu esforço e dedicação – na principal fonte de aconselhamento empresarial do país.

Seu dia começava mais cedo, um pouco antes do nascer do sol. Pensando nos gêmeos, escolhia o recheio dos sanduíches, embrulhando cada um deles em papel gravado de filhotinhos da fazenda, talvez se lembrassem dela no lanche da manhã, imaginava ela, preparando sempre um a mais para levar consigo ao trabalho. O desjejum no escritório, em sua sala, marcava o momento de translado entre as duas vidas: uma xícara com café recém-coado servido na mesa, os compromissos do dia visíveis, ordenados na agenda, as mordidas espaçadas no pão integral, e o piano de Bach ressoando entre as paredes de vidro – sentada na cadeira, sentia a música fluir, preparando-a para as variações e contraposições de vozes do dia.

Naquela manhã, no caminho até seu aquário no canto do andar, percebe algo de diferente: uma das cadeiras da mesa coletiva deslocada, sobre a bancada, uma mochila e um computador, e dentro de sua sala, sentado de costas para a porta, um homem jovem, Roberto, parece aguardar sua chegada.

Maria abre a porta e entra, jogando a bolsa e o embrulho com o sanduíche sobre a mesa. Bom dia, Roberto, disse ela, desculpa, Maria, cheguei um pouco mais cedo, responde ele, não entendo, Roberto, mais cedo para quê?, para nossa sessão de feedback, havíamos combinado de falar, sua assistente me disse que você estaria aqui hoje, minha assistente nunca marca nada nesse horário, você sabe bem, entendo, Maria, mas achei que poderíamos conversar.

Ela se senta em sua cadeira, de frente para ele, olhando a xícara de café, ainda fumegante, nas mãos de Roberto. Ela não diz nada, olhando para o vidro da parede atrás dele, para o escritório ainda vazio. Perfeito, vamos ter nossa sessão de feedback, quanto tempo faz desde o último projeto?, a reunião final com o cliente foi há duas semanas, Maria, havíamos encerrado os trabalhos alguns dias antes do último encontro, lembra?, claro que lembro, Roberto, foi um projeto importante, você entende que preciso acompanhar todos os clientes do escritório, não entende? De dentro da bolsa, ela puxa um caderno e abre as páginas que separava para as notas de avaliação dos subalternos. Ela vira o rosto para ele e diz, vamos começar então, você sabe como isso funciona, vou falar minhas impressões sobre seu desempenho, você se mantém em silêncio, e só depois, é sua vez de falar, ok? eu sei bem como funciona, Maria, por favor, agora só quero te ouvir, responde ele. Ela rasga o invólucro de papel, morde uma pequena parte do sanduíche, e complementa, Roberto, dado que no final o cliente ficou feliz, acho que você se saiu bem, foi um projeto difícil, eles são sempre muito exigentes, e os prazos, para variar, eram bem apertados, eles estão sob muita pressão dos acionistas, quando o presidente da SecondGen nos chamou para ajudá-los logo pensei que você seria a pessoa ideal para liderar o trabalho, e, de toda maneira, acho que no final terminamos bem, diz ela. Roberto balança a cabeça em aprovação. Maria se detém por um instante, termina de engolir um pedaço do sanduíche e continua, Roberto, você mostrou muito comprometimento com os prazos e a qualidade das nossas recomendações, sempre disponível para discutir o andamento dos esforços, meus horários são um pouco complicados, e não importando hora ou dia da semana, você estava à disposição, também conseguindo criar um bom relacionamento com o cliente, o Elias se abriu com a gente, contou que a continuidade dele como presidente dependia do resultado do ano, e que as vendas não cresciam como o esperado, o mercado anda muito ruim para a SecondGen, mal completado o primeiro trimestre do ano, já sabiam que teriam muitas dificuldades, e você rapidamente ganhou a confiança dele, entendendo a urgência do problema, discutindo hipóteses de soluções, ali você mostrou que um dia, se quiser, poderia ser um dos líderes da nossa firma, conversando de igual para igual com os presidentes das principais empresas do país, você também cuidou muito bem do nosso time, foram semanas intensas de trabalho, várias vezes presenciei sua equipe de analistas saindo do escritório tarde da noite, detalhando as alternativas que iríamos apresentar para o Elias, e não tivemos reclamações deles, você entende bem essas novas gerações, até é algo que preciso melhorar, e você foi como um grande irmão, sugerindo levarmos o time para jantar no final do projeto, e pude notar que, mesmo cansados, estavam felizes, foi uma noite agradável, ainda esbarramos com o Alberto do banco, um outro cliente que você poderia assumir no futuro, enfim, durante todo o projeto, você demonstrou várias das qualidades que valorizamos aqui, foi muito comprometido comigo e com as entregas do trabalho, teve grande empatia com as preocupações do cliente, e ainda conseguiu acolher os jovens de nossa equipe. Maria faz uma pausa e olha para Roberto, estava acostumada com aquele rito, era responsável pelo escritório e por quase uma centena de consultores, e as normas de conduta a obrigavam a fazer aquilo em todo final de projeto. Hoje ela sentia um odor nauseante, não sabia precisar se por causa do café ou do sanduíche, e de toda maneira, pensa ela, acostumara-se a ignorar qualquer embrulho no estômago, e arrancando mais um pedaço do sanduíche, ela continua, por outro lado, Roberto, acho que nem tudo foi tão bem, você entende que um de nossos valores é o rigor analítico, a capacidade de ancorar as recomendações em dados, sem achismos, qualquer aconselhamento deve sempre buscar a criação de valor para os acionistas, e em consequência, o sucesso de nossos clientes, isso é inquestionável, nossa reputação foi construída com base nessa premissa, você entende, certo?, entendo, mas por que você diz isso, Maria?, sempre fui muito elogiado pelas minhas análises, pela minha habilidade com números, nesses últimos três anos sempre estive, Roberto, por favor, peço silêncio até eu terminar, não questiono isso, mas sim como conduziu a decisão mais crítica de nossa recomendação, você estava lá, quando demonstramos ao Elias que só havia duas maneiras de chegar nos resultados prometidos para os acionistas, ou lançavam um produto novo, compensando as vendas fracas do ano, ou implementavam uma redução drástica dos custos, o que incluía demitir mais de trinta por cento dos funcionários, você lembra que sugeri a segunda opção, a menos arriscada e mais controlada, e da reação do Elias, resistente à ideia de ter que mandar embora quase trezentas pessoas, ele falou de todos aqueles anos como presidente, que se sentia responsável pela empresa, pelos mais de mil trabalhadores, e que deveríamos ver o outro lado da análise, se haveria alguma maneira de mitigar um corte como esse, eu estava firme na minha posição, mas você sugeriu, na minha frente e do Elias, que poderíamos detalhar a primeira alternativa, um plano para lançar um produto novo, algo que trouxesse mais vendas, e ponderar as vantagens e desvantagens de cada possibilidade, e depois da reunião passamos uma semana sem fim, indo e voltando da sala do Elias, e não sei onde estava com minha cabeça, como me deixei ser levada por você, todas aquelas noites que nós passamos juntos, debruçados sobre as planilhas, como que acabei aceitando a ideia do plano de lançamento de uma nova semente agrícola, a ideia de reciclar uma pesquisa antiga de melhoramento genético, algo não testado, ainda com muitas incertezas de sucesso comercial, e você e o Elias ignoraram meus avisos, eu já havia passado por esse tipo de situação com outros clientes, sempre mantive o controle das decisões, minhas recomendações sempre aceitas e implantadas, pelos presidentes das principais empresas do país e do continente, e dessa vez me deixei ser influenciada pela sua teimosia, Roberto, embarquei com você, nessa sua insistência, em um plano ingênuo, emotivo, na crença de que conseguiriam vender um produto nunca antes lançado, justo nesse contexto de mercado, e bem, o Elias ficou feliz com o trabalho final, nos agradeceu pelo esforço e criatividade, mas agora teremos que esperar até o final do ano, nove meses inteiros, para saber se o produto novo terá tido êxito, se o Elias, um parceiro nosso de longo prazo, terá sido bem sucedido, se ainda poderá ser o presidente da SecondGen, e se nossa consultoria ainda terá um cliente importante como ele, você entende?, sinceramente, Roberto, não sei como deixei isso acontecer, devemos sempre recomendar as ações que oferecem a maior chance de resultado para nossos clientes, talvez você possa se dar ao luxo de errar, mas eu, com tudo que tenho e construí, eu não posso, e você trabalhou contra isso, Roberto, e para mim foi muito grave.

Maria nota os olhos de Roberto sobre o último pedaço do sanduíche na mesa, ele parece esboçar um sorriso, como se já esperasse aquele tipo de comentário, o convívio intenso das últimas semanas, as longas horas das madrugadas, ela agora conseguia reconhecer nele um humor sombrio, um tipo de segurança incômoda, sempre com uma resposta pronta, articulada, de alguém que ao mesmo tempo em que reconhece as contradições do mundo, assume o conforto de não precisar levar as consequências ao limite. Ela abocanha a última parte do seu desjejum e continua, Roberto, eu gosto de trabalhar com você, você é muito talentoso, comprometido, como havia dito, é uma pessoa muito acolhedora, mas infelizmente não poderemos ter um caminho conjunto, aqui no escritório, hoje mesmo vou ligar para o Elias, vou comunicar que erramos na recomendação, que havia algo de fundamentalmente errado com o plano de vendas, vou pessoalmente abortar o lançamento do produto novo, não me importa sua opinião, e dizer que só nos resta seguir com a iniciativa de redução de despesas, com o corte de recursos humanos, e recomendo para você, Roberto, que comece a procurar novas oportunidades, sinto muito em dizer isso, mas seu modo de agir não é compatível com os nossos valores, não precisa ter pressa, vamos fazer com calma, garantindo uma boa transição, vamos te ajudar, temos uma rede ampla de contatos, acharemos algo igualmente vantajoso para você, tudo bem? O olhar de Roberto permanece sobre os restos do sanduíche na mesa, sobre as gravuras dos pintinhos e bezerros, dobradas e retorcidas no papel amassado. Tudo bem para você, Roberto?, está me escutando? Após alguns segundos de silêncio, ainda sem olhar para ela, ele diz, você me falou uma vez que gostava bastante das *Variações Goldberg*, Maria, eu também, gosto muito, talvez seja a minha composição favorita de Bach, elas provocam emoções tão distintas, e o que isso tem a ver com a sua avaliação, Roberto?, Maria, por favor, deixe eu falar agora, eu escutei tudo com muita atenção, agradeço seu feedback, é assim que devemos terminar, agradecendo, não é mesmo?, diz ele, agora olhando para ela, que responde, tudo bem, Roberto, não entendo aonde quer chegar, eu escuto música clássica para me concentrar, para rever as prioridades do dia, mas continue, conte o que quiser, e ele retoma, ainda sobre as *Variações Goldberg*, você sabe como Bach a compôs? há uma bela história, achada em uma biografia antiga, foi em meados do século dezoito, havia um diplomata russo em serviço na Saxônia, o Conde Keyserling, sempre em viagens entre as cidades da região, ele tinha uma doença misteriosa que nunca o deixava dormir, sofria muito, passava longas noites em claro, e ele era patrono de um jovem e talentoso cravista, um rapaz chamado Johann Goldberg, um discípulo de Bach, e o Conde sempre o levava a tiracolo, para onde quer que fosse, o músico o acompanhava, tocando principalmente nas noites de insônia, Goldberg se instalava na antessala do quarto do Conde, ressoando o cravo madrugada adentro, tentando, com sua música, aliviar o mal estar de seu protetor, até que o fizesse cair no sono, e o nobre atormentava-se tanto que uma vez o próprio Bach ouviu suas lamentações, o Conde pediu ao compositor que fizesse uma música nova, uma obra que pudesse alegrá-lo em suas horas de vigília, para que Goldberg tocasse e o levasse mais facilmente para o mundo dos sonhos, e Bach pensou em fazer uma série de variações, uma composição com repetições, com mudanças melódicas, harmônicas, e com esse pedido, Bach acabou compondo seu único conjunto de variações, e o Conde se encantou, chamava a obra de "uma de minhas variações", e nunca se cansou de ouvi-la, por um longo tempo as suas noites foram acompanhadas de um chamado, "Meu querido Goldberg, toque para mim uma de minhas variações", e o jovem músico acalmava o sofrimento de seu patrono com a música de Bach, tocando o cravo, ao lado do quarto do Conde, daí o nome da composição, as *Variações Goldberg*, e o nobre mecenas, muito feliz, retribuiu Bach com um cálice de ouro, recheado de moedas de ouro, você entende, Maria?, a devoção de Goldberg, a criatividade de Bach, a busca por felicidade do Conde, recompensadas com o nascimento de uma obra de arte, uma das maiores de todos os tempos, quando você me contou que gostava de ouvir Bach, eu já sabia, nunca te disse isso, mas uma vez, antes desse projeto, havia chegado mais cedo no escritório, e vi você em sua sala, o som escapava pelas frestas, saindo entre as paredes de vidro, ouvi as *Variações Goldberg* vindo de dentro de seu aquário, o Conde, ele escutava na noite, e você, pela manhã, para entrar em seu próprio mundo dos sonhos, ali, naquele momento, achei que talvez pudesse ser seu Goldberg, que poderíamos sobreviver às longas madrugadas, que poderíamos criar algo juntos, deixar algo germinar, assim como Bach, para além da frieza dos números, ele usava padrões matemáticos para criar suas composições, sabia?, uma força intelectual a serviço de algo maior, e eu acreditava ter reconhecido em você algo similar, mas acho que tudo não passou de uma ilusão, um devaneio, de que você seria capaz de enxergar além do óbvio, daquilo que transcende o material, achei que poderíamos encarar nossa contradição e trazer algo novo ao mundo, não queria que acabasse dessa maneira, mas pensando melhor, e sinto muito em te dizer isso, talvez o que uma de suas queridas feministas diz realmente seja verdade, sim, de um dos livros, e peço perdão, que tomei emprestado da sua prateleira, exposta no alto de sua sala, tenho certeza que você, Maria, também o leu, e dentre outros assuntos, ela escreve sobre o brilhantismo humano, que ninguém nasce um gênio, e sim, que esse alguém torna-se um gênio, e dito isso, ela discorre sobre a impossibilidade da mulher completar tal processo, pois elas apenas começam a assumir a condição humana por completo, são recém-chegadas em um banquete há muito tempo iniciado, admitidas em uma festa cujos anfitriões já se retiraram, e ainda entendendo o que ocorre nos bastidores, são relegadas a uma coreografia antiquada, pois o jantar, inevitavelmente, tem que continuar, sendo assim incapazes de colocar o mundo entre parênteses, de questioná-lo com o humor de quem se situa à margem da realidade, e nesse sentido, como quem entra em um jogo cujas regras já foram ditadas, as mulheres tomam o mundo, e o trabalho, a sério, não conseguem denunciar suas contradições, e você, Maria, dessa maneira, leva sempre tudo a sério demais, entende?, sua inflexibilidade, sua incapacidade de vislumbrar o que poderia nascer entre nós dois me mostrou como eu estava enganado, quando perdemos o projeto do algoritmo inteligente, você nem pareceu incomodada de deixar um dos nossos maiores clientes ser levado por uma firma rival, vizinhos de prédio com quem cruzamos nos elevadores, você disse naquele momento que se recusava a trabalhar com recomendações vindas de uma caixa preta, que os riscos eram incalculáveis, que a credibilidade da firma nunca poderia arcar com a eventualidade de uma falha que fosse impossível de explicar, e da sua reputação, do quanto que ela poderia sofrer, e naquele momento, acreditei em você, achei que sua cautela era parte de um brilhantismo, de uma perspicácia que somente você era capaz de mostrar, mas agora vejo como estava errado, pois a reputação que você tanto preza é outra regra antiquada que você leva a sério demais, Maria, e sendo assim, também me vejo sem condições de continuar, mesmo que de toda maneira tenha gostado de ter passado esses meses com você, de ter feito parte do escritório nesses últimos anos, trabalhando, acreditando em algo maior, mas infelizmente, concordo com você, não seria possível, juntos, termos um caminho, vou procurar outras oportunidades, outras possibilidades, não precisa se preocupar comigo, já são muitas as preocupações que te ocupam, também respeito sua decisão final, eu teria sido capaz de apostar nesse plano, de que daria tudo certo, que assumiríamos o que foi concebido, mas cabe a você, pensando em sua reputação, prosseguir ou interromper com o que geramos.

Em silêncio, ela manuseia o papel amassado, o que restou do sanduíche, coleta as poucas migalhas de pão no tampo de vidro da mesa e observa Roberto, que tem as duas mãos sobre a xícara de café, e atrás dele, da parede transparente, as primeiras pessoas começam a chegar e a preencher os espaços do andar. Roberto, acabamos a nossa conversa?, tenho uma reunião marcada para agora, já estou atrasada, poderia sair da minha sala?, diz ela, e Roberto se despede do aquário, recolhe sua mochila e sai pela porta grande do escritório, deixando a xícara, ainda meia cheia de café frio, sobre a mesa.

⁂

A manhã se aproxima do fim. Fora da sala, o escritório está tomado pelo ruído do trabalho. Maria se prepara para se conectar na chamada com Elias, havia conseguido agendar a conversa com ele para logo antes do horário do almoço. Nos minutos que antecedem a reunião, recebe uma mensagem da escola, como de costume, os gêmeos comeram o lanche preparado por ela. Conectados e atentos na sala virtual, representando a SecondGen, estão Elias, o diretor financeiro, e o diretor de desenvolvimento de produtos. Ela cumprimenta o grupo e inicia a reunião, senhores, muito obrigado por conseguirem achar um horário em tão curto espaço de tempo, conforme enviei no e-mail, estamos prontos para iniciar o próximo projeto, é sempre um prazer, e uma honra, continuar trabalhando com vocês, temos confiança de que poderemos ajudá-los a colocar de pé o produto novo, desenhar um plano robusto de vendas, e fazer dele um sucesso comercial, já temos uma ótima equipe mobilizada, tão bem qualificada como a anterior, no mesmo e-mail, vocês podem verificar o cronograma de trabalho, nossas comissões, o perfil do time, e os resultados esperados do novo projeto, e se estiverem de acordo, já na semana que vem iniciamos com velocidade máxima. Os homens concordam, balançando a cabeça. Ela contabiliza mais um projeto relevante, mais um passo para fazer daquela sucursal uma das que mais crescem no globo. O gosto de vômito volta à boca, já havia ido seguidas vezes ao banheiro naquela manhã, o desjejum não havia caído bem, e pelo menos pelas próximas semanas, enquanto aquele novo projeto iniciava sua gestação, deveria reduzir o café e repensar o recheio do sanduíche de todas as manhãs. ✪

Sergio Mello

Padaria Polícia

HORA da pele
cujo entorno
é quase vegetal a manhã

muro de nata
ao planetário de traumas
diadema da íris

pé avelado
que desperta o gramado leste
entre o sumo e a gávea

BREVE ENSAIO ACERCA DO FORMATO DA CABEÇA DE STEVE MCQUEEN

1) INTRO

the king of cool exagera no álcool
e abandona cerimônia em sua homenagem
caminhando com os nós dos dedos
um primata
na lapela a alça do caixão de Bruce Lee

2) HORIZONTE LUNAR

cérebro gradeado pelo tórax
no capacete um coração em pulsações
marinhas
pela janela de um reformatório na Califórnia
a lua na funilaria

3) O CHAPÉU DA CATEDRAL

trigo revolto pela música
dos pegas de Bonnevilles 1960
ponto da praia em que finais de ondas
distraem os pés enquanto a areia os suga
só então o desequilíbrio é mencionado
o princípio do corpo descoberto na nuca
como o que mal trazido à vida
é posto contra a luz

4) PARIS-DAKAR

publicar a mais fiel biografia de um marinheiro
sua cama amarrotada
promover visitas monitoradas
a cada lombada de ar e vinco
o orgulho com que sobreviventes
a quedas de raios exibem suas vestes
chamuscadas

5) O AZUL ESPECÍFICO DE TODAS AS COISAS

barrado no inferno
e tarde demais pra pegar o paraíso aberto
diz o dublê sob a fuselagem
e o dia amanhece
no azul de mil caçadas solitárias

6) AO SUL DE UM QUINTAL QUALQUER/PARIS-
DAKAR (CONT.)

a beleza de um deserto recauchutado
com a lona que envolve plantas dos pés
o tempo parado para Sam Peckinpah diante
da profecia de rachaduras que cedem não às
tentativas
mas aos erros

7) MODA

charme
o anúncio da flor delinquente
acesa sobre um defeito físico
antes que o reparem
embora o tempo já não seja um ponto em
questão

8) TÚNEIS DE MELODIA E MENTIRA

dúvida outonal e semiaberta
fornos alimentados por trampolins e estalos
hippies
um tremor de terra nasce na espinha de Faye
Dunaway
e jamais será contido

9) AMIANTO

o ator cínico e sujo
por não resistir à purificação
agora dorme

HOTEL

máscara
de louça
à maçaneta
do lado
socialista
de um murro

salina bengala
de não se ir
pra longe

raio cercando
em lentos giros
blocos de ora
brancas
ora azuis
esperas

SÃO PAULO é uma cidade linda
como se de touca ninja uma flor

O TCHEKHOV DOS SUBÚRBIOS
SOBREVOANDO JOHN CHEEVER

sunset adolescência
à sombra
do entre dia e noite que trapaceia
trocas de guarda
a postes de iluminação pública
choque entre rainhas
singlelife de um futuro contista
em modo aqualouco

matar aulas flanar pela cidade entocada
Quincy através de um par
de ingressos olhos de menino
numa casa de câmbio de aparições
aos ciganos todas as horas
do meu mais profundo sono pela moeda única
de uma economia futura e improvável
o troco em sonetos
à infância dos ursos

tornar-se adulto como o cinema
torna-se autoral
por milhas acumuladas em portas giratórias
suavizar arena romana
dando-lhe o nome anfiteatro
boemia doméstica
cofre infernal
que servirá de travesseiro a meu pai
quando exausto de rodopiar em clubes de tênis
num assovio improvisado a seu terno branco
cantarei madeira

reduzir as 17 xícaras diárias de café preto
inverter a frase trepar com gente errada sob luz certa
esquecer acampamentos de caça chorar
na garagem não morrer
num mictório não parar os olhos
no suplemento feminino do Times
alcachofras à minha linda esposa

insensível monstro
do Lago Ness
dizem da marcha peculiar que uso para abandonar
piscinas de gim dos jardins da costa leste
mãos que revolucionaram toda uma indústria
automobilística
propondo-lhe porta-copos
não como deficiência ricocheteada
apenas ápice da mais chula biografia

mais suave que Hemingway
menos romântico que Fitzgerald
enquanto Mailer, Bellow e Roth são fotografados
à frente de bibliotecas-muralha
ouço a mais antiga sinfonia
a dos giros de chaves
e ao escorregar num Pulitzer esquecido

no chão da cozinha
choro aos pés do meu filho
pedindo a Deus que me envie um catálogo
de emboscadas definitivas ✪

Manuella Bezerra de Melo

sabonete

ESCREVO em seu nome
e sobre suas camisetas
tão bem
dobradas
não havia furto certo
possível ou despercebido

senti raiva porque acordei aos berros
nem sabia que estavas certa por gritar
senti raiva porque acordei contigo nua cantando bêbada
nem sabia que estavas certa por estar nua e bêbada

aquele rabo enorme
era agressivo
minha vista de criança
minha vista de pudores

me ensinaste que todos
são sábios para algo
até eu que sou burra

me vingava rindo do
seu descompasso
de quem
sambava
a leveza
do ornitorrinco

depois sumiste,
disseram que morreu
quando morre acaba
disseram uns e outros

lembrei que quis ser você
mas agora não quero mais

quero viver e te usar outra vez
para escrever você em mim
para inscrever você em mim
como quem usa sabonete

porque não sei fazer contas
nem dobrar camisetas

e vivo
falo sobre ti
costuro nos meus instrumentos
tua disritmia crônica
e mato tempo a driblar
os maus encarados
nas calçadas ✪

Yvonne Miller

IDOLATRIA

Eu já disse que Chico adora o gato? Tamanha é sua idolatria que não se importa nem um pouco com a completa falta de reciprocidade. Foi assim desde o início. Desde o dia em que Chico começou a fazer parte da nossa pequena família, Salém torce o focinho ao passar perto daquela criatura canina e salivante que insistentemente chamávamos de "seu irmãozinho".

De lá pra cá, as dimensões mudaram. Se passaram três anos, e de irmãozinho já não tem nada. Chico, antes uma bolinha preta e branca de pelos abundantes, hoje excede o gato seis vezes em tamanho e peso. Com o tempo, Salém pegou costume, abandonou a cara de quando-essa-visita-vai-embora e aceitou aquele primo distante no seu reino. E Chico lhe agradece com lambidas na cabeça, cheiradas no bumbum e gravetos compartilhados – oferendas pomposamente ignoradas pelo felino da casa.

Se tem uma coisa que Chico adora mais do que o gato, é a comida do gato. Quantas vezes já não liguei pro SAC das marcas de alimentação canina para informar que estão perdendo mercado com seus frangos e seus carneiros e que deveriam mesmo é investir em sabor ração-de-gato? Seria um sucesso. E é justamente por esse motivo que Salém tem recebido sua alimentação fora de casa. Mais concretamente em cima da mesa da varanda, onde Chico não sabe que alcança. Só à noite, depois que botamos ele pra mimir, colocamos o pratinho do gato para dentro de casa – a salvo de timbus, cobras e demais visitas noturnas.

Mas hoje Chico havia adormecido no andar de cima, e resolvi desafiar seu olfato. Mal coloquei a tigela de alumínio no chão da sala, Salém pulou do sofá, se acomodou em frente ao pratinho e começou a degustar seu alimento-completo-e-balanceado-altamente-digestível-com-ativador-de-brilho-para--gatos-adultos-castrados-sabor-peixe. Chico não demorou a perceber a oportunidade. Veio descendo a escada, abanando o rabo em faminta euforia, mas ao ver o gato sentado e comendo, hesitou. Ficou parado, a cabeça levemente inclinada para um lado, a língua caindo da boca, indeciso como prosseguir. E eu consegui ler seus pensamentos: "Quero essa comida. Mas a comida é de Deus. E Deus está comendo. Se eu for comer a comida de Deus, Deus vai ficar chateado". Expirou com resignação e se deixou cair no chão da sala. Fazer o quê? Deus é Deus, paciência.

Salém não se demorou muito com a janta. Assim que abandonou o pratinho e passou ao lado do devoto, sem dignificá-lo com um olhar sequer, Chico levantou e foi lamber as migalhas divinas. Eu já disse que ele adora o gato. ✪

Aldeia dos Camarás, fevereiro de 2023

Minska

TEMPOS E MOVIMENTOS

TEMPO I

se aproxima a noite em que inventaremos o amor —
tua brasa é forja pro ferro com que me armo
estamos nós e não há espadas

falamos língua morta doutro país
doutro tempo
dando forma
erguendo casa

tua boca é copa
cheia d'água

meu peito é fogo e tua cabeça queima
eu sou cego ao sol dos dias em que você arde
eu sou o busto nos teus templos
sacerdotisa das areias que o tempo guarda

MOVIMENTO I

preto!
vermelho!
dourado!
branco!
azul!

atabaque
balafon
xequerê

TEMPO II

todos os amores estão no fundo do mar
corroídos e enferrujados

você esqueceu a lua sob o véu das nuvens
brilhando nas noites em que nos perdemos um do outro

eu refiz teu rosto no vazio
até enxergá-lo

MOVIMENTO II

Yẹmọnja kó nta ródò
Èṣù a inọ́n kò
Yẹmọnja kó nta ródò
Èṣù a inọ́n kò
Yẹmọnja kó nta ródò
Èṣù a inọ́n kò

TEMPO III

se aproxima a noite quente calmo bege macio

você cria as árvores
eu sou o tempo que talha o tronco
você cria a terra
eu sou o tempo que resseca o solo
você cria os rios
eu sou o tempo que inaugura o córrego
você cria os raios
eu sou o tempo entre a luz e o som
você cria o tempo
eu sou as árvores e a terra e os rios e os raios

tua língua é da cor das romãs tua língua suada como as romãs
tua língua tem o sabor das romãs

tua língua inventou o mundo

MOVIMENTO III

E Ẹlẹ́gbára
Ẹlẹ́gbára Èṣù Aláyé
Ora Yê Yê Ô

TEMPO IV

nosso tesouro está enterrado aos pés da candeia
é anunciado o fim

perdida na refração do teu corpo em minhas águas
você gera a terra que chama o meu nome
e pede que eu derrube as égides dos amantes que vieram antes de nós
e me diz que se deve caminhar com cuidado sobre as fissuras
e que se eu usar moeda como semente terei frutos de ouro
e que as cobras também rastejam com calma sobre os corpos
e pede que eu abra os braços
e pede que eu volte
e pede que eu seja Imperador

MOVIMENTO IV

[|_|_|]
[|]
[|]

TEMPO V

erigimos quatro pilastras
para nos conectarmos ao céu
uma tenda de quatro paus
para cultivar a terra

qual é a lâmina que vai cortar minha garganta
e ceivar sangue de volta aos corações

me dices
en tu idioma
— lleva cinco días el maíz
para que se germine
el maíz
que es el oro del mundo
tú serás rey
en cinco días
y yo te amaré
en siete —

em sete dias
eu serei rei

MOVIMENTO V

saravá! ✪

Jesús Montoya

AR

traduzido do espanhol por Saulo Marino

BRÂNQUIAS DO MEU filho.
Brânquias do meu filho na parede.
É a hora das algas.
Testamento interrompido,
eu vim visitá-lo quando o tabaco lhe matou.

Suspirei terrenos aquáticos,
fui um pedaço de seu amor, um redentor à distância.
Agora que conheceu o silêncio não retornará.
Não retornará emudecida a canção do segundo andar.

Um velho e um galo no final da madrugada.

Brânquias do meu filho, eu conheço o mar.
O olho como uma porta se fechou.
Esculpido pareço sua fresta arrebentada.
Brânquias do meu peixe escuro a água empapou sua pele
e mudou de cor até as sombras.

Tambores, pequenas pinturas te enlutaram.
Tigres brancos gotejavam
seus rugidos na cidade vazia.

Identidade inexistente, linguagem revelada.
Junto ao buraco do crepúsculo me encontrará,
serei sua paróquia sem estátuas
sem anseios,
uma criança em pânico, cheia de cinzas, abrindo suas asas na frente dos pedestres.

Diluído na tela familiar para a despedida você será testemunha do limbo.
Limbo, limbo depois de desligar a última chamada e nada mais.

Uma cerimônia, brânquias do meu filho,
velas com coragem em suas chamas,
em seus ventres brancos.

Canção camponesa amarelada que te acompanha
para o galinheiro de Elena.

Casebres serão estrofes em sua marcha,
vagabundagem que apunhala o gozo, a pena de uma faca derrotada,
de teu seco sangue de paisagens.

As moscas da sua língua perguntarão por ti na nova vida,
quando desocupado percorras
o amanhecer observando minha escultura,
meu olho esculpido com sua história.
Minha orelha atravessada de arames, imitando uma flor.

Como você, iconoclasta selvagem, são meus filhos.
Metade da terra, metade do mar.
Metade mudez repentina e canto alto de espanto.

Brânquias de terror, não haveria por que escrever.
Te hipnotiza o sol escondido em seus pulmões.
Te hipnotiza o náufrago que cava círculos debaixo da terra.

Enquanto isso, o tempo passa para o seu remo
rigoroso sem vocabulário.
Antigo rito esse da mala carente de bico
de asa virada pra cima na estância.

Deixe que teu animal adormecido seja capaz de falar,
que sua língua decifre expressões, tardes murchas.
Ar, água, brânquias do meu filho alucinado.

Não estarás morto nunca mais.

CEMITÉRIO DA SAUDADE

para Saulo Marino

Elogio o tigre que me observa cobrir as costas com as mochilas.
Suas patas sobre a terra.
Seu olho multicolorido cravado em minha caveira estelar.

Preso em Campinas, atrás de um vidro azul, soletrei:
Cemitério da Saudade.
O animal lambia suas garras lentamente.

O tigre como uma linha de poeira.
O tigre como uma linha de pássaros bordando o caminho.
Me esperou descer do ônibus.
Eu voltei.

Bem-vinda, chuva.
Bem-vindo a este lugar.

Então meus primeiros passos em São Carlos
se estenderam com a noite.
Uma jaqueta escura, as botas velhas
para cobrir o canto das estrelas.

De onde você é?

Era um palácio abandonado envolto em minha cabeça, certo?
Ao fundo estava o pomar, a pequena estátua que relatou para mim
sua dança da floresta.

Iremos para as terras do seu pai uma manhã,
As crianças surgirão pelas ruas.
A estação de trem abandonada parecerá
a garganta de um fantasma.
Desnudas estarão as portas com o seu grito.

Meu pai plantou todas as árvores.
Meu pai é uma árvore sonhando na noite em que caminha.
Meu pai canta junto comigo.
Esta lâmpada ascendendo no espaço por minha voz.
Esta lâmpada que ilumina meu olho selvagem,
minha clara sede por estradas.

Venha para minha casa, as folhas do caderno esperam infinitas.
Esperam, esperam. Palavras como cravos pronunciados pelo fogo.
Palavras soltas, roucas, despejadas no campo.
Palavras como mãos bagunçando os azulejos, perguntando a pontapés o significado das coisas.
Palavras nômades curando o sul dessa ausência.

Venha para Itirapina, irmão.
Itirapina é um acordeão negro.
Venha para minha cidade, conheça Adoniran Barbosa,
seu chapéu que batiza a ilusão do meu juízo,
suas notas gêmeas a gravitar profundamente esta visão.

Estaremos sempre aqui. ✪

Alberto Moravia

Agostino

traduzido do italiano por André Balbo

Nos primeiros dias de verão, Agostino e sua mãe saíam todas as manhãs para o mar em um catamarã a remo. Nas primeiras vezes a mãe havia levado também um marinheiro, mas Agostino havia mostrado com tão claros sinais que a presença do homem o enfadava, que desde então os remos foram confiados a ele. Ele remava com um prazer profundo naquele mar calmo e diáfano da primeira manhã e a mãe, sentada em frente a ele, falava-lhe baixinho, alegre e serena como o mar e o céu, justamente como se ele fosse um homem e não um menino de treze anos. A mãe de Agostino era uma grande e bonita mulher ainda na flor da idade; e Agostino experimentava um sentimento de brio cada vez que embarcava com ela para um daqueles passeios matinais. Parecia-lhe que todos os banhistas da praia os observavam admirando sua mãe e invejando ele; convencido de ter sobre si todos os olhares, parecia-lhe falar com uma voz mais potente do que o normal, gesticular de uma maneira singular, estar envolto de uma atmosfera teatral e exemplar como se em vez de uma praia, se encontrasse com a mãe sobre um palco, sob o olhar atento de centenas de espectadores. Às vezes a mãe se apresentava com um maiô novo; e ele não podia evitar notá-lo em voz alta, com desejo secreto de que outros o ouvissem; ou então mandava-o pegar qualquer objeto no vestiário, permanecendo em pé na orla junto do catamarã. Ele obedecia com uma alegria secreta, contente por prolongar mesmo que por poucos momentos o espetáculo da sua partida. Finalmente subiam no catamarã, Agostino patroneava os remos e o empurrava no mar. Mas ainda muito tempo permaneciam na sua alma o desconcerto e a ardência dessa sua filial vaidade.

Quando se encontravam a grande distância da orla, a mãe mandava o filho parar, colocava na cabeça uma touca de borracha, tirava as sandálias e deslizava na água. Agostino a seguia. Os dois nadavam ao redor do catamarã abandonado com os remos pendurados; falando alegremente com vozes que soavam altas no silêncio do mar plano e cheio de luz. Às vezes a mãe apontava um pedaço de cortiça flutuante a alguma distância e desafiava o filho para alcançá-lo a nado. Ela concedia ao filho um metro de vantagem; depois, a grandes braçadas, lançavam-se em direção à cortiça. Ou então competiam mergulhando dos assentos do catamarã. A água lisa e pálida se rasgava sob os seus mergulhos. Agostino via o corpo da mãe afundar circundado de um verde borbulhamento e logo se lançava atrás dela, com desejo de segui-la por toda parte, mesmo no fundo do mar. Jogava-se no rastro materno e lhe parecia que mesmo a água tão fria e compacta conservava o vestígio da passagem daquele corpo amado. Depois de nadar, subiam de novo no catamarã e a mãe olhando ao redor o mar calmo e luminoso dizia: "Que dia lindo, não é?". Agostino não respondia porque sentia que a apreciação daquela beleza do mar e do céu, ele a devia sobretudo à intimidade profunda em que estava imersa a sua relação com sua mãe. Se não existisse aquela intimidade, acontecia-lhe às vezes pensar, o que teria permanecido dessa beleza? Ficavam ainda muito tempo secando--se, no sol que, aproximando-se o meio-dia, se fazia mais ardente; depois a mãe se estendia no travessão que unia os dois cascos do catamarã e, de barriga para cima, os cabelos na água, o rosto voltado para o céu, os olhos fechados, parecia adormecer; enquanto Agostino, sentado no banco, olhava à sua volta, olhava a mãe e não fazia o menor ruído por medo de perturbar aquele sono. De repente a mãe abria os olhos e dizia que era um prazer novo ficar estendida de costas com os olhos fechados, sentindo a água transcorrer e ondular sob a coluna; ou então pedia a Agostino que lhe esticasse a cigarreira; ou melhor que ele mesmo acendesse o cigarro e o passasse; coisas todas que Agostino executava com aflita e trêmula atenção. Assim a mãe fumava em silêncio e Agostino se mantinha curvado, dando-lhe as costas mas com a cabeça virada lateralmente, de modo a poder ver as nuvenzinhas de fumaça azul que indicavam o lugar onde a cabeça da mãe descansava, os cabelos esparsos na água. Novamente, a mãe que não parecia nunca se saciar do sol, pedia para Agostinho remar e não se virar: enquanto isso ela já teria tirado o sutiã e abaixado o maiô até a barriga, de modo a expor todo o corpo à luz solar. Agostino remava e se sentia altivo por essa incumbência como que por um ritual em que lhe era permitido participar. E não apenas não lhe vinha à mente se virar, mas sentia aquele corpo, ali atrás dele, nu ao sol, como que envolvido em um mistério ao qual devia a maior veneração.

Certa manhã a mãe se encontrava sob o guarda-sol, e Agostino sentado na areia ao lado dela, esperava que chegasse a hora habitual do passeio no mar. De repente a sombra de uma pessoa em pé tapou o sol à sua frente: erguendo os olhos, viu um jovem moreno e bronzeado que estendia a mão para a mãe. Não deu importância pensando em uma das habituais visitas casuais; e, afastando-se um pouco, esperou que a conversa terminasse. Mas o jovem não se sentou como lhe fora proposto, e apontando na orla o catamarã branco com o qual tinha vindo, convidou a mãe para um passeio no mar. Agostino tinha certeza de que a mãe recusaria este como tantos outros convites semelhantes anteriores; por isso grande foi a sua surpresa ao vê-la imediatamente aceitar, começar sem demora a recolher as coisas, as sandálias, a touca, a bolsa, e depois se pôr de pé. A mãe havia acolhido a proposta do jovem com uma simplicidade afável e espontânea em tudo parecida com aquela que punha nas relações com o filho; com a mesma simplicidade e espontaneidade, voltando-se a Agostino que tinha permanecido sentado e se dedicava, cabisbaixo, a deixar escorrer a areia do punho fechado, ela lhe disse para também ir nadar sozinho, ela ia dar uma rápida volta e tornaria em breve. O jovem enquanto isso, como que seguro de si, já se encaminhava em direção ao catamarã; e a mulher docilmente saiu atrás dele com a habitual lentidão majestosa e serena. O filho, observando-os, não pôde evitar dizer a si mesmo que aquele brio, aquela vaidade, aquela emoção que experimentava durante as suas partidas para o mar, agora deviam estar na alma daquele jovem. Viu a mãe subir no catamarã e o jovem, inclinando o corpo para trás e fincando os pés no fundo, com poucas remadas vigorosas tirar a embarcação das águas rasas da orla. O jovem remava, a mãe de frente a ele se segurava com as duas mãos ao assento e parecia conversar. Depois o catamarã foi gradualmente diminuindo, entrou na luz ofuscante que o sol expandia na superfície do mar e nela lentamente se dissolveu.

Ficando sozinho, Agostino se estendeu na cadeira de praia de sua mãe e um braço sob a nuca, os olhos voltados ao céu, assumiu uma atitude reflexiva e indiferente. Parecia-lhe que, assim como todos os banhistas da praia deviam ter notado nos dias anteriores as suas partidas com sua mãe, assim, do mesmo modo, não poderia ter a eles escapado que naquele dia a mãe o havia deixado na areia para ir embora com o jovem do catamarã. Por isso ele não devia de forma alguma demonstrar os sentimentos de desapontamento e de desilusão que o amarguravam. Mas por mais que tentasse se dar um ar de compostura e de serenidade, parecia-lhe igualmente que todos deviam ler em seu rosto a inconsistência e o esforço dessa atitude. O que mais o ofendia não era tanto o fato de que sua mãe tivesse preferido o jovem, mas a felicidade prazerosa, solícita, como que premeditada com que havia aceitado o convite. Era como se ela tivesse decidido secretamente não deixar escapar a oportunidade; e, logo que se apresentasse, desfrutá-la sem hesitar. Era como se ela durante todos aqueles dias em que tinha saído para o mar com ele, tivesse sempre se entediado; e sequer teria ido senão por falta de companhia melhor. Uma lembrança confirmava esse seu mau humor. Tinha acontecido em um baile na casa de uns amigos ao qual ele havia ido junto com sua mãe. Com eles se encontrava uma prima sua que durante as primeiras danças, desesperada por se ver negligenciada pelos rapazes, havia aceitado algumas vezes dançar com ele, menino de calças curtas. Mas havia dançado de má vontade, com uma cara fechada e cheia de desgosto; e Agostino, embora absorto em vigiar os próprios passos, tinha logo se dado conta desse desdenhoso e para ele pouco lisonjeiro estado de espírito. Entretanto havia convidado ela uma terceira vez; e tinha se surpreendido muito ao vê-la de repente sorrir e levantar-se prontamente batendo com as duas mãos na saia amarrotada. Apenas, em vez de correr para os seus braços, a prima o evitava e ia ao encontro de um jovem que por cima do ombro de Agostino havia feito a ela um aceno de convite. Toda essa cena não tinha durado mais de cinco segundos e ninguém se deu conta exceto o próprio Agostino. Mas ele tinha ficado muitíssimo humilhado; e tinha tido a impressão de que todos tivessem notado seu fracasso.

Agora, depois da partida da mãe com o jovem do catamarã, comparava os dois fatos e os achava idênticos. Como a prima, sua mãe não tinha esperado senão a ocasião perfeita para abandoná-lo. Como a prima, com a mesma facilidade apressada, tinha aceitado a primeira companhia que surgisse em sua vida. E a ele, em ambos os casos, tinha acontecido de rolar abaixo de uma ilusão como de uma montanha, ficando todo esmagado e dolorido. ✪

Milena Martins Moura

έρημος

ΕΡΗΜΟΣ

acabei de ser minha própria caravana de bichos pálidos passando sede
            acabei de ser a sede
o sino da igreja às três da tarde quando é quente
e uma brisa pouca e velha
arrasta o cheiro dos soluços
e entalha feições ao pé da boca
            para marcar as horas
acabei de meter os pés no deserto tardio
que se deita ao sol
onde vêm os pássaros procurar em vão o de beber
porque têm pés feitos para o fogo
e eu que lhes sou grande e tenho mãos com poder de morte
acabei de ser minha própria caravana de bichos pálidos passando sede
com bocas abertas para o céu
minha própria matilha de bustos de areia
            se debatendo pelo formato dos olhos
            pelo nariz de ossatura protuberante
            os lábios o de baixo maior herdado do pai
            rosto desenhado com ângulos
            orelhas desiguais
tudo isso que é meu e precisa ser mantido longe da chuva
para que não se desfaça
e de mim sobre apenas um deserto
que não sabe que tem sede

DA CULPA SOB OS DEDOS

toda palavra é muito pouca para enristecer os meus dedos
e os meus braços descamados pelo fogo
    e as costas curvas
    que abaularam os anos
para meter os olhos no conforto alheio

é muito pouca a palavra culpa
arrastando pesos
    fósseis
que não estão no dicionário

a palavra voz imagino como uma bola de cores em dor
e calafrios nos ossos

estico os dedos e as culpas
e toco as culpas
    agora
com as pontas dos dedos
e medos nas frestas da porta

a palavra continua pontiaguda
e difícil de descer sem miolo de pão

encontro nisso a beleza de um bicho faminto
pairando sobre as águas
    feito verbo

    declarando
    nos dentes
  e nos ossos mastigados
    todo o amor
    da fome
  pela morte que a sacia

ERROS DE ÍCARO

eu parti daqui
como partem os mortos
mofando nas gavetas

como as rugas da tia que não estava dormindo
e o meu irmão
que virou sonho

eu parti
como o canário aprisionado
que não cantou numa manhã de 89
porque estava ocupado agonizando

a minha gata que não foi morar num sítio
e os meus 24 anos
completados
sobre o caixão de daniel

eu parti
como sapatos perdidos
de criança

uma boneca sem olhos no lixo
mendigando história

como os mamilos
sob a minha blusa de escola
ofendendo os olhos sensíveis
dos justos

eu parti daqui
de mim
apenas sopro

uma voz de fábula
assombrando
os vivos

dizendo-lhes
tautológica
que estão vivos
e isso não é digno de nota
nem fanfarra

um recitativo atropelado
antes da ária icônica de desespero

o resto é esse vazio nos membros
dormentes demais
para a última cena ✪

Namdar Nasser

prólogo

traduzido do sueco por Fernanda Sarmatz Åkesson

DURANTE MUITOS anos o tormento envolveu-me
insinuando um vazio
em uma superfície sólida
quando o ponto mais sensível estava em brasa
ampliando o vazio em uma fenda
a fenda cavada à mão
até virar um túnel
o túnel cavado até virar uma cova
O reino interno se expande
sob as suas pálpebras
memórias completas e fragmentadas
e restos de vozes
fundidas em diversas camadas
escoam para fora das paredes
Você encontra várias existências de si mesmo
Em um aposento você passa
cinco anos
cativado pela alvura da ignorância
Percorre um longo eixo vazio
trinta anos
a pé
Em um úmido corredor
quarenta anos
a caminho da luz
que estava encoberto da última vez
A terapia da barra de ferro divide o superego arando a percepção
o ventre gestante da montanha rompe-se
um deslizamento de pedras explode
Logo você passa a andar em círculos
num húmus fértil de palavras

palavras que são chaves
chaves que são pistas
pistas que são fragmentos
em um mapa de quebra-cabeça de cinquenta anos de idade
À luz dançante das lanternas
amontoam-se imagens irreconciliáveis
em baldes
que se enchem de fantasias
que se esvaziam de instintos
em vagões
que se enchem de memórias
que se esvaziam de holofotes
que se enchem de sonhos
que
desafiam
separam
dispersam
Quando a batalha final acaba
basta ferir-se
ao vento desafinado
quando a batalha final acaba
a ferida é o lugar por onde a luz penetra
quando a batalha final acaba
as lendas voltam a ser belas
e os odores das pedras onde você brincou quando menino
decoram a pedreira

QUERÍAMOS RECRIAR O ALVORECER
purificar o mundo

De mãos dadas fomos todos juntos
naquela dor coletiva e bela
a elegia do levante em massa

A luta aqueceu o sangue nas veias
os olhos arderam com o gás lacrimogêneo
a visão ficou turva de negações
e a bandeira dos extremistas
abanando sobre nossas cabeças

Afugentamos o tirano
com os pulmões da vida repletos de
morte perante a morte

O salvador renunciou
envolvido em fogo
adornado de ódio e ira

O ar cheirava a novas canções
a terra abraçava novas sementes
mas as nuances escassearam
o tempo comprimiu-se

a paixão transformou-se em caos
e a liberdade
foi o primogênito
que a revolução perdeu
em um aborto

No país sem união
espalhou-se o caminho para o paraíso
de flores pisoteadas

As palavras do sábio
os corpos dos jovens
logo transformaram-se em membros mutilados
que mancharam
a nossa página na história ✪

Laura Redfern Navarro

RUA DO PESADELO

para Fernando Paetzel

I

há uma viela em buenos aires
por onde passo *religiosamente* todos os dias

para chegar
em Casa

eu não moro
em buenos aires)

II

fazem 02 ou 03 semanas que não tenho tido quase notícias de flora,

mas quando decido
prestar atenção
ao fato de que : *todas as tardes passo por uma mesma viela em buenos aires*
para chegar em casa;

de repente a vejo
: a tez oliva inesquecível
/pálida como se moribunda
entre os passantes daquela ruazinha/

III

meu amor, meu amor, meu amor, grito, e ela não me reconhece;
acho que nunca aprendi mesmo a falar espanhol,

talvez este seja o momento de me deparar com a nossa grande diferença
no que diz respeito à Vigília;

pois flora dorme e dorme muito, mas não sei se é porque sonha muito
se gosta de sonhar, o que sonha

enquanto isso, faz muitos anos que desaprendi a descansar
mas ainda assim conheço e cultivo tão bem
as imagens que me perturbam às noites;

IV

mas flora não dorme, ou *meio-que-dorme*, feito um zumbi,
tão comprido & tão alto que não cabe mesmo dentro
daquela viela em buenos aires,

onde passo todos os dias para chegar em casa,
embora nunca faça [dia] por lá
e eu não more em buenos aires.

mas flora também não mora,
e também nunca me contou que tinha uma casa rústica
em que mal cabem seus pés tamanho 45: a cabeça bate no teto e os braços,

meu deus os braços de flora!!!!!
ultrapassam a sacada,

eu não me lembrava desses braços de flora *assim tão compridos,*
e ela sequer tem [consciência] de tudo isso que está *acontecendo*);

V

a lógica está dada:

é preciso tirá-la dali
como se remove uma vítima
de um acidente,
mas este não é um *acidente,* ao menos não um acidente _comum_,

puxo os braços de flora para baixo   é o caminho mais simples:

e ela está tão e s p i c h a d a que não chega a cair de fato.

VI

não sei quanto tempo se passa para que tudo volte ao normal ou,
se estamos vivendo em uma realidade normal: *fronteiras importantes se romperam*
desde o início;

flora parece atormentada assim não quer dormir nunca e está sempre desacordada,
os olhinhos zonzos de um ser ausente,   de outro plano,

flora tem medo da própria cama, do próprio sofá, quando se deita
ou quando é deitada ela foge, foge para muito longe, desespera-se:

preciso voltar à viela na recoleta casa 2409 agora mesmo!!!

VII

na Perturbação, sinto em flora algo de mim,
fôssemos uma espécie de cúmplices ou dublês uma da outra;

nunca contei à flora que não conseguia dormir nunca
porque ficava demasiado atenta aos meus pesadelos;

ou da inveja que sentia de flora por prezar tanto a qualidade de um descanso,
já que eu vivia sempre a todo vapor;

também nunca contei a ela
que uma vez fui pega   falando enquanto dormia,
mas nunca me contaram exatamente   o que eu falava   *até hoje isso me assombra;*

nosso amor era feito de silêncios;   já sabíamos demais
uma da outra.

VIII

decido então levar flora ao médico mas peço para que ele não a examine deitada,
faço o relato mais polido   /no fundo quero gritar e chorar

não sei se o que me dói mais é o sonambulismo de flora
ou a possibilidade de uma Invasão sobre seu corpo.

o médico analisa, flora parece saudável, só precisa tomar mais sol, ele diz,
o que ela tem   chama-se   *parassonia:*

"o sonho é o movimento
de repetição do excesso de
estímulos e informações na
psiquê,

que também pode ser [s e n s o r i a l]

ou seja,
pode acontecer
ao próprio corpo.

os distúrbios do sono
são um excesso
de acontecimentos
no corpo.

se flora se movimenta em excesso
em sonho este movimento não cessa,
ela é sonâmbula, *está*
/e sem saber disso

IX

então, pergunto-lhe o que deve ser feito: *ela vive repetindo o mesmo endereço,*
uma viela em buenos aires onde:
passo todos os dias pra chegar em casa
mas não moro em buenos aires.

ele:
pois isso é ainda mais simples.
se o sonho é um acontecimento, *ele também é* *uma [geografia]:*

e a viela de buenos aires
é conhecida como a viela dos pesadelos «

X

o mapa me mostra que a viela nunca existiu - -
mas tanto o médico quanto eu quanto flora a conhecemos

é humanamente impossível um caminho que passe por buenos aires
para chegar na minha casa,

mas tanto eu quanto flora
[---] ✪

Henrique Emanuel de Oliveira

poética

POÉTICA

um domingo
e dentro deste domingo
uma tia
que ainda reconhece
mas já começa a confundir
o nome dos sobrinhos

HISTÓRIA CONCISA

a história de toda família
é a história de quando o fogo
foi enfim domesticado

só depois disso vem o trato da terra
só depois disso os meninos crescem
só depois disso acontece a diáspora

a certeza de que um dia
o estrangeiro
será terrivelmente triste
ao cremar os ossos dos seus
tão longe de casa

MADUREZA

este silêncio
ao abrir o guarda-roupa
de um parente
que já morreu

calçar os sapatos
abotoar a camisa

o consolo
no passado firme
das costuras
no trabalho lento
das traças ✪

Bruna Kalil Othero

um poema beijando três línguas: mulher morta/mujer muerta/dead woman

MULHER MORTA

senhor eu gostaria de fazer um pedido
sim um pedido senhor eu
gostaria de uma
mulher morta por favor
e qual a preferência senhor
senhor a minha preferência indifere
contanto que seja mulher
e que esteja morta
com os ossos bem pulverizados a muitos
metros abaixo da terra
sim senhor ótimo temos várias opções
aqui o senhor pode ver o nosso estoque de mulheres
mortas mortíssimas
mas estão mortas mesmo sim senhor
mortinhas da silva mais morta que isso o senhor
não encontra em nenhum outro sebo da cidade só
aqui nesse belíssimo estabelecimento especializado em mulheres
mortas mortíssimas ótimo
senhor agradeço pelo atendimento vou levar essa
e essa e essa aqui também
o senhor aceita uma fresquinha essa acabou de chegar
ora essa pensei que ainda estivesse viva
sim senhor ainda está viva mas
está nas últimas e nós
como empreendedores visionários sempre
atentos às tendências do mercado
já compramos os seus direitos e estamos vendendo para
clientes especiais especiais como o senhor

ora mas é arriscado ela pode não morrer imagina
o que os outros pensariam de mim lendo uma mulher
viva oh não uma mulher viva me arrepio inteiro
só de pensar
sim senhor mas compreenda é um investimento
se comprares agora uma mulher semi-morta em breve
ela estará morta & passará a valer mais
sim é verdade não havia pensado nisso
sim é verdade senhor e além do mais não precisa
lê-la agora esperes
que ela morra e quando seu corpo estiver bem frio bem
guardadinho
debaixo da terra tu poderás entregar-te à delícia
dos seus textos da sua memória senhor
então que tal vamos aproveitar a promoção
vou sim muito obrigado vou
recomendar seu elegante estabelecimento a todos os meus
amigos sabe senhor tenho vários amigos
todos são poetas escrevem são inteligentíssimos
naturalmente senhor
pode passar pra eles um cupom de desconto ótimo
eles adoram mulheres mortas adoram
dançar em cima de seus túmulos adoram
colocar palavras em suas bocas adoram
bater punheta com suas fotos jovens & nuas adoram
naturalmente senhor não há nada
mais excitante mais inspirador que uma mulher morta
jovenzinha & nuazinha
está tudo aqui no meu cartão as informações *mulheres*
mortas à venda temos todos
os tipos mortas mortíssimas mortinhas
da silva obrigado senhor
bom saber excelente saber
mulher morta é ótimo mulher morta
é fervor mulher morta só não
é melhor que uma mulher
prestes a morrer nas minhas elegantes mãos
de leitor

MUJER MUERTA

señor me gustaría hacer un pedido
sí un pedido señor me
gustaría una
mujer muerta por favor
y cuál es la preferencia señor
señor mi preferencia no importa
mientras sea mujer
y esté muerta
con los huesos bién pulverizados a muchos
metros abajo de la tierra
sí señor genial tenemos muchas opciones
acá puedes ver nuestro stock de mujeres
muertas muertísimas
pero estan mismo muertas sí señor
muertas como un tornillo más muertas que eso no
encontrarás en ninguna otra livraria en la ciudad solamente
acá en este bellísimo establecimiento especializado en mujeres
muertas muertísimas genial
señor muchas gracias por el atendimiento voy llevar esa
y esa y esa acá también
aceptas una fresquita esa acaba de llegar
ora esa pensé que aún estuviese viva
sí señor aún está viva pero
está en las últimas y nosotros
como empresarios visionarios siempre
atentos a las tendencias del mercado
ya compramos sus derechos y vendemos para
clientes especiales especiales como el señor
ora pero es arriesgado ella puede no morir imagina
lo que los otros pensarían de mí leyendo una mujer
viva oh no una mujer viva me aterroriza
solamente de pensar
sí señor pero comprendas es un investimiento
si compras ahora una mujer semi-muerta pronto
estará muerta & valdrá más

sí es verdad no había pensado
sí es verdad señor y además no necesitas
leer ahora esperes
que mueras y cuando su cuerpo estiver bién frio bién
guardadito
debajo de la tierra tú podrás entregarte a la delicia
de sus textos su memoria señor
entonces qué tal vamos a aprovechar la promoción
sí voy muchas gracias voy
recomendar tu elegante establecimiento a todos mis
amigos sabes señor tengo muchos amigos
todos son poetas escriben son muy inteligentes
naturalmente señor
puedes enviarles un cupón de descuento genial
les encantan mujeres muertas les encanta
bailar sobre sus tumbas les encanta
poner palabras en sus bocas les encanta
masturbarse con sus fotos jóvenes & desnudas
naturalmente señor no hay nada
más estimulante más inspirador que una mujer muerta
jovencita & desnudita
acá todo en mi tarjeta las informaciones *mujeres*
muertas a la venta tenemos todos
los tipos muertas muertísimas muertas
como un tornillo muchas gracias señor
bueno saberlo excelente saberlo
mujer muerta es genial mujer muerta
es fervor mujer muerta solo no
es mejor que una mujer
a punto de morir en mis elegantes manos
de lector

DEAD WOMAN

sir I would like to place an order
yes an order sir I
would like a
dead woman please
and what is your preference sir
sir my preference is indifferent
as long as it is a woman
and it is dead
with very pulverized bones many
inches below the ground
yes sir great we have lots of options
here you can see our stock of women
dead dead as fuck
but are they really dead yes sir
dead as a doornail deader than this you
can't find anywhere else in the city
only here in this gorgeous bookstore specialized in women
dead dead as fuck great
sir I appreciate your service I will take this one
and this one and this one here too
sir do you want a fresh one this just got here
well I thought this was still alive
yes sir it is still alive but
she is on her last legs and we
as visionaries entrepreneurs always
aware of the market tendencies
already bought her rights and we are selling it to
special special clients like you sir
well but it is risky she may not die imagine
what others would think of me reading a woman
still alive oh no an alive woman I get chills
only thinking
yes sir but you see this is an investment
if you buy now a semi-dead woman soon
she will be dead & will worth more
yes it is true I did not think of that

yes it is true sir and moreover you do not have
to read her now just wait
until she dies and when her body is very cold very
nestled safely
under the ground you will be able to surrender to the delight
of her texts her memory sir
so how about you enjoy the sale
yes I will thank you so much I will
recommend your elegant establishment to all my
friends you know sir I have lots of friends
they are all poets they write they are super smart
naturally sir
you can send them a discount coupon great
they love dead women love
to dance over their graves love
to put words in their mouths love
to jerk off with their young & naked photos love
naturally sir there is nothing
more exciting more inspiring than a dead woman
youngling & bucket naked
it is all here in my card the information *dead*
women for sale we have all
kinds dead dead as fuck dead
as a doornail thank you sir
good to know excellent to know
dead woman is great dead woman
is grand dead woman is not only
better than a woman
about to die in my elegant reader's
hands ✪

Mauro Paz

São Paulo, 13 de março de 2019

Caro casal Bianchi.

Espero que estejam bem.

Apesar de vocês deixarem claro, na última reunião de pais, que levam uma ocupada vida profissional e esperam que a escola resolva as questões referentes ao Marquinhos, me sinto na obrigação de relatar o ocorrido na tarde dessa terça-feira.

A Profe Clau propôs a turma do Pré A uma atividade no pátio. As crianças se dividiram em grupos para desenhar com giz colorido no calçamento. Durante a atividade, a Profe Clau percebeu que a aluna Elisa chorava. Perguntou à menina o que houve e Elisa disse que Marquinhos a chamou de macaca inúmeras vezes. Marquinhos negou, mas os demais colegas do grupo reafirmaram que o insulto contra a colega ocorreu.

Antes que questionem a integridade do relato dado pela Profe Clau a mim, adiando que a auxiliar Luciane, também presente, confirmou o ocorrido.

Sabemos que Marquinhos é um menino de ouro. Não descartamos a possibilidade de um complô dos alunos contra ele. Ficaremos de olho e tomaremos os devidos cuidados para que esse inconveniente não se repita. Porém, precisamos da colaboração de vocês nessa questão. As crianças replicam muitas coisas que escutam por aí. É claro que vocês, ilustre casal de magistrados, não utilizam esse vocabulário ou reproduzem essa espécie de preconceito em casa. É provável que a má influência venha de algum empregado. Pedimos só que, por favor, fiquem de ouvidos em pé e nos ajudem nessa importante tarefa que é formar o Marquinhos um cidadão de bem.

Atenciosamente,

Ana Clara H.

Coordenadora Pedagógica ✪

Flávia Péret

O psiquiatra e o microscópio

O PSIQUIATRA E O MICROSCÓPIO

Um psiquiatra alemão passava grande parte do seu tempo olhando através das lentes de um microscópio. O instrumento tinha sido criado alguns anos antes e era bastante incomum encontrar médicos dentro de laboratórios. Aquele psiquiatra cabeça-dura queria entender o que significava aquele emaranhado de placas, fios e manchas misturadas às células cerebrais. Ele tinha estudado medicina em Berlim e já morava há alguns anos em Frankfurt, onde trabalhava num hospital chamado Castelo dos Loucos, quando começou a acompanhar o caso de Auguste Deter, uma paciente de 51 anos, trazida pelo marido com a queixa de que a mulher tinha ficado louca. O psiquiatra observou que a paciente apresentava uma demência incomum, embora demência fosse um termo amplo demais, usado para caracterizar distúrbios cerebrais diversos. A mulher não era idosa, mas apresentava uma acentuada perda de memória, incomum para sua idade. Além disso, o humor dela oscilava, alternando entre momentos de serenidade, agitação, paranoia e delírios. Certa vez, o médico pediu à paciente que escrevesse o próprio nome, mas no meio da operação, a mulher esqueceu as letras. O psiquiatra começou a pensar que aquela demência implicava não apenas a perda da lucidez, mas de outras habilidades, como a memória e a linguagem. Por mais que o médico tentasse ajudá-la, a paciente não apresentava melhoras.

UMA MULHER QUE ESQUECE AS PALAVRAS

O psiquiatra alemão chamou a dificuldade que Auguste Deter apresentava para escrever o próprio nome de *distúrbio amnésico de escrita*.

AUGUSTE D.

Auguste Deter nasceu em 16 de maio de 1850, na Alemanha. Casou-se com um trabalhador ferroviário e tiveram uma filha. No final de 1890, Auguste Deter começou a apresentar sinais de loucura. Cozinhar e cuidar da casa se tornaram atividades custosas, além disso, ela começou a ter problemas para dormir: atravessava a madrugada arrastando um lençol pela casa ou passava horas a fio chorando e gritando. Auguste desconfiava que o marido tinha um caso com a vizinha. Tornou-se obsessiva, paranóica, agressiva. O marido resolveu que era mais simples interná-la e a levou para uma instituição psiquiátrica. Em 1995, pesquisadores encontraram um manuscrito feito pelo seu psiquiatra. O prontuário tinha 32 páginas e quatro fotografias. Nele, o médico relatava o cotidiano da paciente. Auguste não tinha senso de orientação, confundia o nome dos objetos e dos alimentos, apresentava uma acentuada perda de memória e oscilava entre dias calmos e dias de intensa perturbação mental. O psiquiatra já tinha acompanhado casos de degeneração da memória, mas era a primeira vez que observava essa perda em uma paciente tão jovem. Ele acreditava que Auguste padecia de alguma *doença do esquecimento*.

FICÇÃO ESPECULATIVA

Auguste D. pode ter sido vítima de um tipo de violência que as mulheres conseguem reconhecer a séculos de distância. Um marido infiel e autoritário, diante das desconfianças e acusações da esposa, passa a chamá-la de louca e paranóica, até que decide interná-la, à força, numa instituição psiquiátrica.

TRAÇO

Além de concluir que Auguste não conseguia escrever o próprio nome, o médico relatou que a paciente olhava dentro dos olhos do médico e dizia: *eu me perdi de mim mesma*.

DESCOBERTAS

O microscópio eletrônico, instrumento que pesa toneladas, capaz de ampliar cerca de dois milhões de vezes o tamanho de uma célula, só foi inventado 15 anos após a morte do psiquiatra alemão. Se, nas suas investigações, ele tivesse utilizado esse novo aparelho, e não um microscópio convencional, capaz de ampliar apenas 1000 vezes o tamanho de uma célula, talvez ele tivesse visto que o cérebro de Auguste Deter, além de apresentar *uma massa de filamentos pretos e entrelaçados como uma malha de arame farpado*, se parecia, também, com uma gelatina de maçã.

POST MORTEM

Auguste Deter faleceu em 1906, aos 56 anos. O médico conseguiu autorização para fazer um exame *post mortem*. O cérebro da paciente havia murchado tanto que tinha o tamanho de uma laranja. Ao olhar, pelas lentes do microscópio, o médico percebeu algo que nunca tinha visto antes.

A INSUSTENTÁVEL LEVEZA

O cérebro humano representa apenas 2% do peso corporal.

Nota: Para escrever este texto, consultei o prontuário que o médico alemão Alois Alzheimer escreveu sobre Auguste Deter. O prontuário foi parcialmente publicado no livro Em busca da memória, de Joseph Jebelli. *Auguste D., como ficou conhecida, é considerada a primeira paciente na história da medicina a sofrer do Mal de Alzheimer. A doença atinge, atualmente, mais de 35 milhões de pessoas no mundo. Minha avó materna foi diagnosticada com a doença prestes a completar 90 anos. Em 2022, empreendi uma densa pesquisa sobre as causas e efeitos do Alzheimer que resultou no livro* Coisas presentes demais, *inédito.* ✪

Rita Isadora Pessoa

síndrome de impostora

URSULA kuczynski:
  mãe, esposa
e "melhor espiã
de todos os tempos"
também conhecida
como ruth lerner
          também conhecida
          como agente sonya
coronel do exército vermelho
 espiã de primeiro nível
  escritora best-seller
 "fanática comunista"
   uma arma letal
    [disseram]
    "ser mulher
era o seu melhor disfarce"
      escapou da gestapo
    escapou da kempetai
e da contrainteligência britânica
"ser mulher era o seu melhor disfarce"
   homens poderosos
  tiveram dificuldade
      em desvelar
essa mulher de avental
assando bolos de aniversário

apenas uma mulher foi capaz
de enxergar a verdade
: a agente Milicent Bagot
tentou convencer

seus colegas chauvinistas
do MI-5
que ursula era uma espiã comunista
ninguém lhe deu crédito
pudera
ursula, do latim: pequena ursa
escapou do tiro na nuca nos porões
de Lubianka
poderíamos dizer
que se trata de um romance
de John Le Carré
mas a verdade é camaleônica
e tem a estrutura de ficção
-- já diria Lacan
poderíamos dizer que se trata
de uma façanha a verdade é que
não sabemos
a verdade é que sabemos
uma coisa

: talvez só uma mulher
seja [realmente]
capaz de desmascarar
outra mulher
o efeito nelson mandela

[o cérebro não é um disco rígido]
-- dizem os cientistas
e a memória é uma ilha de edição
[uma ilha vulcânica inofensiva
como um campo minado de salomão]
e muito se fala
sobre um estranho fenômeno mnemônico
[porque esquecer esquecer pode ser uma bênção]
mas & quando a lembrança deixa de ser confiável
como quando as pessoas se lembram
de um funeral de nelson mandela
de sua morte na prisão nos anos 80

só que nelson mandela esteve preso até 1990
e só morreu em dezembro de 2013
pelo menos vinte e três anos depois
dessa sua morte ~fictícia~ na prisão
lembrada por centenas de pessoas

[uma falsa lembrança eles disseram]

a memória é uma ilha
onde não sou eu que edito
cavalo desgovernado
que eu não cavalgo

~ inclusive
pessoas lembram das manchetes de jornal
anunciando o falecimento do líder nos anos 80
[um fenômeno consistente de memória falsa]

eu me lembro da sua morte
eu me lembro da sua morte
-- a litania me acalma como a água
enrugando os dedos
após uma longa imersão

a memória a memória é uma ilha
cercada por vulcões adormecidos
aguardando o seu retorno ✪

Rita de Podestá

Esse é um diário em busca de um problema

10.02.18

Gosto de ler assim que acordo, mas bastam quatro páginas para eu ter que ir ao banheiro e depois que vou ao banheiro não consigo voltar a ler. Estou atrasada, em tudo, mas não gosto de ter pressa, em nada. Algumas coisas melhoram com o tempo então prefiro esperar. Outras precisam de conserto imediato. O sifão do tanque que quebrou, a cabeça do Buda de cerâmica que soltou do pescoço, a sopa de quinta que ainda está na geladeira e amanhã é quinta de novo e tenho medo do que posso encontrar ao abrir a panela.

Chove há dois dias e há dois dias que não saio de casa. Não é tão ruim estar desempregada quando chove porque ninguém reclama se você não sair de casa. Em dias de sol também não é ruim estar desempregada porque dá para sair de casa de chinelo. Até que o desemprego é bom.

Minha terapeuta disse que eu deveria aproveitar meu tempo livre para ler livros leves e não filosofias densas e eu não sei o que ela quis dizer com densas. Não importa, eu passo a maior parte do meu tempo na internet. As redes sociais são o lugar onde coloco uma foto bonitinha e torço para o gatinho curtir, o gatinho curte, fica na dele, a vida passa, o bloco passa e nada acontece se eu não me movimentar. Não há considerações gerais a fazer, tá tudo aí ou cadê o queijo que estava aqui, o gato comeu, gato filho da puta. Talvez eu devesse adotar um gato e ter mais uma desculpa para não sair nunca mais de casa.

Ela também pediu para eu escrever um diário (esse diário) e com isso tentar descobrir qual o meu real problema, o que realmente te trava, Marcela?, eu disse que era o capitalismo, o patriarcado, claro, mas ela me interrompeu. Só sabendo o que realmente te aflige poderemos começar a trabalhar na solução. Ela nunca me contou um problema dela, para me inspirar, insisti.

Como exercício, além do diário, tenho que fazer uma lista dos meus pensamentos, não pense muito, Marcela, só escreva. Segue:

1. O carnaval acabou, mas o glitter é um caminho sem volta.
2. Cuidado com o álcool, disse minha astróloga. Abuse do álcool, disse minha falta de discernimento.
3. Foda-se.
4. Foda-se

5. Esse negócio de deixar de ser boazinha até que é divertido. Se alguém descobrir que eu comprei um livro chamado a *A síndrome da boazinha* perco toda minha reputação. Se bem que minha reputação é de boazinha e o objetivo é perdê-la. É síndrome porque não é doença. Síndrome é quando os sintomas e sinais não são conhecidos como no caso das doenças.
6. (O item 5 da lista ficou muito grande, se essa lista fosse um poema concreto seria um poema concreto com uma barriga de grávida.)

11.02.18

Acordei com o porteiro dizendo que não teremos energia até as três da tarde e isso significa que se eu quiser sair de casa terei que descer e subir onze andares de escada e por isso não vou sair de casa mesmo tendo prometido à minha terapeuta que eu sairia mais durante o dia.

Não sei porque eu falo minha terapeuta já que não se trata de um relacionamento monogâmico. Ao menos não por parte dela. Com meu ex-marido também era assim, com a diferença de que ele não me ouvia, mas eu também não pagava.

Morar a onze andares do chão é algo estranho, você está no alto como se voasse, mas não pode voar, precisa entrar numa caixa metálica claustrofóbica, dar bom dia para desconhecidos e falar sobre o tempo no tempo de minutos. A depender do andar dá para falar sobre a previsão da semana inteira, vai chover, será?, vai, olha esse mormaço. Como foi que transformamos o tempo, algo tão grandioso, em desconversas tão banais?

Antes deste apartamento eu só morei em casas. Com minha mãe, sozinha, e durante o casamento. É a primeira vez que eu moro num apartamento e descobri que a vida dos outros é bem melhor do que a televisão. Todos os dias, em algum momento, me sento perto da janela para assistir à comédia da vida privada que na verdade é pública. Só cena de sexo que ainda não consegui ver. No máximo um homem nu que depilava os pelos do corpo inteiro na frente do espelho do quarto, bem devagar, parando de parte em parte e varrendo com uma vassoura os pentelhos que provavelmente caiam ao chão, espero que seja um porcelanato frio e branco, desses que denunciam qualquer mínimo rastro de poeira.

Também tem a diarista que fuma na varanda do quinto andar e acena para o rapaz que limpa a piscina, a criança que brinca na sacada protegida por uma rede e que vai ter que fazer terapia no futuro porque só brinca com bonecas e nunca uma pessoa ou outra criança, e os vizinhos que tratam um pequeno coelho preto como se fosse um cão enquanto o cão de verdade fica na janela do quarto num latido agudo, talvez por ter perdido a varanda para o coelho.

Eu gostava mesmo era de ver a vizinha de olhos puxados que todos os dias de manhã se sentava na mesa próxima à janela e escrevia. Escrevia à mão e muito, como se o dia só começasse depois que ela terminasse a mensagem, o texto, a carta? No tempo em que eu tinha um emprego e um marido e uma vida ativa (quem disse isso foi minha amiga P., você precisa voltar a ser mais ativa, Marcela) e acordar às seis da manhã em vez de dormir às seis da manhã, ela estava sempre lá escrevendo.

Já faz duas semanas que a vizinha dos olhos puxados sumiu. Na sua sala estão os mesmos móveis, o mesmo lustre verde-limão e a mesma cortina cinza-claro. Mas em vez dela, três jovens,

jovens mesmo, que dormem às seis, mas não porque têm insônia como eu e sim porque bebem e fumam e se beijam a noite inteira na mesma mesa que a vizinha dos olhos puxados escrevia provavelmente grandes obras da literatura oriental e eu acho isso ultrajante. Essa palavra é boa de separar: ultra jante.

Teoria 1: ela foi sequestrada pelos jovens adolescentes e condenada a escrever seus trabalhos de faculdade enquanto é alimentada com miojo genérico, desses de R$1,50 e restos de cerveja quente.

Teoria 2: não sei, preciso observar um pouco mais o comportamento dos meliantes. Essa palavra também é boa de separar: meli antes.

15.02.18

Tenho que me lembrar de falar com a minha, ou melhor, com a terapeuta sobre minhas morbidades relacionais. Primeiro namorado: enxaqueca; segundo namorado: infecção urinária; terceiro namorado que virou marido e depois ex-marido: cândida. Se um dia fizerem um filme sobre minha vida o título deveria ser Cândida. Não por causa da doença, mas por causa do Voltaire.

Minha vida é um romance de cavalaria que deu errado e não encontrou o caminho do Eldorado. O príncipe até veio, no cavalo branco mesmo, mas assim que chegou, o cavalo empinou, o príncipe caiu, bateu a cabeça e eu fiquei viúva antes mesmo de casar.

P. disse que está na cara que o meu problema é o alcoolismo e que eu bebo para fingir que não tenho problemas, inclusive com o alcoolismo, e assim eu acabo usando o problema para esconder o próprio problema. Ela deixou escrito na geladeira o telefone do A.A. Eu disse que bebo porque nem meu ex-marido nem meu trabalho me permitiam beber, é uma questão de oportunidade.

Tenho passado muito tempo na janela e nada da vizinha de olhos puxados aparecer.

Hoje a diarista do quinto andar foi até a piscina, mas a piscina já estava limpa e ela não encontrou o rapaz. O coelho-cão está preso na varanda e eu sei que lá deve estar cheio de cocô que é igualzinho à ração que ele come, porque o coelho não mastiga a e ração sai inteira. Tive um coelho, o Astolfo. Ganhei de uma amiga no meu aniversário de dezesseis anos. Duas semanas depois, minha me mãe mandou devolvê-lo e dois anos depois minha amiga me disse que o Astolfo foi servido no jantar.

18.02.18

Fui na terapia de manhã e ela me pediu para anotar o que eu estou sentido de hora em hora.

Fome.

Preparei uma massa sem molho e abri um vinho branco. P. me fez prometer que eu não beberia durante o dia nos dias úteis, acontece que sem trabalho todo dia é inútil.

Voltando às morbidades. Eu: mulher, trinta e seis anos, sofro de enxaqueca crônica, não sei cuidar de plantas, nem da casa. De mim cuido mal, dizem, mas cuido, aqui estou, viva, ao menos é o que diz meu corpo, viva, assim mesmo no imperativo. Diagnóstico: ansiedade, hiperatividade, depressão, histeria pura, quem não? Atire o primeiro Rivotril quem nunca teve uma insônia. Também tenho intolerância a lactose. Um dia, uma amiga no bar viu um cara e disse: tá vendo aquele ali, então, ele é minha intolerância ao glúten. Ela também me explicou que toda doença tem um pano de fundo emocional e que se você aprende a lidar com esse pano de fundo, ela some. Perguntei se ela iria lidar com o Pedro (sua intolerância), ela disse claro que não, já perdi cinco quilos com a dieta sem glúten e estou ótima.

Durante o casamento foram quatro meses com cândida. Tive que fazer uma dieta sem carboidratos e lanchar pepino ou cenoura no meio da tarde e isso me garantiu uma barriga seca. Intelectuais não deviam se preocupar tanto com a estética. Toda intelectual se preocupa com a estética e a que não se preocupa faz isso porque quer ter uma estética desleixada de intelectual e ao se preocupar em não se preocupar com a estética está automaticamente se preocupando. Não querer ser clichê também é tão clichê.

Só não sei se depois de seis anos escrevendo na seção de cotidiano do jornal posso me considerar uma intelectual. O cotidiano só vira filosofia se você fizer da filosofia seu cotidiano, esse era o título da coluna. Acho que mereço minha desgraça. Uma vó minha não falava a palavra desgraça e a outra não falava buceta. Um dia, depois de muito uísque, fizemos as duas gritarem ao mesmo tempo. Desgraça! Buceta!

Eu não tenho uma palavra que eu não goste de falar. Talvez gostar de todas as palavras seja o meu problema.

A terapeuta acha que meu relacionamento com meus ex, marido e trabalho, era abusivo, P. também. Tudo na vida é abusivo. Amor de mãe, sal, sol de dez às três, pai, polícia, calda de chocolate, horário de trabalho, as vontades do presidente, o preço do tomate orgânico.

Tédio (acho que daqui uma hora estarei sentindo tédio então já fica o registro).

Os jovens que prenderam a vizinha de olhos puxados na casa de máquinas da piscina com a ajuda do rapaz que limpa a área de lazer do prédio e que tem ignorado a diarista (teoria 3) não ficam em casa de dia. A mesa da varanda tem duas garrafas de vinho e um cinzeiro. A vizinha de olhos puxados deve estar com fome, espero que tenha ao menos água no cativeiro.

21.02.18

P. disse que eu deveria repensar a minha vida de solteira, que tudo isso é muito vazio. Já eu estou de saco cheio.

Na volta do mercado resolvi passar na frente do prédio da vizinha de olhos puxados. Pensei em tocar o interfone e pedir para falar no andar dos jovens sequestradores, mas não sabia qual era o andar. Cheguei em casa e contei: vigésimo primeiro com vista para a piscina do lado esquerdo.

Amanhã eu vou.

20.02.18

Acordei com um homem, R.

Houve um momento no qual estávamos abraçados, eu fechei os olhos e não soube dizer se eu queria aquele abraço ou só um abraço. Eu queria ter encontrado o T. Gosto de ver T. deitado na cama, mas T. prefere não dormir junto. Não sei se gosto de ver R. deitado na cama. Mas gosto do beijo de R., muito, e ele gosta da luz vermelha que eu coloco no abajur. Ontem eu quis dizer eu te amo ao R., mas é a mesma coisa do abraço, eu só queria dizer, talvez eu ame o T., mas para ele não tenho vontade de dizer nada.

Nunca pulei carnaval com T.

Já pulei carnaval com R.

Pular carnaval parece coisa de criança que pula – pula-pula. Hoje dormi o dia todo, P. vai ficar feliz porque isso indica que não bebi de dia.

Não fiz nenhuma lista, mas recebi uma mensagem da terapeuta perguntando se está tudo bem e me indicando uma coach para me ajudar a me recolocar no mercado de trabalho, como se eu fosse uma peça de tetris.

É madrugada e os jovens que mataram a chinesinha (teoria 4) estão se beijando numa cadeira. Escrevi num papel: onde ela está? e colei na minha janela.

25.02.18

Olá, fracasso, tudo bem? Acomode-se, você é de casa.

R. me mandou mensagem, disse que queria me ver, mas não pode. Falei para a terapeuta que entendi tudo, meu problema é me relacionar com homens casados, ela disse que isso não é problema, é apenas uma forma de fugir dos meus reais problemas. Perguntei de quais problemas, ela disse, novamente, que só eu posso dizer.

28. 02.18

Prometi a P. que almoçaríamos juntas, ela quer me apresentar uma amiga que trabalha numa galeria de arte e que pode me arrumar um emprego. Coloca roupa chique, de curadora de arte, ela disse. Sempre achei esse nome uma palhaçada. Curadora de arte, curo nada. Seria bom escrever sobre arte, mas tenho que me conformar que as pessoas querem mesmo é saber que o Silvio Santos estava de bermuda da Disney. Minha amiga tirou uma foto semana passada e eu vendi por R$ 2000 para uma revista de fofoca. A coach disse que isso não é um emprego. Acho coach um nome idiota, mas treinadora é ainda pior.

Choveu muito e eu queria não ter nada para fazer, mas se eu não tivesse nada para fazer iria querer fazer tanta coisa que eu não faria nada. Sempre me irrito com quem diz que não tem tempo. Tempo todo mundo tem, mas ninguém sabe usar. Eu tenho uma furadeira que eu não sei usar e nem por isso eu digo que não tenho uma furadeira.

A coach mandou eu fazer um currículo em forma de texto. Escreva uma reportagem sobre você mesma. Como me sujeitei a isso, como? P. concordou que é uma tarefa idiota e me deixou tomar um Campari às três da tarde. Não que eu não tivesse tomado antes de falar com ela. Nos fins de semanas P. me deixa beber durante o dia desde que ela esteja comigo. Cada vez mais ela sempre está comigo. Passa na minha casa antes e depois do trabalho e me manda mensagem várias vezes ao dia perguntando se está tudo bem. Eu disse que ninguém morre de desemprego, e que estou apenas tirando um ano sabático. Ela insiste que eu vou superar e que eu devia viajar e ler aquele livro da mulher que vai para a Índia e depois para a Toscana.

Ontem eu consultei o I-Ching online de madrugada e ele me disse que a fonte está ao meu alcance, mas eu não estou usando o recurso, mentira, ele não me disse nada, ele metaforizou e eu interpretei. Depois reli as instruções que explica que o yang é masculino, firme e ativo, e o ying é o feminino, fraco e passivo.

É preciso ignorar o machismo milenar dos sábios.

Teoria 4 ou 5?: e se a vizinha de olhos puxados é uma chinesa mestre milenar que estava traduzindo o I-Ching direto do mandarim e escrevendo ela mesma seus comentários logo depois dos comentários de Confúcio e os jovens são enviados infiltrados da igreja evangélica para impedir a proliferação do taoismo no Brasil?

Amanhã vou no prédio salvar a vizinha chinesa.

O bilhete caiu da janela e coloquei outro: Onde ela está? Digam ou chamo a polícia.

Ps: e se ela for japonesa ou coreana?

29.02.18

Meu primeiro namorado nasceu no dia 29 de fevereiro e ele não gostava de tomates e todo 29 de fevereiro eu me lembro disso.

Chineses não comem nada cru, já japoneses comem muita coisa crua. Nunca vi a vizinha chinesa comer porque ela fechava a cortina na hora do jantar.

03.03.18

Marcela, preciso que você liste as coisas boas do seu dia. Mas eu preciso encontrar meu problema, não as coisas boas, não é? Sim, Marcela, mas entendendo o que está bom, você é capaz de encontrar também a falta, disse a terapeuta que, como eu, também deve ser péssima em matemática.

1. "Um pouco de possível senão eu sufoco". Deleuze.
2. Um piquenique com crianças de cinco anos jogando queimada russa, aniversário da sobrinha de P.
3. Um primeiro pedaço de bolo doce, muito doce, muito doce mesmo.
4. R. estava lá e no final do piquenique R. carregou comigo uma sacola de piquenique no parque, em silêncio, enquanto sua mulher e filha caminhavam com uma cestinha de piquenique cheia de frutas que eu levei e nenhuma criança quis comer.
6. Um flerte com um homem que tinha uma falha grande no bigode.
7. Um mantra para remover obstáculos cantado por vinte minutos debaixo do chuveiro (a coach que me indicou).
8. 5 (cinco) brigadeiros que trouxe do piquenique e que eram menos doces.
9. Uma conversa de celular que terminou com a imagem de um peixe.
10. A descoberta de que os retratos de Modigliani me fascinam.
11. 1 (um) gin tônica.
12. 2 (dois) gins tônicas.
13. Uma vontade de prolongar a solidão do domingo.
14. "A resolução se opera no plano da existência".
15. Uma falta de apetite.
16. Uma vontade de fazer listas.
17. Uma lista.
18. 3 (três) gins tônicas.
19. Um não sei o quê que não me larga.
20. Um apetite sexual.
21. Um como saber a hora de parar?
22. Um item a mais só para ser número par.
23. Outro para cancelar a rima.

02.03.18

Meu fluxo de caixa me mostrou que gasto mil reais a mais do que pensava, logo hoje que comprei um vestido vermelho com decote atrás e não na frente.

Notas sobre mim:

- Eu queria uma pia amarela para não ter que limpar sempre a cúrcuma e o própolis que fazem bem, mas grudam.

- Eu gosto de lençol cinza, roupa cinza sem manga porque transpiro muito, parede cinza, sofá cinza, sapato cinza, mas só uso bijuterias douradas.
- Eu como salgado depois do doce e doce depois do salgado e salgado depois do doce.
- Eu falo tanto comigo mesma que às vezes eu esqueço que é comigo.

A terapeuta disse que eu estou obcecada com a vizinha talvez chinesa e que provavelmente ela apenas alugou o apartamento e se mudou. Eu disse que pessoas morrem porque estamos cegos para as evidências.

Passei no prédio e pedi para o porteiro tocar no vigésimo primeiro com vista para a piscina do lado esquerdo e ele disse que eu precisava dizer o nome de alguém do apartamento. Eu disse Felipe, ele interfonou e respondeu que não havia nenhum Felipe no apartamento.

Troquei o bilhete para: Felipe, onde está a chinesa?

05.03.18

"Amar de todos os jeitos é a mesma coisa que não amar", não sei onde ouvi, mas mandei para o T. e ele não me respondeu.

Os jovens também não responderam e fecharam a cortina.

Minha vizinha está em perigo.

08.03.18

Esse diário é inútil como meus dias úteis.

Decreto seu fim.

15.03.18

Estou eufórica. Ninguém diz isso, estou eufórica, parece literatura do século XIX, mas é assim que eu me sinto. Eufórica. Como se eu tivesse encontrado petróleo ou uma nota de cem reais que é mais factível, ou como se tivesse reencontrado minha irmã gêmea, depois de trinta anos, dentro da seção de grãos do supermercado o que não é factível pois não tenho irmãs.

É ainda melhor.

Estou no café do mercado. Depois de P. e a terapeuta falarem tanto na minha cabeça que preciso sair mais de casa comecei a vir aqui pelas manhãs para ler e escrever. É bom, o barulho é alto mas é variado e tem comida, wi-fi livre, água de coco direto do coco e embalada numa garrafa de plástico, e mesas grandes e confortáveis. O café fica no segundo andar do mercado que é pequeno e gourmet, seja lá o que isso signifique. De vez em quando alguns funcionários sobem para vigiar sem dizer que sobem para nos vigiar, mas são gentis e dão bom dia.

Mas isso não importa. E sim que ela está viva, eu sei porque posso vê-la. A chinesinha, sim, ela é pequena, e é ela, eu tenho certeza. Está na mesa ao lado com o jornal aberto copiando as matérias, sem parar, juro, ela copia tudo que lê. Qualquer notícia, eu posso ver, já saiu da economia e agora está na seção de esportes. Copia tudo num caderno verde de capa dura e escreve da esquerda para a direita, então eu acho que ela sabe português.

Mas ela é chinesa, tem o rosto mais redondo e os olhos curvados para baixo, a ex-namorada de um amigo que era japonesa me ensinou a diferença ou as semelhanças, não me lembro.

Parece que ela dorme quando olha para baixo.

Ela não morreu.

Os óculos ficam ao lado do caderno, não precisa deles para escrever. Ela usa roupas de ginásticas confortáveis (tem roupa de ginástica que deveria ser confortável, mas não é), não tem nenhum brinco na orelha e na boca usa um batom quase rosa.

Ela está viva e parece saudável.

Ela tem uma aliança fina na mão esquerda.

Ela coça o nariz antes de mudar a página do jornal, cada vez uma narina.

Ela bebe água mas não é a água que vende no supermercado, ela trouxe água de casa, mas não sei de qual casa, talvez tenha água do cativeiro e ela possa sair apenas para vir ao supermercado (teoria 6).

Ela não comeu nada até agora e já está na metade do jornal que fica aberto na mesa como se fosse um livro que não cabe na estante.

Já estou aqui há uma hora, ela não para de escrever e eu já estou no meu quinto café e terceiro chocolate.

...

Quero falar com ela, mas não consigo.

...

Tenho medo de descobrir que é ela é uma mulher qualquer que se mudou para um apartamento menor, no bairro mesmo, e alugou o antigo que comprou com o marido recém-falecido para os amigos do filho que estudam em Campinas, e vem para o mercado porque é filha do dono e nada mais acontece na sua vida pacata. Tenho medo dela ser apenas uma paulistana de olhos puxados, tem tantas, e copiar o jornal porque pratica caligrafia e trabalha escrevendo nomes em convites de casamentos que serão desfeitos geralmente três ou quatro anos depois. Tenho medo dela ter se divorciado, mas mesmo assim colocar a aliança quando vai dormir e às vezes esquecer de tirá-la pela manhã. Tenho medo dela ter depressão e ansiedade porque não tem mais emprego nem marido nem amigos e ainda se apaixonou por um homem casado e precisa se controlar para não beber às três quatro cinco seis ou sete da tarde que já é noite então pode beber e continuar a noite inteira. Tenho medo dela se envolver com muitos homens que se envolvem na cama e nunca na vida e dizer que tudo bem, está tudo bem, essa coisa de um homem só é para quem tem pouco para dar e ela acabar dando para esses homens tudo o que ela não tem mais para dar. Tenho medo dela nunca mais conseguir um parceiro, desses que não precisam nem perguntar como foi o seu dia porque ele consegue ver quando seu olho treme sem você precisar dizer nada. Tenho medo dela nunca ter um filho melequento com cabelo ralo igual ao dela que um dia irá colocá-la num asilo sentindo pelo menos um pouco de culpa. Tenho medo dela nunca mais ser chamada para escrever em lugar algum e das suas roupas e textos ficarem com cheiro de guardados. Tenho medo dela chorar todos os dias no banho durante os dois minutos que precisa esperar para o condicionador agir e depois passar corretivo nas olheiras fingindo saúde mental e todo mundo acreditar no corretivo que não corrige nada e ela virar uma parede que todo mundo pinta cada hora de uma cor e quando a veem dizem logo como está bonita a pintura renovada. Tenho medo de ninguém nunca ser capaz de ver suas tantas camadas de tinta. Tenho medo dela ficar sem nenhum amigo, só uma que vai se cansar dela logo mais. Tenho medo dela engordar e ter rugas, muitas rugas, e um cachorro que lambe sua orelha de manhã antes dela abrir os olhos. Tenho medo dela abrir os olhos. Tenho medo dela se aproximar muito da janela que é alta e o parapeito é baixo. Tenho medo dela beber muito e se esquecer que pessoas não voam, e ao pular, tenho medo dela morrer de susto porque quando o cérebro percebe que o corpo está em queda livre, o susto faz o coração sofrer um curto-circuito e você morre antes mesmo de chegar ao chão.

Tenho medo dela nunca encontrar o chão, caindo pouco a pouco a cada dia, caindo cada vez mais lenta, porque pior do que o fim é a queda que nunca termina.

19.03.18

A terapeuta disse que ela tem dificuldade de fazer sexo enquanto o filho de dois anos está no quarto ao lado e isso está atrapalhando seu casamento. Pronto, esse é um problema que tem afetado muito a minha vida. Sua vez, ela disse, vamos começar pelas coisas do dia a dia, o que te incomoda na sua rotina? Eu contei que só escovo os dentes uma vez ao dia, antes de dormir, e isso tem me custado uma média de uma cárie a cada dois meses, não consigo mudar esse hábito, mesmo eu tendo muito medo de perder os meus dentes e ter que usar uma dentadura.

Ela não aceitou e me disse que precisamos destravar os meus medos mais íntimos para persegui-los. E matá-los, eu disse. Ela ouviu e escreveu algo, em silêncio.

P. conseguiu uma entrevista para mim numa revista e eu perdi a hora enquanto tentava consertar o sifão.

A sopa na panela tinha mofo e fungos por toda parte, e é engraçado que mofo e fungos sejam bons no queijo e não na sopa. ✪

Jesuana Prado

bemtivi nuvem de pipa

BEMTIVI NUVEM DE PIPA

no canto do bemtivi
 estava
 minha ideia de romance
 desses incompletos
 feito
 pipa de folha de caderno
 que
 a gente
chamava
de
bolachinha

no talo da flor de boldo estava meu paladar amargo
feito
fim de festa,
fim de um amor,
que a gente teima em não esquecer

na nuvem esbranquiçada
 estava
meu olhar astigmático
feito
lembrança da quinta série
paixonites não declaradas,
invenções de línguas estranhas

bemtivi nuvem de pipa
no canto
no talo
no olho
feito história
 de empinador de memórias
passado:
presente constante

SUMÁRIO DE MIM

se eu pudesse te entregaria um sumário de mim.
te contaria cada capítulo, verso, de quem fui até aqui
cada parte da minha história,
cada suspeita do que desejei ser, ter ou não ser, não ter.
te diria qual música faz minha alma vibrar,
ou quais os meus poemas preferidos ou
quando eu me descobri sabiá, bem-te-vi ou amora
se eu pudesse eu te contaria um rosário de mim,
cada conta um segredo ultrassecreto,
parte de mim que nem os poemas sabem.
cada pausa um lamento das tantas lágrimas já afogadas,
cada amém uma prece que se perdeu no universo
e todos os desejos já mofados,
revirados por tu saberes de mim
se eu pudesse não ser, não seria
seria gato, planta, chuva,
seria redemoinho bailando na poeira,
seria mandacaru em flor
porque ser gente é por demais delicado
e tem horas que é melhor não ser
mas se eu pudesse só ser, eu seria

TRATADO ÀS CICATRIZES

exponho a ti minhas cicatrizes
na esperança de que tu
não fujas ao primeiro sinal de conhecimento delas

cravo teu dedo
na fundura do que ainda é ferida
carne viva não sarada
na ânsia de que tu
não desistas ao primeiro sinal
de sangramento dela

acolho a ti e tuas cicatrizes
não fujo ao primeiro sinal
de conhecimento delas
[e nem depois]

enterra o meu dedo
na fundura do que ainda é ferida
carne viva que pulsa
não anseio desistir
ao primeiro sinal de sangramento dela
[e nem depois]

REVOADA

você me deixou partir todas as vezes
sem sentir que eu era uma grande
perda
sem se aprofundar em mim
sem adentrar em nós

e hoje
sonha pousar em meu peito
outra vez
sem perceber
que eu
aprendi a partir

AFRONTA

um arco-íris me viu e era nascer da aurora,
me disse que tenho olhos de ressaca
igual a um romance de Machado de Assis

eu o disse que amo a inexatidão que há nele,
e a lenda eterna de não se saber
de onde vem
pra onde vai
peguei a palavra ressaca e pensei na sua profanidade,
tal qual santos protetores de todos os bêbados,
tal qual amnésia pra fingir restar ainda dignidade
e eu, quando embriago em dias inapropriados
lembro da ilusória rebeldia de ser livre

um arco-íris me viu e era fim de tarde,
me disse que tenho olhos de absurdo
igual a um romance de Jorge Amado

eu o disse que amo a falta de explicação que há nele,
e a linha tênue entre excepcional e ordinário
peguei a palavra absurdo e pensei na sua profundidade,
tal qual abismo sorrindo puxando pro fim,
tal qual beira caçando firmeza na ponta dos pés
e eu, quando nublada em dias ensolarados
lembro da afronta de ser multicolorida ✪

Giovana Proença

Por trás do palco

A última apresentação. Depois, tudo terá acabado.

Quer fugir das histórias. Contar é reviver. O peso do inventário de fatos fugitivos. Para que falar do que já não existe? O roteiro da peça é um quebra-cabeça, ficção e biografia se confundem em sua visão míope. Os dias de ensaio eram lembranças, anotações em cadernos esquecidos.

Ela estava no sonho, lembra-se disso. A memória foge ao devaneio, mas tinha certeza da presença. O machado. De que lado estava? Segurava o cabo, a madeira rígida, apertando firme os nós esbranquiçados dos dedos? Poderia estar na lâmina? O sangue escorrendo em cascata pelos cabelos. Arrasta a corrente da recordação mais uma vez, antes do ensaio começar.

Caminham pelo palco, os pés descalços tocando sutilmente o chão de madeira, primeiro as pontas dos dedos, então a sola, por fim o calcanhar. Eram ainda ocultas, nenhum traço de suas feições podia ser distinto da plateia. Apenas duas mulheres descalças, inteiramente vestidas de preto. O luto.

Lenta e triste, a luz ofusca como flor que se fecha. A mudança produz efeito nas duas mulheres, a velocidade de seus andares. A primeira corre como quem já atingiu seu destino, mas algo ainda a impede de cessar sua corrida. Sofre. A segunda, faz de seus passos uma mímica de vagarosos movimentos. Tão lentos que mal se vê avanço, como se arrastasse enorme peso. Também sofre.

A disputa pelo espaço do palco é incômoda. Quem o conquista mais? A que foge veloz deixando o som de seus passos por todo o teatro? Ou a que avança progressivamente prestes parar em qualquer ponto?, grita o diretor. Valeria de algo saber, se de qualquer modo, as duas sofrem?

A trégua: tornam-se estátuas. O tempo. O próprio som é uma trilha instrumental, o fino som do violino, capaz de despertar as duas de seus impedimentos. Uma delas se prepara para a primeira fala.

Terceiro sinal. Cortina se fecha. Ato em palco. Terceiro sinal. Cortina se fecha. Ato em palco.

Não é a peça que estava em foco. Às vezes, não é o jogo; são os jogadores. Neste caso, as atrizes. Laços que poderiam passar desapercebidos aos olhares, mas não.

Chega do ensaio ao entardecer, como todos os dias. A cama dá visão privilegiada do espetáculo na janela. Recusa-se a assistir o crepúsculo, tons alaranjados que sucedem ao roxo. Alguns dizem que é o azul. O fato é que não gosta de observar. Prefere o estupor de perceber em um instante que escureceu.

Na estante, procura entre os livros. Ana Cristina César, Virginia Woolf, Sylvia Plath. Se as mulheres com histórias para contar desistem da vida, que será dela com o peso de uma história acabada? Daria uma boa linha para a peça. Suspira, afinal, não era roteirista. Atuava e só.

No celular; o peso do número não deletado. As fotos na galeria, um clique e tudo sumiria. Os bilhetes na gaveta da escrivaninha, o rasgo tímido nas pontas, cinzas da cicatriz. O fim por um triz.

Levanta-se para tomar água. A aranha no teto a encara. Não a mataria. Não matei ninguém, sou inocente. Ela se matou sozinha, o fantasma a encara no palco. Via a si mesma tecendo. Um trabalho é tecer, o outro é destecer. Desata o novelo, presa por um nó. Derruba o copo, saindo de devaneios. Os granulados de vidro esparsos em disfarce pelo chão branco. Está presa na teia. Tropeça no único fio. Capturada e sem alternativa, pisa em cacos.

Um fantasma com rosto. Sabia que era isso para a outra. Pensou em cumprimentá-la quando a viu vagando entre os chocolates na loja de conveniência. Mas estavam acostumadas a indiferença. Reparou no andar vacilante, como se carregasse uma corrente. Respirou fundo, não levaria culpas que não a pertenciam.

Pela primeira vez sentiu os destroços da intimidade ruída. Conta os dias em que já sabia que não poderia ligar e simplesmente. A proximidade das palavras que fluem como sinfonia. Hoje, queria alguém para escutar. Muitas deram-lhe coisas incríveis, mas ela deu ouvidos.

Pela primeira vez ela não percebeu sua presença. Assistiu-a desaparecer pelo corredor, como desaparecia do palco, como distraidamente desapareceu um dia de seus planos.

O momento é embaçado, visto através da dor. Mas a lembrança corre com a força do trotar de um cavalo.

E se nunca tivermos existido? – estavam as duas deitadas, lado a lado, encarando o teto. Tinha sido um ensaio emocionalmente cansativo. – Se nunca tivéssemos aqui e agora, neste tempo, como teria sido?

Não há tempo melhor para existir – sussurrou, mais para si, antes de puxá-la para perto.

Mas ela a veria uma última vez. Num ponto de ônibus. Olhares trocados como correspondência desviada. Finalmente, sua fala. Jogo mudo. No olhar de lápide, enterra as palavras que insistem em escoar. ✪

Alvaro Luiz Ramos

ANTENOTURNO

ANTENOTURNO

Luz
alguma que o azul
quando passei pela rua sem saída
crianças brincavam perto do fim
elas gritam tanto agora que a energia voltou
inesperada como um ladrão

PARA A SURPRESA DO ABATEDOR

no abatedouro

acabrunhada

a/
bra
ca/
da
bra/

e some
no ar em um passe
de

LAMENTO DE UR-NAMMA

entre lágrima
é como a chuva do céu
caída
a cabeça

de ur-namma
não levantará
o pescoço para ver

outra vez a murada urim
como a chuva dos céus
os tijolos
caídos

os olhos de ur-namma
como as chuvas dos céus
não voltarão a ver urim

MOMENTO NUM BAR

para Eduarda, que me comunicou a imagem

A chuva o encontra ali onde é
fatal que esteja em qualquer dia, mesmíssimo
bar nessa esquina
viesse ontem o teria encontrado
da forma em que já está
posto amanhã em sua mesa
à espera do tempo como um mágico
o senhor tira do nada
um guarda-chuva rosa e florido
em verdade como um mago
pois não se trata de truque ser todos os dias
o mesmo no mesmo sem tornar-se
paisagem ornamento mobília
impassível
ele bebe sua cerveja debaixo
das flores

quandoavejo
toaspernas
joemalsin
dararque
meiroan
imopri
nodéc
rtoé
qua
eu
s

TÉRREO (PORQUE TENHO MEDO DE ELEVADOR)

Ana Luiza Rigueto

4 vidas

4 VIDAS

9 anos
ser dona da bola
não entender de onde vinham
os amigos, brincar mas sobretudo
não entender

14 anos
disputar jogo com os meninos
levar desaforos pra casa
duvidar do beijo de língua

27 anos
terminar faculdade
terminar namoro
terminar poemas
testar
métodos silenciosos
de conquista

31 anos
evitar filhos caçar dinheiro
rir e chorar no teatro
ser brigadista voluntária
e apagar incêndios na mata
não por amor não por dinheiro
não sei por quê

GOSTARIA SIM

que você me flagrasse
catando formigas
me perguntaria
que fazem quietas aí
eu diria tão rápido
que levantaria suspeitas
catando formigas

você desconfiava
por um ou dois segundos
depois me dava a mão
dizia, te amo muito
vamos tomar um gelado
eu ia por amar
gelado, você e formigas
que mato

O TOUREIRO

você dizia, *ana*
você parece um bicho
porque eu às vezes falava tão pouco
e te respondia movendo com ênfase o corpo
a minha cara muda olhava você mudo estatelado
achando que eu era bicho e você
não sei o que pensava de si mesmo como se
ser bicho
fosse de repente a coisa mais inexplicável do mundo ✪

Jon Ståle Ritland

obrigado pela comida

traduzido do norueguês por Leonardo Pinto Silva

BANANA

a banana é torta
esboça um sorriso
de terras mais quentes

humor despreocupado, riso franco
que se abre a cada vez que
alguém a descasca

o triptofano da banana é transformado
em serotonina, combate a depressão
induz a sensação de felicidade

a banana virou arte
pelas mãos de Andy Warhol
Maurizio Cattelan grudou com fita
[adesiva uma banana

na parede da galeria da Art Basel
o preço era de 120.000 dólares
e não consigo deixar de rir

CEBOLA

para Peer Gynt a cebola era
uma metáfora da personalidade
o núcleo que faltava

eu corto ao meio
em vez de descascar
e vou às lágrimas

diante dos semicírculos
que soletram sos
continuo a picar

até que fiquem ilegíveis
rodelas de cebolas fritas, translúcidas
como a saudade nos olhos de Solveig

PATÊ DE FÍGADO

o fígado é um alimento nutritivo, contém
quase tudo que você precisa para viver

As águias de Zeus eram espertas quando devoravam
o fígado de prometeu, depois que ele foi punido

por ter dado aos humanos o fogo, o fígado voltava
a crescer a cada noite, o patê de fígado na fatia de pão

converte-se na sua própria mitologia, é
o sabor de algo que foi sacrificado por você

TOMATE

jovens corações
irradiam
luz vermelha

vinte e cinco anos passaram
cada manhã mesmo assim é nova
ela pica os tomates, as horas

o rádio toca um sucesso atemporal
eu ainda enrubesço
quando ela me olha ✪

Eduarda Rocha

Receita

RECEITA

quantos versos serão necessários
para escrever um poema ruim
assim péssimo
bem confessional
cheio de palavras cafonas
luas estrelas flores
emoção emoção emoção
e uma pitada de vida

QUERIDA ANGÉLICA

vamos vender nossos
passaportes brasileiros
e virar poetas argentinas
sabemos que nosso país tem
uma música espetacular
paisagens deslumbrantes
as frutas mais gostosas
mas é verdade que
depois de Fernando Pessoa
está muito difícil
escrever poesia em português
na Argentina
podemos nos livrar do hermetismo
passear de moto com a Fernanda
roubar bicicletas com a Cecilia
e escrever o que nos der na telha ✪

Gael Rodrigues

Esse dia também irá acabar

1

O que fazer com o que sobra senão uma festa? Afastam-se as cadeiras. Convidam-se os fantasmas, que nos cantos das paredes acreditavam passar despercebidos, para ficarem no centro. O que foi abandonado pelo chão gruda-se no teto espiralado como serpentina. Muitas serpentinas. Liga-se um ventilador de forma que tudo se mexa e pareça um mar de papel. É hora da música. De tanto vazio, se espalha sem esforço. Os fantasmas no centro do salão agora dançam.

2

Não é raro: apaga-se a luz, a festa começa. É assim quando a noite chega e os macaquinhos pulam de galho em galho. O sol só atrapalha. Todas as cores ali, as formas ali. Tanta realidade à distância das mãos cansa. O sol se põe, chega a saudade. Macaquinhos e fantasmas se misturam, trocam de galho, de corpo. Num galho cabe mais que os números do dia. A noite é festa. Melhor aproveitar.

3

Não precisava ser assim, acabar com tanto barulho. Parece até que não nos divertíamos há anos. E é verdade. Mesmo assim você deveria ser mais silencioso. Eu também, mas só depois de você. Em respeito a tudo que nós vivemos. Ontem vi uma serpente correndo pelo chão, e imaginei ela no teto, feita de papel. Havia música. Eu e você. Estava longe do fim e apesar de comemorarmos alguma data, estávamos em silêncio, no centro.

4

Ontem acabou um dia e hoje vai acabar outro. O que faremos quando nos dermos conta disso? Talvez seja noite. Percebemos logo antes de dormir e esquecemos. Outro dia, tudo igual. E levantamos sem lembrar que esse dia também irá acabar. O que faremos num dia em que um pássaro entra no nosso quarto, nos acorda com o canto mais lindo que já ouvimos, logo depois cai morto. As penas continuam, o canto num canto da parede. O que esse pássaro tem a ver com o dia que acaba logo mais. É melhor fechar as janelas antes de dormir.

5

O que diriam os fantasmas? Talvez que não gostam de celebrações, nem de lembrar a época em que os dias acabavam. Eles dançaram porque era preciso. Porque havia um centro vazio para se dançar. Ou seria o que diriam os macaquinhos. Os galhos, o escuro da noite, o vazio são a mesma coisa. Basta afastar as cadeiras e olhar mais de perto para perceber. O pássaro só veio atrapalhar, de qualquer forma ele já está morto. Olhe com cuidado. Mas está escuro, você me diz. Então chegue ainda mais perto, eu te respondo. Mais perto. Mais Perto. Consegue ouvir? A festa acabou. De começar. Podemos tentar. De novo. ✪

Eduardo Rosal

Velho pensador angolano

Velho pensador angolano

Muitos textos nascem de coincidências, constatações ou acontecimentos banais. Vejam o caso desta crônica cuja ideia me veio ao olhar de relance para uma tatuagem que tenho na perna. Então a imagem, tão bem pensada e afetivamente consagrada em minha pele, me fez um convite. De repente, me lembrei pela primeira vez de um ensaio (bem ao estilo de Montaigne) que escrevi quase uma década atrás e que tinha como mote meu espanto ao ler uma frase de Paul Valery: "Raramente me perco de vista". Àquela altura, cheguei a considerá-la digna de uma tatuagem.

Comecei então a escrever o ensaio sobre essa frase-tatuagem que nunca fiz, já adianto. No entanto, nesse mesmo ensaio me vi conjecturando sobre outras possíveis imagens que eu poderia, um dia, vir a transformar em tatuagem. Mas naquele momento não me ocorria a mínima intenção de tatuar o que quer que fosse. E assim segui por alguns anos, até ser tomado pelo segundo espanto que motivou esta crônica: a imagem tatuada em minha perna é exatamente a que, no tal ensaio, supus que um dia faria. Só agora constato.

Não dei por esse percurso que começou com um texto e que se realizou, muitos anos depois, em minha pele. Esse cálculo ficou perdido no caminho. Está claro, então, que a ideia de uma tatuagem me chegou primeiro pela escrita... e só depois chegou ao corpo, embora a escrita seja também corpo. Enfim, sei que me entende.

Uma autobiografia às avessas. Primeiro a imaginação da experiência, depois o fato. Em muitas ocasiões, minha escrita se antecipa a mim mesmo. Meu texto vislumbra o que só depois farei. A escrita me ensina e me mostra caminhos. Primeiro o escritor em mim vê, só depois eu vejo, como uma pré-consciência de mim mesmo. O que quero dizer é que muitas vezes sou posterior ao que escrevo, não o contrário. Não descubro e depois escrevo; ao contrário, escrevo para descobrir.

Fiz a tatuagem: um velho pensador angolano. Uma imagem bastante peculiar. Nunca fui a Angola, ainda. Mas meu pai foi, a trabalho. Passou seis meses e quase morreu de malária. À época eu era criança. Não pensava sobre o ensaio, a tatuagem, nem as consequências da colonização e da guerra em Angola, mas entendia o que era um pai e uma saudade. Meu pai voltou trazendo muitas imagens, inclusive uma escultura do tal velho pensador angolano, de forte simbolismo para o seu povo.

Desde então carrego esse pedaço de Angola dentro de mim, como um sentimento profundo por algo que só pude ver pelos olhos do meu pai e como símbolo do retorno de Ulisses, não o de Ítaca, mas o Ulisses Rosal, meu pai, que retornava a Realengo, o nosso espaço mítico, onde a força do Sol é tão grande que deixaria o Apolo de Homero com vergonha de seus poderes.

O que vi através do Ulisses de Realengo continua ecoando em meus futuros gestos. Assim, o que antes eu carregava dentro de mim, agora trago tatuado em minha perna: "Escritura à flor da pele", como intitulei o tal ensaio que, até hoje, para variar, nunca publiquei. Não importa. Uma imagem, quando verdadeira, não cessa nunca de chegar.

Primeira lembrança

Levei muitas horas tentando recuperar a primeira lembrança que tenho na vida. Já fez esse exercício de resgatar sua lembrança mais antiga? Há quem tenha essa resposta na ponta da língua e até ache banal o que me proponho, de tão óbvio. Mas para mim, confesso, é estranha a sensação de buscar minha mais longínqua imagem/cena, porque é como se eu não pudesse confirmar, por mim mesmo, que estive presente em minha própria história inicial.

Sabemos que, em geral, só conseguimos lembrar o que nos acontece por volta dos três anos de idade, enquanto nossos primeiros anos de vida adormecem no esquecimento. Só nos resta, então, acreditar no que nos contam sobre nossa primeira infância, além de viver as consequências do apego que nos deram. Acontece que isso que nos contam muitas vezes se embaralha em nós, a tal ponto de nos apropriarmos dessa história como se lembrássemos dela. Ledo engano.

Aliás, sabia que essa expressão "ledo engano", em sua origem latina, quer dizer "engano alegre"? Pois bem, nossa história é engano bonito, porque é também o que outras pessoas percebem e guardam de nós mesmos, imagens destinadas a brotar sempre no terreno da incerteza. De todo modo, alguns dizem se lembrar com toda a clareza de fatos ocorridos quando tinham um ou dois anos de idade. Acho espantoso.

Na verdade, com relação à lembrança mais remota que consegui acessar, não sei quantos anos eu tinha. Posso até supor, porque eu era uma criança de colo e porque algumas informações que tenho me dão certas pistas para uma hipótese plausível. E há também alguma possibilidade de confirmar com meus pais, mas gosto da ideia de deixar essa informação hesitando, errática, entre fatos e imaginações. Aliás, convenhamos, certas imaginações são bem melhores que a realidade, além do fato de que, do ponto de vista filosófico, podemos dizer que aquilo que imaginamos também compõe a nossa realidade.

A literatura (muito antes da neurociência) sempre trabalhou a relação intrínseca entre memória e imaginação – isso que de modo inconsciente nos faz misturar aos fatos reais umas boas pitadas de fatos imaginados, inventados. Assim, quem confia 100% na veracidade da própria memória, está fadado ao nosso querido "ledo engano". Com que frequência não nos acontece de relembrar com um amigo, por exemplo, alguma experiência que vivemos juntos, mas as lembranças de ambos em muitos pontos não coincidirem?

Enfim, vamos ao que prometi: minha primeira lembrança na vida foi uma visita à casa do meu avô paterno. Como disse, eu era uma criança de colo, e era meu pai quem me carregava, se não me engana a memória. A casa era muito humilde. Recordo apenas de dois cômodos, com o teto muito baixo, de tal maneira que era necessário abaixar um pouco para passar pela porta de entrada. A cena que me ocorre é breve, talvez não chegue a durar um minuto. Mas quanta emoção.

O que me comove é saber que essa é a única imagem que tenho do meu avô em vida. Ele faleceu pouco tempo depois. Nunca mais o vi, mas quanto mais eu ia crescendo, mais os familiares e os amigos da família constatavam, abismados, minhas semelhanças com meu avô, desde o gestual, passando pelo gosto musical e a escrita literária, até a coincidência-mor: exatamente no dia em que eu nasci (23 de dezembro), meu avô fazia aniversário. Viemos ao mundo na mesmíssima data, não nos bastassem todas as outras semelhanças. A vida é mesmo um somatório de mistérios.

Um edifício-avô chamado Jocemar

A vida é mesmo um somatório de mistérios e coincidências. Começo então pela coincidência de ter nascido no mesmo dia que meu avô. Sei que não é a coisa mais incomum que familiares tenham na certidão de nascimento a mesma data, assim como é ainda menos incomum compartilharem semelhanças físicas e de personalidade. Mas o caso do meu avô coloca temperos diferentes em minha história, a criação literária.

Sei apenas por flashes de memórias alheias quem foi Jocemar (meu avô). E cresci ouvindo da minha família que meu jeito e meus gostos são muito parecidos com os que ele tinha. Se o que faço lembra meu avô, é tudo um gesto involuntário, natural, afinal sequer o conheci para que pudesse imitá-lo. O fato é que quanto mais eu crescia, mais essas semelhanças se revelavam e espantavam, não a mim, que era a peça viva da comparação, mas às pessoas que o conheceram. Não foram poucas as vezes que ouvi frases do tipo: "Seu avô também fazia isso", "Impressionante, seu avô também gostava disso" etc.

Eu poderia contar algumas coisas sobre ele para exemplificar esses espantos. Poderia contar, por exemplo, que ele desenvolveu a capacidade de ser ambidestro e que tinha boas habilidades motoras, que foi reformado ainda bastante novo na carreira militar por conta da tuberculose, que mesmo com a tuberculose não largou nunca os cigarros e sua companheira, a cerveja (não a minha avó), nem o companheiro inseparável da cerveja, o bar. Poderia contar que no bar ele ficava sentado lendo o dia inteiro (sem jamais ficar bêbado, pelo que dizem) e que, também no bar, vez ou outra ele me levava ao colo e apostava uma caixa de cerveja com quem ousasse conseguir me fazer rir. Eu, um bebê antissocial, nunca sorria para desconhecidos. Segundo consta, minha seriedade precoce fez meu avô ganhar todas as apostas.

Poderia contar que ele, ainda no bar, lia de tudo: literatura, história, livro didático, manual de eletrônicos, bula de remédio e o que mais surgisse com palavras. Era um avô enciclopédico que, além do mais, consertava eletrodomésticos e cantava seresta com voz maviosa.

Preciso confessar que eu, uma espécie de Benjamin Button, quando criança gostava de cantar Nelson Gonçalves, Altemar Dutra e afins, com uma pequeníssima diferença em comparação com meu avô: eu sabia desafinar com perfeição. Boemias à parte, meu avô não só cantava, como também compunha muitas músicas que, segundo consta, chegavam a tocar no rádio. Mas ele nunca assinava o que escrevia, de modo que hoje não temos registro de nada. Assim como não temos o registro de sua cerimônia de posse em uma tal Academia Brasileira de Trova (se é que assim se chamava), para qual ele fora eleito membro por unanimidade. Desse dia, a única coisa que restou foi o vestido que minha avó usou na tal cerimônia e guardou até o fim da vida, mostrando-me muitas vezes, orgulhosa do meu avô e aproveitando para apontar nossas parecenças poético-comportamentais.

Dos poemas e das músicas, hoje não temos mais nada. Ou quase nada, não fosse o acaso ter me levado um dia, ainda adolescente, a um sebo no subúrbio carioca. Passeando o dedo na lombada dos livros desorganizados e empoeirados, topei com um livro de trovas de Onildo de Campos, e num estalo da tal memória alheia, lembrei que Onildo era um dos melhores amigos do meu avô. Abri o livro. Lá estava uma trova do meu avô, publicada a pedido e em homenagem ao amigo (só assim mesmo). É tudo o que nos resta do poeta que meu avô foi: uma trova. Uma única trova encontrada pela sorte que acompanha os arqueólogos.

Mas vamos nos poupar dessa minha extrema pessoalidade. O que basta dizer é que de tal modo eram as semelhanças que encontravam entre mim e meu avô que, com o passar do tempo, isso começou a pesar em mim. Sobretudo quando passei a entender que eu também não poderia fugir à sina de procurar palavras. Eu queria, sim, ser como meu avô, a quem resumiam como uma pessoa pacífica, afetuosa e interdisciplinarmente inteligente. Quem não quereria? Mas resolvi que, ao contrário, iria publicar e assinar meu nome em tudo que criasse. Assim tem sido, sem pressa.

O que basta dizer é que, desde jovem, em todos os prêmios literários que ganhei, usei como pseudônimo o nome Jocemar, como um amuleto, uma homenagem ao escritor que ele, não sendo, foi. Uma homenagem a essa vida torta desse poeta sem livros cuja glória é ter virado nome de rua em Bangu, subúrbio do Rio de Janeiro. Como se não bastasse, grafaram o nome dele errado: Josemar. Coroação de uma trajetória destinada ao anonimato.

O que basta dizer é que escrevo para dar continuidade à obra que ele "não" escreveu. É como uma "arqueologia inversa", para usar um termo de Beatriz Sarlo. Escrevo para trabalhar sobre as ruínas de um edifício nunca construído. Meu edifício-avô, agora projetado em palavras.

Capricórnio com peixes

Curioso quanto aos mistérios da astrologia tão em alta, resolvi algum tempo atrás fazer meu mapa astral. Sou capricórnio com ascendente em peixes, entre tantos outros aspectos astrais, bem menos simplórios do que isso que apresento aqui. O que se diz a princípio sobre essa tensão terra-água é que a aparente frieza esconde um fundo sensível. Ou, em outras palavras: o mesmo ser que se mostra amável mas distante, na verdade se afasta de tudo para que a finura da sensibilidade implícita veja e se envolva com tudo que o cerca. Concordo discordando, quase que assumindo a discordia concors barroca ou o jogo dos contrários inconscientes dos surrealistas.

Eu sei que na astrologia há meandros complexos, eu sei. Mas prefiro falar em astros, sobretudo na química infinita dos astros, do multiverso e dos mundos sósias de Louis Auguste Blanqui. Gosto da ideia de que existem vários eus fazendo escolhas e tomando rumos diversos nos mais variados mundos sósias a este. Mas esse papo é longo e louco, da melhor lonjura e da melhor loucura. De distante e louco todo mundo tem um pouco. Alguém discorda? De qualquer forma, haverá outras ocasiões para enveredarmos por esse caminho. Vamos ao que importa agora.

Voltando aos astros do meu nascimento: graças à confluência entre a rigidez capricorniana e a sensibilidade pisciana, sou lâmina fina, que tanto corta quanto enverga. Mas o que é, afinal, essa "lâmina fina"?

No filme *Imortal Beloved* – traduzido por *Minha amada imortal* –, do cineasta Bernard Rose, filme biográfico de Beethoven (não o famoso cão hollywoodiano, e sim Ludwig van Beethoven, o feroz compositor), deparei-me com a seguinte frase: "It is the finest blades that are most easily blunted, bent or broken" [as lâminas mais finas são as que mais facilmente cegam, se envergam e se quebram]. Essa imagem nunca mais me deixou, talvez pelo fato de me ter feito reconhecer que minha dureza facilmente se quebra, de tão aguda.

Tudo isso para dizer que choro. Por poucos motivos, escondido, mas choro. Alguns golpes de arte são certeiros. Já chorei com o John Lennon, mas não o de Londres; o daqui, o John Lennon da Silva, que se apresentou dançando *A morte do cisne* adaptada, por ele mesmo, para a dança de rua.

Se eu fosse vivo em 1917, assim como Murilo Mendes deve ter chorado, eu provavelmente também o teria feito ao assistir à dança de Nijinsky, no Teatro Municipal do Rio de Janeiro. Mas isso é só uma hipótese. O fato é que foi o Da Silva que me arrancou as tão escondidas lágrimas.

Outro golpe de lâmina (porque, sim, não me privo de ir do street dance à música erudita), é o *Prelúdio: modinha*, das Bachianas brasileiras, de Heitor Villa-Lobos, leitor de Bach e viola caipira, dos clássicos e dos Silvas. A cada vez que ouço Villa-Lobos me transformo, mesmo que por instantes, num ser humano melhor... e mais chorão.

Mas não é só a arte que me faz chorar. A vida, ou melhor, as vidas – sobretudo as abafadas, apagadas, invisibilizadas –, também são motivo de choro, mas de outra lágrima mais ardida e sem qualquer beleza.

Profissão: escritor

Demorei muito tempo para conseguir afirmar com tranquilidade que, além de professor, sou escritor. Os motivos são vários e longos. Não quero incomodar com isso. A questão é que sempre que eu precisava preencher um formulário ou quando era perguntado, respondia sem titubear "professor", embora minha dedicação à escrita tenha vindo muito antes da aventura quixotesca do magistério.

No início, quando eu dizia que era professor as pessoas ficavam espantadas. Eu aparentava ser mais novo do que de fato era, então parecia mais aluno do que professor. Durante bastante tempo dei aula não só para adolescentes, mas para muitas pessoas que eram, de fato, mais velhas do que eu. Até algum tempo atrás, quando entrava pela primeira vez em uma turma, costumava ser confundido com um aluno. Era o meu instante de glória, eterna e etérea, até que se provasse o contrário.

A questão é que comecei a dar aula muito jovem, por volta dos dezenove anos, o que de certa forma explicava o fato de acharem que eu era um aluno. Mas o principal é que sou imberbe. Essa palavra estranha, quase um xingamento, se refere às pessoas que não possuem barba. E eu sempre justifiquei essa ausência de barba com minha ascendência indígena, por mais que seja uma origem apagada em minha árvore genealógica.

— Já viu algum indígena barbudo? — eu dizia, para fazer graça.

A piada funcionava, o que não sei se funciona é essa teoria torta. Mas em tempos de teorias tão mais infundadas que a minha, a piada do indígena hipster até que ganha um brilhozinho de leveza.

Geralmente, depois que eu respondia que sou professor vinha mais uma pergunta:

— Você dá aula de quê?

— Português, literatura e redação, mas dependendo da necessidade...

Eu não dizia de quem era a necessidade, é claro. O fato é que depois da minha resposta o espanto aumentava, quase sempre seguido da frase:

— Nossa, mas você é tão novinho.

Preferi sempre encarar tudo isso como um elogio. Pela dádiva da dúvida, nunca procurei saber.

O tempo passou, a barba nunca cresceu, afora um ou outro fio solitário que desponta em meio a um deserto de pele, um rascunho de penugem como se riscado a lápis, um terreno epidérmico de solitários fios de barba. Escreveu Saramago: "a solidão não é uma árvore no meio duma planície onde só ela esteja, é a distância entre a seiva profunda e a casca, entre a folha e a raiz". Mas no caso da minha barba, a solidão é mesmo a distância entre uma penugem e outra.

Enfim, não veio a barba que me tiraria da eterna juventude, mas a frase "nossa, mas tão novinho" começou a rarear, por outros motivos, sob o olhar enviesado de Cronos (do grego Krónos), o deus dos cronistas memorialistas. Os anos foram passando e, nesse meio-tempo, resistindo às dificuldades de uma origem socialmente humilde, fiz mestrado, depois doutorado com período em uma universidade francesa, passei a trabalhar (para além da sala de aula) como revisor, preparador de texto, tradutor, publiquei livros, ganhei prêmios literários etc.

Depois desse longo percurso, o espanto da resposta "sou professor" ganhou novos ares e novos sustos, porque hoje as pessoas não conseguem crer como alguém com "tanto estudo" continua a ser um mero professor. Para completar, hoje dou aula para outra faixa etária. Leciono para jovens que têm entre onze e quatorze anos. É óbvio que já não me confundo entre eles. O que me dói, além dos tornozelos e do joelho esquerdo, não é ter vinte e poucos anos a mais e ser chamado de tio, mas a vitória diária da calvície contra meu xampu caro.

É claro que, nesse assombro de ver um professor de ensino fundamental da rede pública do interior com "tanta qualificação", fica implícito o conhecimento geral sobre a média salarial de um professor no Brasil. Mas mudemos de assunto para evitar lágrimas e ódios.

Hoje quando digo que sou professor costumo receber também olhares de compaixão, como se tentassem esconder certo desapontamento, como se silenciassem a sentença: "tanto estudo para acabar assim". Não é incomum, inclusive, que esse olhar venha acompanhado de um elogio à enorme importância da profissão, de longas opiniões sobre o cotidiano escolar, longuíssimos discursos sobre o passado, o presente e o futuro da profissão, sobre o que deveria ser feito etc. Mudemos de assunto...

A questão é que, como prometeu a primeira linha desta crônica, de uns tempos para cá passei a me apresentar também como escritor. ✪

Lilian Sais

Nunca

1

escrevo poemas
em português
nunca estive em Portugal
mas Portugal esteve
aqui

chegou na praia
com barquinhos

lembro de ver
nos livros da escola
os desenhos dos barquinhos
e de ler
alguma legenda
com a palavra
caravelas

prefiro barquinhos

2

trabalho revisando livros
didáticos

3

nunca pesquei um peixe
nunca limpei um peixe
nunca fritei um peixe
mas já comi peixe
na praia com limão

4

tenho que ir ao cinema
não suporto estar atrasada
é como se por perder
a hora causasse a alguém
o horror
de perder um pouco
não do filme
mas de sua vida

um minuto
não importa

pode-se dar um beijo
em menos
de um minuto

pode-se dar uma risada
em menos
de um minuto

pode-se ler um poema
em menos
de um minuto

a depender do poema

escrever um poema
leva mais tempo
esse me levou
uma tarde inteira

não me aflige

5

mas suponha
você está em um café
esperando Lilian
quando descobre
que tem mais um minuto
de vida e só

você continua
esperando
Lilian?

você toma o café
sem
Lilian?

você diz me dê rápido
um pedaço
de mil folhas?

você come
mil folhas?

escreve
mil folhas?

você rasga?

6

no final o titanic
afunda
vê-se no cartaz do filme
e você
faz o quê? ✪

Julia Santalucia

Vida ao lado

Eu pensei muitas vezes em sair, bater na porta dois e dizer que eu não era surda, que eu escutava os gritos e via a movimentação, mas permaneci calada. Claro que eu não queria que a Solange se machucasse, mas estava muito interessante acessar um drama tão grande com tanta nitidez, fazer valer as janelas. Em certo momento, que não me lembro exatamente, Solange e Jeferson ficaram em silêncio e eu não consegui mais me esconder: bateram na minha porta.

"Eu sei que você tá ouvindo, Fátima". Meu corpo ficou automaticamente congelado, deixei cair a maçã que mordia e ela rolou até o pé da mesa de jantar, bem ao lado do resto de pizza que eu deixei cair no dia anterior. "Não adianta fingir, eu tô vendo que a luz tá acesa. Abre a porta!", continuou, e eu pensei que o único movimento possível para aquele momento era recolher o resto de pizza de palmito e a maçã antes que chegasse uma barata e eu realmente precisasse abrir a porta. "Fátima, por favor, eu preciso de ajuda". Demorei alguns segundos para me mover, na esperança de que ela desistisse. Mas ela respirava tão alto que mesmo sem falar se fazia presente. "Me ajuda, por favor". Acho que eu estava só esperando ouvir essa palavra de novo, ajuda, para abrir a porta. Um pedido de ajuda normalmente é uma chave, abre as portas todas. Fui até a entrada com alguma dificuldade, enganchei no cobertor que tinha caído do sofá. Alcancei a maçaneta feita especialmente para mim e abri a porta bem devagar. Comecei olhando para os pés dela, estava com meias cinzas manchadas de um vermelho bem escuro, vestia uma calça de pijama com bolinhas azuis, os braços cruzados atrás da bunda, um moletom rosa, e tinha um arranhado vermelho do queixo até o nariz. O cabelo eu olhei por último, um coque perfeitamente simétrico, sem um fio pra fora.

"Como assim, Solange, tá maluca?"

"Eu não tenho mais ninguém pra pedir."

"O louco do seu marido ainda tá lá?

"Tá..."

"Então se esconde aqui. Vai, entra logo e tranca a porta."

"Ele ainda tá lá, Fátima."

"Por isso mesmo, fala baixo e vem logo, eu não vou conseguir fazer nada."

"Vai conseguir. Você vai."

"Eu tenho uma peixeira."

"Não vai ser preciso."

"Tenho um spray de pimenta também, tá novinho."

"O olho dele não abre mais, Fátima."

Ela colocou as duas mãos no rosto e bagunçou o coque milimetricamente preso, como se quisesse arrancar os cabelos. Eu me arrependi de ter aberto aquela porta e escutado o pedido de ajuda, mas não tinha mais o que fazer. "Você tem uma dessas extra?", ela disse, apontando para a minha cadeira. "Obviamente que não", respondi num tom seco. Solange saiu primeiro, disse para eu acompanhá-la, eu saí em seguida.

Solange me conduziu com uma força desproporcional, eu disse que não precisava, conseguia me mexer sozinha, mas ela repetia que precisava de agilidade. Paramos em sua porta, casa dois, e ela abriu a maçaneta com mais demora do que se esperava para uma situação dessas. Escancarou a porta, as luzes todas apagadas. Acendeu a luz do corredor e eu disse "eu preciso que você fale o que está acontecendo", e ela só respondeu "eu vou te guiando". Caminhou até o seu quarto, que ficava no fim do corredor. O marido estava sentado na cadeira de escritório, com a cabeça caída para trás. "Solange, pelo amor de Deus", falei, com desespero, e ela me respondeu virando a cadeira para mim. Ele estava completamente nu, com os olhos fechados, a boca semiaberta com uma espuma branca escorrendo dos seus lábios. Claramente morto, um morto bem morto, pesado e blasé como só os mortos são. Eu mal consegui focar no rosto do morto, meu olhar parou na sua virilha, as pernas abertas e um pau duro. "O que você fez com ele?", perguntei, colocando as mãos no bolso para não deixar nenhum rastro. "Ele ia me trancar lá no porão, disse que ia me deixar lá para apodrecer junto com os restos de comida que caem entre as madeiras, que o que eu merecia era virar chão", ela falava e as lágrimas caíam pelo seu rosto. "Por que ele tá assim?", perguntei com uma certa vergonha, porque meu olhar não conseguia parar de encarar aquele pau simétrico, mesmo morto, um pau onde o sangue ainda corria, por espasmo, um resquício de tesão. Lembrei da sexta-feira, a última vez que escutei Solange e Jeferson juntos, enquanto eu assistia o jornal da manhã. As notícias não eram animadoras: desastres naturais, professores assassinados, a gravação da nova novela das oito e um casal tentando resolver os problemas com sexo. As nossas casas são muito próximas, casas geminadas, lado a lado. Mas eu ouviria ainda que não fossem, porque os dois gritavam. A Lisa já é passado; Você sabe o que eu quero; Eu tentei; Vai embora; Acabou?; Vem, não para, Jeferson; Vem aqui, assim, assim, continua; Tá gostoso?; Tá, não para; Não goza, não goza; Vou gozar; Vai, vai. Gemido longo. Silêncio ofegante. Silêncio absoluto.

"A gente estava transando antes de tudo acontecer". Minha cabeça tentou retomar os fatos: os dois na cadeira de escritório, ela em cima dele, ele agarrando as suas ancas, a cadeira instável, o movimento de vai e vem, alguém diz que vai gozar e... o cara morre babando uma substância não identificada. Não fazia sentido, nada daquilo fazia sentido. "Como aconteceu?", perguntei. "Sei lá, Fátima, que tanto você quer saber? Já não chega ficar ouvindo a gente todo dia?". Ela estava bem na minha frente, me olhando de cima pra baixo, e eu fiquei ainda menor.

Solange encostava na mão do morto com uma certa doçura, fazia carinho com a ponta do dedão, em silêncio. Por um momento senti um arrepio nos pés, achei estranho, mas deixei escapar um sorriso. Lembrei do dia em que a Rosa veio me visitar, uma das poucas visitas que aceitei receber. Rosa foi a última pessoa que explorou o meu primeiro corpo. "O seu corpo está inteiro", ela dizia pra mim, mas eu não sentia da cintura pra baixo, e isso já fazia da minha existência algo partido. Essa visita aconteceu poucos meses depois do acidente. Ontem completou um ano. "Fá, você sobreviveu, está linda. Continua linda", ela falava enquanto ensaiava pegar na minha mão. Eu escapava, com um misto de medo e desejo. Ela que estava linda, com uma roupa amarela, os cachos mais soltos do que nunca, as pernas mais compridas, que pernas bonitas as dela. Morenas, coxas bem grossas, que enchem a mão toda, que cobrem o rosto de quem tem o prazer de entrar ali. Tive saudade de transar, de transar com Rosa, mas transar do jeito que eu gostava, deixá-la sentar na minha cara, até ela gozar, para logo depois eu ficar em cima dela, com as pernas maleáveis, me encaixar nela e só sair quando as duas estivessem cansadas e satisfeitas. "Você ainda sente desejo?". Eu não esperava ouvir essa pergunta no meio de um café da tarde, dessa forma tão direta. A vontade de transar sendo a Fátima de meses atrás era desejo? Dormente ou pulsante? Não sabia responder, não queria responder. "Desculpa, não quis te deixar sem graça nem nada. É que sabe, eu continuo sentindo desejo por você", ela disse se escondendo na xícara de café.

"Precisamos tirar ele daqui, Fátima", Solange disse sussurrando, me afastando da minha lembrança. "Ele não te batia? Olha a sua cara, tá cheia de marcas. Liga pra polícia e fala que você precisou fazer isso, senão ia morrer", eu soltei num tom acima do que gostaria. Ela andava de um lado para o outro do quarto, o coque completamente desordenado, respirando de forma grave. "Eu quero enterrá-lo com o Robson". Parei alguns instantes para lembrar quem era o Robson, e onde ele estava enterrado, ou porque eu deveria saber quem era o Robson e onde ele foi enterrado. "O Robson, o meu jabuti, ele tá no jardim, atrás das macieiras". Eu não tinha a menor ideia que o Robson, o jabuti, estava enterrado lá. "Como você pretende carregá-lo até o jardim?", perguntei. Ela fez um leve carinho na minha roda, dizendo sem dizer que o plano estava todo montado na sua cabeça.

"Desculpa, Fá, mesmo. Não devia ter dito isso assim", Rosa disse, agora sim agarrando a minha mão. Eu fugia do olhar dela, mas por dentro estava em erupção. Minhas pernas às vezes tem uns espasmos, movimentos involuntários que nada dizem sobre eu voltar a andar. Naquele momento, com a Rosa, as pernas pareciam ter vontade própria, se eu fechasse bem os olhos podia quase sentir. Quase. "Eu sinto desejo, sim", falei, segurando mais forte ainda a mão dela. O que aconteceu depois dali está um pouco turvo na minha cabeça, estava nervosa, mas viva, me sentia viva inteira. Ela desabotoou o meu vestido bem devagar, enquanto a ponta dos seus dedos encostava no colo do meu peito. Olhei pra baixo e vi que estava toda arrepiada. Ela chegou mais perto e me deu um beijo como costumávamos dar. Um beijo de boca inteira, que era começo, meio e fim. Ela conduziu o nosso momento, foi manuseando o meu corpo do jeito que queria, que podia, agachou, levantou, sentou na minha cadeira junto comigo. Passamos horas, o café esfriando, a mosca comendo os restos do bolo de laranja. Rosa foi embora, me escreveu algumas vezes, mas eu nunca respondi.

Solange abriu os armários para pegar uma roupa para o Jeferson, a roupa mais bonita que tinha, ela dizia, uma camisa florida, azul marinho, e uma calça de moletom cinza, para ficar confortável, ela dizia, e enquanto vestia o marido falava com ele, pedia desculpa, beijava as suas mãos, você me obrigou a fazer isso, seu puto, ela dizia, e arrumava o seu cabelo com cuidado, os fios grisalhos milimetricamente ajeitados para a direita, o morto deitado na cama, um morto bonito, bem vestido, cheiroso até, com um semblante tranquilo e o pau duro, você está lindo, amor, sempre quis que você arrumasse o seu cabelo assim, ela dizia, até que jogou o seu corpo em cima do dele num abraço desajeitado. Ela chorava nele, cheirava o seu pescoço como um animal, esfregava o nariz, a lágrima, a saudade e o alívio nas bochechas do marido. Foi uma cena atípica, para dizer o mínimo. É claro que eu me interessava, continuaria vendo aquela cena, mas pensei que seria melhor aproveitar que não estava em destaque para tentar ir embora. Não queria emprestar a minha cadeira para carregar um morto, não queria ser cúmplice. As rodas foram pra trás com cuidado, meu olhar fixo naquele amontoado de corpos degradados. Seu pescoço virou de um jeito mórbido, flexível demais para um pescoço, e ela me encarou dizendo "Você não vai embora". Levantou num salto, com uma expressão de ódio e loucura que não tinha visto ainda. Suas olheiras estavam mais marcadas, o cabelo ainda mais desordenado, o risco entre seu queixo e o nariz parecia mais exposto, mais largo, mais vermelho. "Sua cadeirante de merda, você não sente falta de uma emoção?", ela dizia, e agarrou a cadeira com força, me rodou tão rápido que eu quase caí, segurei firme como pude, gritando socorro, pedindo ajuda, tentando tirá-la do comando, mas ela seguia decidida, abriu a porta da sua casa com um chute, a roda atropelou uma garrafa de vidro que fez um estrondo, minhas mãos arranhando as dela, sua doente, eu dizia, e ela me dava tapas de mão aberta na orelha, um zumbido, sua descontrolada, eu gritava, cuida das suas merdas sozinha, e ela continuou me empurrando até chegar à minha porta e antes que eu pudesse alcançar a maçaneta virou a cadeira e eu caí no chão. Não consegui mais vê-la, ela correu depressa demais e eu estava com muitas dores, com o nariz no asfalto cheio de musgos, bitucas de cigarro e restos de vida. Vi um jabuti passar por mim com desdém, me perguntei se era o Robson, e ele andando lentamente, e o zumbido no meu ouvido, a dor no pescoço e os braços querendo reagir. Não me lembro quanto tempo eu passei ali deitada. Mas lembro bem do que pensei: era hora de falar com a Rosa. ✪

Anna dos Santos

MULHERES que escrevem?
escrevo enquanto a vizinha da casa de cima
escuta louvores evangélicos no rádio
e o cachorro me rodeia com uma bola na boca
escrevo no bloco de notas do celular
vou ao mercado
então escrevo enquanto espero a pressão da panela
a vizinha agora escuta sertanejo universitário
estendo a roupa no varal
brinco finalmente com o cachorro
por uns cinco minutos
– o tempo necessário pra diminuir a minha culpa –
coloco outra roupa na máquina
e retomo o que escrevia
eu escrevo nas brechas
e porque sou teimosa
"vamos supor" que eu tenha algo a dizer
deve ser por isso
tamanha insistência

afinal todos sabem
o mundo é feito por homens brancos geniais ✪

~~infância~~

CRESCER

tenho 24 anos
fui a muitas casas
conheci cidades
comi comidas feitas por muitas mãos
e nada tem o gosto
da mistura do arroz com o feijão
no prato azul de plástico
da casa da minha vó

CONTINUAÇÃO

durante toda a minha vida
vi minha vó costurar
amarrando passado e presente

em meio a memórias antigas
minha vó me conta
que seu pai também costurava

NEM SÓ DE POESIA VIVE A POETA

(a Solano Trindade)

agora sou eu quem costuro
palavras
e ao meu modo
perpetuo a tradição

a poeta precisa pagar contas
enfrentar a fila do mercado
passar no caixa o pão, a manteiga
e o café

a poeta vibra
quando acha no bolso da calça
qualquer nota de vinte esquecida

brasileira dos anos 20
a poeta também se afeta
com a alta da gasolina

eventualmente precisa garantir
a escola das crianças
quarenta metros quadrados de aluguel
e uns trocados pra deixar no sebo da cidade

a poeta precisa - enfim – comer
que poesia alimenta
mas não mata a fome ✪

Rodrigo Santos

Merru

Era pior quando não tinha lua, ou estrelas. No descampado da Rua 10, atrás ficavam o campo e o pântano, cada dia mais tomado pelos casebres sem reboco. À frente, apenas os postes indicando o caminho pelas ruas de terra até boca de fumo, como se o próprio poder público sinalizasse a jornada da derrota. Sem lua era ainda pior.

Merru gostava quando tinha alguma luz natural. Não que ele entendesse alguma coisa sobre as luzes da cidade barrarem a luz dos astros celestes, nem deve ter tido essa aula — e talvez nem esse professor, no colégio estadual da rua 4 onde havia estudado — mas quando o céu estava limpo ele gostava de olhar e se imaginar no campo. Talvez um vaqueiro, como o avô da mãe nas histórias que ela contava sobre a sua família no Norte. Ou um caubói.

"Mas tinha caubói preto, vó?"

"E quem cuida dos bichos? Quem limpa a bosta, quem dá banho? O caubói é quem trabalha, meu filho, e o caubói de verdade é preto. Branco só tem a caneta e o papel, sabe nem porque boi caga espalhado e cabrito caga redondinho" — e se ria, a velha. E Merru ria junto.

Caubói.

Hoje estava tudo escuro, sem lua ou estrela. Só os postes, e um edredom de nuvens sobre sua cabeça.

— Que horas que chega o papá? — Disse Metadinha, o mais novo.

Metadinha era novato no serviço. Chegou Kaíque, virou Metadinha porque no primeiro dia só comeu a metade da quentinha. Reclamou que estava azeda. "Tu queria o quê, Burger King?", falou Quissamã, e ele teve sorte de não virar Burger King, ficou Metadinha mesmo.

"Já foi bom servir na firma, menó", disse o missionário uma vez. Fausto Daniel, o nome dele, mas já havia sido Frieira. "Dava dinheiro, a gente vivia que nem rei na favela. Agora? É merreca, quentinha azeda e prisão. Quando Jesus tocar teu coração você vai ver. Isso tudo fica pra trás, sabe por quê? Porque nada disso é teu, menó. É tudo do Inimigo".

Uma vez por semana eles vinham. Trocavam ideia, davam comida, de vez em quando até rolava um bombom Garoto. Não se incomodavam com as armas, ou com o bagulho, a maioria tinha sido do crime também.

Em noites de lua, Merru (que era Adalberto de nascença, "Meio ruim" de apelido que virou Merru) até pensava nisso. E se Jesus chamasse? Merru iria. Os crentes vestiam roupa limpa, falavam macio, pareciam sempre felizes, e cheios de bombom Garoto. Merru poderia facilmente viver essa vida, sair dessa doideira. O Frieira contou que ele mesmo nunca tinha acreditado, mas quando o bando dele teve que matar um menor dentro de uma igreja, lá no Salgueiro, ele ouviu o chamado e largou o crime.

Até agora Jesus não tinha aparecido pra chamar ninguém por ali.

— Tá vindo um ganso ali. — Quissamã já meteu a mão na pistola, Metadinha se adiantou pra vender. Ainda não tinha moral de ficar armado, e nem radinho. Radinho, só o Merru.

Na rua vinha um cara andando. Jovem, ainda. Andava pelo que deveria ser meio-fio se naquela rua tivesse meio-fio. Quem mora em comunidade sabe: não se anda perto do muro (ou no terreno baldio, porque ali perto da boca nem muro tinha) pra não parecer que estava se escondendo, nem no meio da rua pra não afrontar. O ganso (que é como se chamavam os viciados) conhecia as regras.

Cambaleava. Parecia alcoolizado. Mais um que passou da conta e ia dar um teco pra cortar a onda.

Mais um fudido.

— Adalberto taí? — Ele falou assim que chegou.

— Qual foi, viado? Quem é Adalberto?

Merru olhou do morrinho de grama onde ele estava sentado. Só sua mãe o chamava de Adalberto. Sua mãe e quem o conhecia há muito tempo.

— Merru. Merru, sou eu, o Bruno.

Estudaram juntos desde o jardim. Brincavam juntos, Merru adorava a torta de sardinha que a tia Gracinha fazia quando ele ia pra lá. Torta de sardinha com Tang de laranja.

Isso até Merru entrar no crime. Bruno tinha pai, tinha mãe. Tinha plano de saúde. Até videogame o Bruno teve. A única coisa que Merru teve foi a vontade de ter, e a carcaça maltratada.

— Segura aí, Quissamã, segura. O moleque é meu. — O maluco já estava com a mão na pistola, Metadinha se escondeu. — Que que tu tá fazendo aqui a essa hora, Bruno?

— Adalberto... Preciso da tua ajuda, cara.

— Ô, se adianta. Metadinha, vende pó pra esse viado aqui não. Nem pó, nem fumo, nem porra nenhuma.

Bruno sorriu.

— Tu sabe que eu nunca curti essas paradas, só um traçado de vez em quando e olhe lá.

— E pelo visto hoje tu abusou, né?

Bruno abriu os braços em gesto de rendição, e sorriu. Merru retribuiu o sorriso, e abraçou o amigo. Não foi só um gesto de amizade e carinho, foi pra tirar ele dali, bandido adora uma fofoca.

— Como é que tá tia Gracinha, Bruno?

Um pouco mais pra frente da boca, tinha um terreno com um morrinho de diferença da rua. Quando Merru sentou, tirou o radinho e a pistola e colocou do lado. Se isso incomodou Bruno, ele não deixou transparecer.

— Tá bem, Beto. Ela sempre reza por você.

"Quando Jesus tocar teu coração você vai ver", dizia o Frieira.

— Ela ainda faz aquela torta de sardinha? Viado, eu matava um agora por um pedaço daquela torta...

Imediatamente Bruno olhou pra arma.

— Não, porra. É só maneira de falar. — Merru sorriu, meio sem graça. — Mas diz aí, o que é que você faz na boca a essa hora? Não fuma, não cheira, tá fazendo turismo no Jardim Catarina?

— Eu preciso da tua ajuda, Beto.

— E em que eu posso te ajudar, mano? Olha pra minha vida, cara.

— Eu preciso matar um cara.

Merru tirou o maço de Gift da bermuda cargo, puxou um cigarro amassado e acendeu. Deu o primeiro trago, soltou a fumaça e olhou para Bruno, que o encarava.

— Tu tá falando sério?

Bruno colocou a mão no ombro do amigo.

— Papo reto. Preciso da tua ajuda.

Com o canto do olho, Merru viu chegar alguém. Dois caras, brancos, com cheiro de shopping.

— Atividade, família!

Metadinha já tinha se adiantado, Quissamã veio na contenção. Tudo tranquilo, dois moleques de condomínio procurando pó. Compraram e saíram de cena sem alarde, como convém.

Bruno olhava para Merru. O olhar meio vidrado, parece que o ato de se sentar fez a onda da bebida bater mais forte.

— Então, Beto?

— Cara... — Merru suspirou. Lembrou da avó falando que os brancos não trabalhavam, pagavam pros pretos fazerem o trabalho sujo, e pagavam o mínimo que os deixasse fora da miséria.

Mas Bruno não era branco. Era preto, como ele. Cresceu no mesmo lugar, passou pelas mesmas experiências. Lembrou quando jogavam taco no meio da rua, as crianças correndo e batendo os tacos para comemorar o ponto, sorrindo.

Sorriu também.

— Você está rindo, é um bom sinal.

— Bruno, presta atenção: vai pra casa. Vai pra casa, toma uma água com gás, passa ali na entrada e leva um podrão, sei lá. Tu tá bêbado, cara.

Bruno se levantou, com raiva.

— Bêbado é o caralho! Eu sei o que eu estou fazendo!

Merru viu Quissamã meter a mão na pistola, e fez sinal de que estava tudo sob controle.

— Senta aí, viado. Não dá show não, porra.

Bruno sentou, escondeu o rosto com as mãos e começou a chorar.

— Cara... Porra, Beto, eu só posso contar contigo, cara...

— Pra que, pra fazer merda? Eu já sou sujo mesmo, né? Bandido? Aí você não precisa se sujar.

Bruno colocou as duas mãos nos ombros do amigo, com os olhos arregalados.

— Não, cara. Não estou te pedindo pra matar ninguém não. Só me empresta uma arma, deixa que eu faço o serviço! Se der merda não vai dar nada pra você, cara, eu juro!

Merru tentou acalmar o amigo.

— E quem é esse cara que você quer tanto matar?

E Bruno falou. Conheceu Lívia no primeiro período da faculdade. Saíam todo dia da Universo e bebiam na Trindade. Apaixonaram-se, como acontece. Enamoraram-se. Namoraram. A relação andou até certo ponto, mas empacava sempre que os carinhos se tornavam mais... íntimos.

Bruno não se importava tanto. Não era por isso que estava com Lívia. Ela era inteligente, bonita, cheirosa, ria de suas piadas e compartilhava de seus sonhos. Com o tempo, o rapaz começou a achar que o problema era ele.

— Não é que eu achava que ela não queria dar. Eu achava que ela não queria dar PRA MIM! — disse, batendo no peito, sob o olhar intrigado de Merru.

Porém, há menos de um mês, os dois estavam bebendo na varanda da casa de Bruno, Dona Gracinha já tinha ido dormir ("Minha mãe fez torta de sardinha naquele dia, mané", "Porra!

Tinha que ter me chamado!"), e ela finalmente contou.

Lívia havia perdido o pai, ainda criança. Quase não tinha lembranças dele. Não demorou, sua mãe conheceu o Douglas, e demorou menos ainda para eles morarem juntos.

Desde então, Douglas abusava de Lívia.

— Caralho, viado! Que porra é essa?

— Isso mesmo, parceiro. Ela não conseguia ir além nas intimidades, tinha medo. Na cabeça dela, era a mesma coisa suja que o filho da puta do padrasto fazia com ela! E ainda é!

Bruno chorava. Merru enterrou os dedos na areia de raiva. Se o tal do Douglas aparecesse na frente dele agora ia dar merda.

Só que o seu amigo Bruno era outra coisa.

— Bruno... Se liga.

Chorando, o amigo olhou pra ele.

— Você, cara... Você não é pra isso. Não nasceu pra isso.

— E alguém nasce pra isso, Beto?

Merru respirou e calou fundo. Não, não nasce.

— Não interessa. Cara, você está fazendo faculdade, tem plano de saúde, porra. Sempre teve!

Bruno sorriu, meio sem graça.

— Quantos moleques que cresceram com a gente tem isso? Você teve. Lembra do Peta? Do Quinado? Do Janela? Tudo morto, cara. Esse caminho aqui é só a morte, não tem diploma nem beijo de donzela no final.

— Eu quero é lutar pela donzela!

— Essa luta não tem vencedor, mano.

Merru olhou para o chão, impactado pelas próprias palavras.

— Mas cara...

— Mas cara porra nenhuma! — Merru levantou, puto. — Volta pra casa, pra tua torta de sardinha, pra tua faculdade! Aproveita a vida que você recebeu, viado! Tu não tá entendendo? Você é o melhor de nós!

Bruno nada falou, espantado com a explosão do amigo.

— Você é exemplo pros menor que crescem onde a gente cresceu, porra! Você acha que eu sou exemplo de quê? A maioria vem parar aqui, ou atrás do balcão. Você é o cara que fez faculdade, porra!

— Fiz não, estou fazend-

— Foda-se, já é mais do que a gente tem. Segue teu rumo, mete o pé, deixa a vida cuidar. Tu vai matar o cara e o quê? Vai pra Benfica, depois pra Bangu. E tia Gracinha? E essa mina aí, a Lívia? Ela nem vai lembrar de tu, mano. Papo reto.

— Aí você já está passando dos limites, meu irmão.

Bruno se levantou, e os dois ficaram cara a cara.

A arma no chão. O radinho. Quissamã olhando a cena pegou na arma.

Merru sorriu.

— Mano, mete o pé. Sai daqui. Volta pra tua vida. Um gesto meu e você tomba aqui mesmo. Nem precisa ser eu. Tá vendo o Quissamã ali? Doido pra subir no conceito da firma. Pra você eu sou o Beto, mas pra ele tu tá encarando o chefe, e não vai pensar duas vezes antes de te encher de buraco.

Segundos que duram décadas depois, Bruno se afastou.

— Tu não vai me ajudar mesmo, né?

Merru sorriu.

— Eu estou te ajudando, leque. Segue teu rumo. Faz o teu. Deixa que a gente aqui lida com a bosta.

Bruno ia se virando para tomar o caminho pra casa, mas voltou.

Merru não esperava um abraço tão forte.

— Te cuida, mano.

— Você também, Bruno. Manda um beijo pra tia Gracinha ✪

Thadeu C Santos

Garfield na Flip

Garfield na Flip

O gatinho laranja estica o pescoço para fora da caixa de sapato e pensa que seu repouso é um trabalho produtivo. Nada do que esteja fora dessa cama confortável pode ser mais tentador. Estudar o que disse Antônio Candido nem chega aos pés de ter a consciência tranquila e tempo livre para pensar o que é um texto. E se Heloísa Buarque de Hollanda me contasse o que tem de melhor na poesia de Ana Cristina Cesar só me valeria se a partir disso eu pudesse finalmente descansar, me distrair e só ler Ana Cristina Cesar quando eu quiser. O entrelugar de Silviano Santiago é um sonho em que se pode viver da poesia francesa sem precisar prestar atenção nesta frase: “Mon amour, qu’est-ce que la poésie brésilienne?”

Mito de origem

Fazer poesia é algo simples. Um verso depois do outro e, de repente, acontece o milagre de estar de frente para um poema. Esta mensagem, esta informação, esta coisa que acontece no fim. Aqui é o fim. O poema é um átomo que explodiu e assim deu sentido à vida: a voz de Maria Bethânia. Pensando bem, um poema não é uma coisa fácil de explicar. Talvez eu tenha dito alguma coisa errada. Fazer poesia não é algo simples principalmente porque poesia é uma coisa que não vale nada. Estamos lidando com um lance extremamente complexo

Canto de maldição

Com certeza ser poeta não é uma boa escolha. Como não existem meios materiais de exercer esse dom, você se humilha preenchendo os campos de um projeto no programa Rumos, do Itaú. Agora você resume seus planos e eles se parecem com frases do tipo “Defenda o seu projeto”. Nessas horas qualquer um fica religioso. É causa para os advogados celestes, anjos Gabriel. Essa minoria radical que tem na Lady Incentivo um motivo para acreditar que é possível: Virgem Maria, ou seja, Rita Lee

Meias verdades

Quando recebi o convite da Bianca para escrever um texto, pensei que pudesse finalmente mostrar o quanto eu domino a poesia. Mas isso é tolice. Eu não sei fazer versos principalmente porque isso não importa. Não importa o que eu sei fazer. Sei que não preciso mostrar a Bianca que sou poeta e que posso mesmo assim aparecer na antologia que ela está organizando para a Aboio. Se saco isso, não me forço a nada. Apenas estou aqui fazendo alguma coisa, escrevendo um poema para a Bianca. E isso é mais do que o suficiente. É assim que vou mostrar a ela o quanto domino a poesia

O que é nascer

O problema de escrever é ficar tentando descobrir o que o texto quer de você. O que ele quer arrancar de você. Se me entrego ao texto, sei que é um caminho sem volta. O texto quer minha pose de menino bem educado, que leu as leis, as Escrituras, que conhece itãs e mitos originários. Quer saber se eu sei dançar. Quer minha dor de amor, minha desgraça. Quer minha lábia, minha ternura e minha invenção. Quer saber o que eu acho que é viver no Rio de Janeiro. Quer ser colchão pra minha insônia, ser madrugada de canto doce e atormentador. Dou ao texto tudo o que me pede e é assim que fico sem nada. Faça a manha que o texto faça, não me defendo. Nenhuma mão beijada

Estúdios Globo

Quando José Agrippino de Paula escreveu "PanAmérica" todas as pessoas ganharam uma câmera na mão, e entenderam que um livro é o cenário ideal para um filme longa-metragem de orçamento holywoodiano. Todo texto é um vídeo. E o interessante é ver como o texto deixa de ser algo escrito para ser uma exibição. É assim que a ficção dá sentido à realidade. Vejam que, por exemplo, Marilyn Monroe é uma das personagens mais interessantes de nossa escrita experimental. E que antes disso Descartes fumou haxixe no "Catatau"

Eu gosto de como você escreve

Muito se fala sobre a amizade de Ana Cristina Cesar e Armando Freitas Filho. Silviano Santiago pôde ver ali qu'est-ce que la poésie brésilienne, um jeito de não trabalhar, de não fazer nada, enfim, de ter um amigo. Quando Beth Carvalho conheceu o Cacique, a modernidade se transformou. O encontro é uma oportunidade pra chapar, pra dar a ver sobre os delírios recentes. Quando alguém muito diferente lê as coisas que escrevo, entendo que caminhar pela praia é caminhar pela linha do trem. Andar com uma margem de guia. É ali que eu me testo. Que vejo se funciono. Se sou mais doido do que acho. No dia que Caio Fernando de Abreu leu pela primeira vez um poema de Hilda Hilst, entramos numa nova etapa do tropicalismo. Isso influenciaria toda uma geração de rimadores de busão, e chegaria até nós, que seguimos a toada, batendo o pulso no teto e caindo fundo na gargalhada

O amor de quem quer escrever a própria história

Semana passada um amigo meu tentou se matar. Escreveu coisas esquisitas no Facebook, se despediu de um chegado nosso pelo WhatsApp. Se a mãe dele não chegasse em casa numa hora decisiva, a ida teria sido inevitável. Ontem ele me escreveu dizendo que antes de ter tentado a forca, balançou na janela do prédio. A gente conversou sobre o que aconteceu. "Cara, eu sempre penso no chamar atenção. Fui nascido e criado nesse prédio. Imagina meu corpo lá embaixo. A fofoca rs". Naquele dia eu sofri antecipadamente, parecia que eu já estava no luto enquanto as coisas ainda estavam se entendendo. Chorei muito. Meu amigo me mandou um vídeo no YouTube com um clipe que mostravam as pessoas que tinham conseguido fazer o que ele tentou. Ele parece se sentir melhor ao se imaginar ali. "São jovens, cara. É muita gente".

O tempo corre, Bianca

Bianca me deu 45 dias para escrever esses textos. Sempre encaro a tarefa como quem finalmente tem a chance de dizer tudo o que queria, mas de maneira misteriosa e bem escrita, para não dar a bandeja de bobeira e facilmente. Bianca fez uma coisa muito rara, sem dizer nada, me perguntou sobre o que eu estava pensando. Escrever um poema se parece mais ou menos com criar uma nova senha de e-mail. Se você conseguir acertá-la, acessa a caixa de entrada e pode ler tudo o que está acontecendo. A vida se revela diante dos olhos de quem acredita. Você entende o que quero dizer? ✪

Severo Sarduy

Big Bang

traduzido do espanhol por Arthur Lungov

I
BIG BANG

As galáxias parecem afastar-se umas das outras em velocidades consideráveis. As mais distantes se lançam com uma aceleração de duzentos e trinta mil quilômetros por segundo, próxima à da luz.

O universo incha.

Assistimos ao resultado de uma gigantesca explosão.

II
BIG BANG

Conhecendo a distância que separa as galáxias e a rapidez com que se afastam umas das outras, podemos, com cálculos, voltar no tempo ao início da expansão. É daí que os partidários da teoria do big bang concluem que o nascimento do universo ocorreu há dez bilhões de anos. "A evolução do mundo pode ser comparada a um grande fogo de artifício cujos foguetes acabam de se apagar : permanecem alguns resíduos incandescentes, cinzas e fumaça. Nas brasas mais frias se extinguem sóis" (Lemaitre).

III
ISOMORFIA

O astrônomo americano Allan R. Sandage revelou, no congresso de astrofísica que presentemente acontece no Texas, que em junho de 1966 os astrônomos de Monte Palomar foram testemunhas da mais gigantesca explosão de um objeto celeste jamais observada pelo homem. O objeto celeste em questão é um quasar que ganhou o número 3C 446. Os quasares, descobertos em 1963, podem ser astros jovens, extremamente distantes – vários bilhões de anos-luz – e muito luminosos. A explosão observada, que aumentou em vinte vezes a luminosidade do quasar 3C 446, pode ter sido produzida há alguns bilhões de anos, talvez pouco depois da explosão inicial que, segundo a teoria do professor, Sandage, deu luz ao universo.

Da alta claraboia manchada – contra os cristais o golpe da areia – a luz cai, cone mostarda.
A sombra da haste da ducha na parede rosada.
Nos banheiros do Hotel de la Confianza surges, carregador de água nu.

(Lá fora : sandálias arrastadas pelo chão coberto de serragem, uma rádio marroquina, e na distância – ginetes borrados pelo resplendor laranja – cascos, turbantes que se desfazem ao vento.)

Quebras no chão os potes d'água podre, tiras o sexo, cheiras a oliva, apertas a glande marcada pelos dedos manchados de açafrão, de tinta púrpura.
O leite na parede: ponto denso, signo branco que dilata. Um silêncio.
Uma risada.

Colocas o albornoz.
Eu, o impermeável.
(Lá fora : o som do filme: "Amanhã, na madrugada, César atacará Alésia", e na distância pisca neon "Luxor" – o metrô.)

Tiznit / Barbàs-Rochechouart

IV
BURACO NEGRO

Usualmente, a deformação do espaço ao redor de um corpo maciço se compara com a de um gomo horizontal de borracha sob o peso de uma bola. Quando se produz um colapso gravitacional, assistimos ao nascimento de um verdadeiro buraco no espaço-tempo, buraco que devora totalmente a matéria do objeto. É a própria geometria do espaço-tempo que, em certo quadrante, se vê arrastada pelo colapso. Toda matéria, todo raio projetado a partir desse quadrante, é capturado irreversivelmente e não pode jamais escapar. De modo que, do objeto colapsado, não nos pode chegar qualquer sinal. Um fóton que tentasse escapar dele poderia ser comparado a uma criança que tenta subir correndo uma escada-rolante que desce em alta velocidade. A velocidade do fóton rumo ao exterior será sempre menor do que aquela da implosão : a luz ficará irremediavelmente presa em seu interior. Fica então explicado por que aos objetos celestes que alcançam fases extremas de seu colapso gravitacional dá-se o nome de “buracos negros”.

Areia aspirada nas beiradas : os objetos vão perdendo suas bordas, arredondando seus ângulos, pedras gastas.

O pó que os esvazia traça as diagonais do cubo, desaparece no centro oco.
Das paredes se desprende a cal vermelha, terra, fibras de madeira ; a tapeçaria se desfaz.

Cores roídas.
Poros.
Superfícies que a íris devora.

Planos se cerram.
Encostas embranquecidas.

O rumor da erosão me embala. ⭘

Natan Schäfer

LA, LA — LÁ:

caminho oitavado para voz orientado por uma ética insubmissa ao pouco de realidade dada

PRÓLOGO

Embora viva momentos de maravilhamento com ela viva na boca que me é ou deixando-a brincar nos ouvidos que me moldam enquanto silencio, desde que em 2019 concluí uma dissertação de mestrado sobre as Chantefables de Robert Desnos — que gosto de traduzir como Cantofaunas — pouco tenho me debruçado por escrito sobre a voz. Por isso, o tema central daquela primeira edição da revista Aboio foi propiciatório, permitindo uma busca e a elaboração do que suponho já estar no ar, embora ainda não articulado. Portanto, permito-me seguir também aqui caminhando rumo ao desconhecido*, não sem dispor de alguns points de repères ou balizas — ou ainda, como diz Lacan em "A direção da cura" (1958), escolhos —, como aprendi com Sergio Lima, e confiando mais no meu coração e no coração de minha memória do que em lugares-comuns, silogismos e generalizações aristotélicas.

JÉRÔME

Uma das primeiras lembranças que me ocorrem ao refletir sobre a voz diz respeito à uma performance realizada por meu amigo Jerôme Poloczek, autor do recém-lançado Aotubiografia (Aboio, 2023), que em agosto do ano passado tive a alegria de conhecer durante a Residência Passa Porta no Castelo de Seneffe na Bélgica. Após um mês convivendo com outros autores e tradutores, fomos convidados a apresentar ao público os trabalhos em curso. Jérôme, um poeta singular e dotado de uma sensibilidade extraordinária, havia me dito que faria uma performance, ao que prontamente lhe respondi que em geral costumo ser bastante cético quanto a esse meio de expressão, sobretudo porque já vivi momentos de tédio agudo face à afetação e ao pedantismo blasé de alguns pretensos performers. Entretanto, visto que não só sabia que Jérôme é um leitor de Raoul Vaneigem como também conhecera

* E digo "caminhando" em sentido literal, pois o primeiro esboço a partir do qual se deu este escrito foi ditado em associação dita livre ao longo de uma caminhada de aproximadamente meia hora.

bem seu o rigor criativo, sua insubordinação e inventividade, assim como sua opinião crítica com relação ao que se costuma oferecer como espetáculo, a curiosidade era inevitável. No dia das apresentações, de fato Jerôme foi exato como um para-raios.

No topo de um pedestal diante de um edifício neoclássico nos jardins do castelo, alto, de pés descalços, franja na testa, queimado pelas longas caminhadas debaixo do sol de verão, Jérôme ligou uma caixinha de som que ocultou atrás de si, a qual em crescendo emitia um ruído indiscernível, até que nítida e repetidamente, espaçados por um silêncio regular de cerca de cinco segundos, deu a ouvir tout bouge, tout bouge[*], isto é, "tudo se mexe, tudo se mexe", mas que também pode ser ouvido como "você se mexe, você se mexe". Cumpre sublinhar que a melodia que com sua voz Jérôme imprimira ao estribilho, transformando aquele tão simples aforismo numa espécie de "canto falado"[**], acrescentava um a-mais à frase, algo que inclusive foi percebido por Michel Leiris em 1948 e descrito em Rasuras [Biffures] da seguinte maneira:

> As frases embebidas de música adquirem um lustro especial, que as separa da linguagem comum, que as nimba de um prodigioso isolamento. Um tratamento mais eficaz do que vulgares artifícios tipográficos[***].

Entre o estribilho "isolado da linguagem comum", pingando como uma gota na superfície lisa de um lago, Jérôme calmamente improvisava binômios do tipo:

> um castelo, um rei — tudo se mexe, tudo se mexe — um rei, uma queda — tudo se mexe, tudo se mexe — uma queda, um pluf! — tudo se mexe, tudo se mexe...

e assim por diante ao longo de vários minutos até que o volume da gravação começar a baixar até retornar ao silêncio inicial.

Tenho de dizer que quando Jérôme ficou em silêncio, tive vontade de assumir a performance e enunciar eu mesmo o estribilho, instaurando um recomeço e realizando minhas associações para então permitir que, após meu silêncio, outro assumisse meu lugar e assim sucessivamente. Suponho que isso seria capaz de abrir uma fresta — e quem sabe inaugurar uma festa — na realidade daquele momento e apenas posso lamentar a timidez que levou apenas à manutenção do protocolo após a apresentação, isto é, aos merecidos aplausos.

* Pronuncia-se "túbuj, túbuj".

** Mais do que em Arnold Schönberg, penso aqui em uma cena do undécimo episódio da terceira temporada da série Twin Peaks, dirigida por David Lynch, que me foi sinalizada há cerca de seis anos por Caetano W. Galindo: Candie está em um bar e, ao ser questionada por um dos Mitchum Brothers — "Onde você esteve?" ["Where have you been?"] —, ela responde seguindo o compasso de "Heartbreaking", música de fundo composta por Angelo Badalamenti. Disponível em: < https://www.youtube.com/watch?v=fDy4f84DLog&ab_channel=-VladTretjakof >; acesso em 26 de setembro de 2022.

*** Todas as traduções são nossas, exceto quando mencionado o tradutor.

Bem sei que a performance de Jérôme perde uma grande parte de sua graça, senão toda, quando apenas relatada. Porém, aqui a anedota serve para registrar a abertura e o maravilhamento diante de uma impossibilidade que se torna possível mediante ou mediada pela voz — e a mediação não está aqui por acaso, pois logo chegaremos ao medium. No entanto, antes disso, cumpre notar que a voz tem uma materialidade que lhe é própria. Por mais que poucos tenham assimilado a fundo o cerne da famosa alquimia do verbo de Rimbaud, cuja iniciação de fato é algo muito difícil e da ordem de uma sublimação muito refinada, basta que a distração se combine à concentração para sentirmos ao pé da letra o calor de uma pele bronzeada, a maciez do verde de uma folha, a pungência do vermelho dos lábios. O isolamento da linguagem comum abre os cruzamentos dos sentidos antes estancados pelos clichês e com isso novas percepções se apresentam, assim como um saldo de gozo jaculatório. Parte desse gozo pode ser atribuído à nuance que a voz porta e que talvez possa ser inclusive qualificada como indivisível, embora não sem furos e olhos mágicos.

O aspecto indivisível da voz foi algo que me ocorreu cerca de um mês depois de assistir à performance de Jérôme, ao conversar com uma mulher cuja voz maviosa e dotada de uma espécie de modulação muito específica me encantou, se configurando aos meus ouvidos como uma melodia ornitológica se infiltrando nas dobras da carne e nas volutas do ar. Impactado pelo mistério daquela melodia espontânea, fui incapaz de tornar discreto os elementos que fariam parte do todo e, sobretudo, da presença de um corpo. E a questão não é se graças à técnica da linguística poderíamos fazê-lo. O que é importante nesse caso é, como afirma Jacques Lacan, "distinguir a propriedade que tem a fala de fazer ouvir o que ela não diz"[****], ao que Jacques-Alain Miller especifica: "A ressonância é uma propriedade da fala que consiste em fazer escutar o que ela não diz"[*****]. Será que, portanto, seria por conta dessa ressonância que, mesmo gravada, a evocação da voz sempre parece materializar um corpo balançando os pés ao pé do ouvido e da letra?

3. MEDIUM E ESCRITA AUTOMÁTICA

A materialização que aponta para a matéria una, e quiçá prima, poderia conduzir-nos aos pré-socráticos, mas a trilha seria longa e fugiria ao nosso escopo aqui e agora. Por isso, sublinhamos outro aspecto, muito mais familiar e que mencionamos há pouco: o caráter mediúnico da voz.

O medium cede seu corpo a algo ou alguém, ou seja, dá corpo a uma voz ou uma voz a algo. Como disse, embora tenha escrito uma dissertação de mestrado sobre a relação entre música e poesia a partir das Chantefables de Robert Desnos[******], vasculhando os guardados me dei

---

**** "Função e campo da fala e da linguagem em psicanálise". In Lacan, Jacques, Escritos. Rio de Janeiro: Jorge Zahar, 1998 (Original publicado em 1953). Tradução de Vera Ribeiro.

***** "O escrito na fala" in: Opção Lacaniana online nova série, Ano 3, Número 8, julho 2012; ISSN 2177-2673. Disponível em: < http://www.opcaolacaniana.com.br/pdf/numero_8/o_escrito_na_fala.pdf >. Tradução de Angelina Harari.

****** Disponível em: < https://acervodigital.ufpr.br/handle/1884/63537 >; acesso em 18 de

conta de que é raro o surgimento de referências diretas à voz naquilo que eu mesmo registro por escrito, ou melhor, com letras. Meu imaginário dá passagem a coisas, paisagens, ações, quando muito um assobio — e caberia perguntar se um assobio — ou mesmo um aboio — também é voz, não é mesmo?*

De todo modo, ao registrar "coisas" que me passam pela cabeça e animá-las com o sopro do imaginário e o pulso do coração, é como se aquilo que me é estivesse dando voz, ou melhor, projetando-a naquilo que jaz diante de mim e, assim, corporificando magicamente voz e objeto, visto que o objeto é somente com Eu e ele mesmo, ou você com ele também — isto é, nós com ele em nós e fora. Tenho de acrescentar ainda que, aos meus olhos, estas coisas que se animam costumam aparecer ao longo de um acontecimento que, na aurora do século XX, se convencionou denominar escrita automática.

A escrita automática foi plasmada pelos surrealistas a partir da associação dita livre sistematizada por Sigmund Freud, mas também sob a influência de médicos atualmente menos conhecidos do grande público, como Gaëtan Gatian de Clérambault, Pierre Janet, Frederic Myers e outros que, naquele momento, começavam a configurar o que seria um novíssimo e revolucionário entendimento da psique humana e da realidade que nos circunda e constitui, a qual seria refundada a partir de suas descobertas, ainda que estas conquistas sejam hoje insistentemente negadas em prol dos grandes conglomerados farmacêuticos e da manutenção da mais dolorosa e nociva ignorância**. Ora, a escrita automática é algo muito simples e para praticá-la, como indica André Breton nos "Segredos da arte mágica surrealista" (1924), apenas

> Arranje algo para escrever depois de estabelecer-se no lugar mais favorável possível para a concentração de seu espírito sobre si mesmo. Coloque-se no estado mais passivo ou receptivo de que você for capaz. Faça abstração de seu gênio, de seus talentos e dos talentos de todos os outros. Diga para si mesmo que a literatura é um dos mais tristes caminhos que conduzem a tudo. Escreva rápido, sem assunto preconcebido, rápido o suficiente para não se refrear e não ser tentado a reler-se***.

---

outubro de 2022.

* Em "Função e campo da fala e da linguagem em psicanálise" (in: Escritos, op. cit.), Lacan se refere à comunicação animal afirmando que "não se trata de uma linguagem, não é mais que um código, um sistema de sinais dominado pela pesquisa e pela descoberta da referência". Embora como nos lembra Jacques-Alain Miller em "O aturdito", de 1972, Lacan aceite a noção de linguagem animal, ele segue afirmando que "a comunicação aí é sempre unívoca, não existindo no animal os símbolos equívocos".

** Este texto foi escrito antes dos holofotes da imprensa novamente serem apontados para o velho debate sobre a cientificidade da psicanálise, que em 2023 foi bastante mal protagonizado por Natalia Pasternak e Carlos Orsi em um cruzeiro — mais do que numa cruzada — contra a comunidade psicanalítica.

*** Extraído do Manifesto do surrealismo, de An-

Porém, na prática a escrita automática constitui uma aventura mais complexa do que à primeira vista parece.

Após algumas perguntas que lhe fiz sobre o automatismo, meu querido amigo Jean-Claude Silbermann, que considero responsável por uma das obras mais instigantes iniciadas na segunda metade do século XX, me enviou uma carta na qual chamava atenção para as dificuldades impostas pela pretensa suspensão do julgamento estético, visto que ele estaria ancorado no que poderíamos denominar aqui, de maneira mais ou menos imprecisa, como inconsciente. Silbermann me dizia que:

> Me parece mais que a definição original do automatismo comporta um paradoxo interno que restringe o seu alcance. "Fora de toda preocupação estética ou moral", eis aí a injunção essencial dessa definição. Como se essas "preocupações" nos fossem impostas somente de fora. A gente vê bem o que A.B. [André Breton] quer dizer: longe de toda preocupação de fazer bonito ou feio, bem ou mal. Sem dúvida. Mas isso não seria ignorar que a estética e a moral têm suas raízes no inconsciente? Me parece que aquilo que é capaz de nos exaltar em um ato, ou numa obra repentina, executadas com uma despreocupação para com o resultado, é muito precisamente que elas são suscetíveis de remontar à estética e à moral a partir da fonte secreta da alegria ou da vergonha, do querer ou do morrer.

Além disso, a pergunta que costumo me colocar, e que aqui nos interessa no que diz respeito à escrita automática, é: quem fala? e fala para quem?

Trago esta questão pois poderíamos levantar a hipótese de que a escrita automática emula certos sintomas que levariam seu praticante a afastar-se do laço social e aproximar-se de um estado psicótico, aliás, assim como no sonho noturno, de modo que inclusive não parece fortuito o fato de que, quando surgiram, no início dos anos 1920, os assim denominados "textos surrealistas", frutos da escrita automática, figurassem ao lado dos relatos de sonhos noturnos na revista La révolution surréaliste [A revolução surrealista]. Essa suposta emulação ou simulação dos sintomas psicóticos — expressamente pretendida por André Breton e Paul Éluard em A imaculada concepção[****] — poderia ter, claro, um caráter masoquista e constituir uma imolação, como talvez tenha sido em parte o caso de Antonin Artaud; mas poderia igualmente configurar uma espécie de hybris que tenta alcançar os deuses e falar por

dré Breton (1924). Já dissemos em outras oportunidades que a tradução de Sergio Paxá, publicada no Brasil pela editora Nau em 2001, apresenta diversos problemas. Portanto, como indicado anteriormente, a tradução é nossa.

**** Embora a obra ainda não tenha sido traduzida para o português, sublinhamos que há uma ótima tradução para o espanhol realizada por ninguém menos que Alejandra Pizarnik.

eles* — e, portanto, haveria que se perguntar se o "falar por eles" não seria também assumir a voz dos antepassados numa espécie de linha de sucessão, sustentando a herança como um equilibrista que tem no domínio de sua relação com a gravidade a chave de seu sucesso. É aí que a equivocidade da própria voz nos leva a escutar os avós nesse significante fundamental.

Sobretudo, o que me parece crucial na prática da escrita automática e no que ela tem de pesca, isto é, de busca ao mesmo tempo passiva e ativa, é a mise-en-échec, isto é, a posta em xeque em que se coloca um Eu que, no ocidente desde Aristóteles, passando pelos escolásticos e Descartes, se configura de maneira quase imperial, com as luzes de sua razão espantando a sombra e a surpresa e autorizando somente o esperado. Porém, se na terceira máxima que constitui sua "moral provisória", Descartes sugere "acostumar-me a crer que não há nada que esteja inteiramente em nosso poder, a não ser os nossos pensamentos"**. Com Nietzsche respondo que:

> Quanto à superstição dos lógicos, nunca me cansarei de sublinhar um pequeno fato que esses supersticiosos não admitem de bom grado — a saber, que um pensamento vem quando "ele" quer, e não quando "eu" quero; de modo que é um falseamento da realidade de efetiva dizer: o sujeito "eu" é a condição do predicado "penso". Isso pensa (...)***.

Concordo com Nietzsche, inclusive porque se o Eu fosse tão ostensivo quanto se supõe, jamais teriam lugar a surpresa e o maravilhamento diante daquela performance de Jérôme. Renunciando ao limitado Eu aristotélico, me parece que entramos em um campo de não-fronteiras, bastante característico das realizações ocorridas no seio do movimento surrealista. Contudo, no que diz respeito à escrita automática, há um outro aspecto interessante com relação a estes campos.

SOMNIMAGE

No âmbito do movimento surrealista é bastante comum uma espécie de divisão tácita ou não-formal entre escrita automática auditiva ou por imagem, o que nos faz perguntar se haveria de fato alguma diferença aí****.

* Cf. Os deuses falam pelos govis, de Pierre Mabille (100/Cabeças, 2023). Tradução de Marcus. R. Salgado.

** Discurso do método (Martins Fontes, 2001). Tradução de Maria Ermantina Galvão.

*** Em Para além do bem e do mal (Companhia das Letras, 2005); tradução de Paulo César Lima de Souza.

**** A título de exemplo lembro que, em uma entrevista para o documentário Benjamin Péret, isto é, poeta e revolucionário, realizado por Rémy Ricordeau para a Collection Phares (SevenDoc, 2015), ao falar sobre Benjamin Péret — que para Octavio Paz é "uma das mais originais e selvagens de nossa época" — o ator e escritor Georges Goldfayn afirma: "estou absolutamente convencido, sempre estive convencido, e ele jamais me fez duvidar disso, que ele escrevia não a partir de um ditado sonoro, mas a partir de um ditado visual, que ele era capaz de ler, como se fossem imagens de sonho que nós todos lemos, das quais nós todos nos lembramos. Isso quer dizer que,

Parece que uma grande contribuição para a dialética instaurada pelo binômio visão e audição foi dada por Lacan em 1975, quando ele menciona a sonorização do olhar na paranoia. Antes disso, no final dos anos 1950, em carta a Guy Cabanel, Breton por sua vez se refere a uma linguagem para a qual diz guardar o "coração de minha orelha", afirmando esperar dela a abertura de "novas comunicações, verdadeiramente sem preço e como via faíscas entres os seres".

Estes dois pontos de referência nos permitem localizar uma terceira ocorrência desta confluência, que não diz respeito nem ao registro da sonhação diurna e tampouco ao labirinto da psicose enquanto sistema. Essa localização, que muitos de nós conhecemos, ainda que muito de passagem, é constituída pelas "frases de semissono", isto é, aqueles ditos que costumamos ouvir quando estamos prestes a adormecer ou a acordar, em um estado que poderíamos respectivamente chamar de hipnagógico ou hipnopômpico. Por exemplo, uma das que ouvi ano passado, enquanto estava escrevendo este texto:

> No salão de verdade tem uma carne de 55 quilos.

Diante do enigma colocado por essa frase, sigamos investigando o que há no salão além de 55 quilos de carne.

SEMISSONO

Dentre as diversas obras fundamentais sobre o som e o sono uma das mais vigorosas é o opúsculo Conselho de noite, de Michel Zimbacca, um dos mais longevos surrealistas, que se notabilizou como um dos realizadores do documentário A invenção do mundo (1952), dirigido em parceria com Jean-Louis Bédouin e com texto de Benjamin Péret; e, cá entre nós, por sua visita ao Brasil em companhia do pintor Pedro Azevedo nos anos 1980.

Em Conselho de noite, Zimbacca descreve e comenta de modo franco e com uma inteligência invulgar suas frases de semissono, que ele designa como "sonhos-conversa", afirmando dentre outras coisas que ali

> o visto e o ouvido são percebidos como uma mesma coisa emanando de objetos vivos, seres-palavras-imagens, e funciona assim há muito tempo, sem perder o fôlego (...)".

Ou seja, nesse caso o pensamento em imagem não mais estaria oposto ao pensamento sonoro, assim como o ruído não mais estaria oposto à mancha ou a melodia à figura. Porém, voltaremos à investigação de Zimbacca em breve. Por ora e para que o atalho não seja mais longo que o caminho, ressaltamos que este cruzamento demonstra a possibilidade de um pensamento livre das rédeas do clichê e do senso comum — um pensar outro, viscoso e viçoso, orgânico em sua vida.

Outra obra fundamental sobre o assunto também é um opúsculo, sendo que até seu título é breve: Le la — que poderíamos gostosamente traduzir por O lá —, de André Breton, reúne frases de semissono, apresentadas como uma espécie de faísca para a cristalização da escrita automática, que ele mesmo fadou ao "infortúnio contínuo", porém não sem deixar ao seu redor fios dourados para um porvir. Reunindo quatro

---

na verdade, ele realizava uma atividade visionária que lhe permitia organizar cavalgadas de imagens mentais".

frases de semissono o volume é apresentado por Breton da seguinte maneira:

> Mesmo se a "boca da sombra" esteve longe de falar-me com a mesma generosidade com que para com [Victor] Hugo e até mesmo se contentou com conversas descosturadas, o essencial é que ela bem quis às vezes soprar-me algumas palavras que seguem sendo pedra de toque, as quais tenho certeza de que se dirigiam somente a mim (inclusive porque reconheço aí minha própria voz, entretanto inteiramente límpida e levada à potência encantatória) e que, por mais desencorajantes que sejam para a interpretação ao pé da letra, no plano emocional foram feitas para me dar o lá*.

A meu ver, esse lá colhido não só por Breton, como também por Jean-Pierre Guillon em Brotinho-coral [Bourgeon-corail], por Camila de Moura em escritos inéditos, e por mim mesmo como mostrei acima, é um condensado de memória similar ao próprio sonho noturno e que, portanto, se abre como um vasto leque.

Nisso sigo Zimbacca, que afirma que seus "sonhos-conversa" são uma "revelação da memória profunda, intimamente familiar". No entanto, acrescentaria: com a diferença de que muito raramente o sonho é composto somente de vozes ou para vozes — a voz do sonho seria talvez uma voz em off ou algo como uma voz latente.

Além do próprio Zimbacca, o único caso que conheço de sonhos noturnos exclusivamente constituídos por vozes, e que inclusive pude presenciar ao vivo e a cores, é o de Zuca Sardan. Em 7 de abril de 2020, depois de convidá-lo para participar da coleção *As frutas das samambaias*, Zuca me escreveu:

> Poizé, Natan, meus sonhos, já faz algum tempo, são puramente sonoros, e dialogais, falo com diferentes personagens, em diferentes línguas, a uma velocidade mental extraordinária, que mal me dá tempo pra ouvir e captar... e meus sonhos normais, tipo cinema, com personagens, enredos, e som-imagem, se esboroaram... e perderam sua capacidade de sobreviverem ao despertar.

De fato, como contei recentemente tanto no lançamento de *O livro dos sonhos*, de Veronica Stigger e Eduardo Sterzi, quanto no do *Quando sonhamos que sonhamos*, de Joca Terron e Isabel Santana Terron, ambos os volumes reunindo relatos de sonhos e figuras editados pela Contravento Editorial em 2023, em uma das visitas que fiz ao Zuca pude vê-lo adormecer, entrando em uma espécie de diálogo cujo teor infelizmente não fui capaz de discernir.

Apesar da boa saúde mental e neurológica que tanto Zuca quanto Zimbacca apresentavam quando destes acontecimentos, caberia aqui perguntar se a idade avançada de ambos teria algo que ver com isso. Recordo-me de ouvir em um documentário Carlos Drummond de Andrade dizendo que ao atingir a velhice recuperara uma série de lembranças de infância há muito tempo esquecidas. Seria essa recuperação de lembranças parte de uma re-visão diante da iminência da dissolução? Aliás, é curioso pensar que em

---

* Em francês donner le la, que também poderíamos traduzir por "dar o tom" ou "dar o exemplo".

algumas versões do Tarô de Marselha a morte é rosa, podendo indicar algo como um recomeço. Seria por isso que ao fim de sua trajetória Lacan insistia no canto e em tornar-se ele próprio um poema?**

Se o canto dos sonhos vocais parece ser avis rara, as frases de semissono certamente não são. O que costuma acontecer comigo com certa frequência é, em ocasiões de estresse acentuado, como por exemplo depois de festas muito animadas e ruidosas ou ao enfrentar alguma enfermidade, ao deitar-me para dormir ficar ouvindo nitidamente "vozes internas", as quais possuem timbre e prosódia bem definidos, incômodas pela sua insistência e tagarelice torrencial, que aliás se intensifica à medida que se eleva a resistência, o que faz indagar se resistência e insistência não seriam afinal duas partes de uma mesma coisa. Acompanhadas de um sentimento de angústia e às vezes de representações de rostos, essesditos não necessariamente apresentam uma grande riqueza em termos do que se costuma entender por poesia. Infelizmente, não tenho anotado nenhum desses discursos, porém ainda assim suponho que haja uma diferença para com frases de semissono como, por exemplo:

> Gosto [gôsto] das notas do amor. [voz da Flávia]

ou ainda:

> As Hamilton loirinho só acontece quando dá uma parada.

Antes de prosseguir, tenho de observar que, assim como a frase que no ano retrasado ouvi na voz de minha amiga Flávia Chornobai, a última delas foi dita ano passado por uma voz que, embora não saiba o nome, era bem marcada — no caso uma voz masculina afeminada — e seguida por uma onomatopeia de buzina emulada por essa mesma voz, segundo minha anotação hipnopômpica: [onomatopeia, foinc — buzina sexual]. Além disso, chama a atenção a falta de concordância e a sintaxe torta da frase, porém este é mais um tema de investigação que deixaremos para uma outra oportunidade.

Transcrevo essas frases de semissono pois aparentemente elas são dotadas de uma certa riqueza dissimulada graças ao poder de síntese que a tagarelice alucinatória não detém — ao menos no que me diz respeito. As frases de semissono parecem estar mais para aforismos, enigmas ou charadas do que para a imitatio de um discurso, isto é, se configuram como uma ruptura através do sussurro vindo das profundezas da "boca da sombra", como diria o poeta Victor Hugo citado por Breton no prefácio a *O lá*, o mesmo Victor Hugo que quase nunca é lembrado por suas pinturas sui generis utilizando aguadas e manchas de tinta.

Retornando ao que Lacan afirma sobre as psicoses, podemos ainda avançar que essas vozes dizem respeito ao desentrelaçamento de uma

---

** No *Prefácio à edição inglesa do Seminário 11*, reunido Outros escritos (Zahar, 2003; tradução de Vera Ribeiro), Lacan afirma: "não sou um poeta, mas um poema. E que se escreve, apesar de ter jeito de ser sujeito". Em francês, o último sintagma diz literalmente: "apesar de ter o ar de ser um sujeito". Embora a solução de Vera Ribeiro mereça aplausos pela graça e inteligência do trocadilho, a tradução mais literal aqui nos interessa por conta do ar que aponta para o sopro anímico e que faz parte da articulação vocal.

cadeia significante, que contudo não alcança estatuto de sistema e, assim, não configura um quadro psicótico, embora apareçam em episódios que se avizinham da temida loucura, como o próprio sonho noturno aliás.

RECEPÇÃO

A consciência de que o gorgolejar da fonte está aqui o tempo todo e de que posso usar meu ouvido como bateia ou bacia para proceder a uma espécie de extração mineral de poesia é impressionante. O que não exclui o fato da escrita automática colocar a si mesma em xeque, sobretudo com relação à sua recepção.

Não há dúvida de que é difícil ler um "texto automático". Como Breton aponta em A cavaleiro na via de San Romano: "A entrega ao amor e a entrega à poesia / São incompatíveis / Com a leitura do jornal em voz alta". Qualquer um que já tenha se proposto a adentrar um dos frutos da escrita automática, inclusive seus próprios, sabe como é difícil solucionar a charada, seja ela o "o amor no fundo do bosque luz como uma vela" dos *Campos magnéticos*, de André Breton e Philippe Soupault; "o que nos distanciava do meio-dia eram os quartos lunares caindo na farra" d'*O lince de lábios azuis*, de Hervé Delabarre; "para quem não mais teme o medo no olho da coruja a geleira da abundância rola", do *Céu de palha* de Guy Girard; "a juventude está nua como um galho de púrpura" de Marianne Van Hirtum; ou o "após comido o cacho de uva resta seu galho estrelado que é cartilagem do Grande Sexo", de Sergio Lima.

Cumpre lembrar que, quanto à matéria obtida através da prática do automatismo, a grande sedução não se dá pela pura interpretação fria e calculista, mas é suscitada pela coisa em si e por relações analógicas governadas pelo coração, ainda que por vezes associada à força do pensamento. Em sua *Arte poética* (1959), André Breton e Jean Schuster anotam que "os sonhos do ser humano e seus delírios culminaram em meus poemas. Não era da minha conta fazê-los declinar seu nome". Isto é, às vezes a beleza da esfinge não está na vitória, mas sim na capitulação, em entregar-se por um momento que seja. Mas, por outro lado, não podemos excluir que Breton também afirma que as enigmáticas frases de semissono, que afinal de contas são uma espécie de escrita automática, lhe servem como pedra de toque ou faísca mesmo. Como dissemos, foi uma frase dessas —"Há um homem cortado em dois pela janela" — que foi a gota d'água para a precipitação decisiva da escrita automática e sua prática no âmbito do movimento surrealista e em seu arredores, como posteriormente viria a fazer Clarice Lispector em *Água viva**. Nesses arredores, há ainda quem coloque o acento sobre o ruído da máquina, ou melhor, das pedras na fonte, agindo diretamente sobre a materialidade da voz, como por um lado Ghérasim Luca e, por outro, participantes do Letrismo. como Maurice Lemaître ou Isidore Isou, e ainda vários contemporâneos reunidos sob o guarda-chuva da "poesia visual".

Contudo, esse aspecto material da voz ressaltado por Lemaître e Isou, e mais recentemente por Américo Rodrigues, poderia conduzir as expectativas a um lugar que pouco teria a oferecer para satisfazê-las e mantê-las interessadas duravelmente. Quanto a isso, Breton afirmava no início do século XX,

* Cf. *Escrever de ouvido: Clarice Lispector e os romances da escuta*, de Marília Librandi (Relicário, 2022).

> me parece certo, digo eu, que o lirismo novo encontrará o meio de traduzir-se sem socorro do livro, o que não quer dizer que, como essa tolice em que caiu Apollinaire, ele vai adotar o meio do fonógrafo[**].

Poderíamos acrescentar que a "tolice" de supor que o fonógrafo iria substituir o livro constitui um engodo determinista tecnológico leibniziano, que exagera a importância do suporte sobre o conteúdo e reincide na separação cristã entre corpo e alma.

Apesar disso, é curioso notar que o automatismo da letra e mecânico de alguma maneira repete o xeque imposto por uma certa opacidade inicial da catarata de imagens dada a ver. Sinto que para que este jorro atue em sua maior potência parece ser necessário no mínimo um trabalho de refinamento da matéria prima. É claro que isso poderia por sua vez representar o fechamento e a morte daquela mesma matéria. E, embora o surrealismo siga sendo o que será e buscando o ouro do tempo, quem dera estivéssemos no tempo em que pudéssemos abandonar no caminho os frutos da colheita vivos como corpos abandonados ao alcance da mão e portanto precipitados do desejo[***], cada um de nós tomando o que e como bem entendesse aquilo que lhe convém. No entanto, à altura em que estamos, é exigido de quem vai buscar estes cristais nas profundezas também um trabalho de lapidação antes de entregá-los ao público sob as luzes do espetáculo.

GLOSSOLALIA

De fato, assim como na dita abstração pictórica, quando mecânico e destituído de desejo, o jorro automático dificilmente vence o estatuto de detrito, se perdendo em meio à escória e jamais apresentando seus restos. Ainda assim, e apesar das ressalvas com as quais concordo feitas por Breton em *Do surrealismo em suas obras vivas* (1953), inspirado tanto por experiências da infância em Ibirama e outras mais contemporâneas, dos tempos em que morava em Berlim, como também pelos letristas e pela recente leitura de *Um flau de verca*[****] (1955), de Décio Pignatari, depois de esboçar os primeiros movimentos deste *La la — lá*, não hesitei em voltar a realizar alguns experimentos de glossolalia ou "língua dos pássaros", disposto a dar voz a uma voz que pudesse ser estranha a mim. Cabe observar que, como aconteceu em Berlim, uma boa parte do que me levou a este experimento pode ser atribuí-

** Em *Les Pas perdus* (NRF, 1924).

*** No catálogo à *Exposição Surrealista de objetos 1936*, Breton afirma que "toute épave à portée de nos mains doit être considérée comme un précipité de notre désir", que seguindo Sergio Lima em sua fala à Biblioteca Psicanalítica de Berlim em 11 de dezembro de 2021 traduzimos como "todo corpo abandonado ao alcance de nossas mãos deve ser considerado como um precipitado de nosso desejo".

**** Eis o poema na íntegra: "um flau de verca estrúlido coreal, / alunde, fúlaba de rás / prolinda alunde, / e sástila rolábios vane e vina / amanda rei elaolá magínha. / dus da. colaimo in crócide / avelutordeluetristefor, / menai!, menai! detréspila amariunda / um flau de verca e verca a tua cintura / esmigalhada em duas pedras podres / turfletular daúmila / enrácaut".

da ao tédio e à angústia. Como fruto da tentativa de sublimação destas tendências descendentes e da superação de um estado incômodo, revelo a seguir o material obtido em uma das sessões, não sem indicar que ele consiste em uma transcrição de um áudio* gravado com o intuito de registrar algo próximo daquilo que os cristãos chamam de "falar em línguas". Assim sendo, sugiro leitura em voz alta apesar das dificuldades que possam surgir:

> Ríspilo de tracanto que sunúbio caraflupa senecfora quetemenácio fidaclida penestú. Carificas nopequetêre sinemeco zelefinapê, trameque todraio silopa ni vemenucutsi. Tri olé rica 'm e tira selê purrí cadibá mumbará sivaiá abadubá gadabi no vsteque le pú rapetê ermenequá, sivluo trevlí copine corzica mecsluba serevüla lapirob plimbai corprits obre le siauá cravüdo baízê campüda vilope corripenequá. Serepitoflí debei rópa pafli lo flilolai coso pi crá menê timbórizü tu plá**.

Digamos que o material ou a "coisa" obtida a partir desse experimento, enquanto etapa e não "obra" acabada, conduza a gente ao conceito de lalíngua formulado por Jacques Lacan. Embora bastante complexo, por enquanto bastaria retermos que, como aponta Miller

> (...) Há, no nível de lalíngua, uma finalidade distinta da comunicação. É o que Leiris expressa afirmando que, a seu ver, foi uma pura jaculação. A finalidade de que se trata, vinda no lugar da comunicação, privilegiada por Lacan, é a de gozo, a ponto de qualificar a comunicação de semblante***.

Com a articulação da lalíngua em idade adulta, provoco a aparição de um estranho que se constitui entre repetições, frestas e festas. À medida que o sujeito vai sendo deslocado por este labirinto de significantes sem linhas, o lugar que supunha ser o da sua fala vai se transformando e se tornando rarefeito, como um castelo de areia tocado pela brisa da letra. Retorna então algo do que foi para o feto no útero ouvir a voz da mãe como também a sua própria, vinda ao mesmo tempo de fora e de dentro. E com isso ressurge também a criança que começa a falar, tentando reproduzir a algaravia que escuta dos adultos. É aí que, a meu ver, se encontra uma das origens da língua dos pássaros, uma língua que por algum motivo não compõe figura e não aponta sentido — ou se aponta sentido aponta um só, como o canto de um sabiá.

O sentido que o canto do sábia aponta no fim das contas é sua presença e, em mim, uma

---

* Por si só a transcrição da gravação do áudio é interessante e aos interessados em se aprofundarem no assunto recomendo o texto *O escrito na fala*, de Jacques--Alain Miller, que já citamos anteriormente.

** O u tremado deve ser pronunciado como em alemão, isto é, como vogal fechada arredondada, similar ao u francês e foneticamente transcrito como "y".

*** Op. cit.

profunda melancolia associada à imagem de minha mãe tomando café à janela. De modo similar ao que acontece com o canto do sabiá, a experiência da glossolalia revela que o material bruto aí obtido, além do gozo imediato e do abismo que aproxima, poderia ser investido de símbolos, quase como as manchas de uma decalcomania[****] — só mais um esforço e, através do método crítico-paranoico, se encontra ali o deslumbrante, e por vezes até insuportável, que aquela voz quer dizer. Por isso, é importante que fique claro que essa é uma experiência de alto risco e que deve ser conduzida com cuidado. Além disso, chama a atenção pensar que a língua dos pássaros é por vezes apresentada como língua dos deuses ou dos aliens, isto é, algo do "além" que nos seria incompreensível. No entanto, é evidente que um trabalho sobre a matéria é capaz de revelar recorrências, modulações, etc., de modo a oferecer uma solução para o enigma, ainda que provisória.

A VÓS

Aonde isso tudo nos conduz? Quem sabe nos conduza à constatação de que uma voz ao dizer está dando muito mais que um texto: sua dádiva diz a imagem de um corpo e leva de uma margem à outra, senão à terceira, suspendendo na esteira de sua navegação reticências de interrogação que desejam saber o que cresce nas margens, que tipo de doca se anuncia, qual a cara dos estivadores que esperam, o que se transporta no convés, porões e jirau, e que figura surge no encontro do casco com a água.

E assim a voz não ao mim mas a vós. ✪

**** Procedimento em certa medida descoberto e difundido pelos surrealistas e do qual Óscar Domínguez foi um dos grandes expoentes.

Ulv Ulv Tommy Skoglund

Acordar como parte da natureza (excerto)

traduzido do norueguês por Guilherme da Silva Braga

Escrevo com os pés fincados na terra.

I

I

Certos rostos são mais difíceis de imaginar como mortos. Hoje à noite a luz da minha vó se apagou. Estou há tempo sentado na sacada, olhando para as nuvens e sombras que se movimentam e a seguir desaparecem. A noite é tão silenciosa que ouço o farfalhar das bétulas no quarto. Minha vó se foi, e agora há de crescer como as árvores, passar como folhas sopradas ao lado de velhos conhecidos.

II

Vemos o caixão ser baixado. Os rostos concentram as expressões de cada um. Aqueles restos mortais vão ser mastigados e engolidos. Todas as pessoas que conheço vão desaparecer e nunca mais se mexer. Pisco os olhos devagar. Os olhos são enormes e secos. Sob a pele, sempre abertos.

III

Meu vô está sentado em silêncio numa cadeira de jardim, baforando um cachimbo. Dá para ver a camada branca de nuvens nos olhos dele. Penso que ele a encontrou de joelhos e com o peito na cama ao voltar pela manhã com o jornal. Que ele a levantou e ficou lá sentado, afagando os cabelos dela, falando com ela por um dia inteiro.

IV

O médico deu a ela seis meses de sobrevida. "Melhor viver seis meses do que morrer numa mesa de cirurgia". Durante o outono e o inverno levaram-na por todo o vilarejo para que se despedisse das pessoas queridas. O diagnóstico não podia ser mencionado. A vida nos ensina a deixar a vida.

V

Os mortos precisam ser despertados para a vida antes que possam ser enterrados naqueles que deixam para trás. Lembro da minha infância: estou na floresta de bétulas, e de repente ela grita que preparou waffles. Essa lembrança vai perder as folhas e transformar-se em terra.

VI

Faz menos de duas semanas que falei com ela por telefone. Ela falou como se já tivesse desaparecido: "É estranho pensar que eu e o seu vô vamos ser enterrados juntos". Todos os dias estão a caminho. O futuro torna-se cada vez mais velho.

VII

No verão passado eu os ajudei a limpar o porão. Ela ficou sentada num banquinho, avaliando sapatos e vasos de planta. Agora ele precisa conviver sozinho com a morte na casa branca de alvenaria. Passa a tarde deitado no sofá, com os dedos entrelaçados. A conversa é distante como uma conversa entre desconhecidos. Nada é mais lento do que aquilo que vem aos poucos.

VIII

Noite. A chuva quer entrar na casa. Acordo com as roupas grudadas ao corpo. Minha vó foi enterrada com o vestido floral rosa que estava usando ao morrer. Minha irmã mais nova escreveu um poema que foi posto no caixão: Mire na lua / mesmo que você não acerte / você sempre acaba / em meio às estrelas. ✪

Hjalmar Söderberg

Matar

traduzido do sueco por Guilherme da Silva Braga

Matar

Está escrito: não matarás.

Sabemos todos que muitas vezes é preciso matar. Mas talvez assim mesmo essas palavras façam sentido. Apesar da camada de pó que turvou meu juízo após tantos anos passados na guerra da existência, por vezes ainda estremeço ao pensar em certos assassinatos que cometi. Já não me recordo de todos. Uns foram de fato necessários, e desses não me arrependo.

Mas entre aqueles cometidos por maldade ou capricho, me lembro principalmente de um passarinho, uma aranha e uma raposa.

*

As crianças são em boa parte más. Ainda criança, eu me dava com um menino que era ainda mais mau do que eu. Ele me ensinou a atirar com estilingue. Durante o veraneio, íamos todos os dias à floresta; e não podíamos ver um passarinho cantando no galho sem no mesmo instante colocar uma pedra no estilingue e disparar. Porém quase nunca acertávamos. Como outros animais, os passarinhos aprenderam a tomar cuidado em relação aos homens, e mal conseguíamos fazer a mira antes que disparassem como flechas em meio ao azul. Esse azar constante nos tornou incrivelmente maus, e para nós passou a ser questão de honra matar um passarinho, fosse como fosse.

Até que um dia aconteceu – não na floresta, mas em um recanto do pátio que pertencia à cabana de veraneio onde estávamos: num arbusto, vimos um filhote de passarinho que ainda não tinha aprendido a voar, mas simplesmente saltitava de galho em galho. Sem hesitar por um instante sequer, chegamos o mais perto possível e disparamos os nossos estilingues. O passarinho caiu no chão – mas ainda não estava bem morto. Havia caído na grama com o bico entreaberto, e no interior do bico a linguinha ainda se mexia. Os olhos também estavam vivos. Ficamos confusos e vermelhos de vergonha, e olhamos um para o outro. O que fazer? Será que devíamos matá-lo? E depois, o que fazer com um passarinho morto?

– Logo ele vai terminar de morrer – disse o meu amigo.

– É – eu disse. – Ele não vai sobreviver.

Sentimos que nenhum de nós teria coragem de voltar a tocá-lo.

O sol havia se escondido por trás das nuvens, e o canto dos pássaros soava por todos os lados em meio às árvores. Afastamo-nos sem olhar um para o outro, e nunca mais brincamos naquele recanto do pátio.

*

Por que eu matei aquela aranha? Não foi por maldade, mas por impulso, porque ela me assustou.

*

Foi em Hamburgo. Eu estava sozinho num quarto de hotel, lendo um livro. A luz elétrica espalhava-se branca e fria sobre as páginas brancas do meu livro. Eu tinha acendido todas as lâmpadas do quarto. Tudo estava em silêncio ao meu redor, a não ser pelos sons do relógio de pêndulo que tiquetaqueava no friso da estufa e das páginas que eu folheava. Era um entardecer nebuloso de outono, e todos os pós insalubres da cidade entravam no meu quarto e envenenavam-me o humor. De vez em quando eu tirava os olhos da página e mirava a janela: as águas do Alstern em meio à neblina, a luz dos lampiões a gás na Lombardsbrücke...

*

De repente senti uma coisa na minha mão. Era uma aranha enorme, gorda e peluda, que subiu pela minha mão e desceu por cima do meu livro. Quando viu que eu a encarava, ela pôs-se a correr. Levantei-me de sobressalto e atirei o livro longe, pálido de medo. Mas a aranha já tinha descido pela minha perna e chegado ao chão, onde rolava como um novelo a uma velocidade impressionante, como se tivesse fogo nas patas. Senti que eu precisava matá-la em legítima defesa. Peguei o livro do chão, joguei-o em cima da aranha e a esmaguei.

Como é mesmo? Não existe uma antiga crendice segundo a qual não se deve jamais matar uma aranha?

Não me atrevi a mexer no livro. Nunca mais tornei a lê-lo.

Eu precisava ver outra pessoa... Fui até a porta e toquei a campainha para chamar o serviço de quarto.

Quando o garçom chegou, encarei-o surpreso antes de improvisar:

– Traga-me uma dose de uísque.

*

A raposa eu matei porque tinha uma espingarda na mão quando a vi. Para mim parecia óbvio que eu devia matar uma raposa se a encontrasse na floresta e tivesse uma espingarda na mão.

Foi no inverno. Vinha nevando há dias, e há dias eu saía para a floresta com uma antiga espingarda e um poodle preto chamado Gustav. Mas eu não saía para caçar. Às vezes eu atirava nas pinhas dos abetos para me distrair e para acalmar o ânimo de Gustav, que a cada disparo saltava e latia de encanto com o estampido. Ele não se assustava, porque não sabia que uma espingarda é um instrumento de morte.

Certo dia, quando começava a escurecer, vi uma pequena raposa. Ela tinha visitado as lojas da cidade e naquele momento voltava para casa com uma galinha carijó na boca. Escondi-me atrás de um arbusto de zimbro e a raposa passou correndo bem ao meu lado, sem me ver. Mirei e fiz o disparo. Por quê? É o que se costuma fazer.

A raposa ainda correu mais uns passos à frente, como se nada tivesse acontecido. Depois parou de repente, como se estivesse surpresa, e largou a galinha. E, com um uivo débil e angustiado, deitou-se na neve e morreu. Gustav, o poodle preto, que ainda era filhote, correu encantado e começou a latir alegremente enquanto mordiscava a orelha da raposa. Mas no instante seguinte entendeu que aquele outro animal estava morto. Uma sombra indescritível e uma expressão desesperada tomaram conta daqueles olhos pretos e brilhosos. Por fim ele voltou até mim, com a cauda baixa, e começou a ganir baixinho.

Deixei a raposa por lá e voltei para casa, pois eu sentia muito frio.

No dia seguinte percorri o mesmo caminho, porque aquele era o meu trajeto preferido. Eu caminhava assoviando baixo, sem pensar no dia anterior. Mas de repente parei: no chão à minha frente havia uma raposa morta. Os corvos haviam bicado os olhos, que estavam ensanguentados.

Detive-me por um instante e fiquei olhando para a raposa enquanto eu ouvia o som de dois galhos que se roçavam ao vento.

– Uma raposa viva é mais bonita do que uma raposa morta – eu disse de mim para mim.

E a partir de então busquei outros caminhos.

Spleen

Minha vida tem as cores sombrias e estranhamente confusas de um sonho.

As primeiras lâmpadas já começavam a arder quando, no entardecer de ontem, saí de casa depois de passar o dia inteiro ruminando sobre o mistério da vida. Desesperado por não encontrar nenhuma resposta, eu disse para mim mesmo: "Você é um louco que desperdiça o dia com ruminações infrutíferas sobre coisas que com certeza não o fariam nem um pouco mais feliz se as compreendesse" – e assim passei a me ocupar com um problema de xadrez em quatro lances. Porém, quando meu raciocínio se mostrou insuficiente até mesmo para essa tarefa, atirei o tabuleiro pela janela na cabeça de um velho com uma perna de pau, para quem a morte seria uma bênção, e então me lancei rumo à vertigem do mundo, cheio de desprezo por mim.

A noite estava quente e clara e o mundo parecia envolto em um silêncio maravilhoso. Logo acima do castelo a lua vermelho-amarelada pairava como um velho pastor, enorme como nos contos de fada. O barulho dos passos dos transeuntes no calçamento parecia o tique-taque de mil relógios e me fez estremecer quando pensei na rapidez com que os segundos me escapavam das mãos... Um bonde passou depressa: saltei para dentro do vagão e percorri todo o trajeto da linha algumas vezes. Esse passatempo tem a rara capacidade de dispersar minha melancolia: o mundo inteiro me dava a impressão de girar como um carrossel, e quando eu era menino e andava de carrossel eu não conseguir segurar o riso. Foi o que aconteceu também dessa vez; eu mal havia completado três voltas do percurso quando comecei a rir em voz demasiado alta.

– Boa tarde – disse uma voz muito próxima a mim depois que um rosto virou-se no banco logo à minha frente, um rosto pálido e alongado, que em vão me esforcei por reconhecer. – Eu reconheço a sua risada – prosseguiu o homem. – O senhor riu da mesma forma no enterro da minha tia, enquanto o pastor falava sobre a perda que eu e os outros herdeiros havíamos sofrido. Fez com que nós todos ríssemos, inclusive o pastor e possivelmente a minha tia. O senhor tem uma disposição alegre.

– É – respondi com ar cortês –, eu tenho uma disposição muito alegre. E o senhor, meu caro?

– Ah, não vamos falar sobre mim... eu não passo de um aborrecimento irremediável. Tem sido assim desde que recebi a herança da minha tia.

– Sim, eu sei – respondi sem dar por mim.

– O senhor sabe? – perguntou-me o homem, arregalando dois olhos grandes, ingênuos e melancólicos. – Quem lhe contou?

– A situação dispensa explicações. Antes que a sua tia morresse o senhor vivia alegre e contente, pois tinha a esperança de que ela morresse e assim o senhor pudesse receber a herança. Então ela morreu e o senhor pôde receber a herança, mas agora não tem mais nenhuma tia de quem possa receber uma herança. Em suma, o senhor não tem nenhuma esperança para o futuro, e por isso está triste. É tudo muito simples.

Nesse instante o pobre homem me encarou não apenas com os olhos, mas também com a boca. Todo o espírito dele me encarava através de três buracos enormes.

– Tem razão – ele respondeu por fim. – O senhor acaba de pôr em palavras aquilo que eu há muito tempo pressentia. Obrigado. Obrigado, de todo o coração.

O homem deu-me um efusivo aperto de mão e prosseguiu:

– O senhor tirou um peso do meu peito. Nada é mais desagradável do que sentir-se melancólico sem saber por quê. Mas agora passou, e o senhor me prestou um grande serviço. Vamos sair juntos para conversar e jantar!

Essa nova sugestão me agradou por diversos motivos. A bem dizer eu não conseguia recordar o nome daquele homem, mas faz tempo que aprendi a deixar de lado esses detalhes insignificantes; afinal, o que significa um nome?

Assim, pulamos para fora do bonde e para dentro de um coche e seguimos em uma carreira desenfreada até uma pequena cantina no campo. Nesse abrigo idílico passamos o tempo comendo arenque, rabanetes e batatas recém-colhidas enquanto bebíamos uma aguardente norueguesa e três diferentes tipos de champanhe. Depois pulamos a janela, levando junto uma garrafa de uísque e um pouco de Apollinaris; quando chegamos ao fim da descida, notamos para nossa grande alegria que o telhado de metal terminava em uma inclinação suave com uma vista maravilhosa para um lago absolutamente idílico, rodeado por juncos e salgueiros. Servimos cada um uma dose de bebida e continuamos a nossa conversa.

– Na verdade – disse eu –, para muitas pessoas a riqueza é fonte de inúmeras preocupações. Eu tinha um amigo muito friorento. Ele jogava na loteria de Hamburgo na esperança de ganhar dinheiro suficiente para comprar um casaco de pele. No fim ganhou trezentas mil coroas. Não há como manter oculta uma quantia tão vultuosa: todos os amigos ouviram falar a respeito e de imediato tomaram emprestada uma porcentagem tão grande do prêmio que o coitado mal poderia comprar um casaco de pele falsa de castor com o valor restante... mas não comprou. E como poderia fazer uma coisa dessas? Todo mundo sabia que tinha ganhado o dinheiro na loteria; e é evidente que não se pode andar por aí com peles de loteria!

– Não, de fato é completamente impossível.

– Sem dúvida.

– É.

Continuamos sentados em silêncio por mais alguns instantes, cada um ocupado com os próprios pensamentos.

Então de repente o senhor Kihlberg (durante o quinto copo do terceiro tipo de champanhe ele me havia confidenciado que se chamava assim) se virou com um súbito lampejo de alegria nos olhos e me perguntou:

– Qual é o valor do primeiro prêmio da loteria de Hamburgo?

– Acho que quinhentos ou setecentos mil – respondi. – De qualquer maneira, é certo que não são seiscentos mil; pois os organizadores sabem muito bem que os números ímpares detêm sobre a fantasia dos homens um poder que os números pares não possuem.

– Pelo menos quinhentos mil – repetiu o senhor Kihlberg. – Herdei apenas duzentas mil coroas da minha tia. Se eu jogar na loteria, posso ter a esperança de mais do que dobrar minha fortuna: posso ter a esperança de herdar mais uma tia e meia. Assim posso ter um motivo para viver!

– Sem dúvida. O futuro voltou a sorrir para o senhor.

– É, ainda resta esperança. Vou jogar na loteria; mas e se eu ganhar? Nesse caso está tudo perdido, e então me resta apenas a morte! ✪

Salma Soria

Vários homens

Mansa orla da manhã passeia pelas testas dos desempregados. Sem conhecer o sabor do dia, olhos remam em busca de respostas. A maresia se confunde com a fábrica de sardinha, poucos quilômetros dali. Parados à porta do estaleiro, sem fila organizada, vários homens se aproximam do enferrujado portão quase amarelo, cor soterrada na poeira da Avenida do Contorno, via expressa de Niterói. O largo portão absorve o sim ou o não das contratações temporárias dos estaleiros terceirizados. Especula-se a abertura de novas vagas, em conta-gotas, incertos rumos, mas a promessa de novos postos de trabalho. Rastejos dos chinelos aumentam. Mais homens vão chegando. Por volta das 4 horas da manhã. Quem chega primeiro, acredita ter chance de conseguir uma vaga. Quem aparece mais tarde, após às seis, nem ousa chegar perto do portão, sob risco de cair na porrada com outros homens que estão à frente. Apesar de incerto, a promessa leva aos corações uma cegueira indomável. Muitos chamam de otimismo. Para os que há dias voltam ao mesmo lugar, uns com jornais baratos debaixo do braço, outros com fone de ouvido sem importar com o que há em volta, a espera de frente ao portão fechado é sagrada.

Pernas chacoalham diferentes intensidades, contornam o corpo em tremelique. Um caminhão com lona na boleia precisa estacionar no pátio. Timidamente os homens saem da frente do portão. Ombros avizinham nos cantos da entrada. O portão é aberto matando a curiosidade do que há do outro lado. Montanha de âncoras, alicerces, roldanas, ganchos e tubos de metal. Por todos os lados há vários homens. Corpos parados e eretos seguem olhando rente a boleia os pesados pneus que roçam o chão batido. Poeira crua doma os rostos. O portão novamente se fecha. Ombros reorganizam a fila. Tudo se reconstitui como antes, nos mesmos lugares. O fôlego da paciência é dissipado. Minutos depois todas as pernas voltam a chacoalhar.

Na esperança de vencer aquele portão, preencher a vaga de qualquer coisa, muitos sonham com o salário. Uns chamam de ordenado. Promessa de poder pagar o fiado do bar, poder rebocar e pintar as paredes de casa, quem sabe até encher a barriga dos filhos e comprar sapatos para algumas mulheres.

O relógio marca 08:01. A bruta porta de ferro abre lento. Uma mão sem rosto surge. Fixa a placa não há vagas.

Hoje, o anúncio foi visto por 74 homens, ontem, 56 e antes de ontem 39 homens. Para todos esses, inútil é chorar. Rastejos dos chinelos se afastam da porta do estaleiro e tomam o rumo da beira de estrada. Destes vários desempregados do dia, tivemos 20 homens dizendo que estão no primeiro casamento, 14 no segundo matrimônio, 13 divorciados, 17 se dizem solteiros, 4 se dizem enrolados, 6 preferem não entrar nesses assuntos. Com relação a descendentes, 3 desses homens declaram ter cinco filhos. 12 desses homens, quatro filhos. 28 desses, três filhos. 1 diz orgulhoso que não sabe quantos tem por aí, esse não entrou na conta, 21 homens com dois filhos. 9 desses homens dizem não ter filhos. São 189 crianças no total. Outra curiosidade envolvendo esses desempregados é que 3 desses homens não podem chegar perto das ex-mulheres. Dizem que 1 é procurado pela polícia no Estado do Ceará e 11 estão com nome sujo no Serasa, 4 atrasam com frequência a pensão alimentícia, 8 nunca pagaram nada a seus rebentos com medo de sustentar os luxos das respectivas genitoras, 1 contesta na justiça gratuita a paternidade, 2 conseguiram a guarda definitiva dos filhos, 7 só visitam os filhos uma vez por mês, 21 deles garantem morar com os filhos, 5 moram com a mulher, filho, sogra e filhos da sogra, 11 homens dizem não terem mulher nem filhos.

Sobre a escolaridade, entre toda dezena de desempregados, 39 homens possuem segundo grau completo. 16, incompleto. 13, primeiro grau incompleto, 6 sabem assinar o nome e contar as cédulas do dinheiro, além de saber identificar o número da linha de ônibus corretamente.

Nada a fazer. Apenas respirar conformado com a falta de emprego depois de um tempo esperando alguma notícia do estaleiro, as coisas são assim mesmo, perder tempo não faz parte do vocabulário, 14 dos 74 homens de hoje correram para porta de uma obra de construção civil ali perto, 9 foram para a porta de uma garagem de ônibus, 20 compraram balas, biscoitos e quinquilharias de pequena monta para bater nas portas de carros momentaneamente parados em sinais de trânsito próximos, 13 andaram quilômetros até a agência de empregos que contratam auxiliar de serviços gerais, 5 foram para a porta de bar, 8 andaram a esmo, confiando encontrar qualquer coisa pelo caminho, 3 pediram cesta básica na igreja neopentecostal, 1 correu furioso para a casa da ex-mulher e 1 se jogou da ponte Rio-Niterói. Nenhum desses homens foi para a porta da fábrica de sardinha porque lá nunca contratam ninguém. ✪

Ágnes Souza

Cartão de visita

NÃO TENHO mais a quem desejar feliz aniversário,
não faz sentido nenhum dar parabéns
as brigas que crio na minha cabeça estão atrasadas
e confortáveis demais para expulsá-las boca a fora
as inúmeras ligações de são paulo nunca tiveram a mim como destinatária não me chamo maria e
eles perguntam por maria
não tenho filhos para lhes negar um nome composto ou me preocupar como e com quem eles ficarão
se eu morrer precocemente
não sei o número decorado das mulheres que amei
minha preocupação sempre foi a de memorizar
suas comidas preferidas não acolho memórias
sou assombrada por aquelas que pagaria para esquecer
ou trocaria por uma cadeira de escritório na olx
sonho pouco sonho muito pouco
talvez por gastar esse momento acordada em horário comercial durmo muito pouco e menos ainda
quando durmo com estranhos não gosto de acordar com estranhos
talvez seja ainda pior que dormir
gosto muito de pessoas mas tenho raro interesse por elas
tenho pavor em me apresentar
de falar meu nome
de ter que argumentar a meu favor falando de mim mesma
gostaria de iniciar apresentações dizendo coisas do tipo:
a mulher que eu amava hoje em dia ama outra mulher
ou
quando eu era criança aprendi a andar de bicicleta depois de me chocar contra uma pilha de tijolos ou
apesar de nunca ter visto fotos,
imagino meus pais em suas infâncias e choro e passaria a palavra à próxima pessoa.

Prenda

se eu pudesse eu daria aos dois
meu pai e minha mãe
os mesmos presentes:
a infância que eles me deram e a possibilidade de destinos às suas escolhas. ✪

dheyne de souza

sâmaras

ânsia
ganância
esperança
são todas palavras nobres

ansiedade não
essa tem rimas mancas
limiares jamais limites
aquele eterno torno

prevendo
previsão
previsto
pobres são todas palavras

produto processo efeito   som presídio
hospício auspício

augúrio
prenúncio
aquele nome o pior
de todos

aquele
não se diz
   ia
dizer agora é

protesto protelo proto
amanhecido de cada dia
não
amassado
alguémamassou
amass
amos
do verbo estar cansada
de ligação
ação ainda assim atada
pra larva
bruxa bruxaria bruxismo

sintoma se toma esse tom

eu lhe havia falado ela disse *por lealdade* sim *as mulheres*
precisam por favor *se dar as mãos*
naus
é sempre sobre isso e nunca

mas a partir de agora

fruto simples, seco, indeiscente e monospérmico, cujo
pericarpo é provido de expansão alada, freq. membraná-
cea ou papirácea, que possibilita sua disseminação pelo
vento, como p.ex. o fruto do olmo

do latim semente do
olmo
por qualquer desgraça
assim como indeiscente
lembra
membrana fértil
da lma
esse buraco do oco
e que
sendo substantiva
indecente
perene choca

seco
de pericarpo
expandido

a s a
membranosa
, o que facilita
por outra ~~des~~graça
sua dispersão pelo vento

ramas atravessadas
atrás
ou
atra
v ~~e~~aja
amos

vigia
ouvinte
ou
o que s e j a
a que veio
a que guarda
a que pare
a que dá de comer
a que limpa
aqui vamos

a numerologia seu nome está
ao 8
o infinito em pé
, isso quer dizer
revela
também relevo
releva
vela
e ao meio

que atinge
de vinte a trinta

o tempo comprimentado também foi o homem que deixou passar?

de altura
folhas recortadas
que fornecem
madeira sólida

estranhamente

flexível

entranha
utilizada
em casas

angiospermas

não importa o nome

o reino
a divisão
a taxonomia

não importa

tem adotado

quem

semeia rega colhe e tantas outras
pa la vrasr

quem cuida é ela

cuidadora

cuidado

cura

elasporelas
palavrasde conhecidas
sãsamaras
não dicionar z d s
a
as
✪

Jesse Jezewska Stevens

Visitantes

traduzido do inglês por Leopoldo Cavalcante

[~]$ install aptitude GNITE
vim visitantes.txt
:g/rat/s//irr/g

"O que exatamente pode fazer aquele-que-espera para que a fé, enquanto atração não mágica, não seja apagada? (...) Precisamente quando essa transformação irá acontecer ou se ela irá mesmo acontecer não é algo que está em jogo aqui, e ademais não deve preocupar àqueles que estão se engajando."
Siegfried Kracauer, O Ornamento das Massas: Ensaios de Weimar

"Após adquirir flores artificiais que imitam as de verdade, ele agora queria flores de verdade que imitassem as artificiais."
Joris-Karl Huysmans, Contra a Natureza

sair
CRIAR OU ALTERAR PROCEDIMENTO inserir_ausente((
nome_na_tabela "visitantes",
em_atributo "prólogo",
em_inserir_método PADRÃO "irracional"
) IS

fora da rede, pela borda, ao norte, operadores encaixam novas baterias no equipamento, afanam backups nos bolsos, e saem pela escuridão; sem andarilhos, sem turistas, sem botânicos de Vancouver traçando a causa perdida da flora esgotada pela fauna tão bem adaptada ao calor da terra; ha!; com óculos de visão noturna, você vê através da meada das coisas seu núcleo autêntico; atire num veado a quatrocentos metros de distância, ice o corpo sombroso sobre os ombros, pegue o caminho de volta ao QG, um trailer, um traço dentro da noite; lá dentro está tudo que você precisa para sobreviver; a carcaça pendurada num galho resistente de uma árvore, a árvore pingando sangue, deixando fluir sangue num balde; a pele se deixa arrancar pelo toque da faca numa matrix esverdeada pela visão noturna; esticada num molde e colocada ao ar-livre para pegar sol, ela se torna couro; uma fileira de batatas ao fundo, um livro para identificar cogumelos e plantas venenosas; psicodélicos brotam no composto de esterco dos próprios operadores; a bosta pura deles; lista: carne de veado, plantas descartadas; sem químicos, estabilizadores de humor, assassinos de ansiedade, aprimoradores de ereções, suplementos de progesterona, bloqueadores-beta, anfetaminas, cápsulas de vitamina B, Tofurky, sorvete vegano, ovos à base de soja, peitos de frango hormonizados, margarinas não digeridas, Eu Não Acredito Que Não É... !; dúvida: que tipo de mundo havia aqui embaixo, ao nível do mar, onde a bosta de uma pessoa é venenosa?; rosa ginga para um lanche; gualtéria adormece a língua, a mente, a coceira e as dores; ao amanhecer, preparamos o chá de raiz sobre uma lareira e delineamos o fluxo do plano à mão sobre mesas descobertas de madeira; WYSIWYG; o gerador zumbe, mas uma operadora não deveria necessitar de uma conexão; deveria saber a língua, saber a lógica, pensar em recorrências de fazer-quando e linhas de transições, saber o poder de sua própria mente; paraíso é sentir na pele a labuta de sua própria sobrevivência, poderia ficar pra100pre nas matas de North Country, se não fosse pela certeza de que o único jeito de sobreviver ao apocalipse é arquitetando-o você mesma;

```
    EXECUTAR IMEDIATAMENTE atualizar_dclr;
FIM;
AGIR;
    DATA visitantes;
 SELECIONAR DE "parte um"
INICIAR;
```

1

Varejo é dívida. Vitrines criam ilusão de prosperidade. O horizonte da cidade é a lasca visível de uma lua crescente, a penumbra de um eclipse; todo o resto vive no vermelho. Dívida é a coluna vertical sobre a qual todo o resto repousa. Eis o primeiro ensinamento da administração. A questão é como você gere a dívida.

Mas C conseguiu geri-la. A proprietária de uma loja de lâmpadas havia ensinado tudo que ela sabia. Use cartões de crédito, ela disse. A taxa de juros está acima dos vinte por cento, mas quando a merda bate no ventilador eles não podem confiscar nada além da sua reputação. Fuja de bancos custe o que custar.

C confessou: E se ela já estivesse enrolada? Além do que, minha amiga Zo – ela investiu.

Acontece que a proprietária da loja de lâmpadas também teve financiamento de amigos. A maioria dos negócios não essenciais são apoiados por entes privados, os quais, claro, têm suas próprias taxas. Como você se sentiu, ela perguntou, sendo o projeto de estimação de alguém? Ela vendia belas lâmpadas, aquela mulher, e um pequeno número de relógios. Candeeiros de mesa tulipas com bulbos ovais, e seus filamentos como sementes gêmeas de cobre. As lâmpadas sempre acesas. A proprietária zelava por elas como se fossem crianças. Toda manhã, ela ligava cada luminária; toda noite, desligava. Porque vai que um fusível queima e alguma coisa pipoca?, ela disse, e estalou os dedos para enfatizar. Essa seria apenas uma das muitas formas da merda bater no ventilador. Melhor se prevenir. Mas às vezes ela ficava mais conspiratória, sussurrando, Mesmo assim não tem dias que você só queria ver tudo pegar fogo?

C checou as letras miúdas do aluguel, do seguro. Ela era responsável pela calçada do lado de fora, por qualquer pequeno desastre que possa desaguar na esfera pública, e por isso os consumidores nunca estavam certos. Eles preferem assim; eles querem assado. Ninguém sabe o que precisa. Se alguém vier reclamar, a proprietária da loja de lâmpadas disse, você inferniza ela. Esse é o único jeito de deixar a prefeitura fora da conversa.

C aprendeu a gerir as contas, reduzir as despesas, posicionar anúncios, convencer Max que eles ainda não podiam contratar ninguém. A gente divide os turnos, ela disse. Durante o dia, montando uma exibição para um feriado, ela pensou na amiga, a dama das luzes, na sua grande sala no terceiro andar, cercada por uma coorte de lâmpadas pulsando pelagicamente. Às vezes elas se revezavam cuidando da loja uma da outra, seja por doença ou por férias – sempre raras. Então: o Crash.

A dama das luzes não sobreviveu. C chegou na porta azul-escuro do seu prédio um dia, durante o intervalo, e tocou a campainha do terceiro andar. Sua mentora havia ido embora sem nem dizer adeus. Parada no degrau em frente à placa de passo o ponto, C não conseguiu deixar de sentir um leve choque de superioridade, a excitação de quem sobreviveu, mas que logo virou uma onda de repulsa a si mesma. Então um homem abriu a porta e atravessou carregando nos braços um amontoado de caixas grandes e vazias.

Quem é você?, C perguntou.

Eu sou do banco, ele disse.

Mas minha amiga não acredita em banco, C respondeu.

O homem também estava intrigado. Os dois se atrapalharam no espaço estreito da entrada e as caixas tombaram. Milhares de bulbos antigos e pequenos rolaram pela cartolina que nem ovos, um nascimento em massa, um terreno fértil, seus futuros hipotecados pela calçada em que se estraçalharam.

A dívida era assim mesmo – todo mundo vivia nela – e foi o orgulho de ter superado a dona da loja de lâmpadas que emprestou à C uma nova e excessiva confiança, fazendo-a esquecer que as dívidas pessoais ainda importam – quais e a quem, e quanto. O problema era: pagar logo os juros significava abrir mão do aluguel e ignorar as crescentes dívidas médicas que ela espertamente conseguiu parcelar. Hospitais – eles sim sabiam fazer empréstimos. O truque era calotar e calotar e calotar de novo até o telefone tocar um dia e você falar, Eu realmente não consigo pagar, desculpa. Minha vida é o único colateral que eu tenho. Se você quiser quitar ela, vai fundo.

Ok, serve a metade, o administrador do outro lado da linha capitulou. Desconto por pagamento antecipado, dizia o extrato. São pacientes endinheirados como Zo que pagam a conta para todos nós que não podemos pagá-la. Eles pagam as duas metades, ou o seguro deles que pagam, precificado em tudo aquilo que C jamais poderia dar. Não faz sentido. “Mas essa é só outra maneira que ela me subsidia, né”, C disse ao visitante. Enquanto isso, o Crash continua Crashando. “Sabe, arranjos de flores, limusines e viagens aéreas estão em queda. Arte está em alta – mas não materiais de arte. Como você explica isso? Todos aqueles conceitualistas... nunca curti eles...".

O rosto do visitante está insosso. Talvez ele nem esteja ouvindo.

2

Talvez o visitante seja menos uma visita e mais um inquilino. Talvez ele sempre tenha estado aqui – ou talvez a palavra seja intruso. Com certeza ele não foi convidado. Ele deslizou pela brisa, sem anúncio prévio, sem bater na porta, algumas semanas atrás, como se tivesse atravessado pela parede. C, sentada no sofá-cama, tricotava quando viu o homenzinho pela primeira vez, notando a distância entre seus pés descalços e o chão, seu corpo diáfano, sua gravata amassada. Na ânsia de escapar, ela derrubou a mesa de centro com o café da manhã sem graça servido num prato comum.

Ela se trancou no chuveiro e se encolheu na banheira. Ouviu o ranger de uma briga contra a fechadura. Uma dor aguda atingiu o estômago dela – medo ou algo pior tentava se libertar. A sensação consumiu seu corpo e então, ignorando fronteiras, foi para o quarto seguinte. Ela encontrou alguma paz sentindo o esmalte frio da banheira nas suas costas, na bochecha. Mesmo assim, permaneceu escondida até a vergonha tomar conta dela. Você é o que você acredita, como Max costumava dizer-lhe. Ela se levantou, escancarou a porta e espiou o quarto de onde fugiu. Estava vazio. Claro que não tinha ninguém. Em especial: nenhum homenzinho. Um sonho! Uma sobrecarga! O calor do verão distorceu tudo. Ela ligou o ventilador e desabou de volta no sofá-cama e na paz profunda do sono.

E agora, bem, ela está aqui. Aqui estão eles.

Ela afunda no mesmo sofá em que recebeu o visitante pela primeira vez, pega o novelo da mesa de centro e volta a tricotar.

Outro dia ela olhou o interior da padaria através da grande vidraça frontal, em que uma mulher, com toda naturalidade do mundo, colocava à vista um bolo branco, e encontrou-o – o padeiro, ou seu assistente? – já a observando. A mesma coisa no mercadinho, na floricultura, no trem. Quando seu vagão parava ao lado de outro e C olhava pra ele, parecia que ela sempre encontrava algum passageiro a encarando duramente, como se ela estivesse interrompendo uma transmissão ao-vivo em andamento – dela mesma, no caso. E quando ela despejava no banco os cálculos feitos pelo consultor de empréstimos – A boa notícia é que você foi aprovada para o refinanciamento, desde que encontre um fiador – ela se sentia cada vez mais... vigiada. Ela disse a si mesma que era a estação, o calor, a afobação do centro. Ou talvez ela apenas tenha começado a se ver como o que realmente se tornou: uma mulher afogada em dívidas. Problemas financeiros se revelam inefavelmente, involuntariamente. É no gesto de proteger a carteira enquanto tira uma nota de lá. Enquanto ela ofertava um dólar por um pãozinho amanteigado num carrinho de rua, o homem agradecendo-a e falando um ótimo dia pra você, ele sabia de tudo e estava julgando-a, ela pensou. Mas ela havia pulado para a conclusão errada.

Nesta cidade, você desvia os olhos dos impecuniosos. Quando as pessoas encaram, estão encarando os insanos.

Enquanto observa o homenzinho pairar feito um talismã escuro sobre a janela, pendurado para capturar a luz, C lamenta ter se ressentido com o comerciante muçulmano. Mas era um erro fácil de se cometer, colocar a culpa dos problemas dela em outros cidadãos. Quem poderia culpá-la? Quem mais estava lá para culpá-la?

"A não ser que você tenha alguma ideia?", ela acrescenta.

Ela está no sofá-cama num domingo à noite, uma revista cobrindo as coxas expostas. O barulho do sistema de som de um carro tunado adentra pelo quarto e se dissipa na manta do sofá. Passado o som, resta a atenção ao apartamento dela, à rua, ao verão escaldante da vida, ao som de sua própria voz. Ela fala, pensando se está quebrando algum protocolo, pensando se ela e o visitante estão podendo se falar. O que ele faz ao invés de responder às perguntas dela é apontar pela janela a uma flor – uma daninha, infiltrada no jardim – que floresce seu caminho através do suporte do aquecedor do lado de fora do prédio, do outro lado da rua.

"O que é aquilo?", ele pergunta.

"Uma rosa. É uma rosa", ela explica. De novo.

Ela liga a televisão. O visitante mantém uma altitude estável de alguns pés acima do parapeito, fuxicando os dedos do pé. Pé do lado do nariz, contornando-o. Ela está pronta para admitir que ele parece um daqueles gnomos de jardim no pátio do térreo, onde despeja o lixo: as mesmas mãos e cabeças enormes, tirando o semblante dele, os olhos tão diferente dos outros, que não são curiosos nem expectantes como os de um bichinho de estimação. E mesmo que seja rechonchudo, ele parece desnutrido, o pescoço e os membros rijos, a pele flácida. Sem gorro vermelho. Em vez dele, veste um terno completo em azul-marinho. Uma gravata sem nó, como se ele não soubesse amarrá-la. Ele parece, ao fim e ao cabo, alguém que começou a existir há pouco tempo. Quando ela troca para o canal de notícias, ele desce ao nível do carpete e se posiciona, feito um leão de chácara, na frente da tela transmitindo a programação noturna. Ela observa pelo canto do olho a atenção descontrolada dele.

Parece que nossos terroristas locais conseguiram hackear um supercomputador ucraniano numa antiga instalação nuclear soviética, a TV diz. Fique ligado nos últimos ataques do BoaNotshi!

Ponto na frente, ponto atrás. Na frente, atrás. Alguns biscoitos continuavam em cima da mesinha de café. C petisca uma crista açucarada e verifica a espessura dos pontos – como sempre, muito soltos.

Seu novo companheiro seria adorável se não fossem os olhos: glabros, salientes como os de um inseto, e tão escuros quanto. ○

Paulo Tassa

Suculenta

As pessoas costumam matar planta de fome, mas você conseguiu matar uma suculenta afogada: Sílvia protesta assim que ouve Antônio entrar em casa.

O homem pousa o guarda-chuva no suporte do corredor estreito e passa por cima daquela secura de boas-vindas. Meio molhado, ele avança até a sala: deixa no sofá a mochila ensopada de chuva: mostra uma sacola: alegria de criança antes do almoço: Passei na padaria e trouxe aquela torta de pêssego que você gosta, amor. Um beijo mais úmido na boca dele que na dela.

Enquanto Antônio vai para a cozinha: Silvia suspira fundo olhando a mochila. Eu já te falei que não posso comer isso, eu tô grávida. Ele já está com a boca cheia, mas: mesmo assim fala: Caraca, essa torta tá gostosa demais. Toma, amor, só um pedacinho não vai te fazer mal. Num esgar para trás: ela rejeita o doce: Caralho, até hoje cê não entendeu que a minha gravidez é de risco? Já ganhamos a porra do enxoval todo e eu nem completei três meses. E se dá merda? A culpa também vai ser minha? Hein?

Apático, ele volta para a cozinha: come o outro pedaço de torta: a parte que seria de Sílvia e daquele bebê suspenso e flutuante: corpo sem raiz. A mulher observa o homem de costas, ainda na sala, indo em direção ao doce: e um relâmpago dentro do olho inaugura nela a estrada percorrida até ali: rota vegetativa: serpente viva desenhando mil curvas de mato bravo: o desarranjo de tudo: o deserto plantado no meio da vida: imagem que cai no olho e fica:

(Curva 1: o primeiro encontro. Antônio chega dez minutos antes da hora marcada, abre a porta do uber, Oi, princesa: ela gosta. Sílvia também não se opôs ao restaurante italiano: que ele recomendou com veemência. É bom demais, você vai adorar. Eu vivi na Itália, pode deixar que vou pedir um vinho ótimo pra gente, um vinho que tomei em Roma e vendem aqui também. Que isso, lindona, é claro que quero a sua indicação de vinho, mas o de hoje é demais, você vai ver. Confia em mim? Ela assente.

Curva 2: o casamento. A mãe dele ofereceu dinheiro de presente para o apartamento. Muito dinheiro. Eu faço questão, Sílvia. A matriarca escolheu tudo: inclusive um bairro longe do trabalho dela: ao lado do trabalho dele. Mas o sorriso da sogra era tão amável, a voz tão generosa e o argumento de compra tão certeiro, tão entendedora ela era e o filho concordava com tudo o que a mãe dizia. Será que eu tava doida? Antônio costuma contemplar a mãe com êxtase apaixonado: orgulho de ter sido parido por aquela mulher. Nos poucos momentos em que está parada e pensativa: ela parece um totem.

Curva 3: a primeira gravidez. Ela até cogitava ser mãe: não naquele momento: mas cogitava. Ele nunca quis ser pai. Porra, Sílvia, você não tá se protegendo, meu? Como acontece um negócio desses logo agora? O mundo é grande, Sílvia. Você já pensou em tirar? Na semana seguinte: a sogra fez uma visita, elogiou a decoração da casa: pensando: É uma pena que essa menina não sabe manter uma casa limpa de verdade, não sei pra quê tanta planta – ao mesmo tempo que agradeceu o copo d'água servido pela nora: Pois é, estou com um calorão, menina. Só água mesmo, obrigada. Sílvia perdeu o bebê no mês seguinte.

Feito nuvem com vida própria: o pensamento da gestante paira agora sobre uma curva recente: a suculenta. A amiga de Sílvia abriu uma floricultura aqui ao lado do prédio. Antônio: que nunca foi muito de flores e frutos: passou a ser visitador assíduo do local. E há exatos 30 dias atrás chegou com uma suculenta. Olha, amor, mais uma plantinha pra você. Gostou? Planta pequena, não ocupa espaço, dá pouco trabalho. Ainda mais agora, né, amor. Não vamos ter trabalho. A boa intenção não venceu o vício: o homem regava a planta: diariamente: com o resto de água do copo que só ele usa: copo grande, bojudo, exclusivo: Nem Sílvia pode beber nele).

Esse relâmpago dura o mesmo tempo da frase na boca do marido: só um pedacinho não vai te fazer mal.

Sílvia sente por dentro: tudo o que construiu começa a corroê-la. É como se, sem querer, ela tivesse sido transformada num cupinzeiro: caminho sem volta. Antônio ainda está na cozinha: ela continua a observá-lo de costas. A qualquer momento: o mundo deixa de ser o mesmo: a porta do carro o vinho a sogra o apartamento a distância do trabalho a florista a suculenta a falta de sede: o bebê que não se mexe desde hoje pela manhã.

O amigo feliz

Se vocês puderem: aprendam com o meu amigo, que é feliz de verdade: quando vai à praia, ele pensa que vai à praia; quando trabalha, ele pensa que trabalha e, quando beija, ele pensa que beija; quando viaja, ele cruza qualquer espaço geográfico muito atento ao que vê: o movimento.

Ao comer um morango: o seu olhar vê um morango, a sua língua sente o gosto e a textura porosa do morango: a sua doçura azeda: um arrepio na pele.

Ele crê no que enxerga e assim alcança a plenitude – palavra morta que o meu amigo ressuscitou. O morango que ele acaba de engolir numa bocada tem a cor exata de todos os morangos do mundo: a precisão encontrada apenas na genética, esta coisa que retorna. Do cálice ao ápice, o morango carrega o segredo da permanência – da certeza.

O meu amigo deixou o trabalho às 18hs e agora volta pra casa: com o corpo embreagado de vida feita e chuva, ele entra no prédio: bate os pés no fora do apartamento: deixa no chão uma lama lerda e mal-humorada, quase-seca. Meu amigo evita estragar o lustre do piso intocado: assoalho: pureza onde um fio de sol-e-primavera entra pela cortina pálida, dando aos tacos um brilho de madeira recém-nascida: o meu amigo gosta do novo, seja na forma de coisa ou de sensação.

A chuva vai se calando lá fora. Feito uma navalha de diamante, o fio solar cruza a pequena sala onde está a poltrona em que, de pés limpos: descalço: o meu amigo se deixa ficar: por horas: a não pensar. Assemelha-se a uma pedra. É uma alma livre esse meu amigo, alma entregue ao sabor de si mesma: o delicioso nada.

A casa dele não tem livros, nem papel, nem caneta... algumas pessoas pensam que ele não é dado a intelectualidades, mas a verdade mesmo é que o meu amigo evita memórias (próprias ou engolidas). E, sabendo do perigo de verter o vivido em palavras, este meu amigo prefere: ficar parado em sua poltrona: à espera de que as marcas do dia se apaguem da carne: cada toque, cada desejo ou medo, cada experiência: tudo vai desvanecendo de seu corpo, essa página em branco. Eu diria que: se ele não fosse ateu, bem poderia ser um monge, levitar se quisesse, tamanha era a sua proficiência em apenas estar.

Se tem que chamar alguém: o meu amigo pega o telefone: recolhe do bolso esquerdo algumas frases de bem-querer: pronuncia uma a uma, sem se afetar: "Você tem razão", "Sim, farei isso" ou "Boa sorte para você também". Sem crer em nada disso, ele fala apenas para apaziguar: o mundo, os mitos.

Hoje: por inveja desse meu amigo: tentei
comer um morango como quem come um morango: tentei
ser feliz de verdade. Mas:
ao cortar a fruta
com estes dentes cegos, mordi a língua, misturando
o meu sangue ao vermelho da
poupa resignada: o sabor doeu
– a tolice é uma jaula.

Notícias de Madrid

Agosto, 2023

Yo puedo decir muchas cosas,
y algunas no.
No puedo decir: Madrid es mi tierra,
tengo que decir mi cemento,
–y lo siento–.
Gloria Fuertes (1980).

Os mendigos da minha rua são negros. Há dois: um homem y uma mulher: ¿serão eles Adão e Eva até hoje expulsos do paraíso? Não duvido. Foram expulsos y vieram parar na Calle del Barquillo.

Ele vende isqueiros na porta de um pequeno supermercado, onde reside. Ela mora na marquise do banco Santander, onde recebe esmolas y olhares. Ele tem: vitiligo. Ela mantém a elegância do batom: vermelho. Ele sorri por simpatia. Ela não sorri: já não se dá ao luxo.

Ambos combinam bem com o ambiente: ela adorna a fachada de um banco que: até julho de 2023: obteve um lucro de: mais de 5 bilhões de euros. Ele se vê espelhado na vitrine do outro lado da rua: onde um vestido é vendido por: 2.580 euros.

A mendiga y o mendigo embelezam o exterior dos edifícios madrileños: cujos apartamentos milionários podem ser alugados hoje mesmo no Airbnb. Um dia tomarei fôlego: direi ao mendigo: vender isqueiros a dois euros dentro deste cenário... me parece algo nobre y ousado. ¡Menudo coraje!

O movimento ao redor também combina com o mendigo y a mendiga: todos os carros de uber, cabify y alguns táxis despejam turistas perplexos: diante desses dois moradores de rua, tão pretos y dignos, os forâneos se assustam: feito quem chega num Éden ainda sujo: Éden de ontem à noite. Ou, no melhor dos casos: algum visitante recém-chegado pensará (esquecendo se a seguir) que o mundo é injusto. Justa é a mendiga que, ao lado do caixa rápido, não "rouba": só pede com civilidade, enquanto cinco jovens quase cortam os pés dela: com os patinetes elétricos da Bolt.

Os entregadores da Amazon: arrastam pacotes imensos y dividem a calçada estreita com os mendigos da minha rua, que gentilmente cedem espaço. Hoje vi um entregador suando tanto que não lhe dava tempo para: observar os mendigos mais detidamente: assim despacito. Neste caso: a palavra "hoje" significa: fez 40 graus y o entregador da Amazon suava: sem tempo para ternuras. A mendiga também suava. O mendigo também. E ambos estão acostumados com o calor – y o frio. No inverno: estão os dois em seus respectivos lares, talvez um pouco mais abrigados. Ele: com o sorriso habitual. Ela: séria desde que nasceu.

Os carros de aplicativo seguem: cuspindo e engolindo viajantes, enquanto os residentes: os que ainda podem ficar: estão no site da Amazon clicando em: "Comprar ahora".

"Ahora"... ¿como é que pode uma mesma palavra encarnar tantas circunstâncias diferentes? A única resposta que consigo encontrar: não existe Europa sem escória: agora y sempre. ✪

Mila Teixeira

banquete

depois de park chan-wook

QUANDO há um corpo morto e exposto e
um corpo está sempre em decomposição

quando há um corpo morto exposto primeiro
chegam as moscas
elas chegam em 10 minutos
as moscas cercam o corpo colocam ovos
o corpo serve à reprodução das moscas
depois chegam as formigas
as formigas chegam em 30 minutos
as formigas gostam de todas as partes com sangue
as formigas gostam das feridas dos olhos das narinas e de debaixo das unhas
cerca de 1 hora após o corpo ser um corpo exposto
chegam as vespas
elas são as últimas convidadas
vai entender como funciona a hierarquia do
banquete dos insetos

GOSTOSO MESMO É PECAR

dos pecados capitais a preguiça
é o meu pecado preferido
por isso mesmo preciso aboli-la da minha
vida
ora
estou viva
não posso: ter preguiça
posso: continuar pecando
preciso de um novo pecado preferido
luxúria
que palavra gostosa
cabe na boca

TODA NUDEZ SERÁ CASTIGADA

a poeta dramaturga e roteirista mila teixeira foi
vista na praia de ipanema fazendo um striptease para o seu
então namorado cujo nome não será revelado por motivos legais

era sexta-feira dia 22 de outubro 8h52 da noite
quando um casal de idosos percebeu que a mulher estava se despindo
chamou a atenção de policiais à paisana para o ato de atentado ao pudor

quando perguntada a respeito a poeta dramaturga roteirista
mila teixeira disse que estava fazendo aquilo por castigo
ela fez uma aposta estúpida perdeu e o striptease era a prenda

quando perguntado a respeito o então namorado cujo nome
não será revelado
disse que não tem fetiche em nudez pública e que queria vê-la *pagando mico*

ela foi liberada sob fiança de 1.000 reais paga pelo então namorado
sob a promessa de que não mais fará striptease na praia de ipanema
escolha uma praia de nudismo ou afastada como as praias do recreio disse o delegado ✪

Joca Reiners Terron

Mapa desbotado pelo sol

MAPA DESBOTADO pelo sol
apenas linhas tracejadas
de estradas por territórios extintos

Mapa desbotado pelo sol
em consequência também
desaparece o país real

Mapa desbotado pelo sol
restando áreas fronteiriças
que lembram uma flor

Mapa desbotado pelo sol
veias azuis de rios mortos
apenas o verde esmaecido

Mapa desbotado pelo sol
onde antes figuravam florestas
nenhuma cor corresponde ao vento

Mapa desbotado pelo sol
nada restou além do ar morto
envolvendo o mapa

e o próprio sol se apaga

O RABECÃO toma a estrada
rumo ao poente
tem olhos de lebre
Passageiros deitados em seu interior
bocejam enquanto leem cartas
Nenhuma notícia trágica do futuro
nem acidentes inesperados
No pedágio a lua se anuncia
trouxe seus buracos
Seu brilho tênue faz do esquecimento
um presságio uma espécie
de mácula que cobre tudo
e fica para trás

ACIONAM o interruptor do dia
Helicópteros
estacionam no céu
Rodas de ônibus nas poças
da avenida
A polícia procura um ladrão
mas a luz já foi roubada

A CIDADE SE ESVAZIA na véspera do novo ano
Mortos e vivos ficamos para trás
diante dos albergues enfileirados para a ceia
na qual será servida uma fria esperança com batatas
Há muito retiraram os animais das ruas
na cidade construída em meio à selva
Agora vagamos no deserto
Cinemas exibem seu branco filme infinito
à platéia de ácaros e fantasmas
Mesmo sem passageiros os vagões do metrô
circulam como um carrossel acéfalo
por túneis habitados pelos únicos legisladores
dessa sociedade se arrastando entre os trilhos
guinchando canções de dor e exílio
Não restam sinais da esfera política
A dívida pública está quitada
Fechado o espaço aéreo os sonhos
do reino descansam
no cemitério ✪

Pedro Torreão

UMBU

I

a água salobra do açude
a geografia do rio
os pés que não tocam
                                o chão
                                    do rio
                                        do mar
                                            do rio
o medo [a esta hora] não há mais mesmo nas páginas desta revista onde o papel há de cortar os dedos mas há [também] de estancar o sangue em pegadas digitais dos mesmos dedos nas mesmíssimas folhas.

II

teu riso incontido
sotaque moleque
melodia do susto.

III

meus dentes amolecem
[no susto do umbu]
desavisa a realidade
mais rija
mais dita
na mordida em falso: carne da fruta
menos pecado
menos escárnio

me voltam os dentes
                deleite

IV

viver as ondas como se nada.
                            nada! ✪

Valeska Torres

Uma cidade impossível, 16 de janeiro de 2012.

Jogar sua dor no mar / Vai naufragar o amor / Pra um novo amor chegar
Guilherme Held, Jards Macalé e Romulo Fróes

UMA CIDADE IMPOSSÍVEL, 16 DE JANEIRO DE 2012.

Para o inominado,

cacei lagartas essa manhã, e as coloquei dentro de caixas de sapatos. Chegada a hora, a casca finíssima do casulo explode e uma cor emerge. Uma bruxa. Nunca as vejo, porque durmo cedo e elas só saem quando durmo. Digo isso a um desconhecido, conscientemente, pois quero que seja refém de uma memória que não é sua. Tenho feito isso ao longo dos anos, tornando pessoas reféns das memórias de uma anônima.

Cacei lagartas essa manhã, porque gosto de pensar que as coisas acontecem quando anoitece e ainda é madrugada. Uma borboleta rompe o casulo, uma adolescente foge de casa, a cidade acontece e não tenho controle sobre nada.

Cacei lagartas essa manhã, insistente naquelas que queimam. Digo isso, de uma anônima a outrem, confidenciando a forma como venho praticando os meus castigos. Se confesso, saio ilesa. Se empeno, faço jus às palavras de meu marido. É verdade que sempre quis acreditar nas coisas que não existem, inclusive você, inominado. Uma pele e uns olhos que carrego, fantasiando um universo desgraçado já que é a hora da extinção das mariposas.

Cacei lagartas essa manhã, brincando com uma amiga que já não toco há anos. Demos de comer flores e espetamos com varetas suas crisálidas. Tínhamos uma vida da qual nos orgulhávamos: roubar os bichos, cuidar das asas.

Com amor,

A.

UMA CIDADE IMPOSSÍVEL, 29 DE SETEMBRO DE 2021.

Para a inominada,

empurrou meu rosto contra parede, quicou minha testa no chão. Veja bem, não é minha a opção de começar uma carta assim, principalmente, confidenciando uma violência da qual sofri para uma desconhecida. Mas bem sabemos que ir de encontro à morte é uma extensão dos farelos que temos como vida agora.

Não espero que essa carta lhe encontre bem. Talvez, se fosse em outra década, e ainda restasse algum brilho nos olhos, eu te diria palavras de ternura. Entretanto, faz tempo que não conheço outra natureza que não seja a selvageria. Os pastores andam sobre as nuvens, brindam, heroicamente, o quanto de céu prometeram aos que ficaram. Inominada, preste atenção, não doei todos os meus bens por inocência. E sim ambição.

Soube da boca de um homem, esse sim tinha algum nome, que a Terra para continuar existindo é inevitável a presença de Júpiter. E agora que estamos aqui, na borda do mundo, digo que para que nosso corpo mole caminhe ainda bebericando as poças d'água nesse planeta extinto, é inevitável que exista algum lote, mesmo que alagadiço, na porra do paraíso.

A.

UMA CIDADE IMPOSSÍVEL, 3 DE OUTUBRO DE 2025.

Para você,

que tomba morta na minha frente. Vai ser sepultada numa vala comum num cemitério que sepultou algumas mulheres comuns. As flores vão murchar como murcham as flores. O sol vai cair como caem, diariamente, os sóis. Vou chorar como choram as pessoas que perderam seus grandes amores. Vou ler palavras de autoajuda enquanto rolo a tela do celular, vou implorar para que a ausência não doa tanto quanto já está doendo. É irrevogável que tudo isso haveria de acontecer, assim como a certeza do fim desta carta.

Você recebe essas palavras como morteiros, caso um dia tenha perdido alguém. Pode ser uma questão crucial em sua vida o luto, entretanto, caso não seja, sinto lhe informar que há uns dias atrás para mim também não era. Não que você precise esperar, porque esperando ou não, encontra. Não que você precise sofrer como sofro, mas é que tem certas coisas na vida que somos predestinadas.

Me perdoa se dei por encerrada a sua alegria de receber uma carta com alguma notícia carinhosa. Tenho jurado amarguras. Caso tropecemos pela cidade impossível, você há de convir que não tem como trocarmos olhares se faz tempo que ando olhando o chão. E por isso mesmo, peço desculpas, curiosamente, pela segunda vez na mesma carta.

Com tristeza,

A.

UMA CIDADE IMPOSSÍVEL, 7 DE MAIO DE 2009.

Para a remetente,

há horas, prostrada em frente ao papel, tento decifrar como se inicia uma carta alegre. Só por isso, cara remetente, sei que você pensa uma dúzia de coisas sobre mim.

Vez ou outra, desde que comecei a lançar cartas ao mar, me pergunto: Qual é o rosto de quem me lê? Qual é o ano de quem me lê? Ainda estarei viva quando essa carta atravessar os seus olhos? Estabeleço o seu gênero e você, eu bem sei, já estabeleceu o meu. Você está em vantagem, esse é o jogo e nada mais.

Com alegria,

A.

UMA CIDADE IMPOSSÍVEL, 7 DE OUTUBRO DE 2021.

Para o estrangeiro,

por volta das 17h45, especialmente, em dias chuvosos, me pergunto se desistir é fácil. Já vai findando um domingo, e nenhum foi do jeito que antes. Terminar um casamento é tarefa de adulto, era isso que meu pai dizia. Despejar energias infinitas sabendo que o fim é único horizonte. Os sinais estão desde o primeiro beijo, isso diz muito da personalidade de alguém. Mas veja bem, estrangeiro, ignoramos os sinais porque desejamos, fervorosamente, a irracionalidade do amor. Agora dizem que os princípios têm mais a ver com fórmulas químicas do que de fato com a nossa mediocridade. Gosto de acreditar que o nosso corpo é condizente com a nossa evolução enquanto espécie e é por isso que ainda produzimos quimicamente o que produzimos e sendo assim, está decretado o nosso fardo às desventuras das grandes paixões.

Espero, sinceramente, estrangeiro, que você não tenha se apaixonado. Tenha tido uma vida pacífica, apática e com alguns problemas de ordem analítica. Um desvio de caminho no GPS, ou um sorvete que derrete em dias quentes. Espero que tenha tido filhas com alguém pela qual sente respeito e admiração, mas que tão longe a paixão tenha lhe invadido. Espero que tenha sido fácil as separações e que no segundo dia do término você tenha se levantado da cama como fazem as pessoas que têm compromissos a cumprir. E que assim, sua vida tenha seguido como segue a vida das pessoas sérias. Deixe, estrageiro, as humilhações das grandes paixões para essa anônima que escreve cartas e as lança ao mar numa intimidade que só quem vive na borda pode arriscar.

Com paixão,

A.

UMA CIDADE IMPOSSÍVEL, 19 DE JULHO DE 2064

Para o futuro,

é curioso pensar que nunca toquei os meus ossos sem as camadas que os protegem. Muito menos senti a textura do meu fígado mesmo sabendo que ele funcionou durante 59 anos, ininterruptos, como um bom trabalhador que nunca falta ao trabalho. Os cientistas não chegaram a tempo de descobrir a fagulha que faz o coração maquinar, e isso faz de você, cara leitora, uma sobrevivente. Não sei em qual época você chegou até aqui, mas havemos de convir que enfraquecemos a linguagem. Os signos batem à porta, como um filho que nunca retornará. Voltamos a erguer os olhos para as estrelas, nosso único santuário. As línguas foram banidas, os dicionários perdidos, e, junto, a alegria.

As outras pessoas que quebraram as garrafas bem sabiam que sempre fui uma escritora triste. É da minha natureza, apesar de tê-la negado para me livrar do meu próprio desejo de não ser quem sou. Os anos me mostraram que até nisso eu fracassei. Entretanto, ainda sinto saudades de sorrir como um revide às pessoas que faziam o mesmo entrecortando esquinas. Nessa madrugada de 19 de julho, restam-me ainda corpo, ainda memória. E você, cara leitora, minha esperança pretérita.

Do passado,

A.

UMA CIDADE IMPOSSÍVEL, 2 DE FEVEREIRO DE 2008

Para o primeiro,

esta é a minha primeira carta. Acho que não deveria começar as cartas assim, anunciando sua ordem de escrita, mas a intimidade que vou propor aqui é coisa séria para mim, então, paciência. Não sei seu nome, sua idade e qual é sua localização, estabeleço assim confidências num ato particular e anônimo, duas pessoas que desconhecem a existência da outra. O que eu sei é que você me encontrou no oceano, e a partir disso posso dizer que temos algum lugar em comum. É ainda absurdo estabelecer pontos em comum, já que estamos falando do imensurável, mas a água é também um modo de fazer escorrer caminhos.

Quando ainda mais jovem que hoje, eu soube que havia um marinheiro ambicioso que esbarrou com uma feiticeira e lhe fez um pedido: sal. Para o seu infortúnio, a feiticeira atendeu seu pedido, afogando-o entre os peixes abissais. O fantasma do marinheiro ficou incumbido de fazer com que o mar nunca cessasse de ser salgado. É prazeroso pensar que os fantasmas dos oceanos estão incumbidos de carregar minhas garrafas pelas correntezas. E que alguma pessoa ordinária, que fala minha língua, vai desenrolar essas palavras na boca. Uma pessoa sempre nova, e eu velha, velha que só.

Com ternura,

A.

UMA CIDADE IMPOSSÍVEL, 3 DE MAIO DE 2015.

Para um gênero,

segredo: durmo ao lado de um homem que confessa arrependimentos. Tomo café ao lado de um homem que faz silêncio. Ouço da boca de um homem que sou chata. Grita comigo como fizeram todos os homem, me sinto culpada. Não sei se tenho dívidas como tenho com outro. Se fico calada estou errada, mas se digo algo, também. Nas madrugadas, tento saber se me ama mesmo quando não me abraça. Durmo ao lado de um homem e acordo na casa de meu pai.

Sendo breve,

A.

UMA CIDADE IMPOSSÍVEL, 20 DE MARÇO DE 2028.

Para uma filha ou um filho,

“Quando você ainda sugava a minha teta, segurando com os dedinhos moles as minhas mãos, eu podia jurar que aquele era o fim de um mundo antigo”. E foi assim que inaugurei o outono, apostando numa comemoração fictícia onde me via entregando uma carta a uma destinatária que soubesse o meu cheiro. Como se sonham os sonhos pacíficos se a realidade é um pesadelo?

Todos os copos da minha casa quebraram na mesma semana que ela se foi. Dizem que quando as coisas quebram com alguma frequência significa que muita negatividade se acumulou nas quinas. É possível encontrar algum ritual de limpeza, embora nunca consiga encontrar a minha menina. Fui negligente com as minhas exigências, como uma mãe que não aprendeu a dizer não para a sua mãe. Olho para você, pessoa que me lê, suspeitando que você herdou mais do que os olhos, como também as superstições de seus pais. É bíblico.

Acendo três mil vezes o isqueiro até que ele seja uma quinquilharia. Agora eu tenho um museu de isqueiros gastos que me lembram o quanto eu quis incendiar todas as palavras não escritas. O tempo pede pressa aos carinhosos, pois vai chegando o fim dos amores doentes.

Com amor,

uma mãe

UMA CIDADE IMPOSSÍVEL, 5 DE AGOSTO DE 2010

Para um ciborgue,

dizem que no futuro robôs pairam sobre a Terra, trajados com peças que cobrem seus corpos como armaduras. As nuvens cinzas confundem o resplandecer metálico, por trás da cortina de fumaça caminham com a pele de plástico os ordinários.

E eu aqui, sonhadora atemporal, atravesso as canções crédula que nunca esqueceremos a beleza das ostras. Ainda existirão?

Com esperança,

A. ✪

Lucas Verzola

Desafetos do regime

I

Devia ser 1991 ou 92 quando meu avô trouxe dos Estados Unidos um nintendinho com uma fita do mario bros. Eu não tinha mais que cinco anos e logo aprendi a correr, pular, voar e lançar cascos de tartaruga. A primeira fase era muito fácil, com inimigos pra pisar na cabeça e plantas que soltavam bolas de fogo. O segundo nível era um pouco mais complicado, com uma música de ação que me deixava ansioso, tartarugas voadoras e buracos traiçoeiros. A última fase que eu conseguia jogar era um castelo. O chão era de lava, então eu tinha que escolher com cuidado o momento de pular entre as áreas em que se podia pisar, desviando das bolas de fogo que saltavam e dos globos fantasmas que faziam movimentos circulares. No final da tela, havia uma tartaruga-caveira que se desmontava por alguns segundos quando a gente pisava nela. Depois disso, uma parede que significava o fim do jogo. Nossa televisão não era a cores e só mais tarde eu descobri que havia uma porta que o contraste da TV em preto e branco não permitia que eu enxergasse.

II

Por vários meses, talvez até um ano, joguei as mesmas cinco fases do Super Mario Bros. 3., tentando entender o mistério que envolvia os níveis inacessíveis, mas de alguma forma resignado com a interrupção da partida em uma parede de castelo. Eu era uma criança que costumava aceitar o fim das coisas. Passava as tardes jogando videogame com o meu pai, ele sempre com o player um, o Mario. Eu era o Luigi e ele me convencia dizendo que o meu nome também começava com L. Enquanto jogávamos, eu quase me esquecia das broncas e era como se meu pai fosse um irmão mais velho. Eu morava com ele e minha mãe num quartinho apertado na casa do meu avô. Minha cama ficava colada na deles, dando impressão de que dividíamos todos um mesmo colchão. Não tínhamos armário e nossas roupas se amontoavam em um gaveteiro. Minhas cuequinhas estavam junto das calcinhas da minha mãe e das sambas-canções do meu pai, que durante o verão era a única peça de roupa que ele vestia. Num dia, entediado, encontrei meu uniforme da escola no fundo da última gaveta. Tive saudade de uma professora e o vesti só pra constatar que as mangas terminavam no meio do braço e a calça parecia três-quartos. Minha mãe me apanhou enquanto eu me olhava no espelho, mas a bronca que ela havia preparado se perdeu em algum atalho entre as cordas vocais e a língua, e ela só me abraçou.

III

A casa era um sobrado velho num subúrbio da zona norte. Nosso quarto ficava no fundo do quintal, em que um poodle de verdade, daqueles grandes que a gente não vê mais hoje, corria solto e tão encardido de poeira que a sujeita parecia impregnada pra sempre. Quase não passávamos da cozinha no dia a dia, mas às vezes eu escapava pra sala pra assistir à televisão colorida com o meu avô. Era mais uma desculpa, porque eu gostava mesmo era de ficar na janela, vendo as crianças brincando na rua. Futebol, papagaio, bicicleta, rolimã e pogobol. Passava o caminhão do gás, o da melancia e do morango de Atibaia e o da Cândida. Cada um tinha uma música, mas a voz de todo vendedor ficava igual no alto-falante. Um dia minha avó saiu no meio da feitura do almoço pra correr atrás do moço do gás e deixou a porta da sala aberta. Eu aproveitei e fui atrás. Pisei na calçada e me aproximei de uma rodinha em que jogavam bolinha de gude. Me ajoelhei perto deles, como se fosse um amigo de longa data e me distraí vendo a bolota grandona acertar as pequenas e fazer um estalar tão gostoso que era estranho que não quebrasse. Não sei por quanto tempo eu fiquei fora, mas minha mãe veio me buscar aos tapas e berros. Ela gritava que o vovô tinha trazido o videogame justamente pra eu não precisar sair de casa e não sei se os olhos arregalados da criançada eram pela bronca ou pela notícia de que o vizinho tinha um videogame. Acho que só minha mãe não entendia que, depois de meses, eu não aguentava mais as mesmas cinco fases.

IV

Eu tinha ordens de não sair de casa sozinho. Isso era tão importante que meus pais chamavam de regra de ouro e eu tinha aprendido na Olimpíada de Barcelona que ouro era o primeiro lugar. Havia outras regras importantes, como não aceitar bala de estranhos, tentar andar no sentido contrário do trânsito, não contar o meu nome nem os dos meus pais pra ninguém, nem pros meus avós, e passar longe de carros com a porta aberta: eu as chamava de regras de prata, mesmo que ninguém tenha dito isso. E tinham as regras de bronze: não falar palavrão, não ir além da cozinha, não responder aos mais velhos, não maltratar o cachorro. Essas, se eu não as cumprisse, não teria muito problema, mas elas existiam.

V

Eu não me lembro muito bem da vida antes de morarmos no quartinho. Eu sei que tinha a escola e que tinha uma professora que cheirava a cigarro e me chamava de Lucas Silva e Silva, igual ao do Mundo da Lua. Eu adorava isso, porque eu adorava o Lucas Silva e Silva e queria ser igual a ele, com um gravador pra inventar histórias, um videogame na televisão em cores e ter um quarto só meu. Se bem que nem o Lucas Silva e Silva tinha um quarto só dele, já que o avô, quando se muda pra a casa dos pais do Lucas, acaba dormindo no quarto com o neto. Na nossa vida era o contrário: a gente que tinha ido morar na casa dos meus avós. Meus pais disseram que ia ser uma aventura. Que nada. O Lucas Silva e Silva, pelo menos, ia pra escola.

VI

Quando os meus pais disseram que seria uma aventura morar na casa do meu avô, eu fiquei muito feliz. É claro que eu gostava de aventuras, mas mais importante que isso: eu nem sabia que tinha um avô.

VII

Eu me lembro bem das conversas muito sérias que tínhamos. Estávamos no carro e chovia muito. Havia acabado de descobrir que eu tinha um avô e meus pais disseram uma expressão que eu só entenderia de verdade muito tempo depois: "desafetos do regime". Quando perguntei o que significava, minha mãe disse que é porque comíamos muito e nunca conseguiríamos fazer um regime. Eu adorei a explicação, estufei a barriga e logo aprendi que, se repetisse isso pros adultos, eles me davam atenção. Meus pais se divertiam, mas impuseram a condição de que eu não fizesse a brincadeira fora de casa – não sei se essa era uma regra de ouro ou de prata. A verdade é que sempre que eu falava que era um desafeto do regime e passava a mão na minha barriga estufada, meu avô caía na gargalhada, me fazia um cafuné e me dava uma azeitona. Azeitona do meu avô eu podia aceitar, já que não era doce e ele não era desconhecido. Era, como eu e meus pais, um desafeto do regime. O que eu não podia ter feito foi outra coisa.

VIII

Num dos dias em que eu já tinha chegado na parede do castelo umas oito vezes eu decidi que era uma boa hora de quebrar uma das regras de bronze e ir além da cozinha. Minha avó papeava com a minha mãe, muito sérias soprando a fumaça do cigarro pra cima. Se me viram, não se importaram que eu passasse direto e fosse até a sala ver TV com o meu avô. Achei que tive sorte quando vi que ele assistia ao Mundo da Lua. Quem quebra regras de bronze sem se importar acaba nem se lembrando da existência das de prata. A vontade de conversar sobre qualquer coisa era tanta e naquele momento convergiu com o acolhimento de sempre do meu avô e eu acabei confessando, meio sem jeito, que eu adorava me chamar Lucas igual ao Lucas Silva e Silva.

IX

Pela manhã meus pais arrumaram nossas coisas e fomos embora. Meu avô insistiu que levássemos o nitendinho e não aceitou o teatro dos meus pais. Acho que ele gostava mesmo de mim. Não era apenas dó de um menino que não imaginava, naquela época, a importância de um nome.

*

— Lucas do céu! Nunca vou entender por que você inventa essas coisas. Não foi nada disso que aconteceu. ✪

Fernanda Vieira

MEU OLHAR ABRAÇA, imenso,
a vastidão do mar.
Alargando a consciência de me saber
feita de chão, água, suor e sal.
Olhar no espelho da terra e saber
que minha pele-terra
é a mesma da origem do mundo,
é como abraçar a primeira que pariu sozinha,
cuja voz e grito ecoam na minha alma
na condição de sua neta e sua filha.
Caminho meu corpo de terra e germino sonhos
[in-ter-rom-pi-dos]
das minhas ancestrais.
No peito intenso desse solo farto,
minhas raízes atravessam
águas que me atravessam,
se espalhando por Abya Yala,
como meus cabelos pretos em noite ventania
embaraçando estrelas.
Terra em florescimento. Madura. Viva.
Canoas de sonhos e chamamentos.
Meu coração em estado chegança. Herança
jenipapo na alma,
juçara na pele,
jabuticabas nos olhos
e urucum nas veias. ✪

Júlia Vita

Parto

Já escrevi, e foi difícil
como um parto.
Mas, quando reli,
duvidei da analogia:
como alongá-la
ao leitor, sendo ela
vinculada ao fardo
da criação solitária?

Não pari nada.

Ainda não tive filhos,
mas mantenho meus
textos sem confundi-los:
crio, depois me despeço.

Coisa distinta ocorre
com quem gesta
(só depois cria, sem
perspectiva alguma
de despedida – exceto
de quem já se espera
que decida ir embora).

O leitor não abandona
nem recepciona antes
da hora: lê, já assumindo
seu papel na criação.

Não pari nada.

Quando termino
o poema, preparando-o
ao mundo, eu paro.

Esse preparo mostra
a diferença nas vogais:
há nelas um grito que
não é interrompido, e,

embora grafem quase
a mesma palavra, revelam,
cada qual em seu tempo,
a gravidade unívoca
dos seus sentidos.

Como poeta, eu paro. ✪

Otto Leopoldo Winck

Rio da vida

DENTRO DE MIM corre um rio
sem início e sem desfecho.
Se ele é largo ou se é um fio,
não o sei, pois desconheço.

Dentro de mim corre um rio.
Se ele aí sempre correu
ou se jamais existiu,
nunca o percebera eu.

Só sei que dentro de mim
serpeia esse rio submerso,
não contido por confim,
que vem à tona em meu verso.

Rio de luas, rio de lendas,
de amazonas e sereias,
são oníricas as prendas
que me trazem suas cheias.

Meu passado e seus presentes,
meus tormentos (na tormenta),
se me assomam nas correntes
que o seu dorso me apresenta.

Dorso negro onde a lua
fincou esporas de prata
e qual linda índia nua
cavalga no seio da mata.

Rio de botos, jacarés,
medos, mortos, anacondas,
que inunda os igarapés
engolindo-os com suas ondas.

Rio de iaras e de loucos,
de piranhas e de antas,
que me sorve, mas aos poucos,
por suas múltiplas gargantas.

Rio de grotas, pororocas,
banzos, sanhas, fêmeas prenhas,
que entre coxas, xotas, bocas
me ensina em cifras e em senhas.

Quisera eu estancá-lo,
Mesmo secá-lo. Não posso.
Pois ao tentar aplacá-lo,
seu leito torna-se um fosso

no meio do qual me afundo,
em pânico me revolvo,
arrastado para o fundo
onde aos poucos me dissolvo.

Eu agora sou o rio:
baldo rio (longe o oceano)
e que tem por desafio
um jorrar não mais humano.

Rio escuro, turvo rio,
de onde vens, para onde vais?
Quando choro, quando rio,
para onde vão risos e ais?

Rio sem fonte, rio sem foz,
sem margens nem horizontes,
quando cessa, onde a voz,
se sobre o vão não há pontes?

Rio oculto, onde me levas?
Se eu sou tu, se tu sou eu,
por que não sei (em tuas trevas
foi que outrora aconteceu

meu tortuoso despertar),
no âmago desse breu
do teu curso milenar,
qual meu nome, quem sou eu? ✪

Michael Winkler

Grimmish

traduzido do inglês por Caio Girão

Doutora, pra onde estamos indo?
– Pro necrotério.
Mas ainda não morri.
– Pois é, ainda não chegamos.

1.

Vermelho de fissura no olho. Vermelho de pálpebra esfacelada. Vermelho de língua esfolada assim e assado. Vermelho de ecos berrantes em ouvidos espancados. Vermelho de nariz dilacerado. Vermelho de vergão, ferida e fratura. Vermelho de gengiva aberta e dente quebrado e boca rachada. Vermelho de sobrancelha arqueada e aberta. Vermelho de testa cortada. Vermelho de hemorragia intracraniana. Vermelho de narina retalhada. Vermelho de bochecha socada. Vermelho de mandíbula inchada. Vermelho de lóbulo rasgado. Vermelho o rubro rugido do rio que varre o vermelho coração através da boca vermelha esbofeteada de vermelho. Vermelha máscara. Vermelho véu. Vermelho o abuso, abuso.

2.

Meu Tio Michael não estava bem de saúde. Não era de se surpreender. Ele não era, de fato, meu tio, mas meu tataravô ou possivelmente meu tatatataravô, inclusive, não tinha certeza se ele era um parente de sangue ou apenas alguém que estava por aqui há tanto tempo que passou a ser considerado da família. Eu não sabia a idade dele, mas ele era excepcionalmente velho. E agora estava doente, aparentemente.

Seu quarto sempre me lembrava a esteira da proa de um transatlântico. Uma estreita faixa de carpete desgastado levava da porta à poltrona onde ele se sentava, dormia e observava. Por todos os lados, paredes titânicas de papel. Livros, revistas, jornais, cartas. As pilhas pareciam nunca escorregar ou se mexer, mas havia a constante ameaça de que, um dia, um manual de mecânica agrícola de 1927, por exemplo, poderia ser desalojado e, então, todo o aparato se moveria e deslizaria, uma concatenação de movimentos de papel que acabaria com meu tio, que provavelmente não era meu tio, acabando sua vida submerso em sua própria história de papel.

Fechei a porta atrás de mim, abandonei o dia claro. Ajustado, como sempre, ao cheiro. Papel em decomposição, papel mofado, papel mais poeira do que papel. Bem, ele disse, as asas pretas estão batendo hoje.

Ele sempre queria falar – interminavelmente, na verdade –, e por isso eu evitava visitá-lo, geralmente. Mas naquele dia ele queria adiar o prazer. Volte amanhã, ele disse. Não vai ser fácil, eu disse, tentando lembrar minha agenda, e lembrei que estava em branco, mas não queria ter todo este trabalho de vir aqui mais uma vez. Eu nunca te falei sobre Grim, ele disse, e preciso me preparar. Perguntei quem ou o que era isso. Joe Grim, ele disse. Hoje não estou no meu melhor, e ainda tenho algumas leituras a fazer. Procure por ele também. Dê uma olhada, e venha me ver amanhã. Traga xerez.

3.

Fiz como me foi dito. E achei: o singular e extraordinário Joe Grim, mais esquecido do que lembrado. Joe Grim, artista da dor. Nascido como Saverio Giannone por volta de 16 de março de 1881 em Avellino, Campania, Itália. Migrou para os EUA quando tinha dez anos. Trabalhou como engraxate na Filadélfia, começou a frequentar academias de boxe como parceiro de treino e, em seguida, iniciou a carreira em lutas profissionais em 1899. Em seus primeiros três anos, teve setenta e oito lutas registradas e venceu trinta e uma delas. Então subiu de categoria, lutou contra grandes e quase-grandes nomes, como Philadelphia Jack O'Brien, Joe Walcott, Dixie Kid e Peter Maher. Uma luta contra Bob Fitzsimmons em 1903 parece ter mudado seu rumo. Ele perdeu, mas atraiu ampla atenção pela capacidade de aguentar seis rounds com o ex-campeão mundial. Depois, enfrentou imortais como Jack Johnson e Joe Gans e inúmeros pesos menos pesados, e suas lutas mudaram profundamente, passaram a ser não sobre ganhar ou perder, mas sobre sua capacidade de se manter de pé e suportar todo e qualquer ataque. E nesse quesito, ele invariavelmente triunfou. Fitzsimmons disse que ele era o oponente mais difícil de nocautear que já encontrou. Johnson disse, Eu não consigo acreditar que esse homem seja feito de carne e osso. Grim tornou-se um espetáculo em vez de um lutador, mas era popular e ganhava a vida.

Em 1908, ele viajou para a Austrália e ficou no país por cerca de um ano e meio. Sua primeira luta em solo australiano[1] foi contra Geor-

1 BoxRec é o Domesday Book do pugilismo*. Acurácia é sua palavra de ordem. O livro listou a ocorrência da primeira luta de Joe Grim na Austrália em 10 de junho de 1908, em Sydney, contra um homem registrado apenas como Devaney. Dada a autoridade do BoxRec, aceitei essa informação como um fato e gastei um bom tempo em pesquisas, tentando descobrir mais sobre o combate. Mas tinha o detalhe de que ele nunca chegou a acontecer. Grim não chegou à Austrália até vários meses depois dessa data.

De onde veio essa luta fantasma? Sua reputação internacional e talvez o alvoroço que ele causou entre os fãs locais fizeram com que um lutador peso leve de Sydney começasse a se autodenominar Joe Grim II, e, em 15 de junho de 1909 (pouco mais de um ano após a luta equivocada supostamente ocorrer), esse novato lutou contra Horace Devaney em Sydney. Presumivelmente, é daí que surgiu a confusão. Eu alertei o BoxRec e, em questão de um dia, o registro oficial foi alterado. Também relatei que havia mais três lutas que Grim fez em sua turnê pela Austrália que não faziam parte do registro oficial. Eu tinha descoberto:

- 12 de fevereiro de 1909 vs. Sid Russell, Melbourne Athletic Club - Grim perdeu, por pontos
- 9 de março de 1909 vs. Tom Fennessey, Her Ma-

ge Stirling, carinhosamente conhecido como o Frango de Cobar. Joe surgiu na ribalta, de acordo com o *Sydney Sportsman*, como um balão cheio de estilo. Ele apareceu diante dos olhos da multidão como "Júlia" César se preparando para o banho. Usava um roupão deslumbrante, supostamente emprestado da Sra. Farrell. Fez uma dança da vitória ao redor do ringue várias vezes, com a ideia de assustar Stirling antes de a batalha começar. Grim parecia um palhaço de circo recebendo, do nada, meio dia de folga, ou talvez um Mikado japonês indo ao seu casamento. O *Referee* contribui com a observação de que ele agarrou uma imaginária parceira de dança para uma valsa de passos largos, o que desequilibrou a massa de espectadores. Essa publicação aplaudiu o cenário, uma estrutura espaçosa e sem teto, onde era possível esticar as pernas, acender o cachimbo com liberdade e respirar o ar puro dado por Deus enquanto se contemplava o firmamento estrelado acima. O *Referee* estimou a multidão em 3000 e afirmou que Grim despiu-se para revelar uma barriga tão redonda quanto a de um frade júnior, com pequenos rolos de gordura que saltavam sobre o cinto, embora a musculatura de seu braço direito também tenha sido reconhecida. O N*ational Advocate* observou que essa foi a 348ª batalha de Grim e estimou a multidão em 7000. O *Australian Star* acreditava que havia entre 3000 e 4000 espectadores, que Grim tinha um corpo não excepcional e gostou do fato de que, no nono round, após uma luta árdua, Grim parou de lutar e disse ao seu oponente, Você achou que tinha me pegado, não foi, rapaz? Isso pode ter acontecido depois que, como observou o *Sportsman*, Stirling acertou uma, duas, três vezes as costelas. Ao se afastar, Grim enviou um raio direto para a boca de Frango de Cobar. Mais clinches e sacudidas, com Grim bufando o tempo todo como um motor de tração. Stirling foi o óbvio vencedor por pontos. O *National Advocate* afirmou que Joe, após a luta, disse algo sobre bananas. A mesma fonte relatou, várias semanas antes, que Grim, um dago**, afirmou que os vendedores de ostras e bananas se reuniriam em massa para vê-lo lutar.

Quinze dias depois, a segunda luta antípoda de Grim foi contra Arthur Cripps no *Gaiety Athletic Hall*. Sob a manchete A Piada Sinistra*** e o sub-título Cruzes, Ele Levou Muitos

jesty's Theatre, Ballarat - Grim perdeu, por pontos

• 6 de maio de 1909 vs. Bob Fraser, Theatre Royal, Perth – Empate

Ao conseguir a alteração na lista do BoxRec senti que havia dobrado a história da mesma forma que esses homens musculosos de circo dobram uma barra de ferro. O passado, sabemos, é maleável, e as representações do que aconteceu só podem ser parciais, subjetivas, contestáveis – mas mudar os livros de registros internacionais, a história oficial do esporte, com um único email, me pareceu bizarro. (N.A.)

* Domesday Book é uma espécie de censo, finalizado em 1086, solicitado por Guilherme I ao conquistar a Inglaterra, país que ele havia acabado de conquistar e queria ter mais informações para melhor governá-lo. (N.T.)

** Dago é uma expressão em inglês, usada para se referir, de forma pejorativa, a pessoas de origem ou ascendência latina. (N.T.)

*** "The Grim Joke" no original. A manchete brinca com um jogo de palavras, uma vez que "Grim", em inglês, pode significar "sinistro". (N.T.)

Cruzados de Cripps e o sub-sub-título Verdadeiramente Vencido em Vinte, as intenções de humor racial do escritor do *Sportsman* são totalmente anunciadas com a abertura que afirma que a As pessoa-do-cortiçu-que-vende-ostra cravaram suas garras nas ranhuras do pequeno grupo de torcedores, ansiosos para ver El Signor Josephus Grim fazer Arthur Cripps evaporar em vinte espasmos. A luta durou vintes completos, espasmos ou qualquer outra coisa, nos quais os lábios do Homem de Ferro foram mais uma vez alegremente pintados, vitória por pontos para o lutador da casa. O *Australian Star* disse que qualquer boxeador teria ficado satisfeito em rastejar para a cama após a luta, mas não foi o caso de Grim. Embora coberto de dores, com a boca cortada e sangrando, o olho esquerdo fechado e um "galo" na testa do tamanho de um ovo de pombo, Grim parecia tão fresco quanto quando entrou no ringue, e assim que o veredito foi dado contra ele, ele saltou as cordas e foi em direção à plateia.

Sua terceira luta foi contra Jim Griffin. O *Sportsman* proclamou que era uma luta de primeira, um Triunfo Transcendental da Teia e do Trapézio, que ingurgitou tanto a plateia a ponto de a quantidade de gente fazer envergar as vigas do *Gaiety*, uma casa magnífica, para a Gruta* entre o Jovial Joe da Filadélfia e o Genial Jim do Povo Maori. Griffin sempre evitava seus avanços toscos e encaixava Joe no peito. Grim acertou um direito nas costelas de Griffin e deu uma arfada alta de satisfação, o que lhe garantiu mais um round. Jim continuou a bater ferozmente nos fundos do Homem de Ferro. Joe gemia a cada golpe. Jim acertou em cheio a testa de Joe. Assim que Griffin conseguiu derrubar Grim, ele se levantou e fez uma dança de escárnio durante meio segundo. Foi pra cima com tudo. O Maori começou a trabalhar com a esquerda. Estocada por estocada, ele acabou com o rosto de Grim. O nariz de Joe começou a jorrar como um chafariz. De repente, aconteceu a sensação do anoitecer. Empurrando Grim para trás, Griffin o acertou bem na suposta mandíbula de ferro, e, com um grito selvagem que quase rachou o teto, Joe foi ao chão com um estrondo. Atordoado, ele se ergueu depois de alguns segundos. Joe, se apoiando nas cordas, estava morto para o mundo. Mas antes que Griffin pudesse mandar Joe para as estrelas com um último golpe, o sino tocou e Joe foi salvo. O pobre Grim então tentou dar uma cambalhota, mas sua tentativa foi ridícula. Caiu sobre seus quadris. Alguns na multidão aplaudiram, outros vaiaram. Foi uma grande e espalhafatosa luta. Não há como negar a coragem de Grim e sua capacidade de suportar golpes duros. Mas boa parte de sua reputação se foi, agora que Griffin o derrubou.

4.

Voltei ao quarto do meu tio no dia seguinte, como solicitado. Eu me perguntava quanto da história seria sobre Grim e quanto seria sobre ele**. Ele

* Talvez o *Sydney Sportsman* quisesse dizer "Luta"*, mas "Gruta"** é oportuno. (N.A.)

* "scrimmage" no original(N.T.)

** "grimmage" no original (N.T.)

** "As pessoas gostam de separar narrativas que não são fato de histórias que são fato. Elas fazem isso para saber no que acreditar e no que não

disse, Ah, é você, mas antes de eu entrar completamente nos aterros de papel, ele disse, Onde está o xerez? Eu pedi desculpas e corri para encontrar uma garrafa e consegui uma garrafa de dois litros de *McWilliam's Royal Reserve*. Ah, é você, ele disse, e me deixou entrar de novo, depois atravessou o estreito canal que se abria no meio do Mar Vermelho de papel e retomou seu lugar na poltrona. Despejou uma dose generosa de xerez em sua xícara de chá.

Eu disse, E então – Grim?

O sujeito mais notável, ele disse. Vou começar com a lembrança mais fresca: a primeira vez que o vi. Contra Mike Williams da Irlanda.

E ele continuou, assim:

Onze dias antes do Natal, 1908. O Ciclorama na passarela da rua Victoria, em Eastern Hill, esse curioso edifício hexagonal originalmente usado para exibir imagens gigantescas pelas quais quem comprasse um ingresso podia passear, mas que agora é só um espaço para circos e confusões. Eu era só um moleque naquela época, mas tinha que ver Grim. Algo sobre a história dele. Algo sobre ele. Enfiado em um dos lugares mais baratos, apesar de não haver más vistas no Ciclorama, o único impedimento a uma boa visão é a fumaça do cachimbo que se ergue acima dos chapéus dos homens na primeira fila. Estou inquieto, até nervoso, o que me surpreende. As atrações iniciais são anódinas, galopes de quatro e seis rounds, competidores pouco conhecidos, retirados de barracas de mercado ou abatedouros nos subúrbios. Algumas decisões risíveis, algumas vitórias rápidas, um nocaute tardio executado com uma violência chocante no meio do último round. A multidão animada, o espírito natalino abundante, a seiva do verão subindo. Tenho dinheiro suficiente para uma cerveja e uma passagem de bonde para casa; mas prefiro duas cervejas e voltar a pé, tentando acalmar meus nervos. Quero que Grim esteja no seu melhor, quero que ele surpreenda e quero que ele triunfe (nos seus próprios termos, é claro).

Mike Williams se aproxima do ringue, um colosso, cada punho na luva desgastada tem o tamanho de uma galinha depenada. Seu nariz é muito longo e muito reto para um pugilista, olhos como uvas passas afundadas na massa, não muitas cicatrizes nas grossas sobrancelhas. Ele encara com fúria os espectadores nas primeiras fileiras e marcha com desânimo entre os cantos do ringue, entra e sai da caixa de resina, arrasta os pés envoltos em calicô. Os homens ao meu redor conhecem bem a reputação de Williams. Um cara escandaloso grita que quatro das últimas sete derrotas de Williams foram desqualificações, cuidado com esse verme sujo que segura e soca, todo mundo sabe que você tava na África do Sul, mas isso não significa que você pode socar em direção ao sul. Muitas risadas. Eu entro na conversa; nós, entusiastas dos lugares baratos, concordamos que Williams não é moleza, mas na melhor das hipóteses é um atleta de segunda categoria. Ele foi campeão peso-pesado na África do Sul, defendeu o cinturão quatro vezes, perdeu, defendeu mais três vezes, mas não se saiu bem contra a concorrência mais pesada: ele venceu o título peso-pesado da Austrália Ocidental, mas foi nocauteado e desmaiou quando desafiou Bill Squires pelo título Australiano e Imperial. No mês passado ele derrotou Sid Russell, o Bebê

acreditar." - Jeanette Winterson, *Oranges Are Not the Only Fruit* (N.A.)

Elefante, mas essa foi sua primeira vitória em quatro confrontos.

A conversa é interrompida por um grito seguido de um suspiro coletivo da multidão, porque Joe Grim está avançando para o centro do Ciclorama, vestindo um longo roupão branco. Ele sobe os degraus, passa sob a corda superior e já está tagarelando. Não consigo entender uma palavra do que ele diz, mas alguns dos que estão mais próximos a ele explodem em gargalhadas. Ele sacode o punho em direção a Williams, joga as mãos no ar enquanto grita algo para alguém atrás da mesa do cronometrista, tira o roupão e revela um par de shorts de seda azul brilhante.

O apresentador, todo engomado e com uma gravata borboleta, sobe ao centro do palco, levanta o megafone e anuncia uma ATRAÇÃO INTERNACIONAL enfrentando IRLANDA VIA ÁFRICA DO SUL contra ITÁLIA VIA ESTADOS UNIDOS. Mike Williams, pesando noventa quilos, NASCEU PRONTO, recente concorrente à honra do título peso-pesado do Império, o orgulho DE toda a Irlanda, por favor, APLAUDAM. Do outro lado do ringue, o DAGO QUE NÃO PODEM DERROTAR, O HOMEM DE BORRACHA, O ANORMAL E FENOMENAL, despojado e disposto, pesando oitenta quilos, o indomável JOE O GRIM.

Eu pulo cinco fileiras sem que o lanterninha perceba. Agora consigo ver o rosto comprido de Grim, sobrancelhas inclinadas, pele de azeitona. Meias escuras enroladas até pouco acima das botas de boxe pretas. Suas panturrilhas são magníficas, esculpidas, tem muitos músculos nas coxas, mas seu torso carrega alguma carne frouxa. O árbitro Jack McGowan mantém os combatentes próximos do centro do ringue enquanto dá suas instruções, se afasta, passam alguns segundos, ding ding, e começa.

Mais ou menos. Williams é lento, pesado, mecânico, avança com um grande punho direito erguido em frente ao rosto e desfere um jab lento de esquerda. Grim começa o round balançando a cabeça de um lado para o outro, mas depois parece perder o interesse nessa tática e tenta afastar os previsíveis golpes de Williams. Ele evita alguns; outros o atingem. Grim é desajeitado, não tem um jab digno de nota, mas de vez em quando tenta um uppercut direito que passa longe, a meio metro do alvo pretendido. A multidão explode em risos.

O segundo round é muito parecido com o primeiro, e o terceiro também. Grim fica menos interessado na defesa e passa cada vez mais tempo parando os lentos jabs de Williams com os dentes. No quarto, Williams está ofegante de tanto esforço. Do meu canto, posso ver a frustração se alastrando pelo rosto do irlandês. Um sujeito na minha frente coloca as mãos em concha e grita, Ei, Williams, quer que eu vá para casa pegar minha pia da cozinha? É a única coisa que você não acertou nele ainda.

Grim parece lúgubre. Rabugento. Ele continua a lançar aquele ridículo uppercut de esquerda, e continua a errar por uma grande distância, e a multidão continua a rir. Na maioria das vezes, os boxeadores lutam. Williams quer tentar um clinch e encher Grim de socos nos rins e golpes curtos na base da espinha. Grim procura segurança pressionando a cabeça contra o ombro do homem maior, enroscando um braço em torno da cintura dele como um parceiro de valsa, diminuindo o espaço entre os corpos. De vez em quando, Williams se reclina para trás usando os quadris para criar um espaço e depois corta o rosto de Grim com a lâmina do antebraço. Pelo menos duas vezes ele arranha os cadarços da luva nos olhos de Grim, que expelem sangue. O árbitro McGowan abana os braços inutilmente, consciente da baixa qualidade do espetáculo, mas incapaz de influenciar seu curso.

Eu acho que a multidão se prepara para se revoltar, mas estou enganado. Eles decidiram aproveitar o show como uma novidade. Já vimos grandes lutadores em nossa cidade. Hoje é algo diferente, um boxe burlesco, e os espectadores vaiam e riem como se assistissem a uma apresentação de *vaudeville* no Tiv. Grim é derrubado uma ou duas vezes, mas, é claro, ele é de borracha, e se levanta a tempo. Williams soca suas costas, torce o polegar em seu olho, usa todos os golpes baixos. Grim está cortado, ensanguentado e suando em gotas, com sangue e água nos olhos, oscilando como um fino mastro em uma tempestade, mas, mesmo que caia intermitentemente, ele não permanece caído, e, a cada ascensão sucessiva, a multidão berra mais alto.

Ao fim do oitavo round, há um tumulto quando Grim retorna ao seu canto. Ele se recusa a sentar no banquinho, se recusa a olhar ou ouvir seus assistentes, mas está gritando algo para um espectador. Os lanterninhas se afastam da minha fileira, e, sem pensar, vejo uma chance, aproveito e corro para um assento vago na área interna, a dois metros da beira do ringue. Williams está franzindo o cenho e eu ouço cada palavra, cada xingamento ao seu oponente. Há uma camada pesada de suor em suas costas e ombros, e seu rosto é o de um assassino. Eu também posso ouvir Grim, lançando palavras sem sentido de seus lábios rasgados: ai ai, banana, bolonhesa, Boccaccio, ééiiis. Qualquer bobagem.

O sino toca, muito mais alto, ouvido deste lugar roubado, e quando os competidores cambaleiam em direção um ao outro, dou uma espiada furtiva em meus novos vizinhos. De um lado está um homem magro e caduco com um chapéu cinza-pálido e um terno cinza-pálido, com um rosto cinza-pálido e lábios finos como papel de cigarro. Do meu outro lado está – um John Hop. Um membro da polícia. Um picador de gelo perfura meu coração ladrão de assentos, mas ele nem parece me notar.

A vista aqui é tão boa que parece ser um outro evento. Vejo o pequeno filete de sangue escorrendo do canto do olho esquerdo de Grim, o mingau saindo da sua boca esfarrapada, a saliva e a espuma em seu queixo. Posso ver uma velha cicatriz na lateral da perna de Williams, manchas em suas costas, a maré de suor que quase encharca sua sunga. Grim está fazendo um barulho sobrenatural de locomotiva com o nariz e a boca, e seu ataque frontal é fraco. Williams interrompe o clinch e começa a desferir golpes certeiros no corpo de Grim. O italiano parece reduzido, quase esmagado pelo ataque, e então leva um cruzado de direita bem na lateral da mandíbula, e vai ao chão, e certamente nenhum homem pode se recuperar de um golpe tão limpo e forte quanto esse. Ao meu redor, as pessoas pulam, um efeito de gangorra, elas se levantam na mesma velocidade em que Grim cai, um barulho enlouquecedor de cadeiras sendo arrastadas, McGowan conta, três... quatro... cinco, e então Grim está de pé. Impossível. Urros! Momentos depois, outro golpe acerta o rosto de Grim com um som feito pá atingindo uma melancia, e ele desmorona de novo. De novo, a multidão se levanta, dessa vez a contagem chega a seis, e ele reboca o próprio corpo para cima, só para deixar que o ataque comece de novo, e o barulho duplica a cada façanha de resistência sobre-humana. Grim cai a cada três ou quatro socos, se ergue, e a multidão agora ri, ri porque é absurdo que um homem aguente tanta surra, mas Williams parece pensar que estão rindo dele. Ele está fora de órbita, esmurrando com o esporão da luva, martelando, com as costas da mão.

Quando o round termina, Grim está discutindo com McGowan, fazendo gestos de raiva para seus assistentes, balbuciando uma sopa de vogais, expelindo consoantes guturais. Olho para Williams; ele parece humilhado. O inspetor de polícia ao meu lado emite um grunhido, se contorce na cadeira, cruza e descruza os braços. No início do décimo round, Grim está desgrenhado, uma marionete suja e trêmula. Ele abandona seu canto, e é atingido na orelha e desaba no chão por uns segundos, antes de se levantar de novo. Williams parece ter encontrado nova energia, e não há mais sequer a pretensão de ataque de seu oponente, então avança contra Grim sem risco, puxando ar pela boca, tentando encontrar a energia e a força para encerrar o evento. Um gancho no corpo e um estalo doentio na maçã do rosto de Grim e o homem menor sanfona de novo, empurra as mãos e os joelhos contra o chão, e se põe em pé de novo. Pandemônio nas arquibancadas. Os espectadores parecem adorar isso, tanto quanto eu odeio, e o cheiro de tabaco de cachimbo se entranha com o suor agitado e as obscuras secreções masculinas produzidas nos momentos de violência deslumbrante. Grim tenta agarrar seu oponente, se afundando nele e tentando colocar um braço atrás da cabeça de Williams, mas seu adversário responde com uma cabeçada curta que McGowan parece não notar, o que abre outra ferida na testa de Grim. Ele ainda está fazendo seus barulhos de locomotiva, mas agora há um som extra, como um animal em agonia, mas seu rosto não mostra agonia, seu rosto é uma máscara de indiferença, rubro e polpudo, a mandíbula agora aberta, a carcaça avermelhada e brutalizada, e ele tropeça de um pé para o outro e permanece oscilando em torno de seu eixo vertical. Na maior parte da longa dança, Grim se esforça para cair no peito de Williams, encurtar a distância, desviar de alguns dos golpes cada vez mais selvagens do homem maior, absorver outros, e Williams veste uma expressão de mortificação e raiva e confusão e constrangimento, seus braços estão pesados depois de tantos socos que ele deu, ele parece confuso, nunca acertou um homem com tanta força e tantas vezes sem conseguir encerrar a luta. Observo cada instante de pensamento visível e execução enquanto ele move o corpo de Grim, posiciona-o entre ele e o árbitro, e desfere um perverso golpe baixo na virilha de Grim. O corpo do italiano encolhe ainda mais, mas permanece de pé, oscilando em volta de seu eixo, peso em um pé e depois no outro, cabeça baixa. Williams está exaurido, e seus socos no rosto roxo de Grim não encerram a luta, e ele olha para o árbitro McGowan e parece indeciso sobre se deve ou não arriscar mais uma desqualificação. Ele cometeu faltas durante toda a luta, atingiu abaixo da cintura, atingiu atrás do pescoço, segurou e socou, e McGowan não fez nada e a luta não terminou, e ele está exausto, e ninguém parece saber o que fazer; uma orgia de ações nos trouxe a um ponto em que tudo parece particularmente tranquilo, e todos estão desprovidos de ideias para resolver o impasse. Williams só sabe bater e machucar e Grim só sabe ficar de pé e o árbitro gostaria de estar em qualquer outro lugar. Williams dá um passo para trás em vez de para a frente, toma fôlego por um tempo e então volta a atacar a carne disforme de Grim, desfere outra direita em cheio no rosto dele, e Grim cai de novo. A multidão está extasiada; isso é o melhor do esporte. Aparentemente. McGowan está deitado no chão agora, olhando para o rosto de Grim de perto, contando os inexoráveis segundos, em direção aos dois dígitos, quando Grim se levanta aos nove. Talvez nove e meio.

Sinto um grito se elevando em mim, e sei que não posso gritar nesta companhia, estou vendo o que vim ver, mas estou enjoado com isso, e simplesmente não sei, e então há um berro próximo e sou empurrado para o lado, e o John Hop passou por mim e está em cima do ringue com sua grande luva direita fazendo um movimento de corte horizontal, mais tumulto na multidão, e o Inspetor acenou para McGowan e fala em seu ouvido, e McGowan dá de ombros e depois assente, e ele acena em direção à mesa do cronometrista e sinaliza para o anunciador, o besouro ocupado com cabelos brilhantes e alto-falante, e o besouro corre para o ringue e anuncia SENHORAS e senhores, A POLÍCIA DE SUA MAJESTADE VITÓRIA ordenou que esta luta seja encerrada. E ASSIM, o árbitro McGowan DECLARA COMO VENCEDOR o orgulho da Irlanda, o fenômeno africano, Mike WILLIAMS.

Assobios e comoção, o árbitro ergue o braço de Williams e vejo a cabeça de Williams cair para a frente, um homem envergonhado publicamente. Ele sai imediatamente do ringue. Grim permanece lá dentro, cambaleando como o bêbado da cidade, batendo no próprio peito e rugindo triunfante para a multidão mais e mais agitada, gritando para a multidão que a luta não deveria ter sido suspensa, saliva e sangue. A multidão delira de felicidade. Ele grita que quer lutar com Tommy Burns a seguir, que nenhum homem na Terra pode nocauteá-lo, que ele é o Homem de Ferro, ele apostará com qualquer um que nenhum homem vivo pode apagá-lo. Estamos esperando sua famosa cambalhota, mas ela não vem. Seu rosto se transforma no instante em que ele para de falar, agora completamente sem ânimo, vazio, um homem vestindo e depois tirando sua máscara, e ele deixa o ringue sob aplausos estrondosos, mas sem responder. De repente, parece que toda a multidão está compartilhando uma risada, muitos gracejos, muita baderna, é quase Natal, é uma bela noite de verão, um encontro bem-humorado de bons amigos, voltando para casa depois de uma noite para se guardar na memória. Eu fico ali como se não tivesse aonde ir, ou talvez não consiga enfrentar a longa caminhada de volta para minha morada, ou porque ainda não consigo me despedir disso.

À medida que o rio de homens balbuciantes sai pelas portas do Ciclorama, eu me apresso pelo túnel curto em direção aos vestiários. Ninguém tenta me parar. Eu quero ver o corpo dele. Eu preciso. Talvez encostar a mão em seu braço. Metaforicamente. Mas escolho a direção errada e, sem querer, estou no quarto de Williams, uma caixa empoeirada com paredes de gesso manchadas de infiltração, cheirando a urina e loção. Um assistente está usando o bisturi do médico do ringue para cortar as luvas daquele homem gigante; as mãos de Williams incharam tanto que as luvas não podem ser removidas da maneira usual. Ele destruiu os ossos das mãos nas cabeças de Grim. Eu me pergunto quanto tempo levará até que ele possa voltar ao ringue. Se ele precisar de um longo período para deixar seus punhos se recuperarem, significará que Grim não apenas o fez perder prestígio, mas também o fez perder dinheiro. Ninguém fala com ninguém e eu giro e saio daquele ambiente miserável de um homem que supostamente venceu mas parece ter perdido tudo.

O quarto de Grim fica do outro lado do corredor. Ele está sendo costurado, uma linha feita de tripas costura pontos que fecham o corte em uma das sobrancelhas. Ele foi lavado, ficaram manchas de sangue seco em seu rosto e torso brutalizados. O promotor está lá, e enquanto o homem dos pontos puxa e trabalha nos pontos, Grim tagarela com o homem do dinheiro, verifica se sua bolsa está intacta, e cobra uma aposta paralela de que Williams não seria capaz de nocauteá-lo. Porra, hoje foi por pouco, Joe, diz o promotor. Não, nem perto. Meu dinheiro sempre esteve seguro. Você me quer de novo, né? Você dobra a taxa, e eu venho lutar aqui no mês que vem. Você viu que a multidão amou Joe Grim. O promotor diz sim, talvez, e obrigado de novo. Grim não diz nada, apenas guarda o dinheiro em sua maleta e espera impaciente que a costura dos pontos acabe.

Ninguém fala comigo aqui também. Eu pego um balde de metal e encho de água morna e depois me abaixo sob o banco em que Grim está sentado e desamarro suas botas, as removo, abaixo suas meias. Uso uma esponja para lavar seus pés, esfrego a esponja em suas pernas, dos joelhos aos tornozelos, sinto a dureza de mogno de seus músculos da panturrilha, lavo a sujeira entre seus dedos dos pés. Permaneço ajoelhado por um longo tempo, lavando desde as partes altas das pernas até as solas dos pés e, em seguida, posiciono meus polegares sobre os músculos e aperto, massageio de cima para baixo, depois o lavo de novo. ✪

Rafael Zacca

primeiro caderno do aluno rafael zacca

FOLHA DE ROSTO

antes de tudo
o amor

não

antes de tudo
o humor

          não

antes de tudo
a fome

mas fome mesmo

FÁBULA

o papagaio da tia giuliana
era professor

os papagaios dos vizinhos
eram meio tontos
mas aprendiam rápido
com o papagaio da tia giuliana

agora o esquisito nessa história
é que o papagaio da tia giuliana
só falava com outros papagaios
com a gente ficava quieto

com os outros papagaios
é que ele era feliz

um dia do nada desandou
a falar com a própria sombra

o professor quer biscoito
repetia pra parede
o professor quer biscoito

e assim foi noite adentro
até cair duro

ENTRETER E INSTRUIR

as antigas poéticas
recomendam
que o poema
entretenha e instrua

isso aprendi com o professor
gerson de história

que contava as moedas
no ponto de ônibus
depois do expediente

consulto os tratados dos mestres
por carinho ao professor

procuro neles
uma lição
de economia

professor gerson
conte de novo
aquela história
das cigarras
e das formigas

SÃO FRANCISCO

a mãe que tem fome
ensina a criança que tem fome
a dividir com quem tem fome
o que encontrar

depois a criança
descansa as costas
no muro do instituto
de filosofia e ciências
sociais no largo
de são francisco

uma aluna tem nas mãos
um livro de josué de castro

repara na criança
que tem fome
repara que ela
tem fome mesmo

e tira uma nota
de dez do bolso

e da mochila
ela tira a coxinha de galinha
que estava guardando
pra depois

a criança que tem fome
obedece à mãe que tem fome
e chama os amigos que têm fome
para comerem juntos

a menina se emociona
e pensa no futuro do brasil

depois a criança que tem fome
ergue a nota de dez reais
rasga e faz dez
pedacinhos iguais

só então distribui
às outras crianças
que têm fome

elas guardam os pedacinhos na boca
esperam que se encham de saliva

e engolem

com base
no que você leu
você acha
que a menina

a) entreteve-se
b) instruiu-se
c) escafedeu-se

UMA BOA ESTRATÉGIA

são dois os times
jogando esta tarde

o de camisa é o time
das correspondências

o sem camisa é o time
do vamovê

os correspondência têm
uma boa estratégia
escrevem nas costas
acima do número
o nome de jogadores
do time adversário
para confundi-los
para entretê-los

os vamovê
não têm estratégia
mas têm uma boa
torcida

o problema começa
quando a torcida
inflama um jogador
dos vamovê

enquanto ele vibra em campo
não demora
para que ele se frustre
pensando que os torcedores
encorajam um jogador de camisa
dos correspondência
que ostenta
o seu nome
nas costas

e até aí tudo bem
mas na confusão
dos nomes e dos jogadores
o de camisa se vira contra
o próprio time
e tira a camisa

daqui da arquibancada
é difícil de ver o placar

mas eu acho que as palavras
marcaram alguns gols
e as coisas
estão reclamando

LIÇÕES DE ECONOMIA

meu professor
de literatura e política
me diz que devo inserir
no poema alguma coisa
que revolte o leitor

minha professora
de teoria literária

me diz que devo
revoltar a linguagem

meu professor
de poesia moderna
fala sobre um véu
entre o mundo e eu

minha professora
de cálculo infinitesimal
está preocupada
com o limite
das coisas

meu professor
de educação física
me chama atenção
para o trabalho
com as pernas

leio no jornal
que em 2022
116 milhões de brasileiros
não têm acesso pleno e permanente a comida

como era mesmo
professor gerson
aquela história
tão esquisita
do trabalho e do canto
e dos verões
e dos invernos

CANÇÃO DO EXÍLIO

nos últimos anos
de sua vida
heráclito se isolou
nas montanhas
e passou a se alimentar
somente de plantas

um dia adoeceu
e ficou cheio de água
no corpo todo

obrigaram-no a descer
de volta à cidade

vocês são capazes de transformar
inundação em seca?
perguntou heráclito

depois enterrou-se
a si mesmo
na merda

o calor do estrume
deveria evaporar
a água do corpo

não fosse a fome
dos cachorros de heráclito

a fome instrui
a merda entretém

os cachorros
confundiram o dono

e o devoraram ✪

Natália Zuccala

Navegação

NAVEGAÇÃO

mas quantas vezes ainda
os passos sentidos adiante
serão afinal só retorno
ao corpo hemisférico da mãe?

e a ideia de uma chegada
será sempre ressoo
dos ecos de uma partida?
        (percebe enquanto o chão se desloca?)

pode a pele expelir
uma gota de suor que seja
escapando à silhueta
        (buscando os lábios da roupa
        a boca infernal da terra
        o sabor acre de seus pelos)
para fazer jus ao Tempo?

haverá peito que geste
qualquer lastro de angústia
e vá mesmo pari-lo
sem ajuda ciliar da história?

e como então construir
o fim destas palavras
        (vê, o horizonte contorna
      montes lascivos de carcaças)
para que não virem apenas
expressão do cansaço da expressão do cansaço
                                                  [da expressão

Dilatação em 3 movimentos

1º

essa tristeza súdita
embargada no toque
do indicativo

vai e mete seus cornos
nas únicas palavras
com as quais eu vim

assim, a compressão
vai encontrando sentido
gravitacional

e marcha silenciosa
em direção ao centro
, claro

2°

só no bolsão amargo que é
o colo do outro

- aqui de onde se diz apenas "não" -

há algum espaço e pelo menos
as extremidades se mexem
, súbitas

3º

e a pele
- este órgão incompleto disfuncional e permeável que só encontra latitude na temperatura de outro corpo e então escorre escorre escorre -
permite afinal

lavarem as mãos uma à outra
e a sombra d'água escoa perspectivas
aos ecos emudecidos

destes ossos que ainda não se decompuseram ✪

autores

Luis Felipe Abreu nasceu em Porto Alegre, em 1993. É escritor, professor e pesquisador. Atualmente, é professor de Teorias da Comunicação na Escola de Comunicação da UFRJ. Publica ensaios investigando as desconstruções contemporâneas da escrita. Seu primeiro romance, *As rimas internas*, está em edição na Aboio.

Anthony Almeida nasceu em 1989, em Caruaru/PE. É cronista, geógrafo, professor e editor-adjunto da *RUBEM – Revista da Crônica*. Atualmente desenvolve pesquisa de doutorado em Geografia Literária na UFPE, campus Recife, sobre o tema *Geograficidades do mundo vivido-escrito na crônica brasileira*. É autor do livro *Um pé lá, outro cá* (Aboio, 2023) e escreve para os portais Mirada, Cena e Aboio.

Marcos Vinícius Almeida é escritor, jornalista e mestre em Literatura e Crítica Literária (Pontifícia Universidade Católica de São Paulo). Possui trabalhos publicados em revistas e jornais, como Ilustríssima, Suplemento Literário de Minas Gerais, Revista Cult. Foi um dos laureados no III Prêmio UFES de Literatura, em 2015, na categoria antologia e no I Prêmio UFES de Literatura, em 2010, na categoria contos. É autor do romance *Pesadelo Tropical* (Aboio, 2023) e do volume de contos *Paisagem interior* (Penalux, 2017).

Luís Roberto Amabile é escritor e professor da Escola de Humanidades da PUCRS. É autor, entre outros, de *O amor é um lugar estranho* (2012, finalista do Prêmio Açorianos), *O lado que não era visível para quem estava na estrada* (2020, vencedor do Prêmio Minuano) e *Hemingway em Paris – Como se tornar um escritor revolucionário nos loucos anos 20* (2023). Também colaborou com Luiz Antonio de Assis Brasil em *Escrever ficção* (2019).

Matheus dos Anjos nasceu e vive em Salvador (BA), é jornalista, fotógrafo, diretor e poeta. Autor de *Onde a água faz a curva* (Editora Minimalismos, 2023), também criou e apresenta o podcast *dor de facão*, disponível nas principais plataformas de áudio, como Spotify e Deezer. Idealizou e dirigiu a Websérie documental *QUEERBRADA* (2022), que conta a história de cinco artistas LGBTQIA+ da cidade de Salvador (BA), e contribui mensalmente com poemas para o portal *Fazia Poesia*.

Nascida em Maiorca, na Espanha, **Paula Arbona** é estudante de psicologia na Universidade de Valência. Tendo passado sua infância entre pinheiros, cercada pelo Mar Mediterrâneo, nutre sua poesia a partir de uma relação tumultuosa com o mundo, mas também afetuosa. Na Espanha, publicou os livros de poesia *Perdona si no te llamo amor* e *Para cuando me una con la flora*, e em 2024, terá sua primeira publicação no Brasil, pela Editora P55.

Lorraine Ramos Assis (1996) é escritora, crítica literária e editora, tem textos publicados no Estado de Minas, Le Monde Diplomatique, Cult revista, Incomunidade (Portugal), Granuja (México), dentre outros. Colabora para SP Review e Revista Caliban. Foi finalista do prêmio off Flip 2023 na categoria poesia. *O duplo refletido* (Folhas de relva edições/2023) é o seu livro de estreia.

Carina Bacelar é jornalista, redatora e escritora. Nasceu no Rio de Janeiro, em 1992, e é formada em Jornalismo pela PUC-Rio. Seu livro de estreia, *As despedidas*, foi publicado de forma independente em dezembro de 2021, teve segunda edição lançada em 2022 pela Marisco Edições e ganhou o Prêmio Mozart Pereira Soares na categoria Narrativa Curta em 2023. Também em 2023 participou do Curso Livre de Preparação de Escritores (Clipe) da Casa das Rosas (SP).

Isadora Barcelos (1994) é tradutora e poeta. Há cinco anos saiu de Belo Horizonte e foi parar em Buenos Aires. Seu primeiro livro *Diente de leche* foi publicado em 2022 na Argentina pela editora Cae de Maduro. Recebeu uma bolsa em 2023 do Fundo Nacional das Artes para uma breve formação em Artes Gráficas na Imprenta Chilavert. É estudante de Encadernação e Restauração de livros na Biblioteca Nacional da Argentina. Co-edita a revista de poesia Felisberta.

Lolita Campani Beretta nasceu em 1985 em Porto Alegre e vive atualmente em Ubatuba, no litoral paulista. Seu primeiro livro é *dispersar todo sonho* (Quelônio, 2022). Além de escrever, desenha o mar e as montanhas, e também tirinhas da personagem Melancolita. *Caminhávamos pela beira* (Aboio, 2023) é seu segundo livro.

Mabel nasceu no Rio de Janeiro no ano 2000. Cursa Letras na UFRJ, faz e pesquisa poesia. É viciada em oficinas de escrita.

Paulistana, **Giselle Fiorini Bohn** é professora, tradutora, revisora e escritora. Em 2020 publicou de forma independente a série *Alles Gut!*, formada por quatro livros de crônicas, e a novela *Pele Velha*. Em 2022, dentro da III Coleção do Mulherio das Letras publicou o livro de microcontos *Jogo de (Im)Paciência – Contos para quem tem pressa*. Organizou ainda as coletâneas *Enquanto Estamos Aqui* e *Tinha que Ser Mulher*, publicadas como e-books com o objetivo de apoiar as ONGs *Ação da Cidadania* e *Fala Mulher*. Revisora e leitora crítica de romances, livros de contos e textos em geral. Tem contos, crônicas, microcontos e poemas em antologias e revistas literárias, e faz parte do coletivo *As Contistas*.

Priscila Branco é poeta, mestre e doutora em literatura brasileira pela UFRJ, pesquisadora da poesia contemporânea escrita por mulheres brasileiras fora do cânone, editora da *revista toró* e da *Macabéa Edições*, autora de *açúcar* (Macabéa, 2021), além de ser colunista da revista cassandra. Também faz parte do Núcleo Interdisciplinar de Estudos da Mulher na Literatura (NIELM-UFRJ) e do grupo de pesquisa Mulheres na Edição (CEFET-MG).

Cintia Brasileiro (Passos/MG, 1983) mora em Araçatuba/SP, é mãe da Carolina, redatora publicitária e mediadora do Clube do Livro Escritoras Brasileiras. Pesquisa literatura feminina brasileira desde 2011. Acredita que a leitura e a escrita libertam. Possui crônicas e contos publicados em antologias. Lançou de forma independente, em outubro de 2021, seu primeiro livro infantil, *Versinhos Doces*. Estreou na prosa com o romance *Na intimidade do silêncio* (2023), publicado pela Aboio.

Gabriel Bustilho nasceu no Rio de Janeiro, em setembro de 1997. Hoje é poeta e pesquisador. Faz parte, como doutorando, do Programa de Pós-Graduação em Ciência da Literatura/UFRJ. Pela Editora Urutau, em 2020, publicou seu livro de estreia, *no dia após*, que foi semifinalista do *Prêmio Oceanos 2021*.

Pere Calders i Rossinyol (1912-1994) foi um escritor, jornalista e desenhista espanhol, conhecido particularmente pela sua atuação como contista. Ao longo de sua vida, recebeu, entre outros prêmios, a Creu de Sant Jordi, em 1982, e o Premi d'Honor de les Lletres Catalanes, em 1986.

Thaís Campolina (Divinópolis/1989) é bacharel em Direito, pós-graduada em Escrita e Criação e aluna do CLIPE – Poesia, curso de formação de escritores da Casa das Rosas. Após ganhar o 2º lugar no concurso Poesia InCrível de 2021, estreou na poesia com o livro *eu investigo qualquer coisa sem registro* pela Crivo Editorial. Também publicou o conto *Maria Eduarda não precisa de uma tábua ouija* em formato e-book na Amazon e segue escrevendo em seu site *thaisescreve.com* e em projetos literários como *Revista Mormaço* e *Fazia Poesia*. É mediadora do *Leia Mulheres Divinópolis* e criadora e faz-tudo do clube de leitura online *Cidade Solitária*.

Cassiana Lima Cardoso é formada em Letras pela Universidade Federal de Viçosa É mestre em Poética pela Universidade Federal do Rio de Janeiro (2008) e doutora em Literatura Comparada pela mesma universidade. (2014). No mestrado, estudou a obra de Rosário Fusco, autor de O *Dia do Juízo*. O tema de sua pesquisa de doutorado foi a obra de Samuel Beckett. Participou, junto a outros professores da rede pública do Rio de Janeiro, do Clube de Leitura Fragatas (2016 a 2021). Interessa-se pela dramaturgia e produção literária na contemporaneidade, principalmente a de autoria de mulheres. Foi Professora Adjunta de Literatura e Língua Portuguesa no Instituto de Aplicação Fernando Rodrigues da Silveira, o CAp-UERJ. Integra, como escritora, o Coletivo Mulherio das Letras. Atualmente, é professora adjunta de Literatura Brasileira e Teoria Literária, na Faculdade de Formação de Professores, UERJ, em São Gonçalo. É autora da peça *Alice em rimas, no país das maravilhas*; e dos livros *Desastrada*, *Matrioska de chita* e *O dia em que fui peixe*.

Lenio Carneiro Jr. divide a vida entre Brasília e Goiânia, onde nasceu em 1999. Formado em Relações Internacionais pela UnB, é mestrando em Literatura Comparada pela mesma universidade. Pesquisa criação literária no contemporâneo e escreve ficção, poesia e meio-termos. Possui textos espalhados por aí e trabalha em seu primeiro livro.

Andreas Chamorro nasceu em 1994. É escritor, editor e autodidata. Enquanto escritor, publicou as coletâneas de contos *Divindades Solitárias* (Editora Kotter, 2021) e *A orgia perpétua ou o relatório de Pimenta* (Editora Patuá, 2023). Tem textos publicados em antologias, como *Zarpadas* (Abarca Editorial, 2023) e em revistas digitais. Vive na zona sul de São Paulo.

Mary Jean Chan é poeta, editora e crítica literária de Hong Kong. Seu livro de estreia, *Flèche*, ganhou o Costa Book Award 2019 na categoria Poesia. Em 2023, seu segundo livro, *Bright Fear*, foi publicado pela Faber. Atualmente, Chan reside em Londres e leciona Escrita Criativa (Poesia) na Oxford Brookes University.

Julia Codo é editora, escritora, roteirista e tradutora. Em 2019, foi uma das autoras selecionadas para integrar a antologia de contos *Leia Mulheres* (Editora Jandaíra). Em 2021, publicou *Você não vai dizer nada*; pela Editora Nós.

Febraro de Oliveira nasceu em 1998, em Campo Grande, no Mato Grosso do Sul. É escritor, poeta e ator. Publicou os livros de poesia *Poesia Não Existe ou ensaiodoquenãoédito*, *Tødavia*, *Planos incríveis para situações mirabolantes* e *Uma festa para o fim do mundo*, este último vencedor do Prêmio Leia MS. *Uirapuru* é seu romance de estreia.

Isabela Equor não entende de horóscopo chinês, tem mania de roubar isqueiro, não beija gringos e tem alergia a comida vermelha. Está lançando seu segundo livro *Santuário dos Galetos* pela Editora Quelônio.

Maya Falks é graduada em Publicidade, Jornalismo e Letras. Escritora desde a infância, acumula mais de 20 prêmios com destaque para o Prêmio Vivita Cartier pelo livro *Eu também nasci sem asas* em 2021, tem 10 livros publicados entre poesia e prosa e foi patrona da 38ª Feira do Livro de sua cidade natal, Caxias do Sul (RS).

Eucanaã Ferraz nasceu no Rio de Janeiro, em 1961. É autor, entre diversos livros, de *Sentimental* (2012), vencedor do antigo prêmio Portugal Telecom – hoje prêmio Oceanos –, *Escuta* (2015), *Retratos com erro* (2019) e *Raio* (2023), seu mais novo livro, publicado no Brasil pela Companhia das Letras e pela Tinta-da-China em Portugal.

Ana Luiza Ferreira é baiana do interior. Escreve poesia, prosa e muita coisa entre esses dois gêneros. Eventualmente publica no instagram @_signodeterra.

Lucas ferreira (1998)

Thássio Ferreira (1982): Poeta e ficcionista, autor do livro de contos *Nunca estivemos no Kansas* e dos livros de poemas *lagarta chã*, *agora (depois)*, *Itinerários* e *(DES)NU(DO)*.

Adriane Figueira é paraense, nascida e criada às margens do Tapajós, mas vive há mais de uma década na capital carioca. Entusiasta da escrita e pesquisadora. Publicou *Revoada do dragão* (Editora Patuá, 2021) e *Voragem* (Editora Folheando, 2022).

Leonardo Gandolfi nasceu no Rio de Janeiro em 1981 e publicou *Robinson Crusoé e seus amigos* (2021), entre outros livros. É professor de literatura na Universidade Federal de São Paulo.

Bianca Monteiro Garcia é editora da Macabéa Edições e da Taioba Publicações, formada em Letras e pós-graduada em Literatura Brasileira pela Universidade do Estado do Rio de Janeiro (UERJ). É também revisora e professora. Tem poemas e entrevistas publicadas em podcasts e revistas de literatura no Brasil e no exterior. *breve ato de descascar laranjas* é seu livro de estreia, publicado pela Macabéa Edições em parceria de coedição com a editora 7letras, em maio de 2023.

Cecília Garcia é escritora e jornalista. É cocriadora do Bestiário Brasileiro, projeto de textos literários e ilustração científica sobre animais reais e imaginários do Brasil. Teve contos publicados em coletâneas literárias como o *Prêmio Off Flip*

2021, *Linguateca* (2016) e *Desnamorados* (2014). *Jiboia* (Aboio, 2023) é seu livro de estreia.

Caio Girão escreve. Nasceu em Fortaleza, Ceará. Publicou a novela *Meus Escorpiões* (publicação independente, 2020), o livro de poesia *auto-anátema* (Caravana Editorial, 2022) e o romance *Cantem Os Cânticos Como Cantaram os Anjos* (Opera Editorial, 2023). Em breve, o livro de contos *Ninguém Mexe Comigo* (Editora Aboio, no prelo). Estudou nas principais oficinas e cursos de escrita do Brasil. Diversos textos seus aparecem em jornais, revistas e antologias.

Allan Gomes de Lorena, sanitarista, pesquisador e artista visual. Tem trabalhado com a colagem como forma de pensamento e dentro dela, o desenho e a pintura na produção de novas imagens sobre saúde e pandemiaS. Mais recentemente, tem se dedicado as relações entre palavra e imagem como um campo de experimentação e imaginação do cotidiano. *Passagens* será o seu primeiro livro de poesia autoetnográfica publicado pela Editora Aboio.

Einar Már Guðmundsson é um autor islandês de romances, contos e poesia. Seus livros foram traduzidos para vários idiomas.

Sérgio Ortiz de Inhaúma é nascido e criado na Vilarrua Acorizal, em Inhaúma, Subúrbio do Rio de Janeiro. Professor de Filosofia do Estado do Rio de Janeiro. É autor de sete livros publicados, entre eles: *Zona da Mata Eletrônica* (Editora RBX, 2011), *A Guerra de Plástico* (Editora Oito e Meio, 2015), *Dioilson* (Editora CLAE, 2017) e *Cajujerê* (Editora Urutau, 2023).

Maria Isabel Iorio é poeta, escritora, roteirista. Publicou *Não pisar descalça em tapete* (7Letras, 2022), "Dia sim dia não fazer chantagem" (Quelônio, 2021), *Aos outros só atiro o meu corpo* (Urutau, 2019), entre outros. Integra a antologia *As 29 poetas hoje* (Companhia das Letras, 2021), organizada por Heloísa Buarque de Hollanda.

A primeira palavra de **Adriana Kimura** foi "quétó", se é que conta como primeira uma que não existe. Mais pra frente, a mãe dela oferecia uma fruta cortada: você qué? tó. Para Adriana, assim tem sido escrever: a possibilidade de dizer pela primeira vez.

Paola Santi Kremer é natural de Porto Alegre e mora em Rosario, Argentina, desde 2014. É escritora e tradutora e investigou micropolíticas do humor na poesia brasileira e argentina durante as últimas ditaduras militares (Mestrado em Literatura Argentina, UNR). Dá oficinas sobre sedução e malandragem na poesia de ambos países. Colaborou com poemas e letras em canções da banda Alto Guiso. Participou nas Feiras do livro de Rosario e Buenos Aires, no Festival de Poesía de Acá (Mar del Plata), no Festival Internacional de Poesía de Rosario (poeta convidada e tradutora em 2019, tradutora em 2021 e curadora em 2022), entre outros. Seu livro mais recente é *Desubicada* (Perfeito ediciones, 2023).

Tatiana Lazzarotto é escritora e jornalista. É autora de *Quando as árvores morrem* (Claraboia, 2022), romance contemplado pelo ProAC/Obras de Ficção. É mestra em Estudos Culturais pela Universidade de São Paulo (USP), com um estudo sobre coletivos de mulheres escritoras. É co-organizadora da antologia *Cartas de uma pan-*

demia: testemunhos de um ano de quarentena (Claraboia, 2021). Natural de Santa Catarina, mora em São Paulo (SP) desde 2011.

Luiza Leite é escritora, editora e pesquisadora. Criou a editora independente *Fada Inflada*. Publicou *Rasuras n'água* (Azougue), *Cavalo imóvel* (Zazie), *Tudo que se aproxima faz um som* (Garupa) e *Cineminha Xangai* (Fictícia). Foi uma das organizadoras da coletânea de poemas *The Floating Bear*, a partir da revista editada por Diane di Prima e LeRoi Jones nos anos 1960.

Michele Lemos é uma paulista morando no Ceará. Admiradora da literatura latino americana, fantástica, de horror e prosas curtas. Leitora veterana, escritora iniciante.

Caio Lima é engenheiro dissidente, paratiense e surrealista convicto a ponto de estar envolvido com literatura. Dirige o podcast *Rede Poderosa* desde 2018, onde compartilha impressões sobre literatura e outras artes. Escreveu os livros *Nada vira do avesso sozinho vol. I e II* (Vilarejo Metaeditora) em parceria com Paulo-Roberto Andel.

Danuza Lima, dan, aquariana, faz-se professora da Rede Pública de Ensino. Andou pelos caminhos da curadoria e edição de zines junto ao coletivo NAUvoadora. Em 2020, lançou Mantra e Sob a proteção da espada de Iansã, finalistas do Prêmio Mix Literário e editados pela Macabéa Edições. Tem poemas publicados em diversas antologias e coletâneas, dentre elas *O poema se chama política* (Impressão de Minas, 2021), *Antes que eu me esqueça* (Quintal edições, 2021), *Mulheres, afeto e liberdade*(Edição independente, 2021), *Revista Pixé – Especial assinaturas negras* (Independente, 2022). Atualmente, pelo caminho da fugitividade poética que é cura, anda a pesquisar, fazer com o verso, formas e usos do erótico, além de escrever cartas, em um projeto pessoal *Cartografias do afeto* para poetas e escritoras que assim como ela, dizem, sorri enquanto lê.

Gabriel Cruz Lima é jornalista formado pela Faculdade Cásper Líbero e estudante de Letras na Faculdade de Filosofia, Letras e Ciências Humanas da Universidade de São Paulo (FFLCH - USP). É pós-graduando em Escrita Ficcional pelo Instituto Veracruz. Autor do livro de contos *O Último Romântico* (Bar Editora - 2021). Garoto tão educado que sua avó diria, nossa, que garoto educado.

Ricardo Kaate Lima nasceu em Manaus/AM. Doutor em Ciências Sociais, venceu o Prêmio Literário Cidade de Manaus em 2022, na categoria nacional com o livro de contos *A Lança de Anhangá* (no prelo). É autor também de *O Fim de Todas as Coisas* (2021).

Audre Lorde (1934-1992) publicou muitos livros de poesia, dentre eles *The First Cities* (1968), *From a Land Where Other People Live* (1973), *Between Our Selves* (1976), *The Black Unicorn* (1978), *Our Dead Behind Us* (1986) e o póstumo *The Marvelous Arithmetics of Distance* (1993). Além disso, publicou textos em prosa e o que ela chamou de *biomitografia*: *Zami: a new spelling of my name* (1982).

Maria Luiza Machado é escritora e editora baiana. Fundou a Mormaço Editorial, microeditora independente de livros e revista digital. É autora de *Algumas Histórias sobre a Falta* (edição da autora, 2018); *Todos os nós* (Penalux, 2019) e *Tantas que Aqui Passaram* (Mormaço, 2021).

Beatriz Malcher nasceu no verão de 1990. É uma niteroiense exilada no Rio de Janeiro, onde divide apartamento com uma cachorra chamada Baleia. Escreveu a peça *Onde está Liz dos Santos?*, a dramaturgia *Carro Alegórico* (Urutau; Hecatombe, 2021) e as plaquetes de poesia *O álbum dos carros* (Ed. Primata, 2023) e *Sophia Loren não liga pro futuro* (Fictícia, 2023).

Keichi Maruyama (1983) nasceu no litoral paulista e cresceu em Fortaleza. É formado em Engenharia e Administração de Empresas e vive em São Paulo. Trabalhou em banco e em consultoria e escreve ficção.

Sergio Mello nasceu em São Paulo, em 1977. É autor dos livros *No Banheiro um Espelho Trincado* (Ciência do Acidente, 2004); *Inimigo em Testamento* (Soul Kitchen Books, 2013) e *Puma* (Corsário-Satã, 2019). Como dramaturgo, escreveu mais de uma dezena de peças. Pela Aboio, publicou *Socos na Parede & Outras peças* (Ed. Aboio, 2023).

Manuella Bezerra de Melo é autora de Pés Pequenos pra *Tanto Corpo* (Urutau, 2019; 2023), *Pra que roam os cães nessa hecatombe* (Macabéa, 2020) e *Um Fado Atlântico* (Urutau, 2022). Publicou ainda o ensaio acadêmico *Nova poesia brasileira: território, disputa e resistência* (Zouk, 2023) e tem artigos, crônicas, contos e poemas publicados em revistas literárias e científicas no Brasil, Portugal, Espanha, México, Equador, Colômbia, Argentina, Angola, Cabo Verde, Moçambique e Estados Unidos. É curadora e organizadora da coleção de antologias VOLTA para tua terra (Urutau; 2021, 2022), editora na Daruê Editorial, e Diretora Artística no Minha Poetry Slam. É licenciada em jornalismo com especialização em literatura brasileira e interculturalidade, mestre em Teoria da Literatura e Literaturas Lusófonas e, atualmente, doutoranda no Programa de Modernidades Comparadas: Literaturas, Artes e Culturas na Universidade do Minho, em Portugal, onde vive desde 2017. Seu sétimo livro, *Para comer com o coração de Dom Pedro*, está no prelo pela editora Patuá.

Yvonne Miller (*1985) é natural de Berlim, mas prefere o calor do Nordeste brasileiro, onde mora desde 2017 com sua esposa, enteada, gato e cachorro. Alemã de nascença, brasileira de alma, apaixonada pela crônica, linguista, admiradora de cactos, geminiana e muitas coisas mais. Tem crônicas e contos publicados em várias antologias e escreve quinzenalmente para a *Rubem – Revista da Crônica*. É uma das organizadoras da coletânea de contos *Quando a maré encher* (Mirada, 2021) e autora de *Deus criou primeiro um tatu – Crônicas da mata* (Aboio, 2022). Na vida real é mestre em linguística e preparadora de livros didáticos.

Minska é escritor, fotógrafo e artista plástico.

O venezuelano **Jesús Montoya** se apresenta como escritor, tradutor, editor e revisor de textos. Cursa doutorado em estudos literários pela Universidade Federal de São Carlos (UFSCar), onde também concluiu seu mestrado. Graduou-se em Letras na Universidad de los Andes (ULA). Rua São Paulo (2019), obra que reúne os poemas aqui apresentados, foi vencedora do *Premio Franco Venezolano A La Joven Vocación Literaria*, ofertado pela Embaixada Francesa na Venezuela, pela Universidade de Carabobo e pela Fundavag Ediciones. Publicou ainda *Las noches de mis años* (2016), *Hay un sitio detrás de los incendios* (2017) e *Transandínica* (2021), todos inéditos no Brasil.

Alberto Moravia (1907 – 1990) foi um escritor e jornalista italiano.

Milena Martins Moura é poeta, editora e tradutora. É autora dos livros *Promessa Vazia* (2011), *Os Oráculos dos meus Óculos* (2014) e *A Orquestra dos Inocentes Condenados* (Primata, 2021), bem como da plaquete *Banquete dos Séculos* (edição da autora, 2021). É editora da cassandra, revista de artes e literatura voltada para a produção de mulheres, de seu selo erótico Héstia e da taioba publicações, parceria entre a cassandra e a Macabéa Edições. É mestre em Literatura Brasileira pela Uerj e doutoranda em Literatura Comparada pela UFF. Também integra as equipes de poetas do portal *Fazia Poesia* e de colunistas da revista *Tamarina*.

Namdar Nasser nasceu em 1963 em Teerã, capital do Irã. Trabalha como consultor de treinamento em design gráfico, além de ser escritor, tradutor, editor e conferencista.

Laura Redfern Navarro (2000) é aquariana, poeta e jornalista graduada pela Faculdade Cásper Líbero. Desde 2019, produz conteúdo sobre literatura e criatividade na plataforma @matryoshkabooks. Pesquisa corpo e linguagem nas vicissitudes do feminino. Foi aluna do Curso Livre de Preparação do Escritor (CLIPE-Poesia) em 2021. Participa da equipe de poetas do portal *Fazia Poesia*. Em 2022, venceu, em primeiro lugar, o Edital de Publicação Inédita em Poesia do ProAC com *O Corpo de Laura*.

Henrique Emanuel de Oliveira nasceu em Feira de Santana na Bahia e mora em São Paulo. Jornalista pela faculdade Cásper Líbero, atualmente cursa Letras na USP. Participou, no ano de 2021, do CLIPE POESIA da Casa das Rosas.

Bruna Kalil Othero (Belo Horizonte, 1995) é escritora brasileira, performer, tradutora, professora e pesquisadora. Atualmente cursa Ph.D. em português na Indiana University (EUA). Mestra em literatura brasileira pela UFMG, pesquisou a literatura erótica-pornográfica de Hilda Hilst. Autora do romance *O presidente pornô* (2023), publicado pela Companhia das Letras, das obras de poesia *Oswald pede a Tarsila que lave suas cuecas* (2019), premiado pelo Ministério da Cultura, *Anticorpo* (2017), *Poétiquase* (2015), e do livro-objeto de ficção *Carne* (2019). Organizou as coletâneas *A Porca Revolucionária: ensaios literários sobre a obra de Hilda Hilst* (2018) e *Poéticas do devir-mulher: ensaios sobre escritoras brasileiras* (juntamente com Constância Lima Duarte e André Magri, 2019). Seu livro inédito *Tinha um Pedro no meio do caminho* foi premiado pela Secretaria Especial de Cultura (2019) e seu primeiro livro traduzido, *Oswald le pide a Tarsila que le lave los calzones* (tradução por Paula Abramo), está prestes a ser publicado no México.

Mauro Paz nasceu em Porto Alegre, em 1981. É autor, roteirista e mestre em Teoria Literária. Publicou as coletâneas de contos *Por Razões Desconhecidas* (IELRS), São Paulo – *CidadExpressa* (Editora Patuá) e os romances *Entre Lembrar e Esquecer* (Editora Patuá), finalista do Prêmio São

Paulo de Literatura 2018. Pela Todavia, publicou o romance *Quando os Prédios Começaram a Cair*.

Flávia Péret. Escritora, professora e pesquisadora feminista. Interessa-se pela aproximações entre memória individual e coletiva, escrita e voz, texto e performatividade. É mestre em Teoria da Literatura pela UFMG e Doutora em Educação, também pela UFMG. Produz trabalhos que desdobram a experiência literária em diferentes plataformas, como a rua, o livro objeto e sites de escrita algorítmica. Instruções para montar mapas, cidades e quebra-cabeças é seu mais recente livro. Vive e trabalha em Belo Horizonte.

Rita Isadora Pessoa é uma escritora nascida no Rio de Janeiro. É Mestre em Teoria Psicanalítica (UFRJ) e doutora em Literatura Comparada (UFF). Publicou em 2016 seu primeiro livro de poemas, *A vida nos vulcões*. Foi vencedora do Prêmio Cepe Nacional de Literatura 2017, com o livro *Mulher sob a influência de um Algoritmo* e seu terceiro livro, *Madame Leviatã*, foi lançado em 2020 pelas Edições Macondo. Participou da antologia organizada por Heloísa Buarque de Hollanda, *As 29 poetas hoje* (Companhia das Letras, 2021).

Rita de Podestá é escritora, redatora e roteirista mineira. *Zaranza* (Reformatório), seu primeiro livro de contos, foi finalista dos prêmios Jabuti e Candango, ambos em 2022. Com o conto *Estiagem* foi finalista do prêmio Sesc Machado de Assis de 2018; também participou das antologias de contos: *Terra firme e outras histórias* (Claraboia); e *2020: O ano que não começou* (Reformatório).

Jesuana Prado é cearense, poeta, escritora, pedagoga social, psicoterapeuta, oficineira no Caps Álcool e drogas Grajaú. Autora de *Cotidiano Poético* e editora na Vicença Editorial. Toca maracatu no @baquedomonte, seu segundo livro intitulado *Dentro é outra revolução* está prestes a ser lançado pela Editora Jandaíra.

Giovana Proença (Taubaté, 2000) é pesquisadora na área de Teoria Literária e Literatura Comparada na FFLCH-USP. Edita a *fina*, revista literária digital. Colaborou com o caderno *Aliás*, do *Estado de S. Paulo*. Tem textos sobre livros e literatura no caderno *Pensar*, do Estado de Minas, no jornal *Rascunho*, na revista *Cult*, na *Carta Capital* e na *Folha de S. Paulo*. É autora de *Os tempos da fuga* (Urutau, 2023).

Alvaro Luiz Ramos, 23 anos, paulista de Diadema radicado no Rio de Janeiro.

Ana Luiza Rigueto é poeta e pesquisa poesia contemporânea no Programa de Pós-graduação em Ciência da Literatura da UFRJ. Colabora com o jornal *Rascunho* e com a revista *A Palavra Solta*. Publicou *Entrega em domicílio* (Urutau, 2019), *teatrinho* (em casa, 2021) e *bodybuilder* (Fictícia, 2023). Nasceu em Mimoso do Sul.

Jon Ståle Ritland é poeta e oftamologista norueguês. Estreiou no Brasil com o livro de poemas *Obrigado pela Comida* (Aboio, 2024).

Eduarda Rocha (Maceió, 1991) é pesquisadora e tradutora. Publicou o livro digital *Nunca quise ser poeta* (Microcentro ediciones, 2022), editado por Cecilia Pavón. Traduziu poetas como Fernanda Laguna, Cecilia Pavón, Paula Simonetti, entre outras. Co-edita a *Revista Felisberta*. Suas pesquisas se dedicam a estudar as poesias brasileira e argentina contemporâneas em perspectivas feministas. Atualmente, realiza Pós-doutorado na UFRJ, onde é membro do Laboratório de Teorias e Práticas Feministas.

Gael Rodrigues é escritor e poeta paraibano. Em 2017 ganhou os Prêmios Literários do Pará com *Terra Laranja*. Em 2018 venceu o prêmio Cepe com o infanto-juvenil *A menina que engoliu um céu estrelado* (também finalista do prémio Barco a Vapor). Em 2022 venceu o prêmio Cepe com o livro de contos *Lila*. Foi contemplado pelo edital Proac 23/2023 com o projeto de livro em relevo e braille, *Maestro e Maru*. Publica ensaios no Substack sob o nome *Sísifo Feliz*. Diretamente na Amazon publicou *Pare de tentar me fazer feliz* (2019) e *As Grandes Navegações* (2023).

Eduardo Rosal é escritor e professor. Autor de *O sol vinha descalço* (Reformatório, 2016) e *O sorriso do erro* (Aboio, 2023). Já preparou e traduziu *A bíblia da humanidade*, de Jules Michelet (Nova Fronteira, 2018) e *Os miseráveis*, de Victor Hugo (Nova Fronteira, 2020). Doutor em Teoria Literária pela UFRJ e pela UNS (França). Vencedor dos prêmios *Maraã 2015* (categoria: livro inédito de poesia), *Barueri 2019* (em duas categorias: poesia e tese de doutorado) e o *Prêmio Off Flip 2021* (categoria: crônica). Nascido e criado no subúrbio do Rio de Janeiro, hoje mora em Rio das Ostras, interior do estado.

Lilian Sais é poeta e romancista. Tem bacharelado em Letras e mestrado e doutorado na área de Letras Clássicas, pela Universidade de São Paulo. Atualmente produz e roteiriza o podcast *Como o poema*, que conta um pouco dos bastidores da poesia contemporânea escrita por mulheres. Venceu o *6º. Prêmio Cepe Nacional de Literatura* na categoria poesia, com o livro *Motivos para cavar a terra* (Cepe Editora, 2022). Publicou, entre outros, o romance *O funeral da baleia* (Ed. Patuá, 2021, livro contemplado pelo ProAC 2020 e finalista do Prêmio São Paulo de Literatura na categoria "melhor romance de estreia") e *O livro do figo* (Edições Macondo, 2023, livro contemplado pelo ProAC 2022).

De publicações independentes a oficinas de escrita, a trajetória de **Julia Santalucia** é marcada pelo cruzamento entre linguagem e desejo. Pós-graduada em "Artes da Escrita" pela Universidade Nova de Lisboa, e pós-graduanda da "Formação de Escritores" do Instituto Vera Cruz, é também coautora do livro *Travessia*, lançado no Brasil e em Portugal, que ganhou selo de "altamente recomendável" pela FNLIJ (Fundação Nacional do Livro Infantil e Juvenil).

Anna dos Santos nasceu em 1999 em Petrópolis, RJ. É cofundadora da livraria Canto Geral (Seropédica – RJ) e autora do livro de poesia *Um rosto morno é uma folga*, publicado em 2020 pela Macabéa Edições. Dentre essas e tantas outras coisas, se define mesmo é como aprendiz da poesia e do desejo.

Rodrigo Santos tem 47 anos. É pai, marido, flamenguista, escritor, professor, roteirista e corredor de rua assintomático. Publicou *Máscaras sobre Rostos Descarnados* e *Brechó de Almas* (Poesia), *Macumba* e *Fogo nas Encruzilhadas* (Romance Policial), *Se o medo tivesse um som* (Noveleta, suspense) e *Carcará* (Contos), além de publicações em coletâneas no Brasil e na França. Já jogou bola com Zico e já viu um peixe-lua.

Thadeu C Santos (Itaperuna, 1987) é poeta, doutorando em Letras na PUC-Rio e editor assistente de Livia Vianna no Grupo Editorial Record. Já publicou nas revistas *Garupa*, *Virada* e *escamandro* e nos zines *descarrego* e *felizberta*. Recentemente traduziu poemas de Nicanor Parra para a revista *Ouriço* e uma legislação da Bolívia, a Lei de Direitos da Mãe Terra, para uma publicação da *fada inflada*. Já organizou, com Bernardo Oliveira e Maria Bogado, o evento de poesia e performance *Subcena* (kza1/ Quintavant/Audio Rebel) e, com Juliana Travassos, editou a coleção de poesia *A Galope* (kza1/Garupa).

Severo Sarduy (1937 - 1993) foi um poeta, romancista, jornalista e crítico de arte e literatura cubano, criador do termo neobarroco e um dos seus maiores expoentes. Foi um dos líderes intelectuais da Revolução Cubana, mas se estabeleceu na França na década de 1960, onde manteve relações intelectuais com Roland Barthes e colaborou com a revista *Tel quel*. Poeta de vanguarda, sua obra é marcada por um intenso compromisso com o experimentalismo e com a criação de pontes entre arte e ciência modernas. *Big bang*, livro de 1974 publicado em Paris, combina o que havia de mais avançado em termos de cosmologia com uma lírica que tenta, a partir desses dados científicos, estabelecer uma cosmogonia barroca moderna.

Natan Schäfer é mestre pela Universidade Federal do Paraná e pela Université Lumière Lyon 2. Foi professor da Universidade Estadual do Paraná, membro da Psychoanalytische Bibliothek Berlin e tradutor convidado nas residências Looren (Suíça) e Passa Porta (Bélgica). É autor de *Taquaras* (Contravento Editorial, 2022) e tradutor de, dentre outros, *Poesia e mito* (Blucher, 2023), de Otto Rank. Atualmente é responsável pela editora Contravento Editorial e pela coluna *A Fresta*, no portal da editora Aboio.

Ulv Ulv Tommy Skoglund (1982) estreou em 2009 com a coletânea de poemas *Våkne som en del av naturen* ("Acordar como parte da natureza"). Em 2014 teve publicado o romance *Fra ensomhetens lønnkammer* ("Do quarto da solidão"), graças ao qual ganhou uma bolsa de dois anos do *Conselho de Artes da Noruega* (Kulturrådet) e o *Prêmio de Cultura do município de Åsnes* (Åsnes Kommunes Kulturpris), local de nascimento do autor. Desde então publicou o ciclo de antirromances formado pelas obras *Dilogien I-II* (Dilogia I-II).

Hjalmar Söderberg (1869 – 1941) foi um escritor e jornalista sueco.

Salma Soria escreveu os livros de contos *Vestindo a roupa ouvindo a máquina* e *Muitas roupas aqui* (Penalux). Vencedora do prêmio *Rio de Contos*, finalista do prêmio *Off Flip* (categoria contos), o mais recente livro de poemas *Formas dissimuladas de dizer bom dia* (Patuá) recebeu menção honrosa no prêmio UFES de literatura. Salma é mestranda em filosofia e mora no Rio de Janeiro.

Ágnes Souza é natural de Pernambuco, doutora em literatura, poeta, professora e pesquisadora. Tem dois livros de poemas publicados: *re-cordis* (2016) e *Pouso* (2020), pela Editora Moinhos; e poemas publicados em coletâneas no Brasil: *Visíveis I Anuário* (2020), *O poema se chama política* (2021), pelas editoras *Impressões de Minas,Felisberta Zine* ed. #3 e #9 (2022), e *Titivillus*; *Revista Uso* (2022); em Portugal, *A Bacana*, *Poemas reunidos I* (2018); e na Grécia, pela revista *Teflon* (2021).

dheyne de souza é goiana. publicou poesia em lâminas (martelo casa editorial, 2020), na plaquete *era uma promessa; era pra cuidar; ela engravidou; ela se perdeu;* (lola, 2023, 2. ed.) e na antologia *bidê* (urutau, 2023), com outras poetas do bidê coletivo. seu primeiro romance está no prelo, pela editora aboio.

Jessi Jezewska Stevens é bacharel em matemática e mestre em Escrita Criativa pela Universidade de Columbia. Ela vive em Nova Iorque e leciona escrita criativa.

Paulo Tassa nasceu em 1985, na cidade de Manhuaçu (Minas Gerais). É escritor, preparador de textos e editor. Em 2018, estreou na poesia com *caída* (poesia, Letramento) e em 2021 lançou *homem à espera de si mesmo* (poesia, Mosaico). Escreve esporadicamente para o *Le Monde Diplomatique Brasil* e tem publicado contos, crônicas e poemas esparsos no Brasil e no exterior. Tem doutorado em literatura pela Universidade de Coimbra. Vive em Madri desde 2021.

Mila Teixeira é poeta, dramaturga e roteirista. Publicou o livro de poemas *A Proclamação da Vulgaridade ou Quantos Furos uma Calcinha Pode Ter?* (Urutau, 2021). É mediadora do clube de leitura *Lendo Teatro Brasileiro*. Nasceu no Rio de Janeiro em 1993.

Joca Reiners Terron nasceu em Cuiabá, em 1968. Publicou, entre outros, *Do fundo do poço se vê a lua* (Prêmio Machado de Assis da Fundação Biblioteca Nacional, 2010), *Noite dentro da noite* (2017), *A morte e o meteoro* (2019) e *O riso dos ratos* (2021). Atualmente vive em São Paulo.

Pedro Torreão é cientista social, mestre em sociologia e poeta. Nascido em Recife, reside em São Paulo – desde 2017 -, onde escreveu *Pão Só*, seu primeiro livro que recebeu menção honrosa no *Prêmio Maraã de Poesia 2019.* Tem poemas publicados pela *Quatrocincoum*, *Aboio*, *Ruído Manifesto*, entre outros. Pela Aboio, publicou *Alalázô* (Aboio, 2022).

Valeska Torres é poeta, escritora, performer, educadora, editora e curadora. Participou como poeta convidada do *Festival Internacional de Poesia de Rosário* (Argentina, 2017) e do *Mundial Poético de Montevidéu* (Uruguai, 2023). Publicou em diversas antologias, entre elas *As 29 poetas hoje* (Companhia das Letras, 2021), organizada por Heloisa Buarque de Hollanda, e em fanzines e plataformas digitais no Brasil, Argentina, Paraguai e Venezuela. É autora de *O coice da égua* (7Letras, 2019) e *Plutônio-239* (7Letras, 2022).

Lucas Verzola é escritor e editor da *Lavoura.* Autor de três livros de contos, tem pós-graduação em direção teatral e fundou o escritório de roteiros *Terceira Margem.*

Fernanda Vieira é mestiza y Indígena em retomada com raízes paternas em Aracaju (SE), terra de seu pai, sua avó e seus avós. É nascida no Rio de Janeiro, sendo cria do subúrbio carioca. Faz parte da comunidade LGBTQIA+. Atua como escritora, pesquisadora, professora e tradutora. Está professora no Departamento de Letras da Universidade do Estado de Minas Gerais – UEMG/Divinópolis. Foi Visiting Scholar na Boston University (2019/2020). É doutora e mestra em Estudos de Literatura, na especialidade de Literaturas de Língua Inglesa, pela Universidade do Estado do Rio de Janeiro (UERJ). Criou e mantém Ikamiaba.com.br, site voltado para as Literaturas Indígenas de Abya Yala (continente americano). Pesquisa Literaturas Indígenas de Abya Yala, Futurismos Indígenas e Antropoceno. Coordena a Comunidade de Pesquisa ALDEIA - Artes, Linguagens, Decolonialidades e Epistemologias Indígenas, Afrodiaspóricas e de África (CNPq). Possui poemas, traduções, ensaios, contos e artigos publicados em meios diversos.

Júlia Vita (Niterói, 1995) é mestranda em Estudos Contemporâneos das Artes (PPGCA–UFF). Publicou o livro de poemas *Alga Viva* (Córrego, 2019). Recebeu os prêmios *Erika Ferreira/SMC-Niterói e Cultura nas Redes/SECEC-RJ*, em 2020. Em 2022, lançou a segunda edição de seu livro, e foi premiada pela chamada de *Ativos Culturais* (SMC-Niterói). Em 2023, integrou a publicação *Contraste da América: Antologia da poesia brasileira* (Laranja Original). Atualmente trabalha com acompanhamento literário e preparação de originais, além de estar à frente da iniciativa *Laboriosa Produções Poéticas*, braço editorial do grupo Laboriosa (RJ), fundado coletivamente em 2017.

Carioca radicado em Curitiba, **Otto Leopoldo Winck** é doutor e mestre em Estudos Literários pela Universidade Federal do Paraná (UFPR). Em 2005 foi vencedor do prêmio da Academia de Letras da Bahia, com o romance *Jaboc*, publicado no ano seguinte pela editora Garamond. Em 2012 recebeu o Prêmio Governo de Minas Gerais de Literatura, na categoria poesia. É autor, entre outas obras, de *Cosmogonias* (2017), livro de poesia, e *Que fim levaram todas as flores* (2019), romance, ambos pela Kotter Editorial. Seu terceiro romance, *Forte como a morte*, saiu em 2023 pela editora Aboio.

Michael Winkler é um escritor de Melbourne, Austrália. Vive nas terras não cedidas do povo Wurundjeri da nação Kulin. É autor, coautor e editor de diversos livros, e venceu o *Prêmio de Ensaio Calibre* pelo trabalho *A Grande Baleia Vermelha*. Seus trabalhos jornalísticos, contos, resenhas e ensaios foram amplamente publicados e incluídos em diversas antologias.

Rafael Zacca é poeta e crítico. Publicou os livros de poesia *O menor amor do mundo* (7Letras, 2020) e *A estreita artéria das coisas* (Garupa, 2018). Também o livro de ensaios *Formas nômades* (Margem da palavra, 2021) e *As flores da poesia na terra do saber: uma teoria do poema em Walter Benjamin* (Numa Editora; PUC-Rio, 2022). É professor no departamento de filosofia da PUC-Rio e na escola da palavra.

Natália Zuccala nasceu em São Paulo, em 1990. É autora do livro de contos *Todo mundo quer ver o morto* (Ed. Patuá, 2017) e dos romances *Cheia* (Urutau, 2021, finalista do *Prêmio São Paulo de Literatura*) e *Estela a esta hora* (Todavia, 2023). Formada em Letras pela FFLCH-USP, é também dramaturga, professora e está em formação como psicanalista pelo *Instituto Sedes Sapientiae*.

tradutores

Nascido em Salvador – BA em 1995, escritor, jurista e tradutor, **Matheus Peleteiro** publicou em 2015 o seu primeiro romance, *Mundo Cão*, pela editora Novo Século.

Lucas Lazzaretti é doutor em filosofia, tradutor e escritor. Publicou traduções do espanhol, inglês, francês e dinamarquês.

Thayná Facó é cearense, leitora e jornalista graduada pela Universidade Federal do Ceará. Atualmente, faz especialização em Escrita e Criação na Universidade de Fortaleza. Pesquisa e cria com a literatura e a fotografia.

Luciano Dutra, tradutor de islandês, é gaúcho radicado em Reykjavik.

Rafael de Arruda Sobral é estudante de Ciência da Computação pela Universidade Federal de Campina Grande (UFCG), onde também se graduou em Letras – Inglês (2018). É professor e tradutor de inglês. Itatuba, Paraíba, Brasil.

Saulo Marino é jornalista.

André Balbo nasceu em São Paulo em 1991. É contista e tradutor. Autor de 4 livros e tradutor, dentre outros, do escritor italiano Alberto Moravia.

Fernanda Sarmatz Åkesson nasceu em Porto Alegre em 1970. Vive em Estocolmo desde 1999, é tradutora do sueco e professora de português como língua de herança.

Leonardo Pinto Silva é tradutor do norueguês, sueco, dinamarquês e inglês. Teve mais de 50 traduções publicadas nesses idiomas.

Arthur Lungov (1996) é poeta e tradutor, autor do livro *Corpos* (Quelônio, 2019), contemplado pelo 2º Edital de Publicação de Livros da Cidade de São Paulo; e da plaquete *Anticanções* (Sebastião Grifo, 2019). Seu livro *re-Caramuru* (inédito) recebeu menção honrosa no *Projeto Nascente USP 2021*. Teve poemas publicados no *Catálogo da Iª Jornada Internacional de Poesia Visual*, promovida pela *Fundação Poiesis*. Como tradutor, publicou *Botões tenros* (Jabuticaba, 2022), no qual verteu os Tender buttons de Gertrude Stein ao português. Atualmente promove pesquisa no campo da tradução, propondo verter na íntegra o livro *L'imitation de Notre Dame La Lune*, do poeta franco-uruguaio Jules Laforgue. Cursa o bacharelado português-francês na Faculdade de Filosofia, Letras e Ciências Humanas da USP. Teve poemas e resenhas publicadas em coletâneas, revistas e suplementos literários. Foi um dos fundadores da revista *Lavoura*.

Guilherme da Silva Braga é doutor e mestre em estudos de literatura pela Universidade Federal do Rio Grande do Sul. Em 2016 foi indicado ao Prêmio Jabuti pela tradução de *A Ilha da Infância*, romance de Karl Ove Knausgård (Companhia das Letras, 2015).

Leopoldo Cavalcante nasceu em Fortaleza, no Ceará, e é editor da Aboio.

Cara leitora, caro leitor

A **Aboio** é um grupo editorial colaborativo.

Começamos em 2020 publicando literatura de forma digital, gratuita e acessível.

Até o momento, já passaram pelo nossos pastos mais de 400 autoras e autores, dos mais variados estilos e nacionalidades.

Para a gente, o canto é conjunto. É o aboiar que nos une e que serve de urdidura para todo nosso projeto editorial.

São as leitoras e os leitores engajados em ler narrativas ousadas que nos mantêm em atividade.

Nossa comunidade não só faz surgir livros como o que você acabou de ler, como também possibilita nos empenharmos em divulgar histórias únicas.

Portanto, te convidamos a fazer parte do nosso balaio!

Todas as apoiadoras e apoiadores das pré-vendas da **Aboio**:

—— **têm o nome impresso nos agradecimentos de todas as cópias do livro;**

—— **são convidadas a participarem do planejamento e da escolha das próximas publicações.**

Fale com a gente pelo portal **aboio.com.br,** ou pelas redes sociais (**@aboioeditora**), seja para se tornar uma voz ativa na comunidade **Aboio** ou somente para acompanhar nosso trabalho de perto!

Vem aboiar com a gente. Afinal: **o canto é conjunto.**

Apoiadoras e apoiadores

829 pessoas apoiaram, direta ou indiretamente, o nascimento desta revista. A elas, que acreditam no canto conjunto da **Aboio**, estendemos os nossos agradecimentos.

Ademir Demarchi
Adilma da Penha Vicente
Adolfo Pizzinato
Adriana de Lima Bandeira
Adriana De Marco
Adriana Kimura
Adriane Figueira
Afonso Medeiros Neto
Ágatha Helena de Freitas Urzedo
Agnaldo Farias
Ágnes Souza
Airton Beretta
Airton Cattani
Alberto Pereira de Souza Goldim
Alessandra Effori
Alex Zani
Alexander Hochiminh
Alexandre Ferraz
Alexandre Gil França
Alexandre Marcos
Alexandre Suenaga
Alice Urbim
Aline Coser
Aline Medina
Aline Mendes Viana
Aline Rocha
Aline Scátola
Alisson Sant' Anna
Allan Gomes de Lorena
Alvaro Luiz Ramos
Alyson Gonçalves Carvalho
Amanda Anhaia
Amanda Areal
Amanda Toledo
Amélia Brandelli
Ana Beatriz Coutinho Takematsu
Ana Beatriz Covello de Freitas
Ana Carneiro
Ana Carolina Anjos
Ana Claudia Abrantes
Ana Cláudia Fontana
Ana de Santiago
Ana Gabryele Braga
Ana Karla Farias
Ana Laura Oliveira
Ana Lúcia Falcão
Ana Luiza Ferreira
Ana Luiza Rigueto
Ana Maria Da Costa Vergamini
Ana Oliveira
Ana Paula Saab de Brito
Ana Pereira
Ana Ramos
Ana Regina Lunardi
Anderson Chcrobut
André Balbo
André Braga
André Flores
André Landgraf
André Leones
Andre Luiz Leme
André Pimenta Mota
Andrea Bernardes
Andrea Mattei
Andreas Chamorro
Andreia Fernandes Soares Leite
Angela Beatriz Campani
Angela Maria Teresa De Marco
Anna Beatris Pereira
Anna Carollina Lima de Rezende
Anna Clara de Vitto
Anna dos Santos

Anna Faedrich Martins Lopez
Anna Lúcia
Anthony Almeida
Antonio Aranha
Arlete Sandra de Souza Franco
Arthur Bugelli
Arthur Lungov
Augusto Bello Zorzi
Barbara Neubarth
Barbara Will
Bea Correa
Beatriz Alves Aragão de Lima
Beatriz Borges
Beatriz Fleck
Beatriz Fonseca Cruz
Beatriz Garcia Gonçalves
Beatriz Malcher
Bethânia Alves Winck
Betina Stampe
Bianca Antunes
Bianca Monteiro Garcia
Bruna Kalil Othero Fernandes
Bruna Lauer
Brunilda Reichmann
Brunno Marcos De Conci Ramírez
Bruno Crispim
Bruno de Andrade Paula
Bruno Fiorelli
Bruno Girardi
Bruno Lins da Costa Borges
Caco Bocchi
Caco Ishak
Caio de Camargo Maia
Caio Girão
Caio Kurosaka
Caio Leonardo Brito de Sousa
Caio Lima
Caio Narezzi

Calebe Guerra
Camila do Nascimento Leite
Camila Gonzatto
Camilla Rezende
Camilo Gomide
Carina Bacelar
Carina Goncalves
Carla Guerson
Carlos Antonio Fontenele Mourão
Carlos Eduardo Teixeira Carvalho
Carlos Martins
Carlos Melo
Carlos Moreno
Carmem Campani
Carmen Roldão
Carolina Althoff
Carolina Bataier
Carolina Boscarino
Carolina Fernandes Lobo Silva
Carolina Nogueira
Carolina Quintella
Caroline Moraes
Caroline Rodrigues
Cassiana Lima Cardoso
Cecília Garcia
Cesare Rodrigues
Christina Autran
Cintia Brasileiro
Cintia dos Santos
Clauco Gilvaney Sant'Ana de Oliveira
Claudia Hamerski
Claudia Prado
Cláudia Regina Ricci
Claudia Sarpi
Claudia Schroeder
Claudio Ferreira
Claudio Pereira de Avelar
Claudio Roberto Gonçalves

Cleber da Silva Luz
Cleire Teresa Calito Teixeira de Azevedo
Conceição Poester
Cornelia Bauer
Cristiane Oliveira
Cristina Coimbra
Cristina Machado
Cristine de Bem e Canto
Cynthia Vasconcellos
Daiane Kawano
Dalila Jora
Daniel Dago
Daniel de Morais Caetano
Daniel Dourado
Daniel Giotti
Daniel Guinezi
Daniela Alves de Alves
Daniela Baptista Neves
Daniela Gibertoni
Daniela Militerno
Daniela Nogueira Storto
Daniela Rosolen
Danilo Brandão
Danuza Lima
Danylo Hatti
David Jeff
David Orlando Acevedo Rojas
Dayane Manfrere Alves
Debora Rayel Eva
Débora Toledo Gonçalves
Decio Romano
Denise Dal Pont
Denise Lucena Cavalcante
Denise Santana
Desire Araujo
Devair Muchiutti
Dheyne de Souza

Diana de Hollanda Cavalcanti
Diana Penante
Diana Valéria Lucena Garcia
Diogo Cronemberger
Diogo Gonçalves Veras de Morais
Diogo Marins Locci
Domingos van Erven
Douglas Sungku Kim
Dylza Gonçalves de Freitas
Eber Faria
Edelson Costa Parnov
Edith Derdyk
Edivaldo Ferreira Dos Santos
Edson Arita
Edson Sousa
Eduarda Pillar
Eduarda Rocha
Eduardo Almeida
Eduardo Elísio Frota
Eduardo Furbino
Eduardo Nasi
Eduardo Rosal
Eduardo Veras
Eduardo Viana
Eleazar Venancio Carrias
Eliana Maria Winck Neumann
Élide Vecchi
Eliege Cristina Pepler
Elisa Medeiros Danielli
Elisabete Esteves
Elisabete Maria da Silva Dias
Elizabete Rocha da Rocha Rocha
Elizabete Roldão
Elizabeth Torresini
Emanuelly Venção Sutil
Emmanuela Zambon
Eneida Stroher
Enio Biavati
Eric Muccio
Erika Bechara
Erika Dias de Araújo
Érika Magalhães
Eucanaã Ferraz
Eugénia Correia
Eva dos Reis Messias Brasileiro
Ewerton Kaviski
Fábio Baltar
Fabio Di Pietro
Fábio Maurício Schäfer
Fabricio Carvalho Amorim Leite
Fabrício Crepaldi Corsaletti
Fabrício Reis Costa
Fabrizia De Marco
Fany Galender
Fátima Maria Ortiz Lour
Fawzia de Fátima Cardoso Gomes
Febraro de Oliveira
Felipe Amorim
Felipe Genari
Felipe Pessoa Ferro
Felipe Sanchez Barbosa
Fernanda Albuquerque
Fernanda Alves Winck
Fernanda Caleffi Barbetta
Fernanda Marão
Fernanda Mattiuz
Fernanda Sarmatz Åkeson
Fernanda Vieira
Fernando Augusto Santos Neto
Fernando Bueno da Fonseca Neto
Fernando da Silveira Couto
Fernando Estelita
Filipe Coutinho Costa
Flávia Braz
Flávia Peret
Flaviano Batista ferreira
Flávio Ilha
Flávio Jacobsen
Flávio Kiefer
Floresval Nunes Moreira Junior
Francesca Cricelli
Francine Roche
Francisco Bernardes Braga
Frank Engelbert
Frederico da Cruz Vieira de Souza
Frederico Tell De Lima Ventura
Gabi Siana
Gabo dos Livros
Gabriel Bertolli de Almeida
Gabriel Bustilho
Gabriel Cruz Lima
Gabriel Farias Lima
Gabriel Goldmeier
Gabriel Mhereb
Gabriel Urtiaga
Gabriela da Motta
Gabriela Machado Scafuri
Gael Rodrigues
Gedaias de Azevedo Carneiro
Geovana Patrício
Gianna Lucciola Campolina
Giba Assis Brasil
Giovana Proença
Giovani Miguez da Silva
Giovanna Wrubel Brants
Gisele Alves
Giselle Bohn
Giselle Fiorini Bohn
Giuliano Menicelli Lagonegro
Goreti Couto Brasil
Graciela de Souza Reis
Guelna Pedrozo
Guilherme Corrêa de Almeida
Guilherme da Silva Braga

Guilherme Dearo
Guilherme Lopes
Guilherme Pavarin
Guilherme Peixoto
Guilherme Souza
Guilherme Talerman Pereira
Gustavo Alex
Gustavo Bechtold
Gustavo Brandão
Gustavo Gindre Monteiro Soares
Heitor Ribeiro
Helena Maria de Souza Costa Arruda
Hélio Fervenza
Heloísa Cardoso
Henrique Balbi
Henrique De Villa Alves
Henrique Emanuel de Oliveira
Henrique Fendrich
Henrique Inojosa Cavalcanti
Henrique Silva
Herta Elbern
Hugo César Rocha de Paiva
Humberto Pio
Icaro Ferraz Vidal Junior
Inaê Rosas
Ingrid Matuoka
Iolanda Mazzotti
Irineu Villanoeva Junior
Isabel Harari
Isabel Ramil
Isabela Equor
Isabela Otechar Barbosa
Isabella Gregory
Isadora Barcelos
Isadora Teixeira de Barcelos
Isadora Vicenzi Kratchei
Ivan Grilo
Ivo Minkovicius
Ivone Vieira
Izabel Joana Dal Pont
Izabele Maria
Iziquel Antonio Radvanskei
Jadson Rocha
Jailton Moreira
Jaison Sampedro de Souza
Jamaira Giora
Jane Cainelli
Jane Tucci
Jaqueline Conte
Jeniffer Cardoso
Jéssica Maria Lúcio
Jessica Moreira
Jéssica Queiroz
Jesuana Prado
Jesús Montoya
Jheyscilane Cavalcante
Jhonatan Ferreira Alencar
Jhonny Torres
Joana Figueiroa
Joao Claudio Sanches Pocos
João Godoy
João Luís Nogueira
João Paulo do Amaral Filho
João Vicente Fernandez Pereira
Joca Reiners Terron
Jon Ståle Ritland
Jonathan Fontenelle
Jorge Eduardo Cordeiro
José Gregório Alves
Jose Tadeu Balbo
Josette Garcia de Souza
Josiane Borraschi Siqueira
Josiel Lima
Jovandir Batista
Joy Seidl
Julia Codo
Julia da Silveira Codo
Julia Medina Velloso de Oliveira
Julia Nascimento
Julia Pothin
Júlia Rocha da Cunha
Julia Santalucia
Julia Tozi
Júlia Vita
Juliana Costa Cunha
Juliana Giannini
Juliana Linhares
Juliana Maria de Almirante Freitas
Juliana Nogueira Storto
Juliana Schneider
Juliana Slatiner
Juliana Slatiner
Juliana Viegas
Juliane Carolina Livramento
Julio Faria
Junia Mendes
Karim Aïnouz
Karina Aimi Okamoto
Karina Tambellini
Karla Patrice Ferreira Martins
Katherine Dibarrart
Kátia de Souza Nascimento
Katleen Hack da Silva
Keichi Maruyama
Laercio Lopes De Araujo
Laís Monte
Lara Rocha
Larissa Corrêa
Larissa Lins
Larissa Mota
Laura Castilhos
Laura Cattani
Laura Peters Lumertz
Laura Redfern Navarro

Lauro Mesquit
Leila Rosa Soledade Teixeira
Leitor Albino
Lenio Carneiro Jr
Leo Nunes
Leo Souza Tolosa
Leonardo Eguchi Sebastiany
Leonardo Gandolfi
Leonardo Kominek Barrentin
Leonardo Nóbrega
Leonardo Pinto Silva
Letícia Nery
Levi Araujo Fernandes
Lícia Mayra
Lígia Petrucci
Lígia Viana de Arruda
Lila Marques de Souza
Lilian Escorel
Lilian Sais
Lincoln Souza
Lismeire Santos
Loiane Vilefort
Lolita Beretta
Lorenzo Cavalcante
Lorien Pasqual
Lorraine Ramos de Assis
Lourdes da Conceição Araújo Almeida
Lourival Francisco
Luana das Chagas Abrêu
Luana Saturnino Tvardovskas
Lucas Barros Moura
Lucas Ferreira
Lucas Fier
Lucas Filinto
Lucas Lazzaretti
Lucas Levitan
Lucas Meirelles Rangel Rodrigues
Lucas Perito
Lucas Prado
Lucas Schümann
Lucas Sposito Gini
Lucas Verzola
Luciana Benevides
Luciana Coutinho
Luciana Schuck
Luciana Silva
Luciana Thomé
Luciana Torreão De Sá
Luciane Falcão
Luciano Cavalcante Filho
Luciano Dutra
Ludmila Cardoso
Luis Felipe Abreu
Luís Roberto Amabile
Luísa Machado
Luisa Woidaleski da Silva
Luiz Felipe Leprevost
Luiz Fernando Belezoni Palma
Luiz Fernando Cardoso
Luiz Fernando Cortelini Meister
Luiz Gustavo Lopez Mide
Luiz Seman
Luiz Verri
Luiza Assis
Luiza Leite
Luiza Lorenzetti
Luiza Medeiros Baldança
Luna Madsen
Lureen Asei
Luzenirah Alves
Mabel Boechat Telles
Magda Jaqueline Di Curzio
Magno Padilha
Maicco Ferreira
Maite Lamesa
Manoela Machado Scafuri
Manu Araujo
Manuela Rocha
Manuela Veras Menezes da Silva
Manuella Bezerra de Melo
Mara De Carli
Mara Schimpf
Marcel Nolasco
Marcela Gomes de Mélo Lima Reis
Marcela Monteiro
Marcela Roldão
Marcelo Amorim
Marcelo Cardoso
Marcelo Hohmann Choinski
Marcelo Montenegro
Márcia Almeida da Cunha
Márcia Castrillo
Marcia Gadelha Cavalcante
Marcia Sottili
Marcius Galan
Marco Aurélio de Souza
Marco Bardelli
Marco Rapeli
Marco Storelli
Marconi Chaves
Marcos Piaceski da Cruz
Marcos Trindade Sari
Marcos Vinícius Almeida
Marcos Vitor Prado de Góes
Marcus Vinicius Abreu de Moraes
Maria Aparecida Grendene de Souza
Maria Aparecida Junqueira da Silva
Maria Aurea Zampieri
Maria Candida Morales Boemeke
Maria Conceição Domingues da Silva
Maria Cristina Ribeiro de Godoy
Maria de Fátima Marques Pinto Osório de Castro

Maria do Rosário Neves Menezes
Maria Dulceilma Chaves de Lucena
Maria Inez Frota Porto Queiroz
Maria Isabel Iorio
Maria Lucia Varnieri
Maria Luiza De Assis Brasil Sarmento
Maria Luiza Machado
Maria Olívia Girardello
Maria Paula Coelho
Maria Paula Recena
Maria Satt
Mariana Artigas
Mariana Conde Lemos
Mariana Donner
Mariana Lage de Oliveira Andrade
Mariana Lucchesi Carneiro Leão Silva
Mariana Marcondes
Mariana Murad Leite Andrade
Mariana Redd
Marianna Holtz
Marieta Colucci
Marilda Weigert Braga
Marília Careli
Marília Panitz
Marina Grandolpho
Marina Lourenço
Marina Massako Wada Uemura
Mário Lucas
Marisha de Oliveira Santos
Mariza Carpes
Marlene B. P. P. da Silva
Marlene Lima
Martha Hirsch Gusmão
Martin Streibel
Marylin Lima Guimarães Firmino
Mateus Albino
Mateus Andrade
Mateus Torres Penedo Naves
Matheus dos Anjos
Matheus Leonardo Pinto Silva
Matheus Mello
Matheus Peleteiro
Maurício Bulcão Fernandes Filho
Mauro Paz
Maya Falks
Mayra Tinoco
Mel Neves
Menahem Wrona
Mercedes Mercedes
Mic Paiva
Michalina Brasch
Michele Araújo Carvalho
Michele Fernandes
Michele Lemos
Micheli Ribas
Mikael Rizzon
Mila Teixeira
Milena Maria Cavalcante Testa
Milena Martins Moura
Minska
Miriam Bratfisch Santiago
Miriam Koga
Moacir dos Anjos
Mônica Silveira
Mylena Porto da Gama
Nagibe de Melo Jorge Neto
Nair Martinenko
Nalu Polak
Nalu Rosa
Namdar Nasser
Nara Barrocal
Nara Schenkel
Natalia Passafaro
Natalia Pesciotta
Natalia Timerman
Natália Zuccala
Natan Schäfer
Natascha Remmert
Natasha Pereira
Nathália Cariatti
Nathalia Feitosa Barbosa
Nathan Shtorache Winck
Nathyele Guimarães
Nay Oliveira
Nayra Maria
Neila Ribeiro Franco
Neusa Moreira
Nicole Fuke
Niklas Weins
Noemia de Feitas Guimarães
Nora Goulart
Odete Garbin
Olivia Navarro
Ornella S. Zuccala
Oscar Rocha Santos
Osmar Franco de Toledo Júnior
Otavio Juliano Dantas Germano Gomes
Otto Leopoldo Winck
Pâmela Rodrigues
Paola Santi Kremer
Patricia Baldez Américo
Patricia Harumi
Patricia Maria Pia da Ferraz
Patricia Monteiro
Patricia Pimenta
Patryck Carvalho
Paula Arbona
Paula Conrado
Paula Glenadel
Paula Luersen
Paula Maria
Paulo Antonio Albuquerque
Paulo Cezar Mello

Paulo Chun
Paulo Gomes
Paulo Mantello
Paulo Scott
Paulo Silveira
Paulo Souza
Paulo Tassa
Pedro Cappeletti
Pedro Fernandes de Oliveira Neto
Pedro Henrique Ferreira Kastelic
Pedro Ribeiro Nogueira
Pedro Torreão Sá de Almeida
Pietro Augusto Gubel Portugal
Poliana Guerreiro
Priscila Branco
Rafael de Arruda Sobral
Rafael de Moura Silva
Rafael Grigório
Rafael Mussolini Silvestre
Rafael Santos
Rafael Theodor Teodoro
Rafael Zacca
Rafaela Candido
Rafaela Pimenta
Raiana Ribeiro
Ralf Faeda
Raphael Nery
Raquel Carvalho
Raquel Magalhães Coelho
Raquel Riera
Rebeca Casal Leite
Rebeca Letícia
Régis Rodrigues de Almeida
Renata dos Santos
Renata Meffe
Renata Ribeiro de Lima
Renato Mazzini Vicente
Renato Nakazato

Renato Rodrigues
Ricardo Cambraia
Ricardo Fernandes
Ricardo Hoffmann
Ricardo Ishak
Ricardo Kaate Lima
Richard John
Rita de Podestá
Rita Isadora Pessoa
Roberta Lavinas
Roberta Roque
Roberta Tostes Daniel
Robson Pereira
Rodrigo Barreto de Menezes
Rodrigo Cabral
Rodrigo Cabral de Melo
Rodrigo Moura
Rodrigo Santos
Rosângela Facó
Roxana Carmona Viveros
Ruan de Sousa Gabriel
Ruan de Souza Matos
Rubens Gomes Corrêa
Rute Ferreira
Rute Pina
Sabine Reiter
Sabrina Haick
Sabrina Kestring Machado
Salma Soria
Salvio Nienkotter
Samantha Barbieri
Samara Amaral
Samara Belchior
Samuel Santos Moura
Sandra Fontenelle
Sandra Lucia Modesto Modesto
Sandra Regina Fernandes Pagano
Sandro Saraiva

Saulo Jacobovitz
Saulo Marino
Séfora Oliveira
Seisa Santana Zuccala
Sérgio Barboni
Sergio Mello
Sergio Ortiz de Inhaúma
Sérgio Porto
Severina Eliane Teixeira
Sidnei Goldberg
Silvana Paulos
Simone Cupello do Nascimento
Sol Gonzalez
Sophia Barreiros
Soraya Abdalla Mhamed Maihub Manara
Stefanni Marion Cechini
Stefano Wrobleski
Stella Oggioni
Sueli Matsumoto
Susana Santos
Suya Carneiro Lossio
Suzana Maria Maino
Suzy Rocha
Taciana Maria de Oliveira
Tainá Pinto
Tamiris Matias Vieira
Tânia Maria Florencio
Tarciso Nascimento Barros Filho
Tatiana Cukier
Tatiana Lazzarotto
Tatiana Oliveira de Burgos
Tatiana Pequeno
Tatiana Sperhacke
Tatiana Vetillo
Teresa Genesini
Teresa Poester
Terezinha Pedreira de Almeida

Teto Fu
Thadeu C. Santos
Thainá Carvalho Costa Xavier
Thaís Campolina
Thais Fernanda de Lorena
Thaís Sanches
Thassio Gonçalves Ferreira
Thayná Facó
Thiago Eury
Thiago Henrique Guedes
Thiago Noronha
Thiago Tonoli Boldo
Tiago Bonamigo
Tiago De Lima Souza
Ulisses Rosal
Úrsula Antunes
Valdir Marte
Valeska Torres
Vanda Aranha
Vanderci Fornaziero
Vera Beatriz Prataviera Martini
Vera Helena Saad Rossi
Vera Rolim Chyczy
Vicente Saldanha
Victor Cruzeiro
Victor Durigan
Victoria Golanski Lara
Vilma Ribeiro
Vilma Sonaglio
Vinícius Ferreira Batista
Vinícius Oliveira Catão
Vinicius Posansky
Vitor Silos
Vivaldo Cordeiro Gonçalves
Viviane Pasqual
Wagner Martins
Wanessa Barros
Wanilda Maria Meira Costa Borghi
Washington de Aragão Brasileiro
Wellington Brasileiro
Weslley Silva Ferreira
William Hidenare Arakawa
Willy Barp
Wilma Brunetti
Wilson Ponciano Junior
Yandra Rebouças Lôbo
Yuri Bruscky
Yuri Cunha
Yuri Deliberalli
Yuri Phillipe Freitas da Cunha
Yvonne Miller

equipe organizadora

A revista *Aboio #2 –FESTA* é uma parceria da **Editora Aboio** com os grupos editoriais *Macabéa Edições, Editora Fictícia* e *Lavoura Editorial.*

Fundada em 2017, a **Macabéa Edições** é uma editora caseira e independente que publica obras de mulheres em uma perspectiva ampla: trabalhos de ficção e não ficção, em todos os gêneros textuais. *Bianca Monteiro Garcia* e *Priscila Branco* são as diretoras editoriais e editoras, *Milena Martins Moura* e *Suzane Silveira* também são editoras da equipe, e *Caroline Silva* é a responsável pelos projetos gráficos.

A **Editora Fictícia** é uma casa digital de publicação poética sob direção de *Lucas Ferreira*. Desde fevereiro de 2023, publica semanalmente plaquetes no Instagram de autoras e autores brasileiros. Em junho do mesmo ano, firmou parceria com a revista Escamandro para publicar poesia em tradução.

A **Lavoura** é uma equipe editorial de literatura contemporânea. Fundada em 2017 como revista, encerrou suas atividades de publicação em novembro de 2022. Hoje oferece serviço de leitura crítica de originais de prosa de ficção e realiza curadoria e pré-produção de eventos. Editores: *André Balbo* e *Lucas Verzola*

[2023]

Esta obra foi composta em Adobe Text Pro.
O miolo está no papel Pólen Natural 80g/m^2.
A tiragem desta edição foi de 250 exemplares.
A gráfica responsável pela impressão foi a Edições Loyola.

São Paulo — SP
(11) 91580-3133
www.aboio.com.br
instagram.com/aboioeditora/
facebook.com/aboioeditora/